La couleur de l'orage

Un message menaçant

CARLA CASSIDY

La couleur de l'orage

Traduction française de
CHARLOTTE DEMANIE

BLACK ROSE

HARLEQUIN

Collection : BLACK ROSE

Titre original :
DESPERATE MEASURES

HARPERCOLLINS FRANCE
83-85, boulevard Vincent-Auriol, 75646 PARIS CEDEX 13
Service Lectrices — Tél. : 01 45 82 47 47

www.harlequin.fr

ISBN 978-2-2804-3590-1 — ISSN 1950-2753

1

— Et cette année, le prix du design le plus innovant de la ville de Kansas City revient à Jake Lamont, de Lamont and Star Architects Incorporated ! annonça l'animateur de la soirée.

Jake se leva sous les applaudissements. Il afficha un sourire hypocrite, celui qu'il arborait en société depuis deux ans maintenant, et traversa la salle de bal jusqu'au podium pour recevoir son prix.

Il se faufila parmi les tables couvertes de nappes blanches et sur lesquelles s'éternisaient les restes d'un dîner médiocre, constitué de morceaux de poulet secs, d'une étrange sauce verte à la composition mystérieuse, de quelques pommes de terre et d'un peu de chou violet.

Le repas avait été horrible. La soirée lui avait paru interminable, et il savait qu'après la cérémonie officielle il lui faudrait encore endurer une fête avec félicitations, poignées de main et allégresse de circonstance. Il aurait dû être heureux du prix qu'il venait de recevoir mais, sans Suzanna à ses côtés, tout cela n'avait aucun sens. Repenser à sa mort raviva sa douleur et il secoua la tête pour chasser ces pensées avant de se lancer dans son bref discours de remerciements.

Vingt minutes plus tard, il discutait, avec d'autres architectes, des énormes projets de rénovation qui se déroulaient dans le centre-ville de Kansas City.

— Il faut avouer que votre immeuble à Tenth and Main est une véritable œuvre d'art, lui dit John Davis. Il paraît que vous travaillez sur un nouveau projet du même type ?

— Oui, celui de Third and Main, précisa Jake.

— Tout ça va changer notre horizon, ajouta Richard Burke. Combien y aura-t-il d'étages, dix-huit, vingt ?

— Vingt-deux pour être exact, répondit Jake.

Il se raidit légèrement quand Tim Lathrop se mêla à leur petit groupe. Jake et cet homme brun au regard d'un bleu glacial étaient souvent en compétition sur des projets, et Tim avait la réputation de ne pas toujours être fair-play.

— Vous savez que ce prix aurait dû me revenir, lui dit-il sans prendre de gants.

— Vous pouvez toujours aller voir les membres du comité pour leur en parler si vous pensez qu'une erreur a été commise, répliqua Jake.

Il se sentit soudain épuisé. Il en avait assez de faire semblant. Il n'avait qu'une envie : ôter sa cravate grise et noire et son costume sombre pour enfiler une tenue plus décontractée. Les bavardages superficiels commençaient à l'ennuyer. Il avait des choses tellement plus importantes en tête… Des choses comme… un meurtre.

Cependant, il lui fallut encore supporter une demi-heure de mondanités avant de pouvoir enfin partir. En sortant du bâtiment où s'était tenue la cérémonie, il sentit glisser sur lui l'air chaud et étouffant de cette fin de mois d'août. Il se dirigea vers sa voiture qui était garée plus bas dans la rue et desserra le nœud de sa cravate.

Il avait hâte de se retrouver chez lui. La seule chose dont il avait envie à cet instant était de prendre un verre, assis dans son fauteuil, où il ne serait pas obligé de sourire ou d'interagir avec qui que ce soit.

C'était le premier événement mondain auquel il participait depuis deux ans et il se sentait vidé de toute énergie. Il aurait pu trouver une excuse pour l'éviter, mais il avait reçu cette récompense et, vis-à-vis de la profession, il ne pouvait faire autrement que d'aller la chercher.

Alors qu'il marchait en direction de sa voiture, il entendit soudain une voix féminine l'appeler. En se retournant, il vit une femme brune qui avançait vers lui.

Il fronça les sourcils. Elle lui semblait vaguement familière, mais il n'arrivait pas à se rappeler exactement où il l'avait rencontrée et surtout il n'avait aucune idée de ce qu'elle pouvait bien lui vouloir. Elle ne devait pas avoir participé à la soirée à laquelle il venait d'assister car, au lieu d'une robe de cocktail, elle portait un jean bleu ciel et un débardeur bleu roi.

En dépit de sa tenue décontractée, elle était très séduisante et, lorsqu'elle s'approcha de lui sous la lumière du réverbère, il la reconnut enfin.

Monica Wright. Oh ! non ! Que faisait-elle ici ? Cette journaliste d'investigation, qui animait un podcast populaire, était bien la dernière personne qu'il avait envie de voir.

— Monsieur Lamont, puis-je vous demander de m'accorder un petit moment ? lança-t-elle d'une voix confiante.

Malgré sa furieuse envie de faire demi-tour et de s'enfuir à toutes jambes, Jake lui sourit et décida de se faire passer pour plus bête qu'il n'était.

— Excusez-moi, vous êtes… ? dit-il en la regardant, l'air interrogateur.

— Monica Wright, du podcast The Wright News, répondit-elle avec un grand sourire.

Jake écoutait de temps à autre son podcast et il trouvait Monica Wright plutôt attirante mais, maintenant qu'elle était en face de lui, il devait reconnaître qu'elle était encore plus belle en vrai. Elle était petite et plutôt bien faite. Ses longs cheveux bruns contrastaient de manière saisissante avec ses yeux très bleus. Elle avait un joli visage en forme de cœur et des lèvres charnues tout à fait séduisantes.

— Je vois que vous avez remporté le gros lot, lui dit-elle en lui montrant le trophée qu'il tenait à la main.

Jake se détendit. Peut-être ne voulait-elle lui parler que de son travail.

— Oui, je suis très honoré.

— L'immeuble que vous avez construit est une vraie merveille.

— Merci, c'est toujours agréable quand les gens reconnaissent notre dur labeur.

— Et qu'avez-vous ressenti en apprenant que Max Clinton avait été assassiné, il y a deux nuits ?

Face à sa question totalement inattendue, Jake se raidit.

— Je n'ai rien à dire à ce sujet.

Il se retourna et recommença à marcher vers son véhicule.

— Monsieur Lamont, j'aimerais vraiment vous recevoir dans mon podcast, je suis certaine que vous auriez des choses très intéressantes à raconter.

Elle lui emboîta le pas, continuant à lui parler comme un agaçant et trop bruyant petit chihuahua.

— Vous avez bien dû ressentir quelque chose en apprenant que Max Clinton avait été tué par le Justicier.

Jake arriva devant sa voiture et ouvrit sa portière avant de se retourner vers la journaliste.

— Je viens de vous dire que je n'avais rien à dire à ce sujet, lui répéta-t-il avant de s'installer derrière le volant.

Puis, ignorant sa présence, il démarra et avança vers

la sortie du parking. Il prit ensuite la direction du nord et roula en tentant de ne penser à rien.

Mais bien sûr, c'était impossible. Avec une seule question, Monica Wright avait réveillé une armée de pensées… toutes plus sombres les unes que les autres. Pourquoi était-elle venue le voir, lui ? Était-elle allée voir les autres hommes qui avaient eux aussi choisi de se faire justice eux-mêmes en passant un pacte avec le diable ? Comment avait-elle découvert leur existence ? Et la sienne ? Penser au Justicier était bien la dernière chose qu'il souhaitait.

Sa maison en briques rouges était posée sur un petit terrain et possédait quatre chambres. Il l'avait fait construire trois ans plus tôt. À cette époque, Jake croyait que toutes ces chambres seraient vite occupées par des enfants. Il ne le croyait plus à présent. D'ailleurs, il ne croyait plus ni au bonheur ni à la famille, depuis qu'il avait perdu sa sœur.

Après s'être garé dans le garage, il se rendit dans la cuisine et déposa le trophée sur le bar. Il finirait par l'emporter dans son bureau, situé dans le centre-ville, mais pas tout de suite.

Il marcha jusqu'à sa chambre et troqua son costume pour un bas de jogging et un T-shirt. Ensuite, il se rendit dans le salon et ouvrit le minibar qui se trouvait dans le coin de la pièce. Il se servit deux doigts de whisky sur quelques glaçons et s'écroula dans son fauteuil inclinable en cuir noir.

Après avoir pris une gorgée de son verre, il se pencha en arrière et ferma les yeux. Immédiatement, une vision de Suzanna lui vint à l'esprit. Chaque fois qu'il pensait à elle, il la revoyait, rejetant sa tête en arrière en riant, le regard pétillant.

Elle était si belle avec ses cheveux bruns coupés

court et ses yeux verts étincelants. Elle avait quelque chose d'exubérant, et son amour de la vie était tel qu'il se propageait autour d'elle. C'était elle la Star de Lamont and Star. Elle était la principale source d'inspiration de Jake, sa partenaire et sa sœur jumelle. Et depuis qu'elle avait été assassinée, deux ans plus tôt, il était désespérément perdu.

Il prit une nouvelle gorgée et son esprit dériva vers Max Clinton, l'homme qui avait tué Suzanna. Il avait été son petit ami. Il serait même probablement devenu son fiancé et son mari s'il ne l'avait pas frappée et étranglée lors d'une crise de jalousie sans précédent. Malheureusement, son avocat avait réussi à semer le doute dans l'esprit du jury et il s'en était tiré.

Qu'avait ressenti Jake quand il avait appris que Max était la dernière victime de celui que les médias surnommaient le Justicier ? Il avait été si bouleversé qu'il lui était difficile de décrire le mélange d'émotions qui l'avait traversé.

Mais ce qui avait dominé était un immense soulagement… Le soulagement de savoir que Max Clinton ne pourrait plus jamais faire de mal à une femme. Puis, une nouvelle vague de chagrin l'avait submergé tandis que de nouveaux souvenirs revenaient le torturer… Des souvenirs de la vie joyeuse que sa sœur menait et de la brutalité de sa mort.

Deux nuits auparavant, Max avait été tué par le Justicier, qui aimait trancher la gorge de ses victimes et graver un profond « J » sur leurs fronts. Certains évoquaient le karma, mais Jake, lui, connaissait la vérité.

Le meurtre de Max s'était produit à la suite d'une rencontre entre Jake et cinq autres hommes endeuillés. Des hommes en colère qui avaient passé ensemble un accord terrible, un accord qui leur assurerait à chacun une place en enfer.

La mort de celui qui avait tué sa sœur avait confirmé la peur de Jake… Celle d'avoir, avec ces autres hommes, créé et libéré un véritable monstre dans la communauté.

Monica se retint de jurer quand elle se coupa le bout du doigt sur la tranche d'une feuille de papier. Il n'était que 9 heures du matin et la journée avait déjà très mal commencé. Elle s'était couchée bien trop tard, la veille, attendant désespérément que sa source au département de la police la rappelle. Elle voulait savoir s'ils avaient du nouveau concernant le Justicier. Malheureusement, celle-ci ne l'avait jamais rappelée.

Ce matin, sa cafetière avait toussoté, craché puis refusé de produire une seule tasse de café. Sa douche n'avait été qu'un maigre filet d'eau, lui rappelant qu'il serait peut-être temps de changer le pommeau puis, alors qu'elle était sortie sur son perron pour ramasser son journal matinal, elle avait marché dans une crotte de chien.

Et maintenant, ça… Cette petite blessure de rien du tout qui était pourtant très douloureuse, et tout ce sang qui refusait de cesser de couler. Elle attrapa un mouchoir dans la boîte qui était posée sur son bureau, l'enroula autour de son doigt, puis se laissa aller en arrière sur sa chaise en poussant un profond soupir de frustration.

La cause de cette frustration n'était pas réellement due à l'enchaînement de tous ces événements mais plutôt au fait qu'elle n'avait pas réussi à convaincre Jake Lamont de participer à l'enregistrement de son podcast.

Il aurait été un invité tout à fait convaincant. Il était le seul survivant de sa famille après l'assassinat brutal de sa sœur jumelle. Le présumé meurtrier de celle-ci avait été libéré sans qu'aucune charge ne soit retenue contre lui et voilà que, deux ans plus tard, il était lui-même la victime d'un *serial killer* qui semblait se charger d'éliminer tous ceux que la justice avait laissés filer dans la région de Kansas City.

La police avait pour l'instant reconnu que ce tueur en série était responsable de quatre crimes et que chacune des victimes avait été accusée de crimes violents avant d'être relâchée suite à diverses difficultés dans les rouages judiciaires. Le Justicier semblait suivre un rythme effréné – quatre hommes étaient morts en moins de deux mois –, et les forces de l'ordre n'avaient pour l'instant pas le moindre indice le concernant.

Monica voulait être celle qui résoudrait l'enquête. C'était une sacrée aspiration pour une femme qui tenait un podcast quotidien sur les informations de la ville de Kansas City et de ses environs et qui était suivie par plus de vingt mille abonnés.

Elle voulait être celle qui comprendrait tout, non seulement dans l'espoir d'accroître sa visibilité, mais aussi pour dissiper ce manque de confiance en elle qui l'accompagnait depuis toujours. Elle avait besoin de prouver à son père que…

Elle sursauta en entendant la sonnerie de son téléphone fixe retentir. Elle ne répondait jamais sur cette ligne. C'était une promesse qu'elle se faisait à elle-même chaque soir quand elle finissait son émission.

Jusqu'ici, elle avait reçu onze demandes en mariage, d'innombrables invitations à devenir maman et quelques propositions concernant des expériences sexuelles pour le moins étranges.

Dernièrement, elle avait aussi reçu des appels de Larry Albright, un entrepreneur local. Monica lui avait consacré une émission quand on avait découvert que celui-ci avait réussi à extorquer des millions de dollars à de nombreuses personnes grâce à de multiples arnaques.

Ces derniers jours, il avait appelé une bonne douzaine de fois et lui avait laissé des messages menaçants. Elle mâchouilla un de ses ongles en attendant de voir qui cherchait cette fois à la joindre.

« Bonjour, Monica, commença une voix sur le répondeur. Je m'appelle Janet McCall, vous ne me connaissez pas mais je suis une de vos plus grandes fans. Enfin… Ce n'est pas la raison de mon appel. Je sais que vous cherchez des informations concernant le Justicier… »

La femme marqua une pause et Monica se pencha en avant, comme pour mieux l'entendre.

« Ça n'a probablement pas de réelle importance et je vais peut-être vous faire perdre votre temps, mais… je dirige le groupe de soutien des Northland Survivor et, en découvrant que le Justicier avait tué quatre hommes ayant participé à mes réunions, j'ai trouvé qu'il s'agissait quand même d'une étrange coïncidence. »

Monica se leva et décrocha le combiné.

— Janet, bonjour, c'est moi, Monica Wright.

— Oh… Je ne m'attendais pas à vous parler en personne, lui répondit la femme avant de laisser échapper un petit rire nerveux. Je suis une grande admiratrice de votre travail.

— Merci, c'est gentil. Mais, dites-moi, je ne suis pas certaine de comprendre ce que vous venez de dire au sujet de votre groupe.

— Écoutez… Selon les rapports, la première victime du Justicier était Brian McDowell, qui avait battu à mort la mère de Matt Harrison. La seconde victime était Steven Winthrop, qui avait violé et tué la femme de Nick Simon. La troisième était Dwight Weatherby qui avait assassiné la fille de Troy Anderson, et on vient d'apprendre que sa dernière victime est Max Clinton qui a frappé puis étranglé la sœur de Jake Lamont. Tous ces hommes, Matt Harrison, Troy Anderson, Nick Simon et Jake Lamont ont fait partie de mon groupe de soutien des Northland Survivor pendant plusieurs mois et ils ont tous cessé de venir aux réunions au même moment.

Les deux femmes restèrent un moment silencieuses, le temps que Monica digère l'information.

— Ce n'est pas très clair, n'est-ce pas ? demanda enfin Janet en laissant échapper un petit rire teinté de gêne.

— Si, si, je réfléchis seulement à ce que cela peut signifier, la rassura Monica. Dites-moi, vous avez parlé de tout ça aux autorités ?

— Non, je ne sais pas vraiment si ça peut être intéressant.

— Il est encore trop tôt pour le dire, mais j'aimerais prendre un peu de temps pour approfondir tout ça avant que vous n'en parliez à la police, si c'est possible bien entendu, dit Monica.

— Bien sûr, lui répondit Janet. Vous pensez que ça pourrait être une information importante ?

— Pour être honnête, je n'en ai pas la moindre idée, mais je vous remercie de m'en avoir parlé.

Quelques minutes plus tard, Monica se rassit sur sa chaise, en repensant à cette nouvelle donnée. Se pouvait-il qu'il ne s'agisse que d'une coïncidence ?

Il existait des dizaines de groupes d'aide aux survivants dans la région de Kansas City, pourtant, d'après ce que venait de lui dire cette femme, le Justicier ne se serait attaqué qu'aux membres de celui-ci en particulier. Pour quel motif ?

Voilà une raison supplémentaire de parler avec Jake Lamont, se dit-elle. Même si elle ne voyait pas quelle place cette nouvelle information pouvait prendre dans ce puzzle complexe, elle méritait d'être vérifiée et approfondie.

Monica passa le reste de la matinée à travailler sur le contenu de son émission prévue pour le soir, puis elle partit faire quelques courses et en profita pour s'acheter une nouvelle cafetière. Jamais elle ne pourrait passer la journée sans une bonne tasse de café.

Quand elle rentra chez elle, il était presque 15 heures. Pendant qu'elle faisait ses courses, elle n'avait cessé de repenser aux propos que lui avait tenus Janet. Elle se prépara du café puis alla s'asseoir à son bureau.

Plutôt que de se concentrer sur le tueur, elle ne pouvait s'empêcher de penser à Jake Lamont. Il était véritablement bel homme. Son costume ajusté mettait ses épaules musclées en valeur. Ses cheveux sombres étaient légèrement ébouriffés et ses yeux étaient du même vert profond que celui des forêts vierges…

La nuit précédente, en rentrant chez elle, elle avait fait quelques recherches sur Internet à son sujet. Elle avait découvert qu'il était célibataire et qu'il était un architecte réputé. Puis elle avait relu les articles qui parlaient de la mort de sa sœur et avait finalement réussi à trouver, grâce à un moteur de recherche très performant, son numéro de téléphone et son adresse.

À 16 heures, elle quitta à nouveau son domicile et se rendit en voiture jusqu'à l'endroit où vivait Jake Lamont. Elle ne savait pas du tout à quelle heure celui-ci rentrait de son travail, elle ignorait même s'il travaillait aujourd'hui, d'autant plus qu'on était samedi. Mais elle avait bien l'intention de lui parler de nouveau.

Elle voulait discuter avec lui, maintenant qu'elle avait cette information révélée par Janet. Aussi, même s'il était absent, elle n'était pas pressée et attendrait patiemment son retour.

Une partie d'elle-même espérait encore pouvoir l'interviewer pour son podcast, et elle brûlait d'impatience à l'idée de lui parler du groupe des Northland Survivor et des trois autres hommes qu'il avait forcément déjà rencontrés.

La maison de Jake était grande. Une immense baie vitrée ouvrait sur le jardin, la pelouse était soigneusement entretenue et des arbustes, buissons et fleurs entouraient une jolie fontaine. Le grand terrain et la surface de la maison témoignaient de la réussite financière de l'architecte.

Monica ne perdit pas de temps et alla directement frapper à la porte d'entrée. Comme il n'y avait aucune réponse, elle présuma que Jake n'était pas chez lui et remonta en voiture pour aller se garer un peu plus loin, de manière à pouvoir guetter son retour en toute discrétion.

La veille, elle l'avait abordé par surprise, mais elle espérait que ce soir il serait de meilleure composition et accepterait de discuter avec elle. Alors qu'elle venait tout juste de couper le moteur de sa voiture, la sonnerie de son téléphone portable retentit. Peu de gens avaient son numéro personnel et, en regardant sur l'écran, elle sentit un stress familier lui serrer l'estomac.

— Salut, papa, dit-elle en décrochant.

— Comment vas-tu ?

À l'autre bout du fil, la voix de Neil Wright était toujours aussi sérieuse.

— Je suis en train de travailler.

En entendant le petit rire sec de son père, Monica sentit son stress monter d'un cran.

— J'espérais qu'une fois passé la trentaine, tu laisserais ce stupide podcast de côté pour chercher un vrai travail.

— C'est un vrai travail, papa, répondit-elle, même si

elle savait que ce genre de réponse ne faisait qu'empirer les choses.

Elle n'était qu'une source de déception pour son père, et ce depuis le jour de sa naissance où il espérait avoir enfin un garçon.

Elle était la plus jeune de trois filles et, selon lui, elle avait représenté sa dernière chance d'avoir le fils dont il rêvait.

Tant que sa mère avait été en vie, elle avait pu se consoler des blessures que son père pouvait lui causer, mais celle-ci était morte d'un cancer du sein quand Monica avait huit ans.

— Alors, quoi de neuf ? demanda-t-elle pour changer de conversation.

— Je vais aller à la pêche demain avec Harry et Franck, mais les pièces que j'avais commandées pour mon camion sont arrivées au magasin Liberty, alors je me demandais si tu pouvais les récupérer pour moi ?

— Oui, bien sûr…

— Génial, tu n'auras qu'à les déposer dans le garage, je pense que je rentrerai tard demain soir.

Quand son père raccrocha, Monica laissa échapper le profond soupir qu'elle avait retenu quelques instants plus tôt. Le fait que son père lui demande souvent de faire des courses pour lui révélait le peu d'importance qu'il accordait à son travail.

Monica savait que, pour gagner son respect, il lui aurait suffi de reprendre ses études pour devenir infirmière ou avocate, comme ses deux sœurs.

Mais elle avait toujours été passionnée par l'actualité, elle adorait son métier. Et il lui trottait toujours dans un coin de la tête cette idée qu'un jour, si elle était suivie par de plus en plus d'auditeurs et si elle se faisait remarquer par les médias nationaux, peut-être que son père la trouverait enfin digne d'intérêt.

Toutes ces inquiétudes et pensées se dissipèrent quand Monica vit la voiture de Jake Lamont passer devant elle et s'engager dans l'allée.

Sans perdre une seconde, elle démarra et le suivit, le cœur battant à l'idée de découvrir un nouveau scoop. Jake gara son véhicule devant la porte de son garage puis sortit.

Monica stationna juste derrière lui et fit de même. Mon Dieu, elle avait trouvé cet homme séduisant la veille dans son costume, mais il était encore plus sexy en jean et dans ce T-shirt bleu marine qui moulait son torse musclé.

— Vous êtes sur une propriété privée, déclara-t-il, son beau visage déformé par la colère.

— J'ai pensé que la nuit vous porterait conseil et que vous auriez peut-être finalement envie de participer à mon podcast ? lança-t-elle en lui adressant son sourire le plus charmant.

— Je n'ai pas changé d'avis, lui dit-il avant de se retourner vers sa porte d'entrée.

— Comme la dernière victime du Justicier a un lien avec vous et votre sœur, j'aurais vraiment aimé savoir ce que vous ressentiez à ce sujet…, continua-t-elle en le suivant de près.

— Je vous ai déjà répondu, vous ne m'avez pas entendu ? répliqua-t-il, sèchement. Je n'ai rien à dire là-dessus.

Il déverrouilla la porte de sa maison puis se retourna pour la regarder.

— Et maintenant, je vous demande de quitter immédiatement ma propriété, lui ordonna-t-il avant d'entrer chez lui.

— Encore une chose, ajouta-t-elle. Pouvez-vous me confirmer que vous avez bien assisté aux réunions du groupe de soutien des Northland Survivor en compagnie de Nick Simon, Troy Anderson et Matt Harrison ?

Jake Lamont se figea. Et fit volte-face une nouvelle fois pour se retrouver face à Monica. La colère qui s'affichait sur son visage sembla s'atténuer.

— OK, je vous accorde cinq minutes.

À la grande surprise de Monica, il ouvrit grand sa porte et lui fit signe d'entrer.

2

Jake était sous le choc. Comment cette femme avait-elle pu découvrir qu'il avait assisté aux réunions du groupe des Northland Survivor ? Et surtout que savait-elle d'autre ?

Il avait besoin de le découvrir au plus vite et c'était pour cette raison qu'il l'avait invitée à entrer. Il avait suivi quelques fois son podcast et il avait rapidement observé à quel point Monica Wright pouvait être tenace et ambitieuse… Deux qualités qui risquaient fort de devenir menaçantes si elle continuait à enquêter sur le Justicier.

Jake avait des soupçons concernant son identité, mais il lui fallait vérifier ce que savait réellement Monica avant de lui parler de quoi que ce soit, car si la vérité éclatait il risquait fort d'être accusé de complicité dans cette affaire.

Sois proche de tes amis, mais encore plus de tes ennemis, se dit Jake en faisant entrer Monica dans le salon.

— Vous voulez boire quelque chose ? lui demanda-t-il tandis qu'elle prenait place sur le canapé.

Tout en marchant vers le minibar, il se dit qu'avec un peu d'alcool elle pourrait se détendre et lui confier tout ce qu'elle savait.

Elle leva les yeux et il vit soudain naître une lueur de méfiance dans ses incroyables yeux bleus.

— Je veux juste que vous sachiez que mon producteur et mon cameraman sont dans une voiture garée un peu plus bas dans votre rue. Warren et Wally assurent toujours mes arrières et ils savent tous les deux où je suis. Maintenant que vous êtes au courant, je veux bien un verre d'eau fraîche, oui.

Mais que s'imaginait-elle ? Qu'il l'avait fait entrer chez lui pour la tuer ? Il ne pouvait être certain qu'il y avait bien un Warren et un Wally prêts à accourir à sa rescousse, mais il n'avait de toute façon pas l'intention de lui faire le moindre mal.

Après lui avoir servi un verre d'eau, il se versa quelques doigts de whisky puis vint s'installer dans le fauteuil qui était installé en face d'elle.

— Éclaircissons tout de suite quelque chose, commença-t-il, je ne participerai pas à votre émission. Mais je veux bien vous raconter, en privé, ce que j'ai ressenti quand j'ai appris que Max Clinton était la nouvelle victime du Justicier.

— Ça vous embête si j'enregistre ? demanda-t-elle en sortant son téléphone portable de son immense sac à main rouge.

— Mais oui, répondit-il en essayant de cacher son agacement. Je viens de vous dire que j'étais d'accord pour vous parler en privé. Et puis, je ne vois pas en quoi ce que je m'apprête à vous raconter mérite d'être enregistré. Quand j'ai appris que Max Clinton avait été assassiné, je n'ai rien ressenti d'autre qu'un peu de soulagement à l'idée qu'il ne pourrait plus jamais faire de mal à aucune femme.

— Je comprends, affirma-t-elle avant d'ajouter : Je suis désolée pour votre sœur.

Jake acquiesça en silence et le flot de ses pensées dériva vers Suzanna. Ils avaient toujours semblé savoir ce que l'un ou l'autre pensait ou ce qu'il s'apprêtait à dire. « Un truc de jumeau » avaient-ils l'habitude d'expliquer à leurs amis. Maintenant qu'elle était morte, il se sentait vide, comme si la moitié de son âme lui avait été volée pour toujours.

— Et où vous trouviez-vous la nuit où Max a été tué ?

La question de Monica le ramena brutalement à la réalité.

Bon sang, qu'elle était séduisante. Le jean noir qu'elle portait aujourd'hui mettait ses jambes en valeur et son débardeur rouge, assorti à ses hauts talons de la même couleur, lui offrait une adorable vue sur son décolleté.

Combien d'hommes avaient bien pu se perdre dans les profondeurs de ses yeux bleus, être ensorcelés par son sourire si charmant et tout lui déballer ?

Son parfum, mélange d'agrumes et de mystérieuses épices, était lui aussi incroyablement envoûtant.

— Où étiez-vous quand Max a été assassiné ? demanda-t-elle à nouveau.

Jake se ressaisit et se concentra sur la question, essayant d'oublier combien il trouvait Monica attirante.

— J'étais à la Taverne de Doug, j'avais une réunion avec le maire, une douzaine de conseillers municipaux et quelques architectes du coin. Nous discutions des projets de rénovation et de réhabilitation du centre-ville. Après cela, je suis rentré chez moi et je me suis couché.

— Seul ?

— Oui, acquiesça-t-il. J'étais seul.

Il savait que Max avait trouvé la mort entre minuit et 2 heures du matin. Ce qui signifiait qu'il n'avait pas de véritable alibi. Il avait été brièvement interrogé par la police le lendemain du meurtre, mais il n'avait pas été recontacté depuis.

— Et comment avez-vous appris sa mort ?

— Je l'ai lu dans le journal, comme la plupart des habitants de Kansas City.

— Concernant votre sœur, auriez-vous quelque chose à me dire de particulier ? demanda-t-elle en affichant une soudaine expression de sympathie.

Oh, songea Jake, comme il aimerait parler de sa sœur… Raconter quelle femme merveilleuse elle était… Mais il savait que Suzanna n'aurait pas apprécié qu'il parle d'elle à une journaliste uniquement alléchée par la découverte d'un nouveau scoop.

— Non, répondit-il simplement. Mais pourquoi tenez-vous tant à me parler ?

— Quand Max Clinton a été tué, et qu'un « J » a été gravé sur son front, j'ai tout de suite compris qu'il était la quatrième victime du Justicier. La police a essayé de cacher aux médias l'existence de sa signature sur le corps, mais quelqu'un a communiqué l'information à la presse.

— Comment savez-vous tout ça ? s'enquit Jake en la regardant avec surprise.

— Je connais quelqu'un dans les forces de l'ordre.

— Vous voulez dire qu'il y a une taupe ?

— Source, taupe, indic, appelez-le comme vous voulez, mais il me donne de temps à autre des informations qui me permettent de savoir ce qu'il se passe dans le milieu criminel de Kansas City. J'ai aussi entendu dire qu'il y allait avoir une conférence de presse demain et que la police allait demander de l'aide aux citoyens pour mettre la main sur le tueur en série.

Intéressant… Jake avait justement besoin de se tenir au courant de l'évolution de l'enquête, Monica allait s'avérer être, sans le savoir, d'une aide capitale.

— Vous ne m'avez toujours pas dit ce que vous attendiez de moi ?

— Initialement, je pensais que votre histoire pourrait être vraiment intéressante pour mon podcast, mais ensuite j'ai appris que vous et ces trois autres hommes aviez fait partie du même groupe de soutien.

— Qui vous a dit ça ? demanda-t-il.

Monica sourit, et il vit briller dans ses yeux une lueur d'intelligence.

— Je ne révèle jamais à personne le nom de mes sources. Connaissez-vous Nick Simon, Troy Anderson et Matt Harrison ?

— Oui. Vous avez raison, nous avons assisté aux réunions de ce groupe à la même époque, mais quel est le rapport avec tout ça ?

— Vous voulez dire que le fait que le Justicier s'en soit pris à ceux qui ont détruit vos vies ne serait qu'une simple coïncidence ? rétorqua-t-elle en hochant la tête. Je suis désolée mais je ne crois pas à ce genre de choses, le tueur semble avoir un lien avec le groupe des Northland Survivor, ce qui signifie que vous le connaissez peut-être.

Elle marqua une courte pause et se pencha avant d'ajouter :

— Si vous savez quelque chose sur lui, s'il vous plaît, dites-le-moi.

— Pourquoi ferais-je une telle chose ? Je ne vous connais même pas. Vous êtes juste une inconnue qui a débarqué à l'improviste sur mon perron.

— Alors pourquoi m'avez-vous invitée à entrer chez vous ?

— Parce que vous avez éveillé ma curiosité en mentionnant le groupe des Northland Survivor et les autres hommes.

— Vous avez déjà regardé mon podcast ?

Jake prit une gorgée de son whisky avant de répondre.

— Je suis tombé dessus une ou deux fois, oui.

— Alors vous avez dû vous rendre compte que je

suis plutôt douée dans mon domaine. Je fouille dans les affaires mieux que quiconque, et personne dans cette ville n'a envie d'identifier ce meurtrier autant que moi. Je veux… J'ai besoin de prouver à tout le monde que mon podcast est à prendre au sérieux.

Les joues de Monica virèrent subitement au rose, comme si elle regrettait d'en avoir tant dit. Elle se pencha en arrière sur sa chaise.

Jake l'observa un long moment avant de lui répondre.

— Alors on dirait que nous voulons tous les deux la même chose. Je veux que ce tueur soit arrêté et j'ai bien l'intention de lui mettre la main dessus en personne. Il est visiblement totalement dérangé et semble prendre du plaisir à tuer, aussi je ne pense pas qu'il ait prévu de s'arrêter de sitôt.

Monica fronça les sourcils.

— Il est intelligent et rigoureux. Il n'a pas laissé un seul indice derrière lui et la police est frustrée de n'avoir aucune piste pour avancer. Il élimine des êtres que la société définit comme dangereux, mais cela n'excuse en rien ses crimes atroces.

— Je partage le même avis.

Elle le fixa du regard un instant.

— Quelle est votre histoire ? Vous êtes un architecte couronné de succès, vous avez reçu de nombreux prix tout au long de votre carrière. Qu'est-ce qui peut vous donner l'envie soudaine de traquer un tueur en série ?

Il n'était certainement pas encore prêt à lui faire confiance et n'allait pas lui raconter les détails du pacte qu'il avait passé avec ces six hommes, ce soir-là, sur un terrain de base-ball abandonné dans les bois.

Révéler ce qu'il savait présentait un risque énorme, non seulement pour lui mais aussi pour les quatre autres innocents du groupe. Il se sentait responsable de la naissance de ce Justicier et n'arrivait pas à trouver le moyen d'aiguiller la police sans se mettre en danger. De plus, il devait essayer de découvrir l'identité du coupable. Et la seule façon pour lui d'y parvenir était de mener sa propre enquête.

— Disons seulement que j'ai l'impression d'avoir l'obligation morale de le poursuivre, répondit-il enfin.

Monica écarquilla grand les yeux.

— Donc vous savez quelque chose.

— C'est possible, oui, admit-il.

Dans son regard s'alluma immédiatement une étrange lueur, et Jake se demanda ce qu'il pourrait se passer si au lieu de le voir comme la source d'un énorme scoop, elle le considérait comme un homme.

— Si nous voulons tous les deux la même chose, nous pourrions faire équipe, vous et moi. Je peux partager tout ce que je sais avec vous et vous pourriez faire de même.

Sa proposition le surprit. Il devait reconnaître qu'une partie de lui avait besoin de partager ce qu'il savait. Mais il n'avait jamais pensé pouvoir le faire, surtout pas avec une journaliste ambitieuse.

— J'ai besoin d'un peu de temps pour y réfléchir, déclara-t-il.

— Combien de temps ?

— Je ne sais pas… Donnez-moi vingt-quatre heures.

Il voulait mettre la main sur le Justicier, mais il n'avait jamais envisagé d'avoir une partenaire qui pouvait avoir les ressources nécessaires pour atteindre ce but.

Monica jeta un regard à sa montre et se leva.

— OK, rendez-vous dans vingt-quatre heures alors. Je dois rentrer chez moi pour enregistrer mon émission.

— J'espère que vous n'évoquerez rien de tout ce que nous avons pu aborder ici, lui dit-il en l'accompagnant jusqu'à la porte d'entrée.

— Contrairement à ce que vous semblez croire, je sais garder les secrets. Comment puis-je vous joindre demain ?

— Et si vous veniez dîner avec moi chez D'Angelo ? Vous savez où ça se trouve ? ajouta-t-il en se demandant d'où pouvait bien lui venir une idée pareille.

— Oui, je connais ce restaurant, à quelle heure ?

— Vers 18 heures ?

Elle acquiesça puis sourit.

— J'ai hâte d'y être.

— Passez le bonjour à Wally et Warren.

Son sourire devint légèrement confus.

— Je n'y manquerai pas, à demain.

Et, sur ces mots, elle tourna les talons et marcha vers sa voiture.

Jake la regarda démarrer et sortir de l'allée puis il referma sa porte et la verrouilla. Tandis qu'il retournait s'asseoir dans son fauteuil pour finir son verre, il sentit ses pensées tourbillonner dans son cerveau.

Avait-il perdu la tête en proposant à cette journaliste de faire équipe avec lui ? Et en acceptant de lui confier ce qu'il savait ? Et, surtout, qu'est-ce qu'il lui avait pris de l'inviter à dîner ?

S'il devait collaborer avec elle, il allait devoir faire très attention à ne pas les incriminer, lui et les autres hommes. Monica Wright semblait être totalement hors de contrôle et, dans ce sac de nœuds, Jake savait qu'elle ne s'arrêterait pas avant d'avoir tout démêlé. Au moins, s'il était à ses côtés, il allait pouvoir l'orienter là où il le souhaitait et pourrait toujours garder un œil sur elle.

Mais il allait devoir se souvenir qu'elle semblait être le genre de journaliste prête à tout, et même à le pousser sous un bus, pour découvrir la vérité.

Il était un peu plus de 17 h 30 quand Monica gara sa voiture dans un parking en bas de la rue où se trouvait le restaurant D'Angelo. L'endroit était populaire car il offrait une bonne cuisine italienne à des prix raisonnables, mais le dimanche soir la salle était bondée.

Elle avait quitté Jake la veille avec la certitude qu'il avait des informations cruciales concernant l'enquête.

Les ombres qu'elle avait vues passer dans ses yeux d'un vert profond semblaient murmurer des secrets, des secrets qu'elle rêvait de découvrir.

Avait-elle choisi de porter son chemisier bleu qui laissait apparaître ses épaules car on lui avait plusieurs fois dit qu'il lui allait à ravir et lui donnait une allure terriblement sexy ? Avait-elle enfilé son jean noir slim car elle savait qu'il mettait ses jambes fines en valeur ? Et tout cela dans le but d'utiliser ses charmes pour obtenir ce qu'elle voulait ?

Peut-être, mais elle devait aussi avouer qu'elle avait envie que Jake Lamont ne la voie pas que comme une journaliste d'investigation mais aussi comme une femme désirable.

Ce qui était absolument ridicule. Une relation était bien la dernière chose dont elle avait besoin, elle n'avait pas de temps ni d'énergie à consacrer à autre chose qu'à son travail, même si parfois il lui arrivait de se sentir seule. Et, même si cela était totalement stupide, le fait d'avoir discuté la veille avec Jake lui avait rappelé ce triste sentiment de solitude.

Peut-être était-ce car elle avait senti, la première fois qu'elle l'avait rencontré, des papillons danser au creux de son ventre. Et qu'elle n'avait pas ressenti une telle chose pour un homme depuis bien longtemps.

Elle mit un doigt à sa bouche puis reposa sa main sur son volant. Elle essayait désespérément d'arrêter de se ronger les ongles. Il était difficile d'avoir de belles mains quand on avait les ongles cassés. Elle commença à tapoter sur le volant tandis qu'un nouveau flot de pensées défilait dans son esprit.

Tout pour un scoop ! C'était ce qu'elle se répétait comme un mantra depuis cinq ans, quand elle avait besoin de se rappeler combien ce qu'elle faisait était sérieux et important. La publicité sur son podcast l'aidait à payer ses factures, mais elle voulait plus qu'une simple sécurité financière. Elle voulait gagner le respect de ses pairs. Et découvrir l'identité du Justicier, être celle qui serait responsable de son arrestation lui apporterait enfin le crédit qu'elle méritait, elle le savait.

Dans cette affaire, pour la première fois, elle ne voulait pas seulement rapporter les faits, non, cette fois elle voulait les déclencher. Elle voulait traquer ce tueur.

Et le fait que Jake ait changé d'attitude vis-à-vis d'elle quand elle avait mentionné le groupe de soutien des Northland Survivor et les trois autres hommes était pour le moins intrigant. Il avait abandonné son comportement agressif et sur la défensive pour devenir soudain beaucoup plus aimable.

De prime abord, son histoire n'avait qu'un potentiel humain, mais le coup de téléphone de Janet McCall avait tout changé. Et la discussion qu'ils avaient eue la veille également. Son témoignage serait bien plus qu'une simple histoire émouvante, Monica sentait qu'il pourrait bien être la clé qui lui permettrait de découvrir l'identité du tueur en série.

Elle arrêta de tapoter son volant du bout des doigts et se rapprocha de son pare-brise en voyant la voiture de Jake arriver dans son champ de vision. Il était en train de se garer de l'autre côté de la rue.

En le voyant sortir de son véhicule et marcher vers

le restaurant, elle sentit les papillons se réveiller en elle. Il était d'une incroyable élégance dans son jean sombre et sa chemise à manches courtes vert foncé, qui était parfaitement assortie à ses yeux.

Elle attendit cinq minutes puis, décidant d'ignorer les papillons, sortit également de sa voiture et se dirigea vers la porte d'entrée du restaurant.

À l'intérieur, il faisait frais et un peu sombre. Dans l'air flottaient des odeurs d'ail, d'oignon et de diverses épices italiennes, et une douce musique était diffusée dans la pièce à la décoration chaleureuse.

— Bonsoir, une table pour vous seule ? lui demanda une jeune et jolie serveuse.

— Non, j'ai rendez-vous avec M. Lamont.

— Ah oui, lui répondit la serveuse en lui adressant un nouveau sourire. Suivez-moi, je vous en prie.

La jeune femme slaloma entre les tables jusqu'à une petite pièce à l'écart où se trouvait une table pour deux.

À leur arrivée, Jake se leva et, pendant un bref instant, Monica se demanda ce qu'il pourrait bien se passer s'il avait réservé cet endroit pour tout savoir d'elle, pour connaître ses rêves et ses espoirs, pour passer du temps les yeux dans les yeux avec elle et lui murmurer des mots doux à l'oreille.

Cependant, la situation était bien différente et, si Jake Lamont avait décidé de dîner à cet endroit, ce n'était que parce qu'ils avaient des sujets sensibles à aborder en toute discrétion, des choses comme des assassinats et un *serial killer* qui sévissait dans cette même ville.

— C'est charmant, lui dit-elle, en prenant place en face de lui, tandis que la serveuse s'éloignait.

— J'ai pensé que ce serait une bonne idée de nous retrouver dans un endroit neutre pour avoir cette conversation. Mais que diriez-vous de dîner avant de nous lancer dans le vif du sujet ?

— Bonne idée, acquiesça-t-elle.

— J'ai déjà choisi ce que je vais prendre, annonça-t-il en lui tendant le menu.

Alors qu'elle parcourait des yeux les différents plats proposés, elle sentit son regard posé sur elle avec une telle insistance qu'elle se pressa de choisir. Une fois la carte refermée, elle leva les yeux vers lui et croisa son regard.

Il détourna le sien et un silence rempli de gêne s'installa entre eux. Heureusement, la serveuse revint vers eux et brisa la glace.

Elle leur servit des verres d'eau puis posa au centre de la table une corbeille avec du pain à l'ail et du beurre fouetté. Puis elle prit leur commande et disparut à nouveau.

— Avez-vous passé une bonne journée ? lui demanda-t-il quand ils furent à nouveau seuls.

Monica le regarda avec surprise. Elle n'arrivait pas à se souvenir de la dernière fois où quelqu'un lui avait posé cette question.

— Vous voulez vraiment le savoir ou c'est de la simple politesse ?

— J'aimerais vraiment le savoir.

— J'ai eu une matinée plutôt difficile, mais j'y suis habituée. Je ne suis pas du matin et, souvent, rien ne se passe comme prévu. Par exemple, hier ma cafetière m'a lâchée, j'en ai donc acheté une nouvelle, mais ce matin, quand j'ai décidé de me préparer un café, j'ai soudain réalisé que je n'avais plus de dosettes.

— En effet, ça a dû être terrible, dit-il en esquissant un sourire.

— Oh ! vous pouvez me croire, je ne suis pas fréquentable tant que je n'ai pas bu ma première tasse de café. Enfin, le reste de ma journée a été plutôt bon.

Je travaille sur plusieurs affaires en ce moment et tout se déroule bien… Et vous, comment était votre journée ?

— Tranquille, j'ai regardé un peu la télévision puis j'ai dessiné pendant un moment. Je déteste les dimanches, le bureau et les chantiers sont fermés, et je n'ai pas grand-chose à faire.

— Vous avez de la famille dans le coin ?

— Je n'ai pas de famille, répondit-il. Mes parents sont morts, nous laissant seuls Suzanna et moi. Et vous ? Vous avez des proches dans la région ?

— Ma mère est morte quand j'avais huit ans, mais il me reste mon père et mes deux sœurs aînées, Addie et Elizabeth, qui ont réussi leurs vies et qui sont pour lui aussi précieuses que la prunelle de ses yeux.

— Ce qui signifie que vous ne l'êtes pas ? demanda-t-il en haussant un sourcil.

— Disons que je suis plutôt sa principale source de déception depuis des années, dit-elle en essayant d'ignorer la blessure douloureuse qui saignait toujours dans son cœur.

Ils furent interrompus dans leur discussion par l'arrivée de leurs plats. Jake avait commandé des spaghettis avec des boulettes, et Monica, des raviolis au fromage.

— Oh, mon Dieu, que tout ça a l'air appétissant !

— Voulez-vous un morceau de pain ?

— Volontiers, oui.

— Un peu de beurre ?

— Absolument.

Jake étala un peu de beurre sur un morceau de pain et le lui tendit. Quand leurs doigts se touchèrent, Monica sentit les papillons s'agiter dans son ventre. Bon sang, mais que lui arrivait-il ?

— Je crois que la cuisine italienne est celle que je préfère, remarqua-t-il, en se servant également du pain.

— C'est vrai que c'est délicieux, mais pour ma part je préfère la cuisine mexicaine, répondit-elle. Pour moi, rien n'égale les chips à la sauce *salsa* et les *enchiladas* au fromage.

Ils restèrent silencieux pendant un moment, se concentrant chacun sur leur repas. D'un côté, Monica avait hâte de finir son assiette afin d'avoir la conversation qu'elle attendait tant et, d'un autre, une petite partie d'elle-même aurait voulu étirer le temps, comme si leur entrevue était un premier rendez-vous amoureux.

Encore une fois, elle se demanda ce qui pouvait bien clocher chez elle. La seule chose qui l'intéressait chez Jake Lamont était ce qu'il savait sur le Justicier. Elle devait obtenir son scoop, voilà tout.

Il lui fallait rester concentrée sur ses objectifs et ne pas se laisser distraire par ses beaux yeux verts bordés de grands cils et son sourire si sexy. OK, c'est vrai qu'elle le trouvait très attirant, mais elle devait garder ses distances et se rappeler qu'il n'était qu'un moyen pour elle de parvenir à son but.

— Et alors, pourquoi le journalisme ? demanda-t-il en continuant de manger.

— Pourquoi l'architecture ? répliqua-t-elle en haussant les épaules.

— J'aime l'apparence des bâtiments, j'ai toujours su que j'aimerais concevoir d'incroyables immeubles.

— Pour ma part, j'ai toujours été fascinée par les journalistes féminines. Je les ai étudiées et j'ai cherché à comprendre ce qui pouvait bien les rendre aussi populaires. J'ai toujours su moi aussi que je voudrais être une journaliste d'investigation et travailler sur les événements qui ont lieu dans la région de Kansas City.

— Vous n'avez pas envie de travailler pour des médias plus importants ? demanda Jake, en se coupant un nouveau morceau de pain.

— Les podcasts sont un tout nouvel univers. De plus en plus de gens choisissent de s'informer par des sources alternatives et ça me plaît d'être l'une d'entre elles, lui dit-elle en lui adressant un sourire. Et puis, j'aime être mon propre patron. Je ne suis pas toujours très fair-play avec les autres joueurs…

— Ah, c'est bon à savoir, lui dit-il en haussant à nouveau les sourcils, surtout si je fais équipe avec vous.

— Je vais vous confier un petit secret à mon propos… Si nous travaillons ensemble, je serai la personne la plus loyale du monde.

— Je ne peux que vous croire sur parole…

— Oui, je suis digne de confiance, assura-t-elle.

Ils restèrent à se regarder pendant un long moment. Monica n'aurait pu dire si Jake Lamont la croyait ou non, mais ce qu'elle lui avait dit était sincère.

Elle finit par baisser les yeux, sentant l'instant devenir trop pressant… Trop intime.

— Vous savez, je préférerais aller en prison plutôt que de révéler le nom d'une de mes sources. Malgré mon ambition, j'aime à croire que j'ai un grand sens de l'intégrité.

— L'intégrité est une valeur primordiale, acquiesça-t-il.

Quand ils eurent fini leurs plats, Jake repoussa son assiette sur le côté et regarda Monica avec un air interrogateur.

— Que diriez-vous d'un dessert avec le café ? J'aime finir un bon repas sur une note sucrée.

— Je n'aime rien autant que le chocolat et les histoires de meurtres… Alors, passons aux choses sérieuses.

Jake avait passé les dernières vingt-quatre heures à réfléchir à ce qu'il allait bien pouvoir dire à Monica. Pouvait-il lui faire confiance ? Même s'il n'avait absolument aucune raison de la croire, son instinct lui soufflait qu'elle était une personne sur qui il pouvait compter. Après tout, ils voulaient tous les deux la même chose.

Mais peut-être était-ce aussi parce qu'il avait désespérément besoin de croire en quelqu'un. Il voulait que quelqu'un comme elle sache ce qui s'était passé cette nuit-là dans les bois... Au cas où il lui arriverait quelque chose. Si elle filait directement voir la police pour tout leur raconter et qu'il se faisait arrêter, eh bien, finalement, ça ne serait peut-être pas plus mal. Peut-être était-ce après tout le sort qu'il méritait ?

Il commanda du tiramisu, Monica une part de moelleux au chocolat et un café. Une fois qu'ils furent servis et de nouveau seuls, Jake l'observa un instant.

Était-ce le fait qu'elle soit si séduisante dans ce chemisier bleu qui lui donnait l'impression qu'il pouvait lui faire confiance ? Ou le fait que lorsqu'elle lui souriait, il sentait une incroyable chaleur se diffuser en lui... Quoi qu'il en soit, il n'était pas stupide. Tout cela était bien trop grave, il ne pouvait se permettre de commettre la moindre erreur.

— Alors, commença-t-il, imaginez six hommes pleins de colère, des hommes dont les proches ont été assassinés par des fous. Imaginez qu'à cause de divers vices dans les procédures ou autres problèmes et déficiences dans notre système juridique, imaginez que ces monstres n'aient pas été punis pour leurs crimes.

Il baissa les yeux vers son café en se remémorant la rage et le chagrin qui l'avaient envahi après le meurtre de Suzanna. Et combien ceux-ci s'étaient amplifiés quand Max Clinton avait été acquitté.

Il releva le regard vers Monica.

— Ces six hommes se sont retrouvés dans le groupe de soutien des Northland Survivor, cherchant tous un moyen de survivre à leur désespoir. Essayant d'apprendre à gérer leurs émotions et à s'entraider afin de supporter leur accablante douleur.

— Ont-ils trouvé là-bas ce qu'ils cherchaient ? lui demanda-t-elle doucement.

— Non. Ils se sont réunis plusieurs fois à la suite des réunions pour aller boire quelques verres, parler de leur chagrin et de leur fureur contre le système, mais ils n'ont jamais trouvé de soulagement, jusqu'au jour où ils ont décidé de prendre les choses en main.

Il marqua une nouvelle pause, cette fois pour prendre une gorgée de son café et une bouchée de son dessert. Le tiramisu était fade, mais il savait que c'était parce que son goût était déformé par la douleur, la honte, l'amertume et l'immense culpabilité qu'il ressentait.

Une partie de lui n'arrivait toujours pas à croire qu'il avait pu participer à l'élaboration d'un tel plan. Cette nuit-là avait été un moment de pure folie.

— Quoi qu'il en soit, reprit-il en sentant un nœud se créer dans sa poitrine, plus ces hommes se regroupaient et plus leur colère grandissait. Et puis, une nuit, après s'être tous retrouvés sur un terrain de base-ball abandonné quelque part au fin fond des bois, ils ont mis au point un plan totalement délirant.

C'était à partir de là que Jake allait devoir faire preuve d'un peu d'imagination pour se protéger lui, ainsi que les autres hommes qui avaient fait partie de cet atroce complot. Il était persuadé que le meurtrier était l'un d'entre eux, les quatre autres et lui-même étaient innocents.

— Un plan délirant ? répéta Monica en le fixant du regard, sa fourchette suspendue au-dessus de son assiette.

Une partie de lui avait terriblement peur de parler de ce qui s'était décidé cette nuit-là, mais une autre brûlait d'envie de se délester de ce lourd fardeau.

— Vous devez garder en tête que nous étions tous fous de chagrin, dit-il comme si cela pouvait justifier et atténuer ce qu'ils avaient imaginé pour que la justice soit rendue.

— Je ne vous juge pas, ne vous en faites pas.

— Pour être honnête, continua-t-il en laissant échapper un profond soupir, je ne me rappelle pas qui en a eu l'idée, mais chacun d'entre nous devait assassiner un de ceux qui avaient tué nos proches. Par exemple, je devais éliminer l'homme qui avait tué la femme de Nick Simon. Nick devait se charger de celui qui avait battu à mort la mère de Matt Harrison, etc.

Il cessa de parler et observa le visage de Monica avec la plus grande attention, cherchant à y lire une expression de choc ou de dégoût. En vain. La seule chose qu'il vit briller au fond de ses yeux était la curiosité.

— Quand je repense à cette réunion dans les bois, j'ai l'impression qu'elle n'a pas été réelle, que ce n'était qu'un cauchemar et que rien de tout cela ne s'est produit. Pourtant, c'est bel et bien arrivé.

Il prit une profonde inspiration avant d'ajouter :

— Et nous nous sommes tous quittés en pensant que chacun allait suivre ce plan à la lettre. Mais, en y repensant, je crois que je savais déjà que j'étais totalement incapable de tuer un homme, qu'importe le crime qu'il ait pu commettre, et je crois que les autres étaient comme moi. Ce que je veux dire, c'est que l'idée de la vengeance était séduisante, mais je ne crois pas que tout ça aurait pu se concrétiser.

La serveuse interrompit leur conversation en venant

leur proposer à nouveau du café et Jake en profita pour lui donner sa carte de crédit.

— Quoi qu'il en soit, reprit-il quand elle se fut éloignée, je pensais que rien de tout ça ne se produirait jusqu'au jour où le premier homme a été tué.

En se rappelant l'instant où il avait découvert l'information dans le journal, il sentit l'angoisse lui serrer la poitrine.

— Brian McDowell, dit Monica. C'est lui qui avait battu à mort la mère de Matt Harrison.

— Exactement. Selon notre plan, c'est Nick Simon qui était supposé l'éliminer mais il ne l'a pas fait et c'est ce premier meurtre, je crois, qui a marqué la naissance du Justicier.

— Alors vous présumez qu'il est l'un des quatre hommes du groupe ?

— Je ne pense pas qu'il puisse s'agir d'un de ceux qui ont obtenu justice grâce aux meurtres du tueur en série. Je crois que c'est l'un des deux hommes qui restent, Clay Rogers ou Adam Kincaid.

— Et que comptez-vous faire ? poursuivit Monica, les yeux si brillants d'excitation qu'il se demanda soudain s'il avait raison de lui faire confiance.

Enfin… Au point où il en était, autant aller jusqu'au bout.

— J'y réfléchis depuis que Max Clinton a été tué, lui répondit-il en repensant à cette idée qui lui trottait dans la tête depuis ce jour. Je sais que tous les meurtres ont eu lieu entre minuit et 2 heures du matin, je pense donc qu'il est possible d'identifier le tueur en surveillant ces deux hommes pendant cette tranche horaire jusqu'à ce que l'un d'entre eux fasse un mouvement.

— Et après ?

— Quand je serai certain de son identité, je le

coincerai J'espère pouvoir le maîtriser puis le livrer à la police. J'ai besoin de le savoir derrière les barreaux, lui révéla-t-il en fronçant les sourcils. Je pense que cet homme prend du plaisir à tuer, Monica. Et la marque qu'il grave sur le front de ses victimes est la preuve d'une soif de meurtre absolument terrifiante.

— Je suis tout à fait d'accord avec vous. Il n'y a qu'une chose… Quand nous aurons identifié le meurtrier, je voudrais un peu de temps pour pouvoir publier l'histoire en premier, lui dit-elle les yeux brillants.

Jake remarqua immédiatement l'utilisation du « nous » dans sa phrase.

— Je peux vous accorder ça, lui répondit-il, mais l'arrestation de ce type est quelque chose que j'ai besoin de faire seul. Il n'y a aucune raison pour que je vous implique dans cette affaire. Je vous préviendrai dès que j'aurai eu la confirmation de l'identité du Justicier, de sorte que vous puissiez avoir votre scoop.

— Je m'implique toute seule, je veux faire partie de tout ça, Jake, je veux surveiller ces deux hommes avec vous, protesta-t-elle.

— Monica, ça pourrait être dangereux, qu'importe son identité, cet homme fera tout pour ne pas se faire prendre. Il est sans foi ni loi.

— Je sais, mais réfléchissez-y un instant… Deux personnes valent mieux qu'une, non ? Nous pourrions surveiller l'un des domiciles depuis votre voiture un soir et depuis la mienne le lendemain, de sorte à ne pas attirer l'attention. Et puis, nous pourrions nous réveiller l'un l'autre, si nous nous endormons.

— Non, je continue de penser que ce n'est pas une bonne idée, répliqua-t-il en secouant la tête. Une des raisons pour lesquelles je vous ai confié toute cette histoire est justement pour m'assurer que ces informations ne disparaissent pas s'il m'arrivait quelque chose.

— Pourquoi vous arriverait-il quelque chose ?

— Je ne sais pas, mais si ce type est aussi impitoyable que je le pense, alors les autres hommes et moi sommes également en danger. Et s'il comprend que je le traque, il n'hésitera pas à me régler mon compte, j'en suis certain.

— Je veux quand même vous aider. Je connais le nom des deux individus que vous suspectez, je peux tout à fait faire de la surveillance de mon côté si vous refusez que je vous accompagne.

Elle releva le menton fièrement et regarda Jake avec un air de défi.

— Monica, ne me faites pas regretter de vous avoir confié tout ça, lui dit-il en se maudissant de lui avoir révélé les noms des deux hommes.

— Alors n'essayez pas de me mettre à l'écart, répliqua-t-elle avant de poser sa main sur la sienne. S'il vous plaît, Jake, laissez-moi vous aider.

Elle retira sa main avant d'ajouter :

— Je peux être chez vous demain soir à onze heures et demie, comme ça nous pourrons commencer.

— OK, lâcha-t-il à contrecœur.

Qu'elle se mêle de tout ça, en risquant de tout faire rater et en se mettant en danger était bien la dernière chose dont il avait envie. Il avait déjà son lot de culpabilité à porter, il ne voulait pas risquer d'en récolter plus que son cœur et ses épaules ne pourraient supporter.

— Nous pouvons y aller ?

— Oui, acquiesça-t-elle en se levant.

Jake s'était déjà chargé de l'addition, ils quittèrent donc le restaurant en traversant la grande pièce puis sortirent, dans la nuit étouffante.

— Hé, salope ! cria une voix grave derrière eux.

Ils se retournèrent pour découvrir un homme aux cheveux sombre qui, la démarche vacillante, s'éloignait sur le trottoir un peu plus loin. L'homme leva la main en l'air et jeta quelque chose dans leur direction.

Jake attrapa Monica et passa son bras autour de ses épaules pour la protéger tandis qu'une bouteille en verre venait se briser à leurs pieds.

— Mais qu'est-ce que… ?

Après avoir placé Monica derrière lui, Jake se tourna vers l'homme, mais celui-ci avait déjà disparu. Quelques instants plus tard, ils entendirent le moteur d'une voiture qui démarrait.

— Salope ! cria à nouveau l'homme par la vitre de son véhicule avant de s'éloigner.

— Mais vous connaissez cet homme ? s'enquit Jake en se retournant vers Monica.

— Oui, il s'agit de Larry Albright. C'est un entrepreneur local… J'ai fait un sujet sur lui, il y a une dizaine de jours. Il a arnaqué beaucoup de propriétaires, surtout des personnes âgées, en leur faisant croire qu'ils avaient besoin de nouvelles toitures. Il leur a fait payer des factures très lourdes et a utilisé des matériaux de très mauvaise qualité. Autant vous dire qu'il n'est pas heureux de ce que j'ai pu dire sur lui.

— Et maintenant il vous harcèle ? demanda Jake, inquiet.

— Apparemment.

— Vous avez prévenu la police ?

— Non, je ne pense pas qu'il puisse être vraiment dangereux. Et puis, après son inculpation, il a été libéré sous caution en attendant son procès, il sait donc qu'il suffirait d'un seul coup de téléphone aux autorités pour qu'il se retrouve en prison à attendre son jugement. Il essaye juste de m'intimider, je crois, il se défoule. Quoi qu'il en soit… Il est tard, je vais rentrer, merci pour le dîner et rendez-vous chez vous demain soir, alors ?

Après l'avoir saluée, Jake regarda Monica marcher jusqu'à sa voiture. Elle était superbe dans les derniers rayons du soleil. Et sa démarche était incroyablement sexy et désinvolte malgré la hauteur de ses talons.

— Enfin…, soupira-t-il.

Bien qu'il la trouve attirante, bien qu'elle semble digne de confiance et qu'elle manifeste un enthousiasme véritable pour la traque du Justicier, il ne pouvait s'empêcher de penser que toute cette histoire allait, à coup sûr, tourner au désastre.

3

— Rejoignez-moi, demain soir, pour suivre la deuxième partie de « La violence des gangs à Kansas City » et, comme d'habitude, soyez certains d'obtenir des informations précises et toujours justes avec Monica Wright !

Monica éteignit son micro et sa caméra puis s'écarta de son bureau. Elle avait choisi de travailler dans une pièce inoccupée de sa maison et y avait installé son matériel et son ordinateur, ainsi que trois écrans réglés en continu sur les chaînes d'informations. Elle avait aussi une toile de fond aux couleurs du pays, bleue, blanche et rouge, qui faisait très professionnel.

Ce soir, elle avait lancé une enquête en six parties qu'elle avait menée sur les activités croissantes des gangs dans les environs. Chaque week-end, il y avait plus de fusillades et plus de morts, la plupart du temps dans le sud du centre-ville.

Elle avait été ravie de réussir à obtenir une interview avec le chef autoproclamé d'un de ces gangs qui, étonnamment, s'était avéré être un jeune homme brillant qui avait choisi de gagner sa vie comme dealer de drogue car il ne voyait aucune autre possibilité pour son avenir.

Une vie de misère et un manque crucial d'opportunités avaient fini de briser ses rêves et ses espoirs… Monica était fière d'avoir recueilli son témoignage, mais c'était surtout le programme de sa seconde partie de soirée qui l'enchantait.

Cette nuit, Jake et elle allaient commencer leur traque du Justicier. Elle sentit un frisson d'excitation lui parcourir l'échine tandis qu'elle troquait sa tenue élégante pour un petit haut noir à manches courtes et un jean noir.

Il allait sans dire qu'elle avait été choquée, la veille, en découvrant le plan qu'avaient élaboré ces six hommes endeuillés. Elle avait été choquée mais aussi étrangement émue que Jake Lamont lui fasse confiance au point de lui confier une telle information.

Si elle avait été une autre femme, un autre genre de journaliste, elle aurait pu se servir de ce qu'il lui avait raconté et diffuser l'incroyable histoire de ces six hommes, assoiffés de vengeance, qui avaient décidé de rendre justice eux-mêmes.

Mais elle était plus intéressée par le fait de traquer ce dangereux *serial killer* afin de le mettre le plus vite possible hors d'état de nuire. D'autre part, si elle-même avait déjà du mal à croire que ces hommes, même accablés par le chagrin et bouleversés par la colère, seraient capables de tuer de sang-froid, qu'en serait-il de ses auditeurs ?

Non, le vrai challenge était d'identifier le tueur puis de le faire arrêter. Voilà ce qu'elle voulait : raconter la traque et l'arrestation d'un tueur en série.

Jake Lamont semblait être le dernier homme capable de tuer un autre être vivant. Monica ne pouvait savoir si c'était son intuition féminine ou son propre libre arbitre, mais elle ne croyait pas qu'il avait ce genre de compétence. Et ce, malgré toute la douleur qu'il avait bien pu ressentir. Sinon, pourquoi lui aurait-il raconté son histoire ? Évidemment, elle pouvait se tromper… Enfin, seul le temps le lui dirait.

À 11 heures, elle fourra quelques bricoles à grignoter dans son sac à main, attrapa une glacière qui contenait des boissons fraîches et sortit de chez elle. Alors qu'elle marchait dans l'obscurité vers l'endroit où elle avait garé sa voiture, elle parcourut les environs du regard.

Le fait d'être agressée par Larry Albright, la veille, l'avait malgré tout un peu secouée. Elle ne s'était encore jamais retrouvée dans une telle situation. Ce qu'elle avait dit à Jake était vrai – elle savait qu'il ne représentait pas un réel danger – mais, malgré cela, elle avait été très surprise qu'il l'attende devant le restaurant pour l'injurier et lui lancer cette bouteille. Elle espéra que ce serait la dernière fois qu'une telle chose se produisait.

Elle s'installa au volant de sa voiture et démarra. Une fois en route, elle regarda plusieurs fois dans son rétroviseur, mais personne ne la suivait.

Elle avait passé la plus grande partie de sa journée à chercher des informations sur les cinq hommes mentionnés par Jake.

Nick Simon et Troy Anderson s'étaient apparemment tous les deux fiancés le mois précédent. C'était la seule chose qu'elle avait pu trouver, mais elle espérait que ce soir Jake pourrait lui en dire plus sur chacun d'entre eux.

Alors qu'elle n'était plus loin de chez lui, elle sentit à nouveau une vague d'excitation la submerger. Elle devait reconnaître qu'elle le trouvait très attirant. Elle avait déjà rencontré de nombreux hommes tout à fait séduisants, avait même été en couple avec certains d'entre eux, mais jamais elle ne s'était permis de se lier trop intimement ou de s'investir émotionnellement parlant.

Tout pour un scoop ! se répéta-elle une nouvelle fois. Elle espérait bien, les deux prochaines nuits, obtenir enfin l'information qui lui permettrait de diffuser le sujet le plus important de toute sa carrière.

De la lumière s'alluma dans la maison de Jake, derrière sa baie vitrée. Monica se gara dans l'allée, attrapa ses affaires puis, une fois sortie de sa voiture, alla toquer à la porte d'entrée. Jake ouvrit dès le premier coup.

Il portait un jean, un T-shirt noir et arborait un air très contrarié.

— J'espérais que vous auriez changé d'avis, dit-il.

— Impossible, répondit-elle fermement.

— Je pense toujours que ce n'est pas une bonne idée, insista-t-il, en fronçant davantage les sourcils.

— Je ne comprends pas pourquoi, répliqua-t-elle. Starsky a besoin de Hutch, Batman de Robin. Bon sang, même Sammy a besoin de Scooby-Doo !

— Scooby-Doo, sérieusement ? répéta-t-il en esquissant un sourire.

— On ne sait jamais, un gros chien baveux peut être utile dans certaines situations. Ouaf ouaf !

Cette fois, Jake afficha un grand sourire puis secoua une nouvelle fois la tête.

— J'ai l'impression que la nuit va être longue.

— Que la fête commence ! s'exclama-t-elle en éclatant de rire.

Ils s'installèrent dans la voiture de Jake puis se mirent en route pour le domicile de Clay Roger.

— Racontez-moi l'histoire de Clay, demanda-t-elle en essayant de ne pas se laisser distraire par l'enivrant parfum de Jake.

— Il s'occupe de la comptabilité chez un concessionnaire automobile. Un soir, sa petite amie est partie courir et n'est jamais revenue. Son corps a été retrouvé le lendemain dans un champ. Elle avait été violée et étranglée.

— Quelle horreur, souffla Monica, incapable

d'imaginer la peine qu'on pouvait ressentir en perdant un proche dans de telles circonstances.

— Oui, et ce qui est encore plus tragique c'est qu'ils ont découvert l'identité de son meurtrier en regardant les vidéosurveillances. Il s'appelle Charlie Cohen. Sur les bandes, on le voit la suivre en voiture puis se garer, sortir de sa voiture et la pourchasser.

— Laissez-moi deviner, malgré tout ça, il s'en est tiré ?

Jake acquiesça. Dans le faible éclairage qui provenait du tableau de bord, son beau visage paraissait sinistre.

— Il avait un avocat réputé qui a basé toute sa défense sur le fait que Charlie voulait seulement emprunter le portable de la jeune fille car il avait un pneu crevé. Comme il n'y avait aucune image de lui en train de l'agresser, il a été relaxé. Et le procureur n'avait pas assez de preuves pour faire un nouveau procès.

Monica retint l'irrésistible envie qu'elle avait de le toucher, de poser ses mains sur ses épaules pour chasser toute la tension qui semblait l'accabler.

— Vous semblez ressentir la douleur des autres en plus de la vôtre, dit-elle doucement.

— En effet, répondit-il en laissant échapper un soupir qui sembla le détendre un peu. Clay était le plus jeune d'entre nous et je l'aimais bien, mais si c'est lui le Justicier, qu'importe mon affection, il doit être mis hors d'état de nuire.

— Et c'est pour cette raison que nous nous rendons chez lui, au beau milieu de la nuit, déclara-t-elle.

Le silence s'installa dans le véhicule tandis qu'ils parcouraient les rues sombres en direction de la maison de Clay. Ils ne pouvaient savoir quand le *serial killer* tuerait à nouveau, mais Monica avait le sentiment que ce serait pour bientôt.

Elle pensait d'ailleurs que Jake avait raison. Cet

homme aimait ce qu'il faisait. Et il fallait être sacrément dérangé pour trancher la gorge d'un être humain… Et puis qu'allait faire ce monstre lorsqu'il aurait tué les six hommes de sa liste ? À qui s'en prendrait-il ?

Jake ralentit et tourna dans une rue bordée d'arbres. Les maisons étaient d'allure modeste et la plupart d'entre elles étaient plongées dans l'obscurité à cette heure tardive.

Après s'être garé le long du trottoir, il éteignit les phares puis coupa le moteur.

— Voici la maison de Clay, dit-il à Monica en lui montrant une habitation de l'autre côté de la route.

Celle-ci était petite et possédait un jardin bien entretenu. Aucune lumière ne brillait aux fenêtres mais, si Clay était le Justicier, elles pouvaient à tout moment s'allumer et lui-même risquait de sortir de chez lui, son prochain meurtre en tête.

— On ferait bien de s'installer confortablement, fit remarquer Jake en défaisant sa ceinture de sécurité.

Quand il baissa son siège pour gagner un peu d'espace, Monica l'imita puis ouvrit son sac.

— Vous voulez un peu de réglisse ?

— Non, merci.

— Sinon j'ai aussi des chips de maïs, des raisins secs et des tranches de pomme séchée…

Il se retourna vers elle pour la regarder.

— Vous avez vraiment tout ça dans votre sac à main ?

— Ah, mais ce n'est pas le sac à main habituel, ce soir. C'est plutôt un kit de survie pour les nuits de surveillance. Car non seulement j'ai des friandises, mais j'ai aussi une crème antibiotique, des pansements, un flacon d'antalgique et un baume pour les lèvres, entre autres choses.

— Je peux donc manger des raisins secs pendant

que vous me soignez et mes lèvres ne risquent pas de gercer, lui répondit-il.

— Vous avez tout compris. Vous voyez, c'est pour toutes ces raisons que vous ne pouvez pas vous passer de moi pour faire cette surveillance.

— J'ai aussi un kit vous savez.

— Vraiment ? Et qu'est-ce que vous avez ?

— Une lampe-torche et un revolver.

Ses mots ramenèrent brusquement Monica à la réalité. Ils n'étaient pas là pour rire et manger des friandises en plein milieu de la nuit. À tout moment, la situation pouvait devenir extrêmement dangereuse. Si le meurtrier les surprenait en train de le surveiller, elle savait qu'il n'hésiterait pas à les éliminer.

— Vous vous rendez compte que tout ça va peut-être durer plus d'une nuit ? demanda-t-il en la tirant de ses sombres pensées.

— Oui, j'en suis consciente, mais je pense qu'il va bientôt remettre ça.

— Je le crois également, affirma-t-il en regardant la maison. Mais il est aussi possible que nous soyons en train d'épier le mauvais type. J'espère même qu'il ne s'agit pas de lui.

— Dites-m'en plus sur l'autre homme... Adam Kincaid.

— La femme d'Adam a été tuée après avoir retiré deux cents dollars à un guichet automatique. Un toxicomane l'a agressée pour lui prendre son argent. Elle aurait pu s'en tirer, mais il a frappé si fort sa tête sur le trottoir qu'il l'a tuée. Et, avant d'être jugé, l'intéressé s'est vu offrir l'immunité en échange de quelques noms pour faire tomber un gros réseau de trafiquants qui opérait dans la ville.

— Mon Dieu, je n'arrive pas à croire que la justice ait pu à ce point vous abandonner, s'étonna Monica.

— Dieu merci, ce genre d'affaires n'arrive pas tous les jours et la plupart des criminels finissent derrière les barreaux.

— Peut-être, mais je trouve terrifiant qu'aucun d'entre vous n'ait obtenu justice, reprit-elle. Cela a dû être terriblement difficile pour vous de savoir que Max était libre alors qu'il avait tué votre sœur.

— Ça a été difficile, en effet, reconnut-il.

Encore une fois, Monica retint sa profonde envie de prendre la main de Jake. Le chagrin et la colère que ces hommes avaient dû ressentir la bouleversaient.

— Je vais aller voir si sa voiture est là, dit-il soudain en saisissant sa lampe-torche. Si ça se trouve, il est déjà parti et nous surveillons une maison vide.

— Non ! s'exclama-t-elle en lui attrapant le bras. Je ne veux pas, c'est trop dangereux.

— Qu'est-ce que je peux bien risquer en allant jeter un coup d'œil à son garage ? demanda-t-il.

— Des lumières pourraient s'allumer ou une alarme se déclencher. Des chiens de garde pourraient soudainement apparaître… Des chiens avec des dents aiguisées, entraînés à tuer.

— Si ça arrive, répondit-il en dégageant doucement son bras, alors nous passerons au plan B.

— Et quel est le plan B ?

— Vous vous planquez et moi je prends mes jambes à mon cou.

Jake sortit de la voiture aussi silencieusement que possible puis il regarda un instant la maison de Clay. Hormis l'habituelle ritournelle des insectes nocturnes, tout était silencieux. La lune, qui était presque pleine, l'aidait à voir autour de lui, il n'avait donc pas besoin d'allumer sa lampe-torche. Mais, si cela était plus commode, cela signifiait aussi qu'il était lui-même visible. Il balaya du regard les maisons voisines pour s'assurer qu'aucune n'était éclairée. Heureusement, tout le monde semblait dormir et personne ne saurait jamais qu'il s'était trouvé sur les lieux à cette heure tardive de la nuit.

Après avoir traversé la rue, il se dirigea vers la porte du garage de Clay, qui avait une petite fenêtre. Mais, alors qu'il approchait du but, une lumière s'alluma soudain, éclairant la zone devant le garage. Son cœur manqua un battement. Une alarme s'était-elle déclenchée à l'intérieur de la maison ? Il jeta un rapide coup d'œil par la fenêtre puis s'éloigna en courant.

Son cœur battait si vite qu'il avait l'impression qu'il allait exploser dans sa poitrine. Il courut sans regarder derrière lui. Quand il fut trois maisons plus loin, il se cacha derrière un arbre et prit quelques profondes inspirations pour essayer de ralentir son rythme cardiaque.

Il se demanda soudain si cette idée de surveillance n'était pas totalement stupide. Cependant, cela restait le seul moyen de pouvoir identifier le tueur. Et il avait le sentiment que cette responsabilité lui incombait.

Quelques minutes plus tard, la lumière s'éteignit enfin et la propriété de Clay fut à nouveau plongée dans l'obscurité. Rien dans la maison n'indiquait que quelqu'un s'était réveillé, tout semblait parfaitement normal et tranquille.

Ce n'était qu'un simple détecteur de mouvement, pas une alarme ni rien de ce genre, juste une lampe qui s'allumait automatiquement.

Il attendit encore quelques instants puis, rassuré, se dirigea vers sa voiture.

Monica était recroquevillée sur son fauteuil et écarquilla grand les yeux quand il ouvrit sa portière et se glissa derrière le volant.

— Est-ce que nous sommes en sécurité ? lui demanda-t-elle d'un ton inquiet.

— Oui, vous pouvez vous redresser.

Elle se laissa aller en arrière sur son siège et poussa un profond soupir.

— C'était un peu effrayant.

— Je vous avais prévenue que ce ne serait pas une sinécure. Vous êtes maintenant d'accord pour me laisser faire ça tout seul ? Je vous promets que je vous préviendrai dès que j'aurai découvert l'identité du tueur.

— Jamais de la vie, répondit-elle en secouant la tête. Nous sommes partenaires et nous le resterons jusqu'au dénouement de toute cette affaire.

Jake avait espéré qu'elle insisterait pour qu'il la ramène chez elle et lui permette de continuer sa mission de surveillance seul. Son parfum le déconcentrait et sa présence le perturbait. Faire équipe avec elle ne lui posait pas réellement de problème, mais le fait qu'elle soit si séduisante par contre…

Ces deux dernières années, il s'était isolé du monde. Il avait fui toute forme de vie sociale et ne s'était concentré que sur son travail. Il avait prévu de rester seul jusqu'à la fin de ses jours, comme pénitence pour tout ce qu'il s'était passé la nuit où sa sœur avait été assassinée.

Monica était la première femme qui, depuis lors, lui faisait un peu d'effet. Il ne pouvait s'empêcher de regarder son corps, petit mais si bien proportionné. Sa peau avait l'air douce, et il aimait beaucoup la manière dont ses yeux brillaient ainsi que la forme de sa bouche.

Mais plus qu'une attraction physique, il y avait également quelque chose en elle, dans son énergie, qui le fascinait. Un mélange de curiosité et d'intelligence, avec un zeste d'optimisme, qui lui rappelait sa propre façon d'aborder les choses avant la mort de Suzanna.

Heureusement, Monica semblait uniquement préoccupée par son scoop, la situation ne risquait donc pas de dégénérer.

— Vous avez pu voir si sa voiture était dans son garage ? demanda-t-elle.

— Oui, elle y était.

— Je dois vous avouer que j'ai eu très peur pour vous quand la lumière s'est allumée.

— J'ai eu moi-même une sacrée frousse, reconnut-il. Mais, Dieu merci, elle a été déclenchée par un détecteur de mouvement et j'ai échappé aux terribles chiens aux dents aiguisées.

Il s'appuya contre le dossier de son siège et regarda la rue déserte devant eux. Ils avaient parié sur cette tranche horaire, pendant laquelle le tueur avait assassiné ses précédentes victimes, et il était à présent presque minuit. Ils n'auraient qu'à rester jusqu'à un peu plus de 2 heures du matin, puis il raccompagnerait Monica chez elle.

— Tout ça risque de perturber notre emploi du temps dans la journée, dit-il finalement.

— Je n'ai pas vraiment d'emploi du temps, lui répondit-elle. Tant que je peux passer quelques heures à faire mes recherches et préparer ma prochaine émission pour le soir, je peux dormir aussi tard que je veux le matin.

— Je ne peux malheureusement pas m'offrir un tel luxe. Nous sommes en train de construire un gratte-ciel et j'ai besoin d'être sur le chantier tous les jours pour travailler avec le maître d'œuvre.

— Surtout faites attention de ne pas vous endormir tout en haut, la chute risquerait de vous être fatale.

— Faites-moi confiance, déclara-t-il en souriant. Je porte toujours un équipement de sécurité quand je monte tout là-haut et, en général, je ne fais pas de folies.

— Rester dans votre voiture au beau milieu de la nuit pour essayer d'arrêter un *serial killer* ne vous paraît pas être quelque chose de fou ?

— Oh si, c'est assez délirant je dois l'admettre, mais j'ai le sentiment que c'est mon devoir. Je n'ai pas l'impression que quelqu'un d'autre le traque et nous savons tous les deux qu'il n'a, pour le moment, pas commis la moindre erreur et que la police stagne dans son enquête.

Elle se pencha vers lui et posa une main sur son avant-bras. Ses doigts étaient chauds et doux, et il résista à l'envie de répondre à son geste.

— Jake, je trouve que ce que vous faites est admirable.

— Croyez-moi, je suis loin d'être quelqu'un d'admirable, répondit-il, en constatant avec soulagement qu'elle retirait sa main.

Malgré cela, il eut soudain trop chaud. Alors qu'il mettait le moteur en marche pour allumer la climatisation, il sentit qu'elle l'observait mais ne tourna pas la tête pour croiser son regard.

— Je soupçonne que cet homme aurait tué de toute façon, avec ou sans la participation de quelqu'un d'autre. Il semble se prendre pour Dieu et, d'après ce qu'on peut constater, il a l'air d'adorer ce qu'il fait.

— C'est pour cette raison que nous devons l'arrêter le plus vite possible. J'ai peur qu'après avoir éliminé tous ceux qui nous ont fait du mal, il ne cherche à poursuivre son œuvre. Tous les gens accusés de crime ne sont pas forcément coupables et nous n'avons aucun moyen de savoir qui seront ses nouvelles cibles.

Étrangement, il lui semblait facile d'évoquer le sujet des meurtres avec elle. Il n'avait pas envie de lui parler de la pluie et du beau temps. Il ne voulait pas la connaître mieux. Ils étaient partenaires, suivaient le même objectif, mais leur relation devait en rester là.

À présent que l'air était plus frais, il coupa le moteur à nouveau.

— Vous m'avez dit que vos deux parents étaient morts, demanda-t-elle. Que leur est-il arrivé ?

Manifestement, elle ne semblait pas partager le même avis que lui. Il soupira. Il pensait rarement à ses parents, qui avaient passé la plupart de leur vie à prendre de mauvaises décisions.

— Ils étaient tous les deux toxicomanes. Quand Suzanna et moi avons eu onze ans, mon père a fait une overdose. Ma mère a essayé de se sevrer et de reprendre une vie normale, mais elle n'y est jamais parvenue. Elle a fait, elle aussi, une overdose et elle est morte quelques jours après notre dix-huitième anniversaire.

— Oh ! je suis désolée, répondit-elle, l'air sincèrement attristée.

— Merci, mais c'était il y a longtemps.

Son enfance avait été terrible, mais il s'était toujours accroché à l'idée que c'est ce qui lui avait permis d'être fort et que les épreuves les avaient rapprochés, sa sœur et lui. Alors qu'ils avaient déjà un lien incroyablement puissant puisqu'ils étaient jumeaux. Quoi qu'il en soit, tous les deux avaient toujours su qu'ils ne pourraient compter que sur eux-mêmes pour s'en sortir dans la vie.

— Et vous, reprit-il, parlez-moi un peu de votre père et de vos sœurs.

Même s'il n'avait pas envie d'en savoir plus sur elle, il lui semblait obligatoire de lui poser quelques questions, ne serait-ce que par simple politesse. Et puis, cela lui permettrait de parler d'autre chose que de sa vie misérable.

Monica changea de position et se pencha vers lui.

— Mes sœurs ont cinq et six ans de plus que moi. Addie est l'aînée. Elle est mariée, a deux filles et est infirmière. Elizabeth est aussi mariée et a une petite fille. Elle et son mari ont leur propre cabinet d'avocats. Dès la naissance, je n'ai été qu'une source de déception pour mon père. Comme je vous l'ai dit, j'étais censée être le fils dont il avait toujours rêvé.

— Je suis certain que cela n'a rien changé à l'amour qu'il vous porte, répliqua Jake.

— Je n'en suis pas si sûre, j'ai toujours eu l'impression que je devais faire plus que tout le monde pour lui plaire. En outre, mes deux sœurs sont toutes les deux des modèles de vertus et de réussite. Sans compter que ma petite période de rébellion à l'adolescence n'a rien arrangé.

Sans réellement savoir pourquoi, Jake n'était pas surpris par ce que lui confiait Monica.

— Rébellion ?

— Cela n'a pas été si terrible que ça, la traditionnelle crise d'adolescence... Je ne respectais plus les horaires et je faisais un peu trop la fête. Et puis, dernièrement, mon père n'a pas été vraiment enchanté par mes choix de carrière. Il pense que je perds mon temps avec le podcast et que je joue comme une enfant. Il ne comprend pas que ce travail est ma passion et que c'est la voie professionnelle que j'ai choisi d'emprunter.

Pendant l'heure et demie qui suivit, ils évoquèrent leurs métiers respectifs. Monica lui raconta les articles et sujets sur lesquels elle avait travaillé dernièrement, y compris son enquête sur les gangs, et Jake lui parla des bâtiments qu'il prévoyait de faire construire et du plaisir qu'il ressentait lorsqu'il les voyait sortir de terre.

Il finit par céder et mangea quelque chips de maïs, puis ils burent les canettes de soda qu'elle avait apportées.

Ils discutèrent ensuite sur un ton léger et essayèrent de déterminer quelle pouvait être la meilleure chose à grignoter. Il aimait les choses salées, les noix, et elle était définitivement plus tentée par les bonbons sucrés. Il était facile de bavarder avec elle, et Jake se sentit rapidement totalement détendu. Ils parlèrent aussi un peu de politique et tombèrent d'accord sur le fait que certains problèmes méritaient d'être traités autrement.

Quand il fut finalement 2 heures du matin, Jake s'étonna de la vitesse à laquelle le temps avait passé.

— Je crois que nous pouvons rentrer maintenant, dit-il. Si Clay est notre homme, ce n'est pas ce soir qu'il va tuer quelqu'un.

— Je suis d'accord, répondit-elle en mettant sa ceinture de sécurité. Vous pensez vraiment que le tueur est l'un de ces deux hommes ?

Jake s'attacha également, démarra puis il déclara, en fronçant les sourcils :

— Je suis sûr et certain que le tueur ne peut pas être Nick Simon ni Troy Anderson. Ils ont été bouleversés quand les hommes qu'ils étaient censés éliminer ont été tués. Je sais aussi qu'ils ont vite pris leurs distances avec ce groupe. Ils ont rencontré de nouvelles femmes et ne veulent plus rien avoir à faire avec cette histoire. Par contre, je ne suis pas aussi certain de la totale innocence de Matt Harrison. Mais il peut tout à fait s'agir de Clay ou d'Adam.

— Allons-nous revenir devant chez Clay demain soir ? demanda Monica en couvrant sa bouche avec sa main pour cacher un bâillement.

— Je crois qu'il faut que nous continuions à le surveiller jusqu'à ce qu'il se passe quelque chose.

Jake sentit un nœud se créer en lui. Ce « quelque chose » serait probablement le meurtre d'un homme si lui et Monica n'arrivaient pas à l'en empêcher. Il pria soudain pour y parvenir à temps.

Ils restèrent silencieux pendant la fin du trajet.

— Vous pouvez conduire jusque chez vous ? demanda-t-il en se garant devant chez lui.

— Oui, ne vous en faites pas. Pour demain, rendez-vous à la même heure ?

— À moins que vous n'ayez envie de dîner une nouvelle fois avec moi, proposa-t-il tandis qu'ils sortaient tous les deux du véhicule. Vous m'avez dit que vous aimiez la cuisine mexicaine, et si je vous emmenais chez El Chappo ?

Sous la lumière argentée de la lune, il vit apparaître la joie dans ses yeux pétillants et dans la courbe de son sourire. Bon sang, se maudit-il, mais qu'est-ce qu'il lui prenait ?

— J'aimerais beaucoup. J'y ai déjà mangé plusieurs fois et j'adore leur cuisine. Et si nous nous y retrouvions vers 18 heures ?

— Parfait, répondit-il, même s'il brûlait d'envie d'annuler maintenant son invitation.

Quelques instants plus tard, il la regarda monter en voiture, démarrer et s'éloigner. Il attendit que ses phares disparaissent de son champ de vision pour se retourner et rentrer chez lui.

Quand il pénétra dans sa chambre et se prépara à se mettre au lit, il sentit l'épuisement le gagner. Cela faisait des années qu'il n'avait pas eu d'interaction sociale avec quelqu'un. Il avait repoussé tous ceux qui avaient essayé de nouer des liens avec lui et même ses anciens amis, ne se consacrant qu'à son chagrin et à sa colère.

Même si ce soir Monica et lui n'avaient pas parlé de choses vraiment importantes, discuter et échanger avec elle lui avait fait beaucoup de bien. Et il avait l'impression que cela avait réveillé en lui un appétit, comme s'il en voulait plus. Comme s'il voulait passer plus de temps avec elle…

Nom d'un chien, se dit-il, jamais il n'aurait dû l'inviter à dîner. Il avait été totalement stupide. Il ne voulait pas qu'elle puisse penser qu'elle pouvait représenter pour lui autre chose qu'une partenaire dans sa traque du tueur en série.

Certes, il aimait sa compagnie mais ce n'était pas une bonne chose. Elle le faisait rire, mais il n'y avait de place dans sa vie ni pour les rires ni pour aucune source de plaisir. Car, si c'était bien Max Clinton qui avait tué sa sœur, jamais Jake ne pourrait oublier ce qu'il avait fait, lui aussi, ce soir-là.

4

Quand elle entra chez El Chappo, Monica sentit tous ses sens s'éveiller. Une musique entraînante résonnait dans le restaurant aux murs peints de mille couleurs, et de délicieux effluves de tortillas, de cochon grillé, d'oignons et de sauce enchilada s'échappaient des cuisines.

Mais ce fut la vision de Jake, qui patientait assis à une table dans le fond, qui la bouleversa le plus. Il était si beau. Et elle aimait tant la tonalité de sa voix grave et encore davantage le grondement de son rire.

Elle n'avait pas envie de l'admettre, mais elle avait rêvé de ce moment toute la journée. Elle ne s'était pas attendue à l'apprécier autant… Enfin, elle avait surtout besoin de lui pour couvrir l'affaire la plus importante de toute sa carrière et, bien sûr, celle-ci restait au sommet de ses priorités. Elle devait seulement ne pas l'oublier. Ça et le fait qu'elle n'était pas prête à s'engager dans une relation, qu'elle voulait consacrer tout son temps et toute son énergie à sa carrière, et uniquement à sa carrière.

— Bonsoir, monsieur Lamont, dit-elle en prenant place en face de lui.

— Bonsoir, mademoiselle Wright, répondit-il en lui souriant. J'espère que vous avez faim.

— Je meurs de faim.

Elle prit une poignée de chips dans la petite corbeille qui se trouvait au milieu de leur table et en trempa une dans un bol de sauce pimentée avant de la mettre dans sa bouche.

— Hum, j'adore ces petites chips.

— Elles sont addictives, répondit-il en l'imitant.

— Vous n'avez pas l'air trop fatigué pour quelqu'un qui a fait des heures supplémentaires.

En vérité, il était même incroyablement séduisant dans sa chemise blanche, avec ses cheveux brillants et sa peau bronzée.

— J'ai réussi à faire une sieste en douce cet après-midi. Et vous ?

— J'ai dormi jusqu'à presque 11 heures.

Une serveuse apparut pour prendre la commande de leurs boissons. Jake demanda un soda et elle choisit un daiquiri à la fraise. Quelques minutes plus tard, leurs boissons étaient sur la table et ils commandèrent leurs plats.

— Et à part votre petite sieste, comment s'est passée votre journée ? demanda-t-elle, une fois la serveuse partie.

— Bien, tout se passe comme prévu sur le chantier et c'est toujours une bonne chose quand les délais sont respectés. Et vous ?

Il la regarda avec tant d'intensité qu'elle eut soudain l'impression de manquer d'air. Dans d'autres circonstances, elle se serait laissé envoûter avec plaisir par ses magnifiques yeux verts, mais elle choisit d'ignorer son trouble et reprit une chips.

— Ma journée a été plutôt bonne également. J'ai fait quelques courses pour mon père car, comme vous le savez, je n'ai pas de véritable travail…

Elle ne put masquer l'irritation dans son ton et se vengea sur une nouvelle chips qu'elle croqua avec ardeur.

— Ça vous arrive souvent ?

— De faire des courses pour mon père ? Bien plus que ça ne devrait, répliqua-t-elle en lui adressant un grand sourire. Mais tout changera quand nous aurons accompli notre mission et que je pourrai dévoiler le plus grand scoop de toute ma carrière !

Elle savait qu'ainsi elle obtiendrait enfin la reconnaissance paternelle qu'elle attendait depuis toujours. C'était son unique but, gagner l'amour et le respect de son père, ces deux choses qui lui manquaient tant dans la relation qu'ils entretenaient.

Bien que la plupart des tables du restaurant soient occupées, ils furent servis assez rapidement. Jake avait commandé un *burrito* farci au porc et elle avait pris des *enchiladas* au fromage. Les assiettes étaient généreuses et servies avec du riz et des haricots rouges.

— Je pourrais manger ça tous les soirs, dit-elle d'un ton joyeux.

— Même si j'aime bien ça, pour ma part j'en serais tout à fait incapable.

— Quel est votre plat préféré ?

— Un bon steak, répondit-il presque instantanément. Avec des pommes de terre au four. Ça, je pourrais le manger tous les soirs.

— Avec une sauce béarnaise ?

— Absolument, fit-il en souriant.

— Vous cuisinez ? lui demanda-t-elle, l'air curieux.

Il ne pouvait pas être parfait, pensa-t-elle.

— Je peux me nourrir pour rester en vie, mais je ne fais rien de sophistiqué, et vous ?

— Moi non plus et je dois avouer que je préfère les choses qui vont directement du carton au micro-ondes. Cela m'a toujours paru trop compliqué de cuisiner pour moi-même.

— Je crois que j'aurais dû vous poser cette question plus tôt, mais vous avez quelqu'un dans votre vie ?

Une nouvelle fois, il lui jeta un regard si intense qu'elle eut soudain l'impression d'être la créature la plus fascinante vivant à la surface de la terre.

— Oui, j'ai quelqu'un dans ma vie : mon travail. Je ne peux même pas me souvenir de mon dernier rendez-vous galant. Voilà pourquoi j'aime ce que nous faisons ensemble, je veux dire : même si ce n'est pas un rendez-vous galant ni rien de ce genre, bien sûr, ajouta-t-elle rapidement en rougissant.

— Non, ce n'est définitivement pas un rendez-vous, répondit-il en fronçant les sourcils. Nouer des relations, quelles qu'elles soient, ne m'intéresse pas.

Elle eut soudain envie de lui demander pour quelle raison, s'il ne souhaitait pas avoir de relation, il l'avait invitée à dîner. Mais dans ses yeux était apparue une ombre qui la dissuada de continuer sur cette voie.

— La seule chose qui me manque dans le fait de n'avoir personne dans ma vie est que je n'aime pas vraiment prendre mes repas toute seule, dit-elle finalement.

— Voilà la raison pour laquelle je vous ai invitée à dîner ce soir. J'apprécie un bon repas, mais il est encore meilleur quand on est en bonne compagnie.

Elle lui sourit, soulagée de constater que l'ombre qu'elle avait aperçue avait disparu.

— Au moins, vous appréciez de le partager avec moi.

— Je ne vois pas comment je pourrais dire le contraire.

Une vague de chaleur submergea Monica. Mon Dieu, que lui arrivait-il ? Pourquoi ne pouvait-elle s'empêcher de considérer sa relation avec Jake comme autre chose qu'un moyen pour obtenir ce qu'elle voulait ? Pourquoi son sourire et son regard intense faisaient-ils battre son cœur aussi vite ?

Solitude. Le mot lui vint à l'esprit alors qu'elle prenait une nouvelle bouchée de son *enchilada*. La plupart du temps, elle se maintenait suffisamment occupée pour ne jamais se sentir seule.

Mais parfois, quand elle contemplait un magnifique coucher de soleil, pensait à quelque chose de drôle ou était juste assise dans son salon, alors elle sentait le lourd poids de la solitude peser sur ses épaules.

Cependant, elle n'avait pas prévu de remédier à cette situation. Son travail passait avant tout, il serait toujours temps de s'investir dans une véritable relation une fois qu'elle se serait fermement établie dans son domaine.

— J'ai refait le stock de provisions pour ce soir, dit-elle d'un ton volontairement enjoué. Au menu, pop-corn, chips de pomme de terre et cacahuètes juste pour vous.

— Vous n'étiez pas obligée, répondit-il en esquissant un nouveau sourire. J'espère que vous avez quand même pris quelques friandises sucrées pour vous ?

— Évidemment. J'essaye d'arrêter de me ronger les ongles, alors j'ai toujours des choses à grignoter ou des chewing-gums avec moi.

— Et ça marche ?

— Pas vraiment, non, admit-elle en laissant échapper un soupir. La plupart du temps, je les ronge sans même m'en rendre compte.

— Il me semble avoir entendu dire que mettre de la sauce pimentée dessus pouvait aider.

— Oui, je l'ai entendu dire aussi. Mais le problème c'est que j'adore la sauce pimentée, alors ça ne changerait pas grand-chose…

Elle marqua soudain une pause et regarda autour d'elle en fronçant les sourcils.

— Vous ne trouvez pas que c'est un peu enfumé ?

— Maintenant que vous me le faites remarquer, je trouve aussi, oui. Ils ont dû faire brûler quelque chose en cuisine.

— Au moins, nous savons que ce ne sont pas nos plats, dit-elle en riant. Comment est votre *burrito* ?

— Absolument délicieux et votre *enchilada* ?

— Je crois que je n'ai jamais mangé de mauvaise enchilada, répondit-elle. Et celle-ci est parfaite !

— Quel autre plat mexicain aimez-vous ?

— Tous !

Soudain, des cris leur parvinrent de la cuisine. L'ambiance changea dans la salle du restaurant, et le silence se fit tandis que l'agitation semblait grandir dans l'arrière-salle.

Plusieurs hommes qui portaient des tabliers blancs sortirent de la cuisine et traversèrent la salle en courant.

— Il y a le feu ! cria l'un d'entre eux.

La panique envahit la salle. Les clients quittèrent leurs tables et se bousculèrent jusqu'à la porte du restaurant. Il y avait une sortie de secours, non loin de l'endroit où étaient installés Jake et Monica, et même si elle se trouvait près de la cuisine, elle était moins prise d'assaut que l'entrée principale.

Ils se levèrent, et Jake conduisit Monica jusqu'à l'issue tandis que plusieurs personnes se précipitaient dans la même direction qu'eux.

La fumée s'épaississait et des vagues de chaleur s'échappaient maintenant de la cuisine. Jake poussa la porte, mais celle-ci devait être verrouillée car elle refusa de s'ouvrir. Malgré cela, les gens derrière eux se mirent à pousser et à s'agiter, manifestement incapables de contenir leur peur.

Tandis qu'on se pressait contre elle, Monica sentit

l'affolement la gagner. S'ils ne mouraient pas asphyxiés ou brûlés, ils finiraient écrasés et piétinés.

— Laisse-nous sortir, mec ! cria un homme derrière eux.

— C'est fermé ! lui répondit Jake. La porte est verrouillée, nous ne pourrons pas sortir par ici.

La chaleur devenait plus étouffante et les gens continuaient de pousser. Finalement, la foule sembla enfin comprendre que cette issue était bloquée et elle se dirigea vers la porte principale. Jake passa son bras autour de la taille de Monica et la serra contre lui tandis qu'ils suivaient la même direction.

Quand ils furent enfin sortis du restaurant, ils constatèrent que deux camions de pompiers, trois voitures de police et plusieurs véhicules des médias étaient déjà sur place. Tous ceux qui venaient d'en sortir se tenaient debout, immobiles, ne sachant visiblement pas ce qu'ils devaient faire.

Des flashs illuminaient les lieux, des journalistes tendaient des micros aux clients et bientôt deux ambulances vinrent se garer sur le parking, au son assourdissant des sirènes.

Jake serra Monica contre lui et lui murmura à l'oreille :

— Il ne devait pas se passer grand-chose ce soir… Et si nous allions faire un tour ailleurs ?

— Bonne idée, lui répondit-elle.

Ils se dirigèrent vers leurs voitures, et Monica fut heureuse de constater que personne ne s'était garé devant elle.

— Eh bien, c'était plutôt distrayant, lui dit-elle.

— Beaucoup plus que ce que j'imaginais en vous proposant de venir dîner ici, affirma-t-il en regardant le restaurant et les ambulances. Heureusement que personne n'a été blessé.

— Pendant un instant, j'ai cru que j'allais me faire écraser par la foule.

— Je ne les aurais pas laissés faire.

— Eh bien, merci, lui dit-elle en se sentant réconfortée par ses mots chaleureux. Retrouvons-nous plus tard, alors ?

Elle avait envie de rentrer chez elle, à présent, pour ajouter quelques mots sur cet incendie dans son émission du soir.

Et puis, elle ressentait le besoin de prendre un peu de distance avec Jake. Quand il l'avait enlacée et qu'elle avait senti son corps se presser contre le sien, elle avait soudain eu envie de rester ainsi pour toujours et c'était un sentiment dont elle devait se méfier.

— Tout pour le scoop, murmura-t-elle pour elle-même tandis qu'elle roulait en direction de sa maison.

Jake se réveilla le matin suivant, la peur au ventre. Il avait tout fait, ces derniers jours, pour ne pas penser à cette date qui arrivait, mais ses efforts avaient été vains. Dès qu'il ouvrit les yeux, l'angoisse fut là, comme si elle l'attendait patiemment.

Deux années s'étaient passées depuis qu'il avait poussé la porte de la maison de Suzanna et l'avait découverte, inanimée, dans sa chambre à coucher. Le souvenir de ce moment et la vision de sa sœur, le corps meurtri, resteraient à jamais gravés dans sa mémoire. Sans oublier cette terrible odeur de mort qui planait dans l'air.

À cet instant, il avait voulu courir vers elle, la prendre dans ses bras, pleurer et… crier. Mais il ne l'avait pas fait.

Malgré la terrible douleur qui lui retournait les tripes, quelque chose dans son esprit l'avait mis en garde : il savait qu'il ne devait rien toucher. Il était alors sorti de la chambre à coucher et avait appelé la police. Puis, il s'était effondré dans le couloir. C'était un policier qui l'avait découvert, allongé sur le sol et l'avait fait sortir lentement de la maison. Il s'était ensuite assis avec lui dans la voiture de patrouille et l'avait laissé sangloter sur son épaule.

Une fois calmé, il avait été capable de faire une déclaration. Le policier l'avait alors escorté jusque chez lui pour s'assurer qu'il rentrait sans encombre.

Secouant la tête pour essayer de revenir au présent, Jake se leva pour aller prendre sa douche, s'habilla puis sortit chercher son journal sur le perron. Il allait devoir s'occuper pour garder les souvenirs à distance et ne pas s'attarder sur cet horrible anniversaire.

Il prépara du café puis s'assit à son bureau pour lire les nouvelles Il ne fut pas surpris en découvrant en deuxième page un article qui évoquait l'incendie de la veille. Celui-ci était illustré par une photo de l'endroit. Au milieu des autres clients, on pouvait reconnaître Jake qui tenait Monica dans ses bras.

La veille, ils avaient encore passé plusieurs heures devant la maison de Clay, mais il ne s'était rien passé. Il avait seulement découvert que la couleur préférée de Monica était le bleu lavande, qu'elle aimait les vieux tubes de rock'n'roll et qu'elle faisait de délicieux petits bruits quand elle mangeait des oursons en gélatine.

Quand il l'avait enlacée en sortant du restaurant, il s'était étonné du naturel avec lequel leurs deux corps semblaient s'accorder l'un avec l'autre.

S'il était heureux de lire son journal en buvant son café, il savait qu'il allait devoir partir rapidement pour le chantier car ce n'était qu'une fois arrivé sur les lieux de son travail qu'il cesserait de penser à Monica. Et il voulait absolument s'empêcher d'imaginer sa chambre aux murs couleur lavande et de songer aux adorables petits sons qu'elle pourrait faire si ses lèvres venaient se poser sur les siennes.

Il ne voulait penser ni à Monica ni à l'anniversaire de la mort de sa sœur.

Cela avait été si affreux. À midi, alors qu'il était sans nouvelles de Suzanna, il avait compris que quelque chose de grave était arrivé. Car non seulement elle ne l'avait pas appelé, mais elle n'avait pas non plus répondu à ses coups de téléphone.

Il avait alors conduit jusque chez elle à toute allure, sentant naître au fond de lui un terrible pressentiment. Sa mort avait été un moment déterminant pour lui, elle avait changé le cours de sa vie.

Il refoula ses souvenirs au plus profond de son esprit et quitta la maison à 8 heures. Puis il se rendit sur le chantier de construction, espérant que ses collègues lui changeraient les idées.

— Salut, Jake, lui lança Brett Cummings, le contremaître, en le voyant sortir de sa voiture. J'espérais que tu viendrais aujourd'hui.

— Comment ça se passe ? s'enquit Jake.

Quand le contremaître souhaitait le voir, c'était généralement qu'il y avait un problème.

— Je me demandais si vous pouviez grimper un moment avec moi pour qu'on regarde une nouvelle fois les plans des deux prochains étages.

— Bien sûr, répondit-il.

Les deux hommes montèrent dans l'ascenseur qui les emmena jusqu'au seizième étage où le bureau du contremaître était installé dans une petite cabine, elle-même posée sur un enchevêtrement de poutres ressemblant à une belle toile d'araignée.

Quand les portes de l'ascenseur s'ouvrirent, ils restèrent tous les deux derrière la ligne de sécurité qui, au moindre faux pas, les empêcherait de faire une chute mortelle.

— Au moins, le beau temps va nous permettre de

respecter le calendrier, lui dit Brett tandis qu'ils avançaient sur les poutres.

— Respecter la *deadline* et le budget est toujours une bonne chose, répondit Jake. Sam sera le plus heureux des hommes.

Sam Watterson était le commanditaire et propriétaire du projet. Il était un promoteur réputé de Kansas City et était impliqué dans de nombreux autres projets de la ville.

Pendant l'heure qui suivit, Jake résolut tous les problèmes qui avaient besoin de l'être auprès du contremaître et, cette tâche effectuée, il alla ensuite faire le tour du chantier pour saluer les ouvriers. Il avait toujours pensé qu'il était important de connaître les hommes grâce à qui ses simples plans devenaient de réels bâtiments.

Il était plus difficile pour lui de bavarder aujourd'hui, mais il fit un effort et, quand il eut fini sa promenade, il retourna à sa voiture, s'installa derrière le volant et prit un instant pour regarder le chantier qui progressait sous ses yeux.

La conception de cet immeuble avait été un des nombreux projets sur lesquels il avait travaillé avec Suzanna avant qu'elle disparaisse. C'était un projet audacieux et il lui avait fallu près de deux années pour trouver ceux qui seraient prêts à investir afin que leur rêve prenne vie.

Et le voir aujourd'hui se concrétiser alors que sa sœur n'était plus là lui laissait un goût amer dans la bouche. Sa sœur et lui étaient venus bien des fois, la nuit, sur les chantiers en cours pour grimper sur les poutres et regarder les étoiles au-dessus de leurs têtes. Suzanna avait toujours adoré contempler la voie lactée et lui montrer les différentes constellations. C'était pour cette raison qu'il avait appelé son cabinet d'architecte Lamont and Star.

Bon sang, elle lui manquait tellement. Son visage

souriant lui manquait. Leurs discussions sur les projets en cours lui manquaient. Ils partageaient tellement de choses et ils étaient si proches l'un de l'autre.

Une puissante vague de chagrin le submergea et un intense sentiment de culpabilité se réveilla en lui. S'il avait pris une décision différente cette nuit-là, Suzanna serait probablement encore en vie. S'il n'avait pas été si égoïste…

Il n'aurait pu dire depuis combien de temps il était assis dans sa voiture à penser à sa sœur quand il vit soudain la voiture de Monica se garer près de lui. Il la regarda en écarquillant les yeux. Que diable pouvait-elle bien faire ici ?

Il sortit et attendit qu'elle fasse de même avant de la saluer.

— Salut !

— Vous avez vu le journal du jour ? lança-t-elle en lui adressant un grand sourire.

— Absolument.

— On dirait que nous sommes célèbres à présent.

— Pas tant que ça, nos noms n'ont pas été mentionnés… C'est pour me dire ça que vous êtes venue jusqu'ici ?

Vêtue d'un short blanc et d'une chemise jaune vif, elle était comme un rayon de soleil dans cette journée qui avait été, pour lui, si sombre jusqu'à présent.

— Oui et non, répondit-elle. En fait, j'étais curieuse de savoir si vous aviez vu l'article, mais je vous ai aussi apporté de quoi déjeuner.

— De quoi déjeuner ? répéta-t-il, stupéfait.

— Oui, vous savez, c'est quand les gens se nourrissent en milieu de journée, en général vers midi.

— Avions-nous parlé de manger ensemble aujourd'hui ? demanda-t-il en essayant de se remémorer leur discussion de la veille, devant la maison de Clay.

— Non, pas du tout, mais j'ai pensé qu'aujourd'hui était un bon jour pour déjeuner entre partenaires.

En voyant son sourire et la douceur de son regard, il comprit qu'elle savait. Elle savait qu'aujourd'hui était l'anniversaire de la mort de sa sœur et elle était venue lui proposer son soutien pour traverser cette épreuve.

Une partie de lui voulait lui ordonner de rentrer chez elle et de le laisser tranquille pour ruminer ses pensées mélancoliques. Il n'avait pas besoin de sa pitié.

Pourtant, lorsqu'elle se tourna et sortit un panier du côté passager de sa voiture, il vit briller quelque chose qui ressemblait à de l'appréhension dans ses yeux, comme si elle savait qu'elle pouvait ne pas être la bienvenue.

— J'espère que vous aimez le jambon et le fromage.

Il sentit soudain un grand sentiment de gratitude naître en lui.

— J'adore le jambon et le fromage, répondit-il, finalement ravi qu'elle soit venue jusqu'à lui.

Elle parut soudain s'illuminer, ses yeux se mirent à pétiller et elle afficha un immense sourire.

— Où pouvons-nous nous installer ?

— Vous avez apporté de quoi manger, je m'occupe donc de nous trouver un endroit, déclara-t-il en attrapant le panier pour lui prendre la main.

Il la guida sur le côté du bâtiment où étaient installés quelques chaises et des tréteaux sur lesquels reposait une planche de bois contreplaqué. Il posa le panier au milieu de cette table d'appoint et tira deux chaises.

— Ce n'est pas le Ritz…, commença-t-il.

— Mais c'est parfait pour pique-niquer, poursuivit-elle en sortant les victuailles.

Elle déplia une nappe à carreaux rouge et blanc, et Jake l'aida en couvrir la table, encore ému de son initiative. Puis elle déballa des sandwichs au jambon et au fromage, une salade de pommes de terre, des petits paquets de chips, une salade de fruits et des cookies.

— Mais ce n'est pas un déjeuner, c'est un festin, dit-il tandis qu'elle sortait deux canettes de soda.

— Je ne connais pas vos habitudes pour le déjeuner.

— Il m'arrive de ne rien manger ou de prendre un hamburger dans un restaurant, au coin de la rue.

Le bruit assourdissant du chantier diminua soudain tandis que les ouvriers prenaient leur pause déjeuner. Alors que Monica et lui commençaient à manger, elle lui posa des questions sur l'immeuble.

— Qu'est-ce que ça sera ?

— Le premier étage sera une grande épicerie. Ils espèrent attirer plus de monde dans ce quartier, un endroit pour faire des courses sera donc le bienvenu.

— Et le reste ? demanda-t-elle en considérant le squelette du bâtiment par-dessus son épaule.

— Les quinze autres étages seront réservés à des bureaux et des lofts qui seront mis en vente.

— Je ne suis pas sûre que j'aimerais vivre aussi haut, fit-elle remarquer.

— Vous êtes sujette au vertige ?

— Un peu, pourquoi ?

— Il n'y a pas de meilleur endroit pour regarder les étoiles que les poutres tout là-haut, au sommet. Suzanna et moi avions l'habitude d'y monter pour les contempler. Peut-être que cela vous intéresserait de prendre un petit cours d'astronomie avec moi, une nuit où nous ne serons pas en mission de surveillance ?

Elle se tourna une nouvelle fois pour observer l'immense structure.

— J'imagine que ça doit être une expérience exaltante.

— On peut dire ça, oui.

— Il y a des cordes de sécurité ou des choses dans ce genre ?

— Évidemment.

— Alors je suis partante, dit-elle en plongeant son regard dans le sien.

— Eh bien, nous ferons ça bientôt.

Il n'était pas monté sur le building de nuit depuis que Suzanna était morte. Il n'avait pas eu envie de le faire seul alors qu'il savait que les souvenirs d'elle risquaient de l'assaillir, une fois là-haut.

Avec Monica, il était difficile d'être triste ou déprimé. Quelque chose d'incroyablement optimiste émanait d'elle. Elle lui rappelait qu'il était encore possible de rire et qu'il existait toujours des moments de satisfaction et de pur bonheur dans la vie.

Même si rien de tout cela n'importait véritablement. Il ne pouvait pas se permettre de tomber amoureux d'elle. Car, si elle apprenait le rôle qu'il avait joué dans le meurtre de sa sœur, elle le rejetterait avec dégoût. Il avait cette nuit-là pris la décision de ne jamais oublier ce qu'il avait fait et de ne jamais se le pardonner.

— Vous aimez bien les chiens ? demanda-t-elle tout à coup, le tirant de ses sombres pensées.

— Je les préfère aux chats.

— Vous n'avez jamais eu envie d'en prendre un ?

— J'y pense de temps à autre, mais mon emploi du temps est si compliqué avec mon travail qu'un chien ne serait pas très heureux avec moi. Je suis absent la plupart du temps… Pourquoi me demandez-vous ça ? Vous pensez en adopter un ?

— Peut-être, oui. Parfois je me dis que j'aimerais bien qu'une petite boule de poil me tienne compagnie. Vous voyez, quelqu'un qui penserait que je suis capable de décrocher la lune et qui m'aimerait de manière totalement inconditionnelle.

Pendant un instant, elle lui parut vulnérable. Puis son regard redevint brillant, et elle laissa échapper un petit rire de gêne qui vint clore cette brève parenthèse.

— Vous en avez déjà eu un ? demanda-t-il.

— Quand j'étais jeune, oui. Il s'appelait Pooky et c'était le plus adorable schnauzer du monde. Il était mon petit partenaire de câlins, la nuit, et je l'adorais.

— Que lui est-il arrivé ?

Elle soupira.

— Il avait une faiblesse cardiaque et nous avons dû le faire piquer. J'ai été triste pendant longtemps.

— C'est une des raisons pour lesquelles je n'en veux pas. Je n'ai pas envie de me lier à un chien qui vivra moins longtemps que moi.

— Mais alors vous ratez des années de rire, de léchouilles canines. Vous vous privez de l'amitié d'une bête à poil d'une loyauté incroyable. En plus, je crois qu'il faut prendre un chien avant d'avoir des enfants. C'est un bon entraînement pour apprendre à s'occuper d'un être vivant sans défense.

Jake ne répondit pas. Il ne dit rien car il n'y aurait jamais de bébés dans sa vie.

Ils finirent de manger, nettoyèrent et rangèrent puis il la raccompagna jusqu'à sa voiture. Il avait encore en tête le motif de sa visite et son attention le touchait énormément.

Elle avait réussi à repousser les ombres qui menaçaient de l'ensevelir en cette difficile journée. Une fois devant son véhicule, Monica rangea son panier puis se tourna et le regarda en souriant.

— Merci d'avoir pris un peu de temps pour déjeuner avec moi, lui dit-elle.

— Mais de rien, répondit-il.

Elle était si belle qu'il eut soudain envie de l'attirer contre lui pour l'embrasser.

— Et maintenant, j'ai une faveur à vous demander.

— Une faveur ? répéta-t-il en essayant de réprimer la vague de désir qui était montée en lui.

— J'ai deux énormes steaks et un barbecue dont je ne sais pas me servir. Vous me rendriez un grand service si vous vouliez bien venir ce soir les préparer pour nous.

Il lui jeta un regard sceptique.

— Vous avez réellement besoin de moi pour faire griller vos steaks, ou c'est de la simple gentillesse ?

— Oh non, j'ai vraiment besoin de vous pour le barbecue, affirma-t-elle, en prenant un air innocent. Mon père a insisté pour que j'en ai un quand j'ai acheté cette maison, mais l'idée du gaz et des flammes m'effraye un peu alors je ne m'en suis jamais servie. Vous m'avez dit que vous pourriez manger un steak et des pommes de terre tous les jours, alors ce soir c'est moi qui régale. Et puis, j'ai très envie de viande grillée et il va sans dire qu'elle n'a pas le même goût quand elle est cuite à la poêle.

Jake avait envie de décliner son invitation. Les choses devenaient un peu trop sérieuses entre eux. Mais quand il pensa à la longue soirée solitaire qu'il allait passer, où rien ne pourrait empêcher les souvenirs de remonter, il changea d'avis.

— D'accord, 18 heures ?

De toute façon, sa place en enfer était déjà garantie suite au rôle qu'il avait joué dans le meurtre de sa sœur et sa participation à l'élaboration d'un pacte terrifiant. Se servir de Monica pour se distraire durant cette soirée si difficile à surmonter ne changerait pas grand-chose à son karma.

— Parfait ! répondit-elle. Je vous envoie un SMS avec mon adresse.

Quelques minutes plus tard, il regarda sa voiture s'éloigner en se faisant la réflexion que son envie de dîner avec elle ce soir était totalement égoïste.

Elle était comme un pansement sur son chagrin, une potion magique qui repoussait les souvenirs cauchemardesques. Mais une grande partie de lui, il devait l'admettre, voulait simplement passer plus de temps avec elle, et c'était d'ailleurs ce qui l'inquiétait.

Il commençait à l'avoir dans la peau. Il se surprenait à penser à elle bien trop souvent dans la journée. Et, chaque fois qu'il était en sa compagnie, il sentait un puissant désir naître en lui. Son parfum épicé l'envoûtait, son rire facile l'enchantait.

Il irait chez elle ce soir et ferait cuire les steaks sur son barbecue. Il apprécierait de dîner avec elle, mais après ce soir il ne partagerait plus aucun repas avec elle.

Ils continueraient à assurer leur mission de surveillance, mais ce seraient les seuls moments qu'il se permettrait de passer avec elle.

Il regarda la photo dans le journal et frappa du poing les visages de Jake Lamont et Monica Wright. Mais oui ! Il la connaissait ! Cette insupportable petite journaliste...

Que faisaient-ils ensemble ? Il n'eut pas à chercher longtemps, il connaissait la réponse... Jake les avait trahis.

Depuis quand discutait-il avec elle ? Pourquoi n'avait-elle pas déjà sorti un article ou une émission qui évoquait le pacte qui les liait ? Pourquoi n'y avait-il pas de flics à sa porte ?

Aucun des autres hommes n'avait réellement adhéré au plan meurtrier qu'ils avaient mis en place. Ils avaient pourtant tous approuvé l'idée, ce soir-là dans les bois, mais il avait vite compris qu'au moment de passer à l'acte toutes ces poules mouillées ne seraient pas capables de le faire.

Il s'était donc occupé lui-même d'infliger à ces rebuts de l'humanité le sort qu'ils méritaient. Et ce qu'il avait découvert le premier soir, celui où il avait tranché la gorge de Brian McDowell, c'était qu'en prime il aimait ça. Il avait aimé sentir couler le sang sur ses mains, et cette sensation de pouvoir qui l'avait submergé alors qu'il prenait la vie de cet homme.

Il aimait aussi son nom… Le Justicier. Seuls les vrais tueurs en série avaient des surnoms. L'Étrangleur des collines, le Fils de Sam, le Zodiac… Un jour, le Justicier serait peut-être aussi célèbre qu'eux.

Et puis, il était doué dans son domaine. Il n'avait rien laissé derrière lui, la police n'avait aucun indice pour le démasquer. Il n'avait pas l'intention de se faire prendre ni de cesser son activité. Beaucoup trop de gens malfaisants s'en sortaient alors qu'ils méritaient d'être tués.

C'était sa mission sur terre. C'était sa passion, et il n'allait sûrement pas laisser Jake Lamont vider son sac auprès d'une journaliste et ruiner sa vie et sa carrière.

Il se lassa aller en arrière dans son fauteuil et sirota une gorgée de son café refroidi. Il ignorait pour quelle raison rien n'avait encore filtré dans les médias, mais il savait ce qu'il devait faire. Il n'y avait aucun doute là-dessus.

Ils devaient mourir… Tous les deux. Et le plus tôt serait le mieux.

5

Ce soir-là, tandis qu'il se rendait chez Monica, Jake ne pouvait plus prétendre qu'il ne se sentait pas troublé à l'idée de passer encore plus de temps avec elle. Et c'était pour cette raison qu'il était déterminé à respecter sa décision de s'en tenir à leur mission de surveillance.

Il devinait qu'elle ressentait peut-être autre chose que de la simple sympathie pour lui, mais il n'était pas et ne serait jamais l'homme qu'elle méritait. Il devait s'assurer qu'elle comprenne bien qu'il ne voulait pas d'une relation autre que professionnelle. Mais le problème était que lui-même avait du mal à s'en souvenir lorsqu'il était en sa compagnie.

Il tourna dans une allée bordée d'arbres et chercha le numéro de sa maison. Il était curieux de découvrir où elle vivait, imaginait un endroit aux couleurs vives, rempli de meubles confortables.

Sa maison s'avéra être un ranch d'un doux gris avec des volets plus foncés. La porte d'entrée était en bois et la grande baie vitrée sur la façade avant reflétait les nuages qui allaient et venaient dans le ciel crépusculaire de cette fin d'après-midi.

En se garant devant chez elle, Jake se fit la promesse de rester sur ses positions et de ne pas laisser les sentiments qu'il sentait grandir en lui prendre les commandes.

D'autant plus que Monica se comportait peut-être ainsi dans le seul but d'obtenir son scoop…

Il rejeta immédiatement cette idée. Monica ne lui paraissait pas être le genre de femme capable d'utiliser les gens. Jusqu'à présent, elle lui avait semblé être quelqu'un d'honnête et droit, et rien n'était, pour le moment, venu contredire son jugement.

Elle lui ouvrit au premier coup frappé contre sa porte, et, malgré ses résolutions, il ne put empêcher son cœur de manquer un battement en la découvrant.

Vêtue d'un short blanc et d'un T-shirt rose qui mettait en valeur sa poitrine, elle était d'une sensualité folle.

Elle lui fit signe d'entrer dans un salon, petit mais accueillant, où étaient disposés un canapé bleu marine, un fauteuil assorti et un grand écran plat accroché au mur. Des coussins d'un jaune éclatant et des lampes à l'éclairage chaleureux apportaient à la pièce les touches lumineuses qu'il avait envisagées. Quelques bougies étaient allumées et parfumaient l'air ambiant.

— J'ai mis les steaks à mariner, les pommes de terre sont dans le four et la salade au frigo, dit-elle en le guidant jusque dans la cuisine.

Celle-ci aussi était une pièce tout à fait agréable, avec ses rideaux jaune et blanc suspendus aux fenêtres et un bouquet de tournesols posé au centre d'une table en bois ronde.

— Et si j'allais lancer le barbecue, dit-il en sentant que déjà son parfum commencer à le tourmenter.

— Il est sur la terrasse, répondit-elle, en lui ouvrant la porte de derrière.

Ils se rendirent à l'extérieur où la table, sous un parasol bleu, était déjà dressée avec des assiettes bleu marine et jaune.

— Puisqu'il ne fait plus aussi chaud, j'ai pensé que nous pourrions dîner dehors si ça vous convient ?

— Oui, c'est parfait, répondit-il, soulagé à l'idée de ne plus être perturbé par son parfum.

C'était un barbecue au gaz et il lui fallut quelques minutes pour l'allumer et le faire chauffer.

— Que diriez-vous d'une bière ? demanda-t-elle en le voyant s'activer.

— Très bonne idée.

— Je reviens dans un instant, déclara-t-elle alors avant de disparaître dans la cuisine.

Il marcha jusqu'à la balustrade et contempla son jardin. Il y avait plusieurs arbres et un petit bassin entouré d'un parterre de fleurs. La pelouse était soigneusement entretenue et le tout était bordé d'une élégante clôture.

Il se retourna en l'entendant arriver.

— Merci, dit-il en prenant la bouteille de bière fraîche qu'elle lui tendait.

Il l'ouvrit et en but une gorgée.

— Ah, rien n'est meilleur qu'une bière fraîche après une journée aussi chaude.

— Je partage votre avis, acquiesça-t-elle en s'asseyant à table. Vous me direz quand le feu sera prêt afin que j'aille chercher la viande.

— Laissons le barbecue chauffer encore un peu… J'étais en train d'admirer votre jardin. La clôture sera parfaite pour la future petite boule de poils dont vous me parliez.

— C'est vrai, répondit-elle en esquissant un sourire. J'essaye justement de savoir si je suis prête à prendre ce genre d'engagement.

— Quel genre de chien aimez-vous ?

— J'y ai bien réfléchi et je pense reprendre un

schnauzer car la chienne d'une de mes amies a eu une portée et ce sont des amours.

— Très bon choix, répondit-il avant d'ajouter en lui montrant sa maison : c'est très chouette chez vous.

— Merci, dit-elle en éclatant de rire. Mais ce n'est qu'une vulgaire bicoque à côté de la vôtre.

— Ce n'est pas vrai, répliqua-t-il, en riant, lui aussi. J'ai dû me faire construire une maison qui était en accord avec mon métier, mais c'est bien trop grand pour moi et je me sens souvent très seul.

Il fut soudain tout à fait embarrassé et se maudit. Même si ce qu'il venait de lui dire était vrai, pourquoi se livrait-il de la sorte ?

— Cela m'arrive aussi, ajouta-t-elle après l'avoir regardé pendant un long moment. Je suppose que ça n'a rien à voir avec la taille de notre habitation. Les gens peuvent souffrir de la solitude n'importe où.

Jake détourna les yeux.

— Peut-être que nous aurions tous les deux besoin d'un chien, dit-il finalement en retournant vers le barbecue. Ah, ça y est, on dirait que c'est bon pour les steaks.

Monica lui apporta deux magnifiques *T-bones* et, pendant que ceux-ci grillaient doucement, ils parlèrent tous les deux de la météo et de l'arrivée des nuages. Puis ils discutèrent de ce qui, selon eux, faisait un bon steak et du type de cuisson idéal – lui l'aimant saignant, elle à point.

Mais ils n'abordèrent plus le thème de la solitude et évitèrent les sujets de conversation personnels. Ils continuèrent à bavarder de choses légères pendant le dîner, parlant de leurs métiers puis de sport. Ils étaient tous les deux de grands amateurs de football et supportaient l'équipe locale.

— Rien de mieux que d'assister à un match des Chiefs de Kansas City.

— Je suis d'accord !

— Quand vous êtes chez vous et que vous regardez un match, qu'aimez-vous manger ?

— Des ailes de poulet et des frites !

— Ah, un homme comme je les aime, répondit-elle, les yeux brillants. J'adore les ailes de poulet trempées dans une sauce au roquefort.

— Ah non, c'est bien meilleur avec une sauce barbecue !

Ils poursuivirent leur conversation jusqu'à ce que Jake dépose ses couverts dans son assiette vide.

— Ce steak était délicieux et la pomme de terre était cuite à la perfection.

— J'espère qu'il vous reste un peu de place pour le dessert, dit-elle. J'ai acheté une tarte à la pêche.

— Pour de la tarte à la pêche, je peux faire un petit effort.

Quand Monica eut également fini, la nuit était tombée et ils rentrèrent dans la maison pour prendre un café avec une part de tarte.

Ils s'installèrent côte à côte sur le canapé pour manger leur dessert et à nouveau Jake fut troublé par son parfum. Elle posa sa main sur son bras, et il se rendit soudain compte qu'elle aimait avoir des contacts physiques. C'était naturel pour elle, et il était persuadé qu'elle ne pouvait se rendre compte à quel point combien chacun de ses gestes le réchauffait.

— Vous voulez bien me parler un peu de Suzanna, Jake, dit-elle finalement. Dites-moi quel genre de femme elle était ?

Il la regarda et eut soudain l'impression que son cœur s'était arrêté. À quoi jouait-elle ? Pourquoi voulait-elle qu'il lui parle de sa sœur ? Il n'avait parlé d'elle à personne depuis deux ans. Il ne savait même pas s'il en était capable. Il déposa son assiette vide sur la table basse puis se tourna vers Monica pour l'observer une nouvelle fois.

Elle avait le regard doux et semblait l'inviter à partager ses douloureux souvenirs avec elle.

— Pourquoi voulez-vous que je vous parle d'elle ? demanda-t-il en sentant l'émotion monter dans sa gorge.

Il toussa pour essayer d'éclaircir sa voix.

— Je voudrais en savoir plus sur celle qui était si importante pour vous, reprit Monica.

Jake ferma les yeux pendant un moment. Pourrait-il repousser les ombres pour tenter de retrouver la lumière que diffusait sa sœur ?

— Elle avait le rire le plus incroyable que j'ai jamais entendu, commença-t-il en rouvrant les yeux.

Le seul fait de prononcer cette phrase fit disparaître la boule d'angoisse qui obstruait sa gorge et sembla également détruire le barrage qu'il avait érigé autour de ses souvenirs.

— C'était un de ces rires tellement communicatifs que tout le monde se mettait à rire avec elle, même si les gens ne connaissaient pas sa cause.

— Dites-m'en plus, Jake, dit-elle en se rapprochant de lui sur le canapé. N'est-ce pas une belle journée pour célébrer sa vie plutôt que de s'attarder sur sa mort ?

Célébrer sa vie ? Il n'y avait encore jamais pensé, mais il trouva l'idée séduisante.

— J'aimais la taquiner en lui disant qu'elle était une petite sœur agaçante. Elle n'avait que deux minutes de moins que moi, mais je ne la laissais jamais oublier que j'étais l'aîné et donc le plus sage de nous deux.

Il se pencha en arrière et se laissa submerger par le flot de bons souvenirs.

— Elle débordait de vie. Elle adorait les montagnes russes et les films d'horreur, elle aimait regarder les plantes pousser, contempler le ciel étoilé et écouter de la musique classique.

Il but une gorgée de son café avant de poursuivre :

— Elle avait coutume de dire que je n'avais pas plus de manières et de savoir-vivre qu'un animal sauvage. Elle, elle attirait les gens. Elle avait beaucoup d'amis, leur était fidèle et leur apportait un soutien indéfectible. Vous avez déjà vu une photo d'elle ?

— Non, répondit Monica en secouant la tête.

Il attrapa son portefeuille dans sa poche arrière et, les doigts légèrement tremblants, sortit la photo dont il ne se séparait jamais.

Monica prit le cliché et l'observa silencieusement pendant quelques minutes avant de le lui rendre.

— Elle était très belle.

— Elle n'avait pas qu'une belle apparence, elle était aussi belle à l'intérieur qu'à l'extérieur, ajouta-t-il en rangeant le petit portrait. Quand on a eu treize ans, j'ai dû commencer à repousser les garçons qui lui tournaient autour. Je dois avouer qu'il y a eu quelques années pendant lesquelles elle m'a détesté de tenir ce rôle du « grand méchant papa ».

— Vous les repoussiez comment ? demanda Monica en riant.

— Je leur faisais peur. J'ai commencé à me détendre un peu quand on a eu dix-sept ans. Elle avait beaucoup de rendez-vous galants, mais elle était toujours sérieuse à l'école. Et puis les garçons qu'elle fréquentait étaient la plupart du temps des chics types.

— Vous m'avez dit que vos parents étaient tous les deux toxicomanes et qu'ils étaient morts quand vous étiez jeunes. Comment avez-vous pu vous en sortir tout seuls ?

— Inutile de dire que nous avons dû grandir très vite. Très souvent, les rôles étaient inversés, c'est nous qui devions les surveiller et prendre soin d'eux. Nous ramassions tout l'argent que nous trouvions et nous nous en servions pour acheter de quoi manger. Nous avons vite appris quels aliments étaient les plus économiques, ceux qui duraient le plus longtemps, mais il y avait malgré tout des jours où nous nous mettions au lit le ventre vide. Je ne vous raconte pas ça pour que vous me plaigniez, juste pour que vous compreniez que c'était toujours : « Suzanna et moi contre le reste du monde », vous voyez ?

— Comment avez-vous réussi à faire des études ?

— Nous avons très vite compris que l'université serait le seul moyen de quitter notre vie de misère et de faire quelque chose de notre avenir. Nous avons obtenu tous les deux des bourses et quand nous avons eu vingt et un an nous avons appris, à notre grande surprise, qu'à sa mort, le père de notre mère nous avait laissé un héritage. Cette somme nous a permis de rembourser nos frais de scolarité et, après avoir obtenu nos diplômes, d'ouvrir notre cabinet d'architectes.

— Mais et vos grands-parents maternels… Ils ne vous ont jamais aidés quand vous étiez enfants ?

— La mère de ma mère est morte quand elle était jeune et nous n'avons vu notre grand-père qu'une fois. Il est mort quand nous étions adolescents et je pense que mes parents ignoraient tout de cet héritage. Un avocat nous a contactés le jour même de notre majorité, selon les termes du testament.

— Vous aimiez travailler avec votre sœur ?

— On adorait travailler ensemble. Il faut dire que c'était agréable d'avoir une associée qui pouvait finir mes phrases et qui partageait ma vision du monde. Ses faiblesses étaient mes forces et vice versa. Elle aimait imaginer d'incroyables bâtiments et moi, j'adorais en dessiner les plans.

— On entend tellement de choses atroces sur les gens d'une même famille qui travaillent ensemble.

— C'est vrai, mais nous étions tous les deux d'accord sur le fait que notre relation devait toujours passer avant le reste et qu'elle était bien plus importante que les affaires. Tout fonctionnait à merveille... Jusqu'à ce qu'elle commence à fréquenter Max Clinton.

Il fronça les sourcils et sentit sa mâchoire se serrer en se remémorant la première fois qu'il l'avait rencontré. Plusieurs signaux d'alerte s'étaient déclenchés dans son esprit, mais il avait gardé ses craintes pour lui.

Lors de cette soirée de présentation, Max lui avait semblé être un obsédé du contrôle qui avait l'air de penser que Monica était un nouvel objet qu'il venait juste d'acquérir. Mais, devant l'enthousiasme de sa sœur, il s'était rapidement persuadé qu'il avait dû se méprendre et qu'il ferait mieux de faire confiance à Suzanna.

— Elle était absolument folle de lui. Il était très beau et doux comme un agneau, reprit-il en se levant du canapé pour se rendre à la fenêtre.

Il regarda un instant à l'extérieur, mais la nuit était maintenant tombée et il ne vit rien d'autre que l'obscurité.

— Trois mois plus tard, reprit-il, il emménageait chez elle. J'ai commencé à m'inquiéter quand j'ai compris que non seulement il cherchait à l'éloigner petit à petit de ses amis et de moi, mais qu'il était aussi extrêmement jaloux.

— Deux signaux alarmants, en effet.

— Oui, approuva-t-il en se retournant vers Monica. Et cela n'a fait qu'empirer. Elle s'est mise à venir au bureau, couvertes de bleus et de coupures. Un matin, elle est même arrivée avec les deux yeux au beurre noir.

Mais elle trouvait toujours des histoires abracadabrantes pour justifier ses blessures.

Il prit une profonde inspiration, pour se donner le courage de poursuivre.

— Elle m'a finalement avoué qu'il avait mauvais caractère et qu'elle en avait assez d'être son punching-ball. Un soir, elle l'a mis à la porte et j'ai espéré, j'ai même prié pour que ce soit la fin de leur histoire.

— Mais ça ne l'a pas été, dit Monica doucement.

— Non, lâcha-t-il en sentant son corps envahi par un flot de violentes émotions.

Il serra les dents une nouvelle fois face à tous ces horribles souvenirs qui lui revenaient à l'esprit.

— Suzanna devint la figure même de la femme battue. Max lui envoyait des fleurs, lui disait des gentillesses pour s'excuser, et elle lui pardonnait chaque fois. Je sais maintenant que c'est ce qu'on appelle des périodes de « lune de miel » dans une relation abusive. Puis il recommençait à la battre et elle lui claquait à nouveau la porte au nez. C'était un cercle vicieux que je n'avais pas le pouvoir de briser. J'ai essayé de lui parler, je lui ai même crié dessus, mais chaque fois je me retrouvais, impuissant, à regarder tout ça se dérouler sans rien pouvoir y faire.

Pendant qu'il parlait, Monica s'était levée et l'avait rejoint à côté de la fenêtre. Mais il était maintenant plongé dans ses souvenirs les plus douloureux, et ce n'était plus la vie de sa sœur qu'il racontait mais bien la grande tragédie de sa mort prématurée.

— Elle a dû le mettre à la porte une bonne douzaine de fois et chaque fois qu'elle le faisait il semblait devenir de plus en plus furieux. Et puis, un soir, elle a paru déterminée à le quitter pour de bon. Il l'a d'abord suppliée de le reprendre et, quand elle a refusé, il a commencé à la harceler. Il lui laissait des messages terrifiants où il menaçait de la tuer… Du genre « si je ne peux pas t'avoir, personne ne t'aura ».

Jake se sentit soudain submergé par les émotions et eut l'impression qu'il allait perdre le contrôle de lui-même. Sa poitrine était si comprimée et sa gorge si serrée qu'il pouvait à peine respirer tandis que le chagrin et le regret s'abattaient sur lui.

Monica posa sa main sur son épaule et se rapprocha de lui. Il ne pouvait plus prononcer le moindre mot. Ils connaissaient tous les deux la fin de l'histoire. Sauf que lui seul savait quel rôle il avait joué. Il n'en avait encore jamais parlé à personne. C'était une terrible honte, une culpabilité telle qu'il n'existait pas de mots pour la décrire.

Il regarda Monica, incapable de parler, pris dans les filets de troubles si complexes qu'il ne pouvait s'en échapper. Elle se rapprocha, leva le visage vers lui et plongea ses yeux dans les siens.

— Embrassez-moi, Jake.

La surprise fut telle que tous ses souvenirs disparurent en un instant. Il baissa le regard vers elle et remarqua soudain la chaleur de son corps si près du sien et combien ses lèvres légèrement entrouvertes paraissaient douces et accueillantes.

Même s'il était conscient que ce n'était pas une bonne idée, il se baissa et l'embrassa. Toutes les images de Suzanna s'éclipsèrent tandis que Monica passait ses bras derrière sa nuque et ouvrait la bouche pour approfondir leur baiser.

Il ne s'était pas aperçu qu'il avait froid avant de sentir le feu de leurs bouches réunies, le contact de leurs corps serrés l'un contre l'autre. Il l'embrassa alors de plus belle, caressant de ses doigts sa longue et soyeuse chevelure.

Elle lui rendit son baiser en entortillant sa langue avec la sienne et serra plus fort ses bras autour de lui. Il se laissa aller et se perdit en elle, ne pensant plus à rien.

Mais, soudain, la vitre de la fenêtre explosa en mille morceaux tandis que des tirs retentissaient dans l'air.

Monica hurla de peur tandis que Jake la plaquait au sol et couvrait son corps avec le sien. Les balles fusaient au-dessus de leurs têtes, allant se nicher dans le mur en face de la fenêtre, faisant voler en éclats les vitres des cadres qui y étaient accrochés.

La terreur l'empêchait de respirer. Elle sanglotait. Le bruit était assourdissant et elle se blottit contre Jake, enfonçant ses doigts dans la chair de ses épaules en continuant de pleurer. Que se passait-il ? Pourquoi leur tirait-on dessus ? Et surtout qui s'acharnait avec tant de violence sur sa maison ?

Cela sembla durer une éternité. Puis, enfin, les tirs cessèrent. Des crissements de pneus résonnèrent sur les pavés, et le silence revint. Plus rien ne vint le troubler, hormis les sanglots bruyants que Monica ne pouvait contrôler.

— Tout va bien, nous sommes sains et saufs, lui murmura Jake à l'oreille.

Mais, même si elle comprenait qu'il tente de la réconforter, elle sentait combien sa voix était tendue.

— Monica, répéta-t-il, c'est fini, tout va bien.

Tout va bien ? Non, tout n'allait pas bien, elle n'allait pas bien. Quelqu'un venait d'essayer de la tuer, et la peur serrait encore sa gorge, paralysait son corps tout entier.

— Je vais me lever et pendant ce temps je voudrais que tu rampes dans le couloir jusqu'à ta salle de bains, est-ce que tu peux faire ça ? demanda-t-il.

La salle de bains ? Elle lui parut soudain être à des

milliers de kilomètres du salon. Mais il était vrai que cette pièce était comme une chambre forte dans sa maison… Mon Dieu, Jake l'envoyait se mettre à l'abri dans une chambre forte.

— Tu penses… Tu penses qu'ils vont revenir ?

Oh mon Dieu, elle était en train de vivre le pire cauchemar de sa vie. Et elle ne pouvait pas se réveiller.

— Je ne pense pas qu'ils vont revenir, non, mais nous devons être prudents, c'est pourquoi je serai rassuré que tu restes dans la salle de bains, jusqu'à ce que la police arrive. Tu es prête, tu peux y aller ?

Non, non, elle n'était pas prête du tout. Elle ne voulait pas qu'il se lève, elle voulait qu'il reste sur elle, qu'il continue à lui donner l'impression qu'elle était en sécurité malgré ce qu'il venait de se passer.

— Monica ?

— Oui, d'accord, répondit-elle finalement.

Elle ne pleurait plus à présent, mais son cœur continuait de battre si vite qu'elle se sentait étourdie et à bout de souffle.

Jake s'accroupit, et elle commença à ramper vers le couloir en essayant d'éviter les morceaux de verre qui recouvraient le sol. En arrivant devant la salle de bains, elle se rendit compte qu'elle s'était remise à pleurer.

Elle ferma la porte derrière elle et s'assit, le dos contre la baignoire. Ses sanglots l'étouffaient et ses oreilles sifflaient toujours, hantées par le bruit strident des balles. Quelqu'un avait voulu la tuer… les tuer. Qui cela pouvait-il être ? Qui était responsable ? Jamais encore elle n'avait eu aussi peur.

Et que faisait Jake à présent ? Il devait être en train d'appeler la police. Même s'il ne l'avait pas fait, elle se doutait qu'un de ses voisins s'en chargerait. Il ne se passait jamais de telles choses dans ce quartier.

Il y avait eu tant de balles. Elle n'y connaissait pas grand-chose en armes à feu mais, s'il n'y avait qu'un tireur, elle savait qu'il avait dû se servir d'une arme semi-automatique.

Mais qui pouvait être derrière tout ça ? La question tournait et retournait dans sa tête, la lançant comme une terrible migraine. Se pouvait-il qu'il y ait un lien avec le podcast qu'elle animait ?

Rien dans sa vie ne l'avait préparée à affronter une telle chose. Même quand elle avait insisté auprès de Jake pour être sa partenaire et surveiller le Justicier, elle n'avait pas pensé qu'elle courrait un réel danger.

Pourtant ce qu'il venait de se passer en représentait un.

Elle prit quelques profondes inspirations et tenta de sécher ses larmes. Qui avait fait ça ? La question revenait, encore et encore.

En entendant le son des sirènes, elle sentit un soulagement l'envahir et elle frissonna. Puis elle déglutit avec peine, respira à nouveau profondément et essuya ses joues trempées.

Jamais le tireur ne reviendrait maintenant que la police était là. Elle se leva et ouvrit la porte de la salle de bains. Elle entendit la voix de Jake qui parlait à d'autres hommes et comprit qu'elle pouvait sortir.

Elle avança d'un pas tremblant jusqu'au salon où Jake s'entretenait avec les forces de l'ordre. En la voyant, il lui fit signe de le rejoindre puis lui présenta les agents Tim Moran, Brad McDonald et Stephanie Boen.

— Que pensez-vous qu'il se soit passé ici ce soir ? lui demanda l'agent Boen.

— Je n'en ai aucune idée, lui répondit-elle. Nous étions en train de discuter quand la baie vitrée a explosé et une pluie de balles s'est abattue sur nous.

Sa voix tremblait, et elle fut reconnaissante à Jake quand il passa son bras autour de ses épaules et la serra contre lui.

— Nous aurions pu être tués, nous devrions même être morts à l'heure qu'il est, ajouta-t-elle avant de prendre une profonde inspiration pour tenter de se calmer.

— J'ai plusieurs fois suivi votre podcast, mademoiselle Wright, lui dit l'agent McDonald. Serait-il possible qu'une de vos émissions soit la cause de ce qu'il vient de se passer ?

Quand Monica leur parla de la série de sujets qu'elle avait faite sur les gangs de la région, Jake lui rappela l'incident avec Larry Albright. Elle raconta donc aux policiers les messages menaçants que l'homme lui avait laissés et le fait qu'il l'avait suivie l'autre soir et lui avait jeté une bouteille de bière.

— Il y a un grand écart entre me menacer d'une canette et ce qu'il vient de se passer, conclut-elle en regardant les dégâts autour d'elle. La personne qui a fait ça ne veut pas m'impressionner, non, elle veut me tuer.

Elle frissonna tandis que la peur l'envahissait à nouveau.

— Nous ne laisserons pas une telle chose arriver, lui affirma Jake en la serrant plus fort contre lui.

L'heure qui suivit, ils répondirent à de nombreuses questions, tandis que des policiers extrayaient les balles des murs. Quand ils les eurent toutes ramassées, ils quittèrent les lieux, à l'exception de l'agent McDonald.

— Je vais être honnête avec vous, ce genre de choses ressemble beaucoup au mode opératoire des gangs, leur révéla-t-il avant de regarder Monica. Avez-vous quelque part où passer la nuit ?

— Oui, répondit Jake à sa place.

— En fait, je vous recommanderais même de rester loin de chez vous pendant quelque temps, poursuivit l'officier. Si vous avez énervé quelqu'un du milieu, vous allez devoir attendre que tout ça se calme avant de reprendre vos habitudes, peut-être même serait-il judicieux de parler à ceux que vous avez interviewés ?

Ce n'était pas possible, pensa Monica. Ce n'était pas sa vie. Personne ne pouvait souhaiter sa mort… Pourtant tout ce qui venait de se passer n'était pas le fruit de son imagination et jamais encore elle n'avait été aussi effrayée.

Elle continua d'écouter d'une oreille distraite l'agent McDonald qui leur expliquait que, même s'ils allaient ouvrir une enquête, les fusillades de ce genre étaient particulièrement difficiles à résoudre.

— Je vais rester dans mon véhicule le temps que vous rassembliez quelques affaires et je ne partirai qu'après votre départ, leur dit-il enfin.

Monica remarqua que l'air chaud entrait par le trou qui remplaçait sa baie vitrée. Au loin, quelques chiens aboyèrent. Tout cela était totalement irréel, songea-t-elle. Sa propre maison lui paraissait à présent aussi hostile qu'un espace inconnu, le refuge qu'elle avait toujours connu avait disparu.

— Est-ce que tu aurais quelque chose que nous pourrions utiliser pour bâcher ta fenêtre en attendant qu'elle soit réparée ? lui demanda Jake.

— Je crois qu'il reste des planches de contreplaqué dans mon garage, lui répondit-elle d'une voix si faible et tremblante qu'elle en fut elle-même surprise. Il devrait y avoir aussi un marteau et des clous.

— Va donc t'asseoir un moment dans la cuisine le temps que je m'occupe de ça, d'accord ?

— OK.

Elle avait soudain hâte de quitter cet endroit où, même si la police était encore dehors, une nouvelle série de balles pouvait fuser. Le ou les tireurs allaient-ils revenir ?

Une fois dans la cuisine, elle donna la clé du garage à Jake puis se laissa tomber sur une chaise.

— Jake… Sois prudent, ils pourraient revenir.

Malheureusement, se dit-elle, même les policiers pouvaient mourir d'une balle tirée en pleine tête. À cette pensée, elle sentit les larmes remonter en elle.

— Je ne crois pas qu'ils reviendront, lui répondit-il. À cette heure-ci, ils doivent penser que nous sommes tous les deux morts. Ne bouge pas d'ici, je reviens vite.

Il esquissa un sourire qui se voulait réconfortant puis disparut par la porte arrière.

« À cette heure-ci, ils doivent penser que nous sommes tous les deux morts. » Ses mots tournèrent dans son cerveau. Elle rongea l'ongle de son index tandis qu'un million de pensées inondaient son esprit.

Si la fusillade était l'œuvre d'un gang, elle n'en comprenait pas le motif. Les interviews qu'elle avait accordées aux membres ne s'étaient pas concentrées sur leurs activités criminelles mais plutôt sur ce qui les avait amenés à vivre une telle vie. Les gens qu'elle avait rencontrés avaient été coopératifs. Ils avaient semblé ravis que quelqu'un les écoute et leur tende un micro pour exprimer leur point de vue. Alors, pour quelle raison en auraient-ils après sa vie à présent ?

Et où allait-elle pouvoir s'installer si elle ne pouvait pas rester chez elle ? Son père vivait dans une petite maison et n'avait ni lit ni chambre pour d'éventuels invités. Quant à aller vivre chez une de ses sœurs, il n'en était pas question. Plutôt mourir. Elle n'avait pas la moindre envie de les entendre médire sur ses choix de vie et de carrière.

Même si l'idée d'être seule la terrorisait, elle n'aurait qu'à prendre une chambre dans un motel… À nouveau, les larmes affluèrent.

Pourquoi Jake mettait-il tant de temps ? se demanda-t-elle en sentant la panique l'envahir. Quelqu'un s'était-il caché dans le garage ? Ou dans le jardin ? Et si on l'avait attaqué ? Elle regarda la porte de derrière, le cœur battant.

Peut-être qu'on l'avait frappé et qu'il gisait, inconscient, sur la pelouse ou peut-être que…

Alors qu'elle était sur le point de se mettre à crier pour prévenir l'agent qui montait la garde, Jake réapparut, un marteau et une planche sous le bras.

— Ça devrait faire l'affaire, dit-il. Mais je vais avoir besoin de ton aide.

— Allons-y, répondit-elle en sautant de sa chaise, ravie de se changer les idées.

Il leur fallut un quart d'heure pour boucher l'ouverture et consolider leur réparation temporaire.

— Maintenant va faire ta valise, tu vas venir chez moi, déclara-t-il.

— Vraiment ? Je suis censée rester loin de chez moi pendant plus d'une nuit, tu sais.

Elle lui jeta un regard qui en disait long sur son envie de sentir ses bras autour d'elle.

Il sembla la comprendre car il avança vers elle et l'enlaça.

— Tu seras en sécurité chez moi et tu pourras y rester aussi longtemps que tu le voudras, lui murmura-t-il à l'oreille. J'ai des lampes à détecteur de mouvements, des alarmes stridentes et de méchants chiens de garde aux dents aiguisées qui se feront un plaisir de s'en prendre à quiconque osera s'approcher un peu trop près de ma maison.

Monica laissa échapper un petit rire. Il la tint encore un moment serrée contre lui puis la libéra de leur étreinte.

— Prends ce dont tu auras besoin pour une semaine

environ. Pendant que tu t'occupes de ça, je vais faire un peu de rangement dans le salon. Le balai ?

— Dans le cellier, répondit-elle.

Tandis qu'il commençait à balayer le plancher, elle se dirigea vers son bureau. La première chose qu'elle devait emporter était son matériel de travail. Elle qui voulait un scoop, elle en tenait un, même si elle aurait préféré ne pas être au cœur de l'histoire. Ce soir, elle avait vu le danger de beaucoup trop près. Si Jake n'avait pas réagi si rapidement et ne l'avait pas plaquée au sol, ils seraient probablement tous les deux morts à cette heure-ci, le corps criblé de balles.

Une fois son équipement emballé, elle se rendit dans sa chambre et sortit une grande valise de son placard. Elle était passée d'un état de choc qui la paralysait à un engourdissement étrange. Elle sentait son corps lourd tandis qu'elle pliait ses vêtements et préparait ses affaires de toilette. Quand elle eut fini, elle se rendit au salon où Jake était en train de finir le ménage.

Mais, même sans les bris de verre au sol, la pièce avait l'air d'une zone de guerre. Le mur était criblé de trous et tous les cadres qui y étaient suspendus étaient détruits. Elle avait l'impression que tout cela ne pouvait être vrai et que ce n'était que le fruit de son imagination, pourtant la pièce ressemblait à une scène de crime.

Pourrait-elle un jour se sentir à nouveau en sécurité chez elle ? Elle n'en avait aucune idée, mais ce qu'elle savait c'est qu'elle était prête à quitter les lieux.

— Partons d'ici, lui proposa Jake, comme s'il lisait dans ses pensées.

Une fois assise dans sa voiture, en route pour la maison de Jake, Monica eut soudain le sentiment de mieux respirer.

— Ça va ? lui demanda-t-il doucement.

— Je ne sais pas vraiment, reconnut-elle. Je me sens comme ankylosée.

— Ça pourrait être pire.

— Au moins, je ne pleure plus. Je suis désolée que tu aies dû supporter ça. Il n'y a rien de pire que d'avoir à gérer une femme hystérique.

— Ne sois pas bête, répliqua-t-il en lui jetant un bref regard. Tu peux me croire, j'étais dans le même état, à l'intérieur.

Elle étudia son profil, illuminé par les lumières du tableau de bord.

— Es-tu certain de vouloir que je vienne chez toi ?

— Monica, répondit-il en lui adressant un grand sourire qui la rassura. J'ai une grande maison, avec deux chambres d'amis. Je veux que tu sois en sécurité, donc, oui, je veux que tu viennes chez moi. J'espère seulement que tu n'es pas une de ces personnes horripilantes qui sont toujours de très bonne humeur le matin.

Elle se surprit elle-même en éclatant de rire.

— Ne t'inquiète pas, je ne suis pas de ce genre, pour être honnête, je suis même assez grognon au saut du lit.

Elle se détendit, continua à l'observer et trouva du réconfort dans la force qui émanait de lui.

Elle se souvint soudain de ce qu'il s'était passé avant que la pluie de balles ne s'abatte sur eux. Leur baiser… Oh ! leur incroyable baiser ! Il avait réveillé en elle une merveilleuse chaleur, il l'avait ranimée en circulant du sommet de son crâne jusqu'au bout de ses orteils.

Jake lui avait semblé aussi passionné qu'elle et elle se demanda ce qui aurait pu se passer entre eux si la fenêtre n'avait pas volé en éclats.

À présent, elle allait vivre dans sa maison et, malgré tout ce qui venait d'arriver, elle ne pensait plus qu'à une chose, allait-il l'embrasser à nouveau et si oui, quand ?

6

Jake s'assit à sa table de cuisine et prit sa tasse à café dans ses deux mains. Les premières lueurs de l'aube qui filtraient par la fenêtre apportaient la promesse d'un jour nouveau.

Il avait à peine fermé de l'œil de la nuit et se sentait épuisé. La veille, après avoir installé Monica dans une de ses chambres d'amis, il s'était rapidement mis au lit.

Mais, trop excité pour pouvoir s'endormir, il était resté à veiller dans son fauteuil pendant des heures, le cerveau en surchauffe. Et la plupart des pensées qui l'avaient obsédé toute la nuit continuaient encore leur manège ce matin dans son esprit.

Monica et lui avaient frôlé la mort. S'ils ne s'étaient pas jetés au sol aussi vite, ils auraient été tués.

Jake pensait que c'était probablement une conséquence du podcast qu'animait Monica. C'était la seule hypothèse sensée. Cependant, une partie de lui envisageait également qu'il puisse s'agir du Justicier qui, on ne sait comment, aurait pu apprendre qu'il fréquentait une journaliste. Peut-être avait-il vu leur photo dans le journal… Malgré tout, cette fusillade si violente, ces rafales de balles, non, tout ça n'était pas son style.

Qui avait bien pu faire une telle chose ?

Même si cela semblait impossible, il espérait que la

police allait découvrir qui se cachait derrière cette attaque et mettre vite le ou la responsable derrière les barreaux.

Il prit une gorgée de son café en pensant à cette femme qui dormait à poings fermés entre les draps bleu marine de sa chambre d'amis. Elle l'avait surpris la veille. « Embrassez-moi, Jake ». Avec un ordre pareil, difficile de ne pas obéir.

L'embrasser lui avait coupé le souffle. La douceur de ses lèvres… La chaleur de son corps serré contre le sien… Une puissante vague de désir avait réveillé tous ses sens. En un geste, le chagrin et la douleur que la réminiscence de la mort tragique de sa sœur avait fait resurgir, avaient disparu, balayés en une seconde.

Si on ne leur avait pas tiré dessus, que se serait-il passé entre eux ? Et si elle lui avait demandé de lui faire l'amour, seraient-ils montés dans sa chambre ? Ou aurait-il repris ses esprits et stoppé cette folie ? Pour être honnête, il ne pouvait pas répondre à cette question.

Ce qu'il ressentait pour Monica était insensé et totalement déraisonnable. Il était hors de question qu'il lui fasse croire qu'il pouvait être partant pour une relation à long terme ou pour construire quoi que ce soit.

Bien qu'elle soit maintenant sous son toit, il devait garder ses distances. Il était évident qu'elle serait une source de tentation, mais l'embrasser avait été une erreur et il ne pouvait plus laisser une telle chose se reproduire.

Une fois le Justicier identifié, Monica et lui n'auraient plus aucune raison de se voir. Elle aurait son scoop, et lui retournerait vivre la vie qu'il méritait… Une vie faite de solitude, sans rires ni amour.

Un peu après 9 heures, alors qu'il était toujours assis à table, occupé à lire le journal du matin en buvant son café, Monica fit son apparition dans la cuisine. Vêtue d'une robe bleu marine, les cheveux ébouriffés, elle était absolument charmante… Seuls ses sourcils froncés révélaient l'inquiétude qui l'habitait.

— Il y a du café chaud, lui dit-il. Les tasses sont dans le placard au-dessus de la cafetière.

Elle acquiesça et alla se servir. Il la regarda attraper une tasse et la remplir avant de venir s'asseoir sur la chaise en face de lui.

Elle resta silencieuse et il fit de même. Elle ne le regardait pas. Elle but une gorgée de son café puis plongea les yeux au fond de sa tasse comme si celle-ci pouvait contenir les réponses à toutes les questions existentielles du monde.

Elle lui avait dit qu'elle n'était pas du matin et, en effet, elle semblait de mauvaise humeur. Rien dans son attitude n'invitait à la discussion. Quand elle eut terminé sa tasse de café, elle alla s'en servir une nouvelle, revint s'asseoir puis, se laissant aller en arrière contre le dossier de sa chaise, elle poussa un profond soupir.

Levant enfin les yeux vers lui, elle lui adressa un sourire penaud.

— Merci de respecter mon humeur de dogue en ne tentant pas de me parler.

— Tes sourcils froncés auraient dissuadé quiconque de prononcer un seul mot, répondit-il d'une voix taquine.

— À ce point ?

— À ce point, oui.

— Je ne sais pas du tout pour quelle raison je me réveille toujours de si mauvaise humeur. C'est le cas depuis que je suis petite et, évidemment, mes sœurs et mon père, eux, sont des personnes charmantes au saut du lit. Je me rappelle avoir eu, plus d'une fois, la furieuse envie de leur jeter mes tartines au visage.

Jake éclata de rire puis demanda :

— Comment as-tu dormi ?

— J'avais peur de faire des cauchemars toute la nuit, mais je me suis endormie en deux temps trois mouvements et j'ai dormi d'un sommeil tout à fait paisible.

— C'est une bonne chose.

— Et toi ?

— Oh ! moi, ma nuit a été éprouvante, reconnut-il. Je n'ai pas fait de mauvais rêves, mais je n'ai pas réussi à débrancher mon cerveau et à faire cesser le ballet de mes pensées.

— J'ai horreur de ce genre de nuits… Je suis désolée, Jake. Vraiment désolée pour tout ce qui s'est passé.

— Pourquoi ? C'est toi qui as engagé quelqu'un pour nous tirer dessus ? répliqua-t-il gentiment.

— Bien sûr que non, répondit-elle en écarquillant les yeux.

— Alors, tu n'as aucune raison de t'excuser, Monica.

— Merci, dit-elle en esquissant un léger sourire. Ça me fait du bien d'entendre ça… Dis-moi, je pensais à une chose, y aurait-il un endroit chez toi où je pourrais installer mon matériel pour continuer à enregistrer et diffuser mes émissions ?

Il ne fut pas surpris de constater que sa première préoccupation concernait son travail. Elle était ambitieuse. Et il était bien prétentieux de croire que ce qui s'était passé entre eux la veille pouvait sous-entendre qu'elle souhaitait s'engager dans une relation avec lui.

Quand elle lui avait demandé de l'embrasser, il n'était pas dans son état normal, bouleversé par tous les souvenirs de Suzanna qu'il venait de faire remonter. Monica n'avait agi ainsi que pour le réconforter, ce geste ne signifiait probablement rien de plus pour elle.

— Tu peux t'installer dans mon bureau. Je n'ai pas de projet en cours et tu peux replier la grande table à dessin pour libérer un peu d'espace.

— Parfait, répondit-elle avec un grand sourire.

Même avec ses yeux noircis par le mascara qu'elle n'avait pas ôté la veille au soir et qui lui donnait un air de raton laveur, elle restait superbe.

— Tu es partante pour un petit déjeuner ? lança-t-il en se levant de sa chaise.

— Je te remercie, mais je ne mange pas grand-chose le matin, dit-elle en saisissant sa tasse. Je préfère le liquide au solide.

— Je ne suis pas non plus un grand adepte des petits déjeuners copieux, acquiesça-t-il en s'appuyant contre le bar.

Son délicat parfum commençait à lui faire tourner la tête et il se demanda ce qu'elle pouvait bien porter sous cette petite robe bleue.

Ressaisis-toi, Lamont ! se dit-il fermement. S'il ne pouvait empêcher ce genre de pensée de surgir dans son esprit, la semaine risquait d'être très longue.

Monica termina sa deuxième tasse de café et se leva.

— Je crois que je vais sauter dans une douche et aller m'habiller. Après cela, si tu peux me montrer où se trouve ton bureau, ça serait super.

— Quand tu veux.

Quand elle quitta la cuisine, Jake laissa échapper un grand soupir de soulagement. Il avait l'impression que le fait qu'elle vive avec lui dans sa maison allait s'avérer bien plus difficile que ce qu'il avait pu imaginer.

Il devait garder le contrôle de ses émotions en ce qui la concernait. Elle n'était rien d'autre qu'une invitée ici, quelqu'un qui avait besoin d'être hébergé quelque temps et qui n'était pas – ne serait jamais – une potentielle amoureuse qu'il pouvait courtiser.

Il rinça leurs deux tasses et les plaça dans le lave-vaisselle avant de se rendre sur sa terrasse extérieure, à l'arrière. Les nuages de la veille n'avaient pas apporté de pluie, et la journée promettait d'être à nouveau sèche et chaude. La sécheresse n'était pas une mauvaise chose pour lui et encore moins pour le chantier en cours.

Heureusement aucune annonce concernant un nouveau crime n'était parue dans le journal. Se rendre devant chez Clay la veille pour le surveiller lui était totalement sorti de la tête après ce qu'il s'était passé chez Monica. La seule chose à laquelle il avait pensé était de la faire sortir au plus vite de chez elle pour la mettre en sécurité.

Sur le trajet jusque chez lui, il s'était assuré qu'ils n'étaient pas suivis car, si la fusillade était l'œuvre d'un gang, personne ne penserait à venir la chercher à son domicile.

Il se demanda si Monica voudrait continuer à surveiller le Justicier. Si ce n'était pas le cas, elle n'aurait qu'à rester ici pendant qu'il poursuivrait sa mission.

Même s'il avait plaisanté concernant les alarmes et les chiens de garde, sa maison était équipée d'un système de surveillance à la pointe de la technologie, et de solides serrures étaient installées sur chacune de ses portes. Il savait qu'elle ne risquait rien tant qu'elle était ici.

Une demi-heure plus tard, elle réapparut dans la cuisine. Elle portait cette fois un short en jean et un débardeur rayé rouge et blanc, et semblait fraîche et motivée.

— Prête à découvrir ton nouvel espace de travail ? s'enquit-il.

— Laisse-moi juste le temps d'aller chercher mon matériel dans ma chambre.

— Je vais t'aider, proposa-t-il, conscient du poids des sacs qu'il avait déjà portés la veille.

Il la suivit dans le couloir jusqu'à la chambre qu'elle occupait. C'était une pièce agréable, grande et aérée qui possédait sa propre salle de bains.

Monica avait soigneusement fait le lit et arrangé les coussins qui étaient assortis aux draps. Dans l'air flottait son parfum, cette merveilleuse fragrance, légèrement exotique, qui faisait battre son pouls plus fort chaque fois qu'il la percevait.

Tout aurait été beaucoup plus facile s'il n'avait pas embrassé Monica. S'il ne connaissait pas la douceur de ses lèvres, jamais il ne penserait à reproduire ce geste.

Quelques minutes plus tard, ils se rendirent dans son bureau pour installer son équipement. Derrière son bureau était accrochée une grande photo du centre-ville de Kansas City. Monica lui annonça avec joie qu'elle ferait un formidable fond pour le cadre de son émission.

— C'est parfait, merci beaucoup, lui dit-elle une fois que tout fut prêt. Quel est ton programme de la journée ?

— Je ne vais pas tarder à aller faire un tour sur le chantier et je me demandais si tu avais envie de m'accompagner ?

— Oh... En fait, j'espérais rester un peu seule pour pouvoir fouiner un peu dans tes affaires, répondit-elle, l'air faussement déçu.

— Ça risque d'être ennuyeux à mourir, dit-il en souriant. Je n'ai malheureusement aucun cadavre dans mes placards.

— Ah, quel dommage ! s'exclama-t-elle en riant. Je serais ravie de t'accompagner, mais seulement si je peux prendre un peu de temps cet après-midi pour faire quelques recherches et préparer mon émission de ce soir...

Elle marqua une pause et redevint tout à fait sérieuse avant de poursuivre :

— Je dois t'avouer que j'ai beaucoup de mal à croire que la fusillade d'hier puisse avoir un quelconque lien avec mes sujets sur les gangs.

— Qui pourrait être derrière tout ça alors ? demanda-t-il en fronçant les sourcils.

— Je pense qu'il pourrait s'agir du Justicier, dit-elle, le regard sombre.

Elle parlait à voix basse, comme si elle avait peur que le *serial killer* puisse l'entendre.

— J'y ai pensé également, mais ce n'est pas son mode opératoire.

— Oublie le mode opératoire. Je pense qu'il a vu notre photo dans le journal et qu'il a eu peur. Il surveillait ma maison et il nous a vus tous les deux par la fenêtre. Nous étions des cibles idéales et il a essayé de nous éliminer.

Elle le fixa du regard pendant un moment, comme pour répondre à ses protestations. Mais Jake ne protesta pas. Il ne savait pas qui pouvait se cacher derrière l'attaque de la veille et il ne savait pas ce qui pouvait être pire : un gang qui voudrait réduire Monica au silence ou un tueur en série qui avait peur d'être démasqué et qui connaissait son adresse…

Monica ne pouvait se leurrer, elle n'avait toujours pas digéré les événements de la veille. Jamais elle n'avait imaginé que ses choix professionnels pourraient un jour la mettre en danger. Mais elle se doutait qu'en faisant équipe avec Jake pour démasquer le Justicier elle risquait d'avoir des ennuis. Cependant, il y avait un océan entre le doute et la réalité.

Jake lui avait dit qu'elle pouvait rester chez lui pendant qu'il se rendait sur son chantier. Il lui avait même montré comment mettre en marche son système d'alarme mais, malgré cela, elle ne s'était pas sentie prête à rester seule.

Avant qu'il ne quitte sa maison, Jake était monté dans sa chambre pour se changer.

— Tu es drôlement chic pour aller sur un chantier,

lui avait-elle fait remarquer quand il était réapparu vêtu d'un jean, d'un T-shirt blanc et d'un blazer bleu marine.

— Habitue-toi au blazer, répondit-il en ouvrant l'un des pans de la veste pour lui montrer un holster avec un revolver. J'ai un permis et je compte bien l'emporter chaque fois que nous quitterons la maison.

Ce n'était pas la meilleure des nouvelles, pourtant, Monica devait l'admettre, elle se sentait rassurée qu'il soit armé.

Sur le trajet qui menait au chantier, elle se surprit à regarder par-dessus son épaule pour observer les voitures qui roulaient derrière eux, afin de vérifier que personne ne les suivait.

— Tâche de te détendre, lui dit Jake. Je ne sais pas qui est après nous, mais il ne vaut pas mieux qu'un cafard et les cafards ne sortent que la nuit.

— Tu crois ? demanda-t-elle avec inquiétude.

— Oui. Si tout ça a un lien avec les gangs, ce genre de choses ne se produit qu'à la nuit tombée. Et si c'est le Justicier, je sais que les hommes du groupe ont tous des boulots et qu'il est important qu'ils s'y rendent chaque jour pour ne pas se faire remarquer.

Monica se laissa aller dans son siège et s'efforça de se détendre, mais les battements de son cœur étaient trop rapides et elle avait les nerfs à fleur de peau.

— Pendant que tu parleras avec les ouvriers, je vais passer quelques coups de téléphone. Je vais essayer de contacter les membres des gangs que j'ai interviewés. Peut-être que l'un d'entre eux aura une idée de ce qui a pu se passer.

— Ça me semble une bonne idée, répondit-il.

Quand ils arrivèrent au pied de l'immeuble en construction, Monica se sentait plus décontractée. Elle resta dans la voiture pendant que Jake allait s'entretenir avec le maître d'œuvre.

Il fut accueilli par de grands sourires, et Monica constata que tous ses collègues semblaient lui manifester un réel respect. Elle n'était pas surprise. Jake était un homme normal, un type bien, et Monica trouvait cela tout à fait séduisant.

En fait, elle trouvait que tout chez Jake était séduisant. Il avait un corps sublime, quant à son rire, il semblait être comme celui de sa sœur, merveilleusement joyeux et communicatif. Il était intelligent, dégageait une impression de force tranquille et il…

Elle écarta volontairement ses pensées concernant l'homme qui était supposé n'être que son partenaire et décida de se concentrer sur les sujets qu'elle allait choisir d'aborder ce soir dans son podcast.

Elle avait, bien sûr, prévu de parler de la fusillade qui s'était produite à son domicile et elle avait un autre témoignage d'un membre de gang à diffuser. Elle allait aussi devoir prendre un peu de temps pour chercher ce qui avait pu se passer de nouveau dans la région et qui méritait d'être relaté.

Elle n'avait en sa possession que les numéros de téléphone de deux des hommes qui avaient accepté d'être interviewés pour sa série sur les gangs de Kansas City. Après avoir composé le premier numéro, elle entendit une voix robotique lui indiquer que ce numéro n'était plus disponible. Le deuxième numéro la transporta vers une messagerie. Elle laissa quelques mots, même si elle se doutait que personne ne la rappellerait.

Alors qu'elle recommençait à réfléchir à son émission du soir, elle se rendit soudain compte qu'elle devrait peut-être appeler son père pour lui raconter ce qu'il s'était passé et lui dire comment elle allait. Si les membres de sa famille regardaient son podcast, ce dont elle doutait, il valait mieux qu'ils soient déjà au courant des événements. Ils pourraient aussi en entendre parler par d'autres biais… Enfin, pour le moment, personne ne l'avait encore appelée.

Et puis… Peut-être avait-elle juste besoin d'entendre la voix grave de son père.

Il répondit à la deuxième sonnerie.

— Quoi de neuf ? lança-t-il.

Monica commença à lui raconter la fusillade mais, avant même qu'elle puisse finir sa phrase, il se mit à jurer.

— Si tu avais un vrai boulot, ce genre de conneries n'arriverait pas.

Immédiatement, des larmes montèrent aux yeux de Monica.

— Papa, je t'appelais juste pour te dire que j'allais bien et que j'allais vivre chez un ami pendant quelque temps.

— Un ami ? Aux dernières nouvelles tu n'avais pas beaucoup d'amis à cause de tout ce temps que tu perds à fouiner sur Internet… Alors, où l'as-tu trouvé, celui-là ?

— Il s'appelle Jake et je vais habiter chez lui pendant une semaine environ.

— Cet ami, ce ne serait pas ton petit ami par hasard ? lui demanda son père d'une voix où perçait une lueur d'espoir.

— Non, nous sommes juste des amis, répliqua-t-elle rapidement.

— Dommage… Il est grand temps que tu rencontres quelqu'un et que tu te maries. Tu sais que tu n'es plus toute jeune. Je n'ai pas envie que tu te réveilles un jour et que tu sois devenue une de ces vieilles célibataires seules qui vivent avec une bande de chats.

— Papa, répondit-elle en éclatant de rire. Tu sais

que je n'aime pas beaucoup les chats et puis je viens tout juste d'avoir trente ans, j'ai tout le temps de me marier et d'avoir des enfants.

— Peut-être que tu pourrais m'offrir un petit-fils. Tes sœurs n'ont réussi qu'à faire de nouvelles filles.

— Arrête, tu es fou de tes petites-filles, s'exclama-t-elle.

Son père avait beau être la dernière des brutes, il se transformait en marshmallow dès que ses petites-filles pointaient le bout de leur nez.

— Mais si tu continues à faire ton podcast insensé, jamais tu n'auras une vie normale, tu sais.

Monica soupira.

— Je te rappelle demain, OK ?

Elle raccrocha avec soulagement. La conversation avait été tout à fait déprimante. Comme la plupart de celles qu'elle avait avec son père.

Pourquoi ne pouvait-il pas être fier d'elle, de ce qu'elle faisait et même de qui elle était en tant que personne ? Pourquoi avait-elle toujours l'impression que rien de ce qu'elle faisait ne suffirait jamais pour lui plaire ?

Un quart d'heure plus tard, Jake ouvrit la portière et s'assit au volant à côté d'elle.

— Je me disais que nous pourrions peut-être aller chercher du chinois à emporter pour le dîner de ce soir, dit-il en démarrant.

— Bonne idée.

« Ce ne serait pas ton petit ami ? » La question de son père tournait en rond dans son esprit. Tandis qu'ils quittaient le chantier, elle jeta quelques regards discrets à Jake.

Cela ne la dérangerait pas de l'avoir comme petit ami. Cela ne la dérangerait pas non plus de dîner chinois avec lui avant d'aller se coucher ensemble dans le grand lit de sa chambre à coucher. Il la prendrait dans ses bras, lui ferait l'amour tendrement puis elle s'endormirait blottie contre lui. Ce scénario était plus qu'alléchant.

Elle dévia le regard vers la vitre et se réprimanda. Elle ne pouvait pas tomber amoureuse de Jake. Ce n'était pas le bon moment pour trouver le grand amour. Elle devait d'abord réussir dans son métier avant de pouvoir ne serait-ce que penser à rencontrer quelqu'un.

— Tu es terriblement silencieuse, remarqua Jake en rompant le cours de ses pensées. Tout va bien ?

— Ça va, oui… Je viens seulement d'avoir mon père au téléphone et il réussit toujours à me déprimer, lui confia-t-elle.

— Oh ! je suis désolé, répondit-il en posant sa main sur la sienne quelques secondes avant de la reposer sur le volant.

Mais la chaleur de ce simple contact la bouleversa.

Elle devait pourtant garder la tête froide. Jake n'était pour elle qu'un moyen de parvenir à ses fins et ne devait rien devenir d'autre.

— Tu penses que nous devrions retourner surveiller la maison de Clay ce soir ?

— Vu ce qu'il s'est passé hier soir, je ne savais pas trop si tu serais partante.

— Je suis toujours dans le coup, affirma-t-elle fermement. Et puis, plus vite nous résoudrons cette affaire, plus vite je sortirai de ta vie.

— Je ne suis pas particulièrement pressé que tu sortes de ma vie, dit-il en lui jetant un bref regard.

Elle sentit les papillons se réveiller au creux de son ventre.

— Je voudrais d'abord m'assurer que tu ne risques plus rien avant, ajouta-t-il.

Les papillons disparurent en un instant du ventre de

Monica. Seule sa sécurité importait à Jake. Il ne voulait pas d'elle dans sa vie plus longtemps que nécessaire. Il voulait seulement qu'elle ne soit plus en danger. Elle regarda une nouvelle fois par sa vitre en se demandant pourquoi ses mots la rendaient triste.

Il avait échoué. Ils n'étaient pas morts. Comme il aurait préféré leur trancher la gorge comme il l'avait fait à tant d'autres… Mais il n'avait pas de temps à perdre, il devait les éliminer le plus vite possible.

Quand il les avait vus tous les deux derrière la baie vitrée chez Monica, il avait saisi sa chance et avait tiré le plus de balles possible avant de s'enfuir.

Il était certain d'avoir réussi son coup jusqu'à ce qu'il découvre aux informations matinales un sujet sur la fusillade dans lequel la journaliste indiquait que personne n'avait été blessé.

Bon sang ! Comment avaient-ils pu s'en tirer sous cette pluie de balles ? Maintenant, il allait devoir trouver un nouveau moyen de se débarrasser d'eux alors qu'il n'avait qu'une envie, qu'un besoin, sentir à nouveau le sang couler sur ses mains.

Les informations matinales avaient aussi évoqué un homme qui avait été arrêté pour avoir tué un chien avant d'être relâché en attente de son jugement. Il n'avait pas été inculpé pour avoir tué le chien mais parce qu'il portait une arme sans permis.

Cet homme, Greg Bellows, avait insisté sur le fait que le chien l'avait attaqué et qu'il n'avait eu d'autre choix que de l'abattre pour sauver sa peau. Et, comme ce n'était pas la première fois que cet animal s'en prenait à lui, il avait emprunté l'arme d'un ami pour faire sa promenade ce matin-là.

Il ne croyait pas un traître mot de l'histoire de ce type,

et quiconque était capable de faire du mal à un animal innocent était un rebut de l'humanité.

C'était lui qui se chargeait de nettoyer la surface de la terre de toutes ces ordures. Greg Bellows n'irait pas devant le juge. Il avait déjà été jugé coupable et sa sentence était la mort.

Les battements de son cœur s'accélérèrent tandis qu'il imaginait l'expression de surprise qui s'afficherait sur le visage de cette ordure juste avant qu'il lui tranche la gorge.

Ce soir, le Justicier s'occuperait de Greg. Et, après cela, il se chargerait de Jake et de Monica. Ils devaient mourir avant de parler, avant que Monica décide de faire un sujet qui pourrait guider la police jusqu'à lui.

Il était important que le Justicier puisse continuer son œuvre. Il devait survivre et prospérer. Il y avait trop de personnes sur cette terre qui méritaient la mort.

7

Bon sang. Le tueur avait remis ça. En découvrant la nouvelle dans le journal du matin, Jake sentit un puissant mélange de colère et de culpabilité l'envahir.

Il ne connaissait pas la victime, mais ce qui l'effrayait était que Greg Bellows avait été accusé bien qu'il n'ait pas encore été jugé pour ce qu'il avait fait. Jusqu'au verdict, il restait donc « présumé innocent ». Cependant, non seulement le Justicier l'avait jugé et reconnu coupable, mais il avait aussi décidé lui imposer la peine ultime… La peine de mort.

C'était sa plus grande peur. Que le *serial killer* décide d'élargir son champ d'action, de changer ses règles, et de ne plus s'attaquer seulement aux hommes qui avaient eu un lien avec le groupe mais à tous ceux qui avaient des démêlés avec la justice. Cette pensée était absolument terrifiante.

La nuit dernière, Monica et lui étaient allés surveiller la maison de Clay et, celui-ci n'ayant pas bougé de chez lui, Jake était donc sûr à présent que ce dernier n'était pas le tueur. Il ne restait donc plus qu'Adam. Jake savait qu'il devait le faire arrêter le plus vite possible, mais il n'avait pas de preuves concrètes à fournir aux autorités.

Il allait devoir surprendre Adam en flagrant délit. Malheureusement, il se passerait probablement une semaine ou plus avant qu'il récidive. La seule idée que cet homme pouvait s'attaquer à n'importe qui lui tordit l'estomac. Il n'avait plus qu'une chose à espérer : que le tueur ait commis une erreur lors de son dernier meurtre. Que la police ait trouvé un indice qui puisse les mener à son arrestation.

Il jeta un coup d'œil par-dessus son journal en voyant Monica entrer dans la cuisine. Elle se servit une tasse de café, s'assit en face de lui et lui adressa un petit sourire.

— Incroyable, la Monica grognon peut faire des sourires dès sa première tasse de café ?

— J'essaye de changer mes habitudes, répliqua-t-elle en prenant une gorgée avec un air ravi. Ah, l'élixir des dieux… Quelles nouvelles dans le journal ?

Jake hésita un instant avant de lui répondre. Il savait que cette information allait lui gâcher sa matinée comme elle avait gâché la sienne.

— J'aurais préféré que tu ne me poses pas cette question.

— Pourquoi ?

— Il y a un article qui va faire disparaître ton sourire, indiqua-t-il d'un ton désolé.

— De quoi parle-t-il ? demanda-t-elle, tandis qu'une ombre passait dans ses beaux yeux.

— Il y a eu un nouveau meurtre cette nuit.

Il lui raconta ce qu'il s'était passé et, en effet, le joli sourire de Monica s'évanouit instantanément.

— C'était ce que tu redoutais. Ce Greg Bellows n'a aucun lien avec votre groupe.

— Et ce qui est encore pire, c'est qu'il n'a pas été prouvé qu'il était coupable de quoi que ce soit. Et il n'a assassiné personne. Je veux dire, je suis évidemment contre toute forme de maltraitance envers les animaux, mais peut-être Greg Bellows disait-il la vérité, peut-être n'avait-il pas eu d'autre choix que de tuer ce chien pour survivre ? Il n'aurait probablement reçu qu'une simple amende pour port d'armes illicite.

— Le Justicier élargit son champ d'action, déclara Monica.

— Oui, soupira Jake. Et suite à ce nouveau meurtre, il va probablement rester calme pendant un bon moment maintenant.

— Ou peut-être va-t-il choisir de remettre ça ce soir ? protesta-t-elle. Nous ne pouvons pas savoir. Nous devons faire tout ce qui est en notre pouvoir pour l'arrêter, Jake.

— Je sais, mais ça ne suffira pas.

Pendant la demi-heure qui suivit, ils parlèrent du meurtrier et de ce qu'ils pouvaient faire pour essayer de le mettre hors d'état de nuire. Puis Monica alla prendre sa douche.

Les jours suivants, ils tombèrent tous les deux dans une sorte de routine. Ils se rendaient ensemble sur le chantier dans la matinée puis ils revenaient chez Jake où celui-ci dessinait sur la table de la cuisine pendant que Monica travaillait à son émission quotidienne. Ils déjeunaient vers midi, reprenaient leurs tâches, puis chaque soir à 20 heures, Monica diffusait son podcast pendant une heure et demie environ. Elle revenait ensuite dans le salon où ils regardaient la télévision jusqu'à 23 h 30, heure à laquelle ils partaient surveiller la maison d'Adam.

Les soirées étaient particulièrement éprouvantes pour Jake, surtout quand ils étaient assis sur le canapé devant la télé. La seule chose à laquelle il pensait alors était le baiser qu'ils avaient échangé et combien il avait envie de recommencer.

Monica le faisait rire et, avec elle, il se sentait revivre. Il aimait leurs discussions. Un soir, ils avaient évoqué leurs enfances réciproques et il avait pour la première fois révélé les difficultés qu'ils avaient traversées, Suzanna et lui, en tant qu'enfants de toxicomanes.

Il lui avait raconté leur vie de misère, le fait de n'avoir jamais mangé à leur faim, les hôtels sordides et les hommes encore plus sordides qui rôdaient toujours dans les environs. Les services sociaux ne les avaient jamais approchés, peut-être parce qu'ils ne restaient jamais longtemps au même endroit.

Il lui confia que les moments les plus effrayants étaient quand leur mère décidait de faire le ménage. Suzanna et lui comprenaient alors que le pire était à venir. Ils n'avaient jamais pensé que leur vie pourrait s'arranger car cela ne s'était jamais produit.

Monica lui faisait oublier toutes les femmes qu'il avait fréquentées jusqu'alors. Être à ses côtés était enivrant, et il devait redoubler d'efforts pour ne pas se laisser aller à la tentation. Et le problème était qu'elle semblait, de plus en plus, essayer de le séduire.

Elle s'asseyait trop près de lui sur le canapé et le touchait bien trop souvent… De légers contacts qui, chaque fois, lui faisaient l'effet de décharges électriques venant alimenter la tension qui vibrait au fond de son ventre.

Il sentait son regard se promener sur lui et redoutait de le croiser, par peur de se perdre dans la profondeur de ses grands yeux bleus. Par peur de se laisser aller et de faire quelque chose de stupide.

Ce soir-là, tout était différent, hormis la tension en lui qui ne le quittait jamais quand il était en sa compagnie. Ils s'étaient à nouveau installés sur le canapé après avoir mangé une pizza.

Monica était assise si près de lui qu'il pouvait sentir la chaleur de son corps et ce parfum qui lui faisait tourner la tête. Cependant, ce qui était tout à fait inhabituel était le fait qu'elle n'avait pas prononcé un mot de toute la soirée.

— Tu as eu ton père au téléphone, aujourd'hui ? lui demanda-t-il, pour tenter de briser le silence qui devenait pesant.

— Non, pourquoi ?

— Tu sembles bien calme et je me disais que tu l'avais peut-être appelé et qu'il avait pu te dire quelque chose de blessant.

— Non, je ne lui ai pas parlé aujourd'hui, répliqua-t-elle avant de tourner derechef les yeux vers l'écran de télévision.

Pendant quelques minutes, elle regarda l'émission comique qu'ils avaient choisie – même si cela ne semblait guère l'intéresser –, puis elle se tourna vers lui.

— Tu veux savoir ce qui me dérange ?

— Oui, qu'est-ce que c'est ?

Elle rougit légèrement

— Je ferais peut-être mieux de ne rien dire.

— Qu'est-ce qu'il se passe ? Monica, tu sais que tu peux tout me dire.

— Oublie ça, lui dit-elle en secouant la tête.

— Qu'est ce qui ne va pas ?

— Rien, tout va bien, insista-t-elle en baissant les yeux vers ses mains posées sur ses genoux. C'est seulement que… Je n'arrive pas à me sortir notre baiser de la tête.

Il la fixa un instant, le souffle coupé.

— Il t'arrive d'y repenser ? continua-t-elle.

— Ça m'est arrivé, oui, reconnut-il, la gorge sèche. Une fois ou deux.

— Alors pourquoi n'as-tu pas essayé de m'embrasser à nouveau ?

Bon sang, elle allait le tuer. Il se passa les mains dans les cheveux et prit une profonde inspiration pour garder son calme.

— Parce que ce ne serait pas juste pour toi.

— Qu'est-ce que tu veux dire ? demanda-t-elle en se rapprochant de lui. Pourquoi ce ne serait pas juste ?

Jake avait l'impression d'être la marionnette de son désir. Une marionnette dont Monica tirait les ficelles.

— Parce que je t'ai dit que je ne voulais pas avoir ce genre de relation.

— Mais si nous sommes tous les deux d'accord sur ce point ? objecta-t-elle en fronçant les sourcils. Et si, moi, je voulais juste que tu m'embrasses une nouvelle fois ?

Il essaya de regarder ailleurs. Il tenta de trouver en lui les moyens de résister. L'un d'entre eux devait garder le contrôle de la situation.

Elle fronça davantage les sourcils.

— La vérité, c'est peut-être que notre baiser ne t'a pas plu. Peut-être que le vrai problème c'est que tu n'as pas du tout envie de m'embrasser une nouvelle fois.

— Oh ! tu n'imagines pas à quel point je veux t'embrasser à nouveau, gronda-t-il.

Monica s'avança si près de lui qu'elle était presque assise sur ses genoux.

— Alors, fais-le, Jake. J'en ai désespérément besoin, fais-le maintenant.

Il pensa brièvement qu'il avait perdu la tête, qu'ils avaient tous les deux perdu la tête, puis il posa sa bouche sur la sienne. Alors, instantanément, le feu parcourut ses veines tandis qu'il goûtait ses lèvres douces et charnues.

Monica laissa échapper un gémissement tandis qu'elle semblait lui donner la permission d'approfondir leur baiser. Elle leva les bras et les passa derrière sa nuque tout en se rapprochant toujours plus près de lui.

Elle était brûlante et serrait sa poitrine fort contre lui comme pour le tourmenter davantage. Quelque part au fond de lui, Jake savait qu'il devait mettre un terme à cette folie, qu'il devait la repousser et stopper le flot d'adrénaline qui coulait dans son sang. Mais la voix de la raison était un faible murmure, comparé au cri puissant de son désir charnel.

Monica ne paraissait pas vouloir interrompre leur baiser. Elle fit glisser ses mains de sa nuque à ses épaules et l'attira encore plus près d'elle.

Mon Dieu, il allait se perdre en elle.

Il ne pouvait plus réfléchir tant qu'il l'embrassait. Quand elle était dans ses bras, son cerveau semblait paralysé et seule son envie le guidait.

Elle finit par le repousser. Ses yeux avaient changé de couleur. Ils étaient maintenant d'une nuance de bleu que Jake n'avait encore jamais vue. Il lui fallut un moment pour reprendre son souffle.

— Jake, je veux que tu me fasses l'amour.

Les mots de Monica furent comme un coup de poing. Il ne pouvait plus respirer. La seule chose qu'il pouvait faire était l'imaginer nue dans ses bras. Bonne ou mauvaise idée, folie ou pas, il ne voulait plus y penser.

— S'il te plaît, Jake, dit-elle en se levant du canapé pour lui tendre la main. Emmène-moi jusqu'à ton lit et fais-moi l'amour.

Il se leva et prit sa main dans la sienne.

— Tu es sûre ?

— Je n'ai encore jamais été aussi sûre de quelque chose, répondit-elle d'une voix pleine de certitude.

Ils pouvaient encore changer d'avis à propos de ce qui était sur le point de se dérouler. Mais ni l'un ni l'autre ne prononça plus un mot tandis qu'ils marchaient dans le couloir vers la chambre à coucher de Jake.

Monica avait l'impression d'avoir résisté au désir qu'elle ressentait pour Jake pendant une éternité. L'embrasser n'avait pas été un soulagement, bien au contraire, ce baiser lui avait seulement donné envie d'aller plus loin. Ces derniers jours, la tension sexuelle entre eux avait atteint son paroxysme. Ce soir, elle avait donc pris la décision de suivre son instinct.

Quand ils entrèrent dans la grande chambre de Jake, Monica sentit que les papillons en elle étaient si agités qu'elle arrivait à peine à respirer.

La seule source de lumière de la pièce provenait d'une petite lampe de chevet, posée sur la table de nuit, et qui diffusait un éclairage tamisé.

Sans perdre une seconde, Jake l'attira vers lui et l'embrassa une nouvelle fois. Sa bouche était chaude et avide, tout comme ses mains qui caressaient ses cheveux, et il la serrait si fort qu'elle pouvait sentir combien il était excité.

Il quitta ses lèvres et commença à déposer une série de baisers dans son cou. Une vague de sensations fortes la submergea et un grand frisson la parcourut. De nouveau, il reposa ses lèvres sur les siennes.

Cela faisait longtemps qu'elle n'avait pas baissé sa garde avec un homme, mais quelque chose chez Jake lui donnait le sentiment qu'elle ne risquait rien, qu'elle était en sécurité… Et qu'elle pouvait partir explorer avec lui des contrées plus intimes.

Elle rompit leur baiser et s'écarta de lui. Soutenant son regard, elle déboutonna son short et le laissa glisser au sol, révélant la petite culotte de soie rose qu'elle avait enfilée le matin.

Elle entendit son souffle s'accélérer tandis qu'il parcourait des yeux ses longues jambes nues. Il passa sa chemise par-dessus sa tête et la jeta au sol.

Il avait un torse magnifique et musclé, et sa peau

paraissait chaude et douce. Dans ses yeux brûlait une sauvagerie qui l'excita davantage.

Il marcha vers elle et entreprit d'ouvrir les boutons de son chemisier, un par un. Elle retint son souffle tandis qu'il effleurait chaque partie apparente de sa peau. Quand il eut fini, il fit délicatement descendre son haut et le laissa tomber à ses pieds.

Elle le regarda faire un pas en arrière pour ôter son jean. Son corps était superbe. Son ventre était musclé, ses hanches parfaites et ses cuisses incroyablement athlétiques.

Ils rejoignirent son lit et, instantanément, leurs jambes s'entremêlèrent tandis que leurs bouches se retrouvaient. Ce nouveau baiser la fit basculer dans un autre niveau de désir.

Il lui caressa le dos fiévreusement et elle fit de même, appréciant la sensation de ses muscles sous ses doigts.

Ses lèvres glissèrent à nouveau des siennes, et il recommença à embrasser sa nuque et son cou tout en dégrafant son soutien-gorge. Quand il eut fini, il lui ôta et le jeta au loin.

— Tu es si belle, lui murmura-t-il à l'oreille. Je crois que j'ai envie de toi depuis le jour où tu es entrée dans ma vie.

— Je ressens exactement la même chose, lui répondit-elle le souffle court.

Quand il étendit ses mains sur ses seins pour les caresser, elle eut l'impression que son cœur allait exploser. Il y posa ensuite les lèvres et se mit à lécher et sucer ses tétons l'un après l'autre. Elle sentit son corps se tendre comme s'il était parcouru par un courant électrique, et son envie s'amplifia encore.

Ils furent bientôt tous les deux nus et explorèrent

chacun le corps de l'autre en l'embrassant ou le caressant, recherchant à s'offrir le plus de plaisir possible.

Mais c'était plus que du plaisir. Monica se perdait avec délice dans cette brume de folles sensations. Quand la main de Jake descendit vers son bas-ventre pour la toucher en son cœur, elle pensa exploser.

Tout doucement d'abord, ses doigts bougèrent en elle à un rythme qui la fit haleter. Elle se cambra, avide… affamée. Il augmenta sa pression, accéléra la cadence et soudain, elle fut là, au sommet, sur le point de tomber d'une immense falaise tandis que les vagues du plaisir la submergeaient les unes après les autres.

— Oui… Oh ! oui ! cria-t-elle, malgré elle.

Pendant un instant, elle resta inerte, comme décérébrée dans ses bras pendant qu'elle essayait de reprendre son souffle.

Il se pencha et l'embrassa d'un baiser empreint de son propre désir non assouvi.

Elle se baissa et le prit en main. Il était au comble de l'excitation et laissa échapper un profond gémissement. Juste en le touchant, elle voulut davantage. Elle voulait plus, elle voulait tout de lui.

Elle caressa lentement sa puissance veloutée puis accéléra son mouvement. Il gémit de nouveau puis lui saisit la main pour la faire cesser. Il s'écarta d'elle et roula vers la table de nuit. Après avoir ouvert le tiroir, il sortit un préservatif. Elle le lui prit des mains, ouvrit le sachet puis l'enroula sur lui. Pendant un long moment, ils se regardèrent l'un l'autre en silence. Puis elle se laissa aller en arrière et l'invita, sans un mot, à venir sur elle.

Il la pénétra en laissant échapper un profond soupir, et elle ferma les yeux tandis que de nouvelles vagues de plaisir se déchaînaient en elle. Lentement, il commença à se mouvoir en elle et elle s'agrippa à ses fesses musclées.

Elle leva ses hanches pour venir à sa rencontre, presque sauvage, incontrôlable. Il ne lui fallut pas longtemps pour trouver le rythme, pour plonger plus profondément et parvenir de nouveau sur les cimes du plaisir. Cette fois, le point culminant lui fit crier son nom.

Puis, soudain, il se raidit contre elle et grogna tandis qu'il atteignait son propre sommet. Aucun d'eux ne bougea, et les seuls bruits dans la pièce ne furent à cet instant que leurs souffles qui ralentissaient pour reprendre leur rythme normal.

Elle tendit une main souple vers lui et caressa langoureusement le bas de son dos.

— C'était merveilleux, lui dit-elle.

— C'était plus que merveilleux, rétorqua-t-il avant de l'embrasser tendrement sur le front. Attends-moi là, je reviens tout de suite.

Il roula sur le côté, descendit du lit et disparut dans la salle de bains.

Elle leva les yeux vers le plafond et laissa échapper un profond soupir. Elle avait espéré qu'il ne serait pas un bon partenaire sexuel, qu'il serait paresseux ou égoïste. De cette manière, il lui aurait été plus facile de passer à autre chose et de se lasser de lui.

Mais il n'était rien de tout ça. Il avait été tendre, généreux… Un amant incroyable. À cet instant précis, le corps comblé, elle savait qu'il allait être très difficile pour elle de l'oublier.

À présent, elle avait envie de rester au lit, de se blottir contre lui et de passer du temps dans ses bras à échanger avec lui ses rêves, ses espoirs et toutes ces choses dont les couples parlent après avoir fait l'amour. Elle décida donc de se lever.

Quand Jake ressortit de la salle de bains, vêtu d'un

peignoir noir, elle était déjà à moitié rhabillée. Il s'assit sur le bord du lit et la regarda, l'air pensif.

— Euh… Peut-être que nous devrions parler de quelques trucs… ? dit-il en cherchant ses mots.

— Il n'y a absolument rien à dire, affirma-t-elle en enfilant son chemisier.

— Aucun de nous deux n'a envie de s'engager dans une relation amoureuse et rien de ce qui vient de se passer ne change ce fait, n'est-ce pas ?

Elle se passa les mains dans les cheveux pour y remettre un peu d'ordre et lui sourit.

— Jake, ne compliquons pas les choses. Nous avions très envie l'un de l'autre, nous avons décidé d'assouvir notre désir. Il n'y a rien de mal à ça. Comme nous sommes tous les deux célibataires, on peut dire que nous avons une relation d'amitié avec quelques avantages, qu'en dis-tu ?

— OK, répondit-il, l'air soulagé. Dans ce cas, je vais aller m'habiller et nous pourrons retourner regarder la télévision avant d'aller surveiller la maison d'Adam.

— Parfait, dit-elle avant de quitter sa chambre.

Elle retourna dans le salon et s'écroula sur le canapé. Elle avait fait comme si elle contrôlait totalement la situation, mais la vérité était qu'elle commençait à s'attacher beaucoup trop à lui.

Ils allaient devoir identifier le tueur le plus vite possible de sorte qu'elle puisse reprendre sa vie en main et essayer d'oublier Jake Lamont. En attendant, elle devait à tout prix s'efforcer de garder ses distances.

Jake la rejoignit quelques minutes plus tard dans le salon mais, au lieu de venir s'asseoir à côté d'elle sur le canapé, il alla s'installer dans son fauteuil.

— J'étais en train de me dire que je n'étais pas raisonnable, lui dit-elle.

Il la regarda en haussant un sourcil.

— Je ne peux que contredire cette affirmation vu nos… activités de la soirée.

— Je ne parlais pas de ce soir, répondit-elle en rougissant. Je voulais dire depuis que je suis arrivée ici, je ne me suis même pas occupée de faire réparer ma baie vitrée.

— Il n'y a pas de réelle urgence, répliqua-t-il. Tu n'imagines pas repartir chez toi tout de suite, si ?

— Il faudra bien que je rentre un jour, Jake. Je vais les appeler demain matin. Tu pourras m'y emmener quand le rendez-vous sera fixé ?

— Sans aucun problème.

Ils bavardèrent devant la télévision jusqu'à 23 heures puis se rendirent jusque chez Adam. Tandis qu'ils surveillaient la maison depuis la voiture garée juste en face, Monica se fit la réflexion que même s'ils avaient fait l'amour peu de temps auparavant, elle restait extrêmement sensible à la présence de Jake. Son parfum… Tout semblait multiplié dans ce petit habitacle, et de nouvelles flammes de désir se rallumèrent en elle.

Le moment qu'ils avaient vécu avait été incroyable, mais le désir qu'elle ressentait pour lui était si grand qu'il ne pouvait être comblé par le fait de faire l'amour avec lui. Elle voulait être dans ses bras. Elle voulait se blottir contre lui et fourrer son nez dans le creux de son cou, là où elle pouvait sentir son odeur si enivrante. Elle voulait plonger dans ses beaux yeux et parler avec lui pendant des heures de leurs plus grandes attentes et de leurs peurs.

Que lui arrivait-il ? Elle ne voulait pas se lier à lui. Coucher avec lui avait été très agréable, mais il était hors de question de faire évoluer leur relation.

La surveillance se passa cette nuit-là sans incident.

Jake était étrangement silencieux, et elle se chargea de combler les blancs en parlant du petit schnauzer noir qu'elle adopterait quand toute cette affaire serait terminée.

Le matin suivant, elle contacta l'entreprise de réparation pour fixer un rendez-vous.

— Il ne peut pas venir avant 16 h 30, cet après-midi, dit-elle à Jake en le rejoignant autour de la table basse pour prendre un café.

— Nous y serons, répondit-il.

Il avait été distant toute la matinée… Silencieux et contrarié. Était-ce parce qu'ils avaient fait l'amour la veille ? Ou parce qu'il était fatigué d'avoir quelqu'un chez lui ?

Il était peut-être temps qu'elle rentre chez elle. Bien que la fusillade qui avait failli les tuer tous les deux soit encore un souvenir frais dans sa mémoire et que l'idée d'être seule l'effrayait, peut-être avait-elle abusé de sa gentillesse…

Et puis, s'ils pouvaient continuer à se retrouver pour leur mission de surveillance, cela leur permettrait de prendre un peu de distance dans la journée.

— Puisque personne ne nous a appelés, je suppose que la police n'a pas avancé dans son enquête et qu'ils n'ont toujours aucune idée de qui a pu vouloir nous tuer ce soir-là, dit-elle en brisant le silence qui était devenu pesant.

— Je m'en doutais, répliqua-t-il. Les fusillades de ce type font partie des crimes les plus difficiles à résoudre.

— Comme ceux des tueurs en série, ajouta-t-elle.

Il fronça les yeux en regardant le fond de sa tasse à café puis leva les yeux vers elle.

— Je n'arrête pas de me dire qu'il doit y avoir un moyen plus efficace de le démasquer mais, bon sang, j'ai beau chercher, je ne trouve pas lequel, dit-il d'une voix chargée de frustration.

— Nous faisons du mieux que nous pouvons, lui assura-t-elle en s'avançant pour poser sa main sur la sienne.

— Je ne peux pas aller voir la police avec mes seuls pressentiments et aucune preuve tangible, continua-t-il en retirant sa main. Je dois arrêter ce fou furieux avant qu'il s'attaque à une nouvelle personne.

— Donc, si c'est bien Adam, tu comptes prévenir la police dès que tu le verras sortir de chez lui au beau milieu de la nuit ?

— Monica, ce n'est pas illégal de sortir de chez soi à n'importe quelle heure du jour ou de la nuit. J'ai l'intention de le suivre jusque chez sa prochaine victime et d'attendre qu'il y pénètre. Alors seulement je contacterai les autorités.

— Jake, répondit-elle d'une voix douce, c'est beaucoup trop dangereux.

— Je t'avais déjà dit que c'était ce que je comptais faire.

— Eh bien, je crois que je n'ai pas voulu m'en souvenir. Je ne veux pas que tu te mettes dans une telle situation.

— C'est le seul moyen d'arrêter le *serial killer* que j'ai contribué à fabriquer.

— Jake, ce n'est pas toi qui as créé ce monstre. Qu'il s'agisse d'Adam ou de qui que ce soit d'autre, ce tueur avait déjà ça en lui, bien avant que vous vous regroupiez et réfléchissiez à ce plan stupide.

— Tu crois ?

— J'en suis certaine, affirma-t-elle avec fermeté. Bon sang, Jake, arrête de te sentir responsable. Cette personne était brisée bien avant que tu la rencontres.

Il se laissa aller en arrière dans son fauteuil et poussa un profond soupir.

— Je me sens découragé ce matin.

— Je suis désolée pour toi. Mais que pouvons-nous faire d'autre ? Veux-tu appeler la police et leur dire qu'Adam est le Justicier ? Tu n'es pas obligé de leur parler du pacte et de votre groupe. Tu peux seulement leur dire que tu le connais et que tu penses qu'il s'agit de lui.

— Non, fit-il en secouant la tête. Je ne veux pas risquer de ruiner la vie d'un homme, je ne suis toujours pas certain à cent pour cent qu'Adam est bien notre homme. Il est toujours possible que ce soit Matt Harrison.

— Pourquoi ne m'as-tu pas parlé de lui ?

Jake soupira une nouvelle fois avant de lui répondre.

— Car, de tous, c'est le seul que j'appréciais. Je n'ai pas envie que ce soit lui. Matt et moi avons été particulièrement proches pendant cette période. Nous avons le même âge et, hormis notre chagrin et notre deuil, nous avions beaucoup d'autres choses en commun. Nous aimions rester au bar après les réunions pour discuter.

— Quelle est son histoire ? demanda-t-elle.

— Sa mère a été tuée par Brian McDowell. Matt pensait que ce McDowell ne savait pas qu'elle était chez elle quand il est entré par effraction. Elle l'a surpris, et il l'a tuée avec une batte de base-ball.

— Quelle tragédie, dit-elle doucement. Brian McDowell a été la première victime du Justicier, non ?

— Tout à fait, acquiesça-t-il. Tu penses que cela pourrait signifier quelque chose ? Le tueur aurait commencé par celui qui l'avait touché personnellement avant de s'attaquer aux victimes suivantes ?

La question de Jake resta en suspens. Monica résistait à son envie d'aller vers lui pour le toucher à nouveau. Elle voyait combien il se sentait découragé et elle avait envie de faire quelque chose pour lui remonter le moral.

Il resta silencieux et préoccupé pendant tout le reste de la journée puis, un peu après 4 heures, ils se mirent en route pour aller retrouver les ouvriers chez elle.

Jake portait un jean, un T-shirt bleu marine et une nouvelle veste claire. Monica savait qu'il gardait son arme dans son holster, car depuis la nuit de la fusillade il lui avait dit ne plus vouloir s'en séparer lorsqu'ils sortaient.

— Quand la fenêtre sera réparée, je pourrai rentrer chez moi, dit-elle à Jake tandis qu'il se garait dans son allée.

— Il te faudra aussi faire quelques réparations sur le mur. Ne sois donc pas si pressée de vouloir revenir ici.

Il coupa le moteur puis ils descendirent tous les deux du véhicule.

— Tu as été si silencieux aujourd'hui que j'ai pensé que tu avais peut-être besoin d'un peu d'air.

— Cela n'a rien à voir avec ta présence chez moi, lui répondit-il. J'ai seulement passé la plupart de la journée à essayer de comprendre comment tout cela allait pouvoir se résoudre. Mais j'ai beau faire, je ne trouve pas d'issue.

Monica sortit son trousseau de clés de son sac à main, déverrouilla sa porte d'entrée puis se tourna vers lui et lui sourit.

— J'espère que nous resterons de bons amis quand tout cela sera terminé.

— Je l'espère également.

Elle commença à ouvrir la porte, mais subitement Jake la poussa derrière lui et sortit son arme.

— Vérifions que tout est en ordre, lui dit-il en entrant le premier.

Elle le suivit jusque dans le salon qui était plongé dans la pénombre. Avec la planche clouée sur la baie vitrée, Monica ne reconnaissait pas son salon. L'arme au poing, Jake inspecta la cuisine ainsi que le garde-manger.

Quand ils se dirigèrent vers les chambres, elle sentit les battements de son cœur s'accélérer. Quelqu'un se cachait-il ici ? Quelqu'un qui aurait patiemment attendu leur retour ?

Jake entra dans la première pièce, la chambre d'amis et passa devant le grand lit recouvert d'un plaid bleu turquoise puis se dirigea vers le placard. Il l'ouvrit brusquement et, même s'il parut se détendre en constatant que celui-ci était vide, Monica vit que sa mâchoire restait crispée.

Ils examinèrent ensuite la salle de bains, son bureau et se rendirent enfin dans sa chambre à coucher. Si quelqu'un était caché chez elle, il était donc forcément ici.

En entrant dans sa chambre, elle sentit les battements de son cœur reprendre un rythme effréné. Son lit était toujours impeccablement fait, avec ses draps couleur lavande. Les rideaux assortis étaient ouverts. Cette pièce avait toujours été pour elle un refuge, un abri qui lui apportait calme et sérénité. Mais ce n'était plus le cas.

Jake fit le tour de la chambre puis vérifia l'intérieur de son placard. Rien, hormis sa respiration légèrement saccadée, ne venait troubler le silence qui régnait.

— Bon, eh bien, on dirait que nous sommes seuls, conclut-il en rangeant son arme.

— Dieu merci, dit-elle en poussant un profond soupir de soulagement.

Ils retournèrent ensemble dans le salon et Monica alluma une des lampes à côté du canapé, mais même cet éclairage ne put chasser le sentiment d'effroi qu'elle ressentait encore ici.

Pourrait-elle un jour se sentir à nouveau chez elle

dans cette maison ? Elle devait faire réparer la baie vitrée mais aussi, comme le lui avait fait remarquer Jake, contacter quelqu'un pour s'occuper des trous que les balles avaient laissés dans le mur. Quand tous les dégâts seraient réparés, cet endroit pourrait-il redevenir son petit havre de paix ?

— Ça va ?

La question de Jake la tira de ses pensées, et elle se força à lui sourire.

— Oui, c'est seulement que je ne me sens plus vraiment chez moi pour l'instant.

— Quand tout sera réglé, je suis certain que tu te sentiras plus à l'aise. Tu as contacté ta compagnie d'assurances ?

— Oui, je les ai eus ce matin, malheureusement j'ai l'impression que je vais devoir payer tout ça de ma poche.

— Est-ce que tu as de quoi payer ? demanda-t-il d'une voix pleine de gentillesse. Je ne veux pas me mêler de ce qui ne me regarde pas, mais si tu as besoin d'aide, je suis là.

— Merci, répondit-elle, touchée par tant d'attention, mais je peux m'en occuper.

Avant d'avoir pu lui en dire plus, Mitchell Blackmore et son assistant, un gamin prénommé Kurt, de la société Blackmore Réparation sonnèrent à la porte d'entrée. Ils enlevèrent la planche de contreplaqué, et Mitchell prit les mesures.

— Je suis passé ce matin et j'ai jeté un œil à la fenêtre, dit Mitchell à Monica. C'est une fenêtre standard comme sur la plupart des maisons voisines, j'en ai une qui conviendra dans mon camion.

— Super, lui répondit Monica avant de lui faire signe qu'il pouvait commencer.

Elle s'assit à côté de Jake sur le canapé et, tandis que

Mitchell et Kurt s'activaient, les trois hommes se mirent à parler de sport. Monica repensa à tout ce qui s'était passé depuis qu'elle avait rencontré Jake.

Son offre de l'aider à payer les dégâts de sa baie vitrée l'avait émue. En même temps, tout l'émouvait en ce moment. Faire l'amour avec lui avait été son idée, et elle se rendait maintenant compte que cela n'avait pas été la meilleure qu'elle ait eue. C'était même une énorme erreur. Elle pensait pouvoir avoir une relation sexuelle avec lui sans s'investir émotionnellement parlant.

Mais elle s'était trompée.

Chaque jour qui passait la rendait un peu plus amoureuse de lui et elle n'avait rien vu venir. Elle le regarda tandis qu'il riait avec Mitchell.

Pourquoi ne voulait-il pas de relation amoureuse ? Était-ce parce qu'il n'en voulait pas avec elle, ou parce qu'il n'en voulait avec personne ?

N'avait-il pas envie de construire une famille ? D'avoir des enfants ? Ils n'avaient pas vraiment parlé de tout ça et à présent elle se sentait rongée par la curiosité. Quoi qu'il en soit, elle voulait aller jusqu'au bout de cette liaison sans rien regretter.

Pourquoi ne pourrait-elle pas vivre sa grande histoire d'amour ? lui murmura une petite voix intérieure. Elle avait toujours pensé qu'on ne pouvait pas avoir les deux. Une carrière et le grand amour. Et si le contraire était finalement possible ?

Elle secoua la tête pour se clarifier l'esprit. Peu importait ce qu'elle ressentait pour Jake puisqu'il avait été clair sur le sujet et qu'il n'y avait donc aucun futur possible avec lui.

Enfin, la baie vitrée fut comme neuve. Monica fit un chèque à Mitchell, et son assistant et lui repartirent.

— As-tu besoin de prendre quelque chose ici avant

que nous rentrions chez moi ? lui demanda Jake en se levant du canapé.

Monica eut soudain envie de lui répondre qu'elle allait rester chez elle, finalement. Ce serait la meilleure chose à faire, elle le savait. Cela lui permettrait de prendre ses distances avant que son cœur ne soit marqué à jamais.

Cependant, elle devait reconnaître qu'elle ne se sentait pas prête à rester seule ici. En fait, elle avait même hâte de quitter les lieux. Même la lumière douce de la fin d'après-midi qui passait par la vitre de la nouvelle fenêtre ne suffisait pas à chasser les sombres souvenirs qui hantaient la pièce. Peut-être que tout irait mieux dans un jour ou deux, se dit-elle en soupirant.

— Oui, je vais prendre quelques trucs. Laisse-moi une minute ou deux.

— Prends tout ton temps, fit-il en se rasseyant sur le canapé.

Elle alla chercher quelques T-shirts supplémentaires et quelques chemisiers pour ses émissions. Elle n'avait pas besoin de nouveaux pantalons car elle était cadrée à la taille, mais elle avait besoin de varier un peu ses hauts pour les prochaines diffusions.

Elle fourra les vêtements dans un sac et quand elle eut pris tout ce dont elle avait besoin, elle se rendit compte qu'elle avait emporté bien plus que le nécessaire pour un jour ou deux. Enfin, se dit-elle, elle pourrait toujours tout rapporter, le jour venu…

— Prête ? lui demanda Jake quand elle réapparut dans le salon en tendant la main pour prendre son sac.

— Merci, je peux le porter.

— OK, alors allons-y.

Elle referma la porte derrière elle, et ils sortirent sous le soleil déclinant. Après avoir posé son sac sur le siège arrière, elle monta en voiture. Mais, alors que Jake était sur le point de se glisser derrière le volant, un coup de feu retentit et une balle vint percuter la portière du véhicule.

— Jake ! cria-t-elle.

8

— Baisse-toi, hurla Jake à Monica. Baisse-toi et ne bouge surtout pas !

Se cachant derrière la portière, il essaya de voir d'où provenaient les tirs. Un nouveau coup partit et la balle atterrit à quelques centimètres seulement de lui. Jake réussit à apercevoir le tireur qui se cachait derrière un arbre, un peu plus loin.

Sortant son arme, il riposta.

L'adrénaline le submergea, et son cœur se mit à battre si vite qu'il se demanda s'il n'allait pas exploser.

Il lui semblait entendre Monica pleurer, mais il ne pouvait malheureusement pas la réconforter. Il devait se concentrer sur le tireur, qui, à sa grande surprise, avait quitté son abri et était en train de prendre ses jambes à son cou.

Jake n'allait certainement pas le laisser s'enfuir aussi facilement. C'était sa meilleure chance de pouvoir attraper et identifier enfin ce sale type.

Il se releva et s'écarta de la voiture.

— Jake, non ! lui cria Monica.

Il ne l'écouta pas et commença à courir après l'homme. Celui-ci avait une sacrée avance, mais Jake était déterminé à lui mettre la main dessus.

Tout en courant, il s'efforça de rester le plus près possible des arbres de manière à pouvoir se protéger si le tireur décidait de réitérer.

Malgré le danger, il espérait que celui-ci allait s'arrêter et se retourner. Était-il en train de courir après Adam ou Matt ? Les deux hommes avaient la même carrure, il lui était impossible de les différencier de dos et en mouvement.

Jake commençait à être essoufflé, des gouttes de sueur perlaient sur ses tempes. Il avait un point de côté, mais il continua de courir à la même allure.

Il savait qu'il s'agissait du Justicier. S'il réussissait à l'attraper, tout serait terminé. Bon sang, il voulait tellement que tout cela finisse.

Cette seule idée en tête, il trouva la force d'accélérer, mais l'homme avait dû faire de même car Jake n'arrivait pas à se rapprocher de lui.

Retourne-toi, dit-il au tueur comme s'il pouvait communiquer avec lui par la pensée. *Retourne-toi juste une seconde que je puisse voir ton visage. Bon Dieu, retourne-toi que je sache qui tu es.*

Pendant un instant, Jake envisagea de lui tirer dessus, mais il changea vite d'avis. S'il lui tirait dans le dos, ce serait probablement lui qui se retrouverait derrière les barreaux.

L'homme dévia de sa trajectoire, coupa par un jardin et escalada une grille. Un chien se mit à aboyer frénétiquement. Jake suivit l'homme et manqua de tomber alors qu'il grimpait par-dessus la clôture.

Derrière, une nouvelle barrière l'attendait et il l'escalada dans la foulée. Puis il vit l'homme disparaître derrière un bâtiment plus loin, et quand il arriva enfin au coin celui-ci recommença à tirer.

Jake se jeta au sol. Il était à bout de souffle. Heureusement que ce type n'était pas un as de la gâchette. Bon sang, se dit-il en relevant la tête, il n'avait même pas eu le temps de distinguer son visage et voilà qu'il avait repris sa course.

Il se releva et repartit à ses trousses, repoussant ses limites. Mais, alors qu'il semblait enfin sur le point de pouvoir le rattraper, l'homme sauta dans une voiture qui était garée le long du trottoir, et une seconde plus tard celle-ci se mit à rugir et démarra en trombe.

— Non ! hurla Jake.

Il posa ses mains sur ses genoux et se baissa pour prendre quelques longues inspirations.

Quand sa respiration fut plus fluide, il laissa échapper une bordée de jurons. Il n'arrivait pas à croire que ce salaud avait réussi à s'enfuir. Il n'arrivait pas à croire qu'il n'avait pas pu le voir et l'identifier.

Après avoir fait demi-tour, il reprit la direction de la maison de Monica. Il n'avait même pas réussi à relever les numéros de la plaque d'immatriculation, et ce modèle, une berline noire, ne lui disait rien du tout. Aucun des deux hommes qu'ils suspectaient ne conduisait ce type de véhicule.

Il entendit une sirène qui se rapprochait. Monica avait probablement prévenu la police ou peut-être était-ce quelqu'un dans le voisinage.

Elle avait dû avoir peur pour lui. Et très peur pour elle également, car si l'homme avait réussi à atteindre sa première cible, c'est probablement vers elle qu'il se serait dirigé ensuite.

En se rapprochant, il la vit qui sortait de sa voiture et qui venait vers lui en courant. En pleurs, elle se jeta dans ses bras.

— Jake, Dieu merci tu vas bien, j'ai eu si peur qu'il t'arrive quelque chose !

— Eh… Sèche tes larmes, lui dit-il en essuyant ses

joues trempées avant de prendre son visage entre ses mains. Je vais bien, Monica, nous allons bien.

Puis il passa un bras autour de ses épaules et la ramena vers son véhicule.

Une voiture de police fit enfin son apparition.

— C'est moi qui les ai appelés, avoua Monica. J'ai… J'ai eu si peur, je ne savais pas quoi faire.

— Tout va bien, assura-t-il en reconnaissant l'agent au visage familier qui se dirigeait vers eux.

— Vous vous retrouvez toujours dans des situations dangereuses, vous deux ! leur fit remarquer l'agent Brian McDonald après les avoir salués.

— Apparemment, lâcha Jake en soupirant.

— Bon, racontez-moi ce qu'il s'est passé, on m'a dit qu'il y avait eu des coups de feu ?

Monica lui raconta qu'ils étaient venus chez elle pour faire réparer sa baie vitrée puis qu'au moment de leur départ des balles avaient fusé dans leur direction. Jake se chargea de la suite des événements jusqu'à la fuite du tireur.

— Vous n'avez pas pu voir le visage de votre assaillant ? leur demanda McDonald.

— Non, avoua Jake, d'une voix chargée de frustration.

— Vous dites qu'il a pris la fuite dans une berline noire ?

— Noire ou bleu marine, déclara Jake en laissant échapper un nouveau soupir. Rien de tout cela ne va vraiment vous aider, n'est-ce pas ?

— Pas vraiment, non, répliqua McDonald. Est-ce que vous pensez que quelqu'un pourrait vouloir votre mort ?

— Non, répondit Jake qui continuait de penser qu'il ne pouvait encore révéler la vérité aux forces de l'ordre.

— Et vous, mademoiselle Wright ? Vous continuez à parler des gangs dans votre émission ?

— Oui, le dernier épisode a été diffusé hier soir, reconnut-elle.

— Alors, je vais vous donner le même conseil que la dernière fois. Mettez vos activités en suspens le temps que les choses se calment un peu, leur dit-il avant de s'adresser plus particulièrement à Monica. Même si j'apprécie beaucoup le travail que vous faites et que je pense que cela peut être très bénéfique pour la communauté, cela reste extrêmement dangereux. Il est évident que ce type faisait le guet chez vous et attendait votre retour.

Ils discutèrent encore quelques minutes puis McDonald attendit de les voir s'éloigner dans l'allée avant de monter dans son propre véhicule.

— Nous savons tous les deux que tout ça n'a rien à voir avec les gangs, dit finalement Monica après avoir dépassé plusieurs pâtés de maisons.

— J'aurais tellement aimé voir son visage, soupira Jake en resserrant ses mains sur le volant tandis qu'une nouvelle vague de colère l'envahissait. Alors, j'aurais enfin pu savoir qui est ce satané Justicier.

— Nous n'aurons qu'à continuer à surveiller la maison d'Adam jusqu'à ce qu'il se passe quelque chose. Tu sais que j'étais sur le point de te dire que j'étais prête à retourner vivre chez moi ?

— Tu pourras rentrer chez toi quand ce type sera derrière les barreaux, répondit-il d'un ton plus sévère qu'il ne l'aurait voulu.

Mais le fait de l'imaginer seule dans cette maison était pour lui insupportable.

— Désolé, se reprit-il presque immédiatement, je ne voulais pas paraître autoritaire, mais je ne te laisserai pas seule tant que toute cette histoire ne sera pas réglée. Si ça ne tenait qu'à moi, je t'achèterais même un billet d'avion et je t'enverrais dans un chouette endroit pour des vacances improvisées.

— Où ça ?

— Aucune idée. Peut-être à Aspen. Tu pourrais skier la journée puis te reposer le soir en dégustant un bon grog devant un feu de cheminée.

— Je ne suis pas très bonne skieuse, répondit-elle en esquissant un sourire. Et puis, je ne pense pas qu'il y ait de neige à Aspen en plein mois d'août.

— Alors, je t'enverrais sur une île des Caraïbes.

— Hum… Je ne suis pas non plus très fan de la plage, tu sais, j'ai la peau claire et le cancer de la peau ne me dit rien. Non, je crois que tu vas rester coincé ici avec moi…

Même s'il savait qu'elle essayait de détendre l'atmosphère, il ne voulait vraiment pas qu'elle reste avec lui plus longtemps que nécessaire. Cette attaque surprise l'avait effrayé comme jamais. Jamais il n'aurait pu imaginer que ce type allait s'en prendre à eux au beau milieu de l'après-midi.

Et puis il savait que les balles lui étaient destinées, même si Monica était aussi dans la ligne de mire du tueur. Car, et ce n'était pas une bonne nouvelle, le Justicier était maintenant probablement tout à fait conscient de la menace qu'elle pouvait représenter pour lui en tant que journaliste.

Et rien ne pourrait changer ce fait. Même si Jake était tué, Monica resterait un danger pour lui. Le tueur allait tout mettre en œuvre pour la réduire au silence. Comme pour Jake. Ils étaient donc tous les deux en danger tant que ce type n'était pas derrière les barreaux.

La situation était devenue bien plus dangereuse qu'il n'aurait pu imaginer.

Une fois arrivés chez lui, Jake se gara dans son garage et ils attendirent tous les deux que la porte automatique soit complètement refermée pour sortir du véhicule.

— Que dirais-tu d'une pizza surgelée pour le dîner ? demanda-t-il, une fois qu'ils furent dans la cuisine. Je ne me sens pas d'humeur à cuisiner ce soir et j'ai une margarita au congélateur.

— Je n'ai pas très envie de faire à manger non plus, donc ça me semble très bien. Je peux t'aider à faire quelque chose ?

— Non, je m'en occupe, répondit-il en allumant le four. Tu veux une bière ?

— Avec plaisir.

Il sortit deux canettes du frigo, et ils s'installèrent autour de la table. Il ne put s'empêcher de remarquer que cela lui paraissait normal d'être ainsi assis ensemble dans la cuisine à l'heure du dîner.

Cela semblait si... naturel. Aussi naturel que lorsqu'ils étaient assis côte à côte sur le canapé et qu'ils riaient devant une sitcom, ou qu'ils débattaient de la fin d'un film. Constater qu'il aimait que Monica soit chez lui et qu'elle partage sa vie l'inquiéta.

Jamais il n'avait permis à quiconque de se rapprocher de lui depuis le meurtre de sa sœur, mais Monica avait malgré tout réussi à le faire. Et non seulement il l'appréciait, mais il avait même l'impression qu'il était en train de tomber amoureux d'elle. Et pourtant, peu importait ce qu'il pouvait bien ressentir pour elle, il ne pouvait pas avoir de relation durable.

Il devait prendre ses distances même s'il ne pouvait pas le faire pour le moment. Malgré son bavardage, il avait senti combien elle avait eu peur elle aussi. Ils sortaient à peine d'une nouvelle expérience traumatisante, il ne pouvait s'éloigner d'elle.

Et puis, il sentait que le dénouement de toute cette histoire était proche. Il espérait seulement que quand tout serait rentré dans l'ordre Monica pourrait reprendre le cours de sa vie, avec le scoop du siècle en poche et de bons souvenirs de lui au fond de son cœur.

Tout en dégustant une part de pizza, Monica raconta de nouveau quelques bribes de son enfance à Jake. Elle lui révéla que, petite fille, elle pouvait se comporter comme une véritable peste avec ses sœurs et lui décrivit avec précision le peu de souvenirs qu'elle avait de sa mère quand elle était encore en vie.

— Je me souviens qu'elle dégageait tendrement les mèches de cheveux de mon visage avant de m'embrasser pour me souhaiter bonne nuit et je me souviens qu'elle sentait bon les roses et la vanille. Et toi ? Tu as de bons souvenirs de ta mère ?

— Pas vraiment. Après avoir commencé à se droguer, elle a peu à peu disparu de nos vies. Et quand elle était là, elle n'était pas vraiment là... Elle n'avait qu'une chose en tête, et ce n'était pas nous. En fait, Suzanna et moi avions même l'habitude de dire que si nous prenions feu, elle trouverait le moyen de nous utiliser pour préparer sa came.

— Ce n'est pas très drôle...

— Peut-être, mais notre vie n'était pas très drôle. Mais toi, dis-m'en un peu plus sur tes sœurs.

— Je me rappelle qu'une nuit ma sœur et son petit copain étaient assis sur la balancelle sous le porche. Je m'étais cachée dans les buissons pour les espionner car j'étais persuadée qu'ils voulaient faire des choses scandaleuses et je voulais tout rapporter à mon père pour la mettre dans le pétrin.

— Et ? demanda-t-il, les yeux brillants de curiosité.

— Et rien du tout. C'était tellement ennuyeux que je me suis endormie. Et c'est moi qui me suis retrouvée dans le pétrin quand mon père s'est inquiété de ne me trouver nulle part dans la maison.

Il éclata d'un rire puissant et chaleureux qu'elle fut ravie d'entendre. Bavarder et rire lui permettait de tenir la peur à distance.

Ces interminables minutes pendant lesquelles elle était restée seule alors que Jake courait après le tueur avaient été pour elle la pire des tortures.

Elle n'avait pas eu peur pour elle, non, elle avait eu peur pour lui. Elle avait été terrifiée à l'idée qu'il pouvait être blessé et s'était rendu compte qu'elle ne pouvait plus aujourd'hui imaginer le monde sans lui.

C'est en ressentant cette peur terrible qu'elle avait également compris la force de l'amour qu'elle éprouvait pour lui. Peu importait qu'ils se connaissent depuis si peu de temps. Peu importait que ce ne soit pas le moment idéal pour elle de s'engager dans une relation. Ce qui importait était qu'elle était éperdument amoureuse de lui, et que le reste aille au diable !

Qu'allait-elle bien pouvoir faire pour régler tout ça ? Elle l'ignorait, mais ce qu'elle savait c'est qu'elle n'avait pas la moindre envie de prendre les choses en main pour le moment, elle voulait seulement continuer à rire, manger et se détendre, surtout après l'épreuve qu'ils venaient tout juste de traverser.

— Et puis, une fois j'ai mis une grenouille dans le lit de mon autre sœur, reprit-elle.

— Elle n'a pas dû apprécier…

— Je me souviens encore de ses cris, répondit-elle

en esquissant un sourire légèrement diabolique. Malheureusement, j'ai été punie pendant une semaine entière. Et quand mon père m'a demandé pourquoi j'avais fait une telle chose, je lui ai répondu que puisqu'elle se comportait comme une princesse, alors autant qu'elle rencontre le plus vite possible son prince charmant afin qu'il l'emmène vivre dans son château, le plus loin possible.

Jake éclata de rire à nouveau.

— Tu devais être un sacré numéro, dit-il. Je plains presque tes sœurs.

— Oh ! tu peux me croire, elles méritaient amplement tout ce que je leur ai fait. Elles étaient toutes les deux vraiment méchantes avec moi à l'époque où nous étions enfants. Quand j'ai eu neuf ans, elles m'ont raconté que j'avais été adoptée et que mes parents m'avaient pris avec eux car personne, dans le monde entier, n'avait voulu de moi.

— Tu n'as jamais été proche d'elles ?

— Non. Je crois que notre principal problème était la différence d'âge. Nous n'avions pas les mêmes centres d'intérêt et nous ne trouvions aucun terrain d'entente. Mais je les aime malgré tout et nous sommes toujours heureuses de nous voir pendant les vacances, même si nous ne sommes pas amies et n'avons pas grand-chose à partager.

— Peut-être qu'il n'est pas trop tard, les choses peuvent encore évoluer, lui dit-il. J'adorerais avoir d'autres frères et sœurs… Tes sœurs ne sont-elles pas les gardiennes de la mémoire de ta mère ?

Monica lui jeta un regard surpris.

— Je n'avais encore jamais vu les choses sous cet angle.

Récemment, ses sœurs l'avaient invitée plusieurs fois

à déjeuner, mais elle avait toujours trouvé une excuse pour décliner. Quand toute cette affaire serait résolue, peut-être devrait-elle essayer de changer d'attitude avec elles…

Ils continuèrent à discuter jusqu'à la fin du dîner. Puis ils débarrassèrent la table et se rendirent dans le salon où ils s'installèrent devant la télévision. C'est alors que la peur qu'elle avait ressentie pendant son attente interminable l'après-midi même, refit son apparition au plus profond d'elle-même.

Jake était assis à ses côtés, elle pouvait donc sentir son parfum réconfortant et la chaleur de son corps qui irradiait vers elle. Quand il était parti à la poursuite du tueur, elle avait pensé qu'elle ne le reverrait peut-être jamais. Elle avait eu peur qu'il se fasse abattre et qu'il s'écroule, raide mort, sans que personne ne puisse faire quoi que ce soit pour l'aider.

Ces sombres pensées en tête, elle se rapprocha de lui. L'émotion fit battre plus vite son cœur et des larmes brûlantes montèrent à ses yeux.

— Monica, est-ce que tout va bien ? lança-t-il soudain en lui jetant un regard perplexe.

Elle leva les yeux vers lui et, contemplant son beau visage, libéra ses larmes.

— Non, non… Non, ça ne va pas, réussit-elle à dire. Je… Je crois que je suis en train de réagir bêtement… Avec un peu de retard.

— Réagir à quoi ? demanda-t-il, le regard doux mais teinté d'inquiétude.

— J'ai eu si peur pour toi quand tu es parti aux trousses du tireur.

Ses émotions se déchaînaient en elle, et elle avait l'impression de ne plus avoir le contrôle sur rien. Des torrents de larmes inondaient ses joues, et elle se mit à sangloter bruyamment.

— Hé, hé, lui dit-il tendrement.

Il fit alors ce qu'elle attendait le plus au monde… Il la prit dans ses bras.

Elle se laissa aller contre lui tandis que ses pleurs redoublaient et elle sentit monter en elle une infinie gratitude en entendant les battements rassurants de son cœur dans sa poitrine.

Son étreinte vint réchauffer chaque endroit glacé en elle, et elle accueillit cette chaleur avec joie. Ses bras lui offraient aussi l'assurance qu'il était bien en vie.

Maintenant, sa chasse au scoop ne lui paraissait plus si primordiale. Ce qui était important c'était que Jake survive. Qu'il continue à construire d'incroyables immeubles qui inspiraient tant de gens. Il devait vivre, respirer et rire jusqu'à la fin de sa vie. Et peut-être pourrait-elle partager cette longue et merveilleuse vie avec lui.

Ses larmes se calmèrent puis cessèrent. Elle s'éloigna de lui à contrecœur et laissa échapper un petit rire gêné.

— Désolée… J'espère que tu ne vas pas me prendre pour une pleurnicheuse.

— Ça ne risque pas, tu as été si effrayée, c'est moi qui suis désolé.

— C'est vrai que j'ai eu très peur. Je ne pouvais m'empêcher de t'imaginer, seul et blessé, allongé dans un jardin.

— On ressemble à un couple de vieux chats qui ont neuf vies à vivre, répondit-il en lui souriant.

— Moi ce qui me fait peur c'est que j'ai l'impression qu'on a déjà utilisé pas mal de nos vies.

— Monica, lui dit-il en reprenant un air sérieux et en plongeant ses yeux dans les siens, il n'y a aucune raison que tu aies à nouveau besoin de te servir d'une de tes vies de chat.

Elle secoua la tête pour lui faire signe qu'il n'avait pas besoin d'en dire davantage.

— Nous avons déjà eu cette conversation plus d'une fois et ça ne sert à rien de recommencer, je n'abandonnerai pas, Jake, je reste avec toi jusqu'à la fin.

— Tu es extrêmement têtue, lâcha-t-il en fronçant les sourcils.

— Oui, et tu ferais bien de t'en souvenir, répondit-elle en souriant.

— Alors, c'est noté.

Ils recommencèrent à regarder la télévision. Cependant, Monica n'avait toujours pas l'esprit tranquille. Elle ne pouvait se débarrasser du flot de pensées qui l'assaillait. Elle ne pouvait cesser de réfléchir à ce qu'elle ressentait pour Jake. Sans s'en rendre compte, elle commença à ronger le bout d'un de ses ongles.

— Je croyais que tu essayais d'arrêter ça, lui fit-il remarquer.

Elle lui adressa un sourire penaud et laissa retomber sa main sur sa cuisse.

— Oui, merci de me le rappeler. J'aimerais avoir de jolis ongles, mais je n'arrive pas à arrêter cette mauvaise habitude. C'est nerveux…

— Tu te sens nerveuse à cet instant ?

— Pas vraiment, non, prétendit-elle.

Mais, alors que Jake reportait son attention sur la télévision, ses idées reprirent le contrôle de son esprit. Quand est-ce que ses sentiments étaient passés d'une bonne appréciation à de l'amour ? Était-ce quand il avait éclaté de rire ? Ou quand il l'avait contemplée avec ce regard si doux et réconfortant, ce regard qui lui donnait l'impression d'être la femme la plus importante du monde ?

Ou peut-être était-ce lorsqu'il l'avait embrassée pour la première fois… Ou quand il lui avait parlé de sa sœur et qu'elle avait partagé sa peine.

Elle ne connaissait pas la réponse. La seule chose qu'elle savait, c'était que malgré tout ce que sa raison pouvait lui dicter, elle était amoureuse de Jake Lamont. Et elle commençait à se demander s'il ne ressentait pas lui aussi quelque chose pour elle…

Quand l'émission qu'ils étaient en train de regarder toucha à sa fin, elle se tourna vers lui, décidée à mettre les pieds dans le plat.

— Jake, pourquoi ne veux-tu pas d'une relation à long terme ?

La question sembla le surprendre, mais il lui répondit presque immédiatement.

— Parce que je n'en veux pas.

— Tu veux dire pour le moment, ou bien tu n'en voudras jamais ?

— J'ai l'intention de rester seul toute ma vie, répondit-il, et son regard devint trouble et sombre.

— Tu ne veux pas fonder une famille, avoir des enfants ?

Il se pencha en avant et passa une main dans ses cheveux.

— Je l'ai envisagé, dit-il après un long moment, mais j'ai changé d'avis.

Il avait soudain l'air terriblement triste.

— Tu as changé d'avis suite au meurtre de Suzanna, n'est-ce pas ? demanda-t-elle en posant sa main sur la sienne.

Il resta silencieux un instant puis acquiesça d'un mouvement de tête.

— Oh ! Jake, crois-tu vraiment que c'est ce qu'aurait voulu ta sœur ? Que tu restes seul toute ta vie ?

— Ce qu'elle voulait n'a aucune importance. Elle n'est plus là, rétorqua-t-il en ôtant sa main de sous la sienne.

— Sache que c'est un choix qui me rend très triste pour toi, dit-elle doucement.

— Ne sois pas triste pour moi, je vais très bien m'en tirer. Mon travail est tout ce dont j'ai besoin.

— Ce n'est pas le travail qui te réchauffera durant les longues nuits d'hiver.

— Quand il fait froid dans ma chambre, j'allume le chauffage.

— Le travail n'est pas un bon interlocuteur, poursuivit-elle.

— J'aime parler tout seul, répliqua-t-il de manière désinvolte. Et puis, pourquoi tu me parles de ça, toi-même tu m'as dit de ne pas vouloir non plus de relation à long terme.

— En ce moment ! Mais je veux fonder une famille un jour. Je veux me marier et avoir deux enfants. Je veux, en me réveillant le matin, retrouver l'homme qui m'aime à la table de la cuisine pour prendre le petit déjeuner. Je veux dormir dans les bras de ce même homme toutes les nuits jusqu'à ma mort. Je ne peux pas imaginer que tu ne puisses pas vouloir la même chose.

— C'est pourtant le cas.

Monica laissa échapper un profond soupir. La conversation ne menait nulle part, et elle savait qu'il n'était pas encore temps pour elle de lui avouer qu'elle était amoureuse de lui. La situation deviendrait trop inconfortable.

C'était étrange… Quelques semaines plus tôt, elle aurait elle aussi dit que son travail passait avant tout le reste, qu'il pouvait suffire à son bonheur et qu'elle ne voulait surtout pas qu'une relation puisse l'éloigner de son objectif ultime : le succès.

Mais qu'est-ce qui définissait le bonheur ? Était-ce

le fait d'obtenir chaque soir des milliers de nouveaux spectateurs ou de partager le dîner de l'homme de sa vie jusqu'à la fin de ses jours ? Était-ce le fait de lever le plus gros scoop ou d'avoir à ses côtés quelqu'un avec qui partager tous les petits moments du quotidien ?

Tout ce qu'elle espérait, c'était qu'avant la fin de cette affaire, Jake finisse par comprendre qu'il voulait lui aussi avoir quelqu'un dans sa vie et qu'il se rende compte que ce quelqu'un… c'était elle.

9

Le lendemain après-midi, Jake était encore hanté par l'embarrassante conversation qu'il avait eue la veille avec Monica. Assis à la table de la cuisine devant un carnet de croquis, il n'arrivait pas à se concentrer.

La seule chose à laquelle il pensait était ce moment où il l'avait tenue dans ses bras alors qu'elle pleurait à chaudes larmes, revivant sa frayeur. Quand il lui avait révélé son intention de vivre seul toute sa vie, il avait vu naître dans ses magnifiques yeux bleus une profonde tristesse… Et quelque chose d'autre… Quelque chose qui lui avait coupé le souffle.

Pendant un instant, il avait pensé voir de l'amour briller dans son regard. Mais il ne voulait surtout pas qu'elle l'aime. Bon sang, elle était supposée faire tout ça uniquement pour avoir son maudit scoop, elle ne pouvait pas espérer autre chose de lui. Son amour ne ferait que rendre plus difficile leurs adieux. Et pourtant, il avait bien l'intention de lui dire au revoir quand toute l'affaire serait résolue.

La veille, ils avaient encore passé plusieurs heures à surveiller la maison d'Adam. Ils étaient restés silencieux pendant tout ce temps, et il avait été soulagé quand avait sonné l'heure de rentrer pour aller se coucher.

Malheureusement, son sommeil avait été perturbé pas des rêves où, assis sur une poutre en métal, Monica et lui regardaient les étoiles au-dessus de leurs têtes avant de faire l'amour dans son lit. Quand il avait fini par se réveiller, il était habité d'un désir doux-amer qu'il ne voulait pas ressentir.

À présent, Monica était dans son bureau et faisait des recherches pour son émission quotidienne. Il ne lui en avait jamais parlé, mais il avait pris l'habitude, pendant qu'elle travaillait sur son podcast, de le regarder sur son ordinateur portable dans la cuisine.

Elle avait toujours l'air si professionnel dans ses chemisiers élégants, même s'il savait que sous le bureau elle portait encore son short et ses sandales.

Son point de vue sur les actualités était différent et invitait à la réflexion. Elle proposait des sujets parfois drôles, parfois tristes, mais toujours vibrants d'humanité.

Quand ils reprendraient chacun le cours de leur vie, il cesserait de regarder son émission. Cela serait sans aucun doute beaucoup trop douloureux de la voir chaque soir et de se souvenir du temps qu'ils avaient passé ensemble.

Monica lui avait dit qu'elle espérait qu'ils pourraient rester amis, et il avait convenu que ce serait une bonne chose. Mais il se rendait maintenant compte qu'il ne pourrait jamais être ami avec elle. Quand tout serait terminé, ils devraient couper les ponts, il n'y avait pas d'autre solution.

Il prierait pour parvenir à tout oublier. Il ouvrirait grand les fenêtres et les portes de sa maison pour se débarrasser des derniers effluves de son parfum et s'assurerait qu'elle n'oublie aucune de ses affaires derrière elle.

Jamais il ne pourrait la retrouver quelque part pour un déjeuner ou pour prendre un café. Une fois leurs adieux faits, il devrait, il ne savait comment, trouver un moyen de ne plus jamais penser à elle.

Il leva les yeux en la voyant soudain arriver dans la cuisine.

— Devine quoi ? lança-t-elle en s'asseyant à la table en face de lui, les yeux pétillants.

— Quoi ?

— Ma source dans la police vient de m'appeler. Il m'a dit que ce matin un homme était venu au commissariat de North Patrol et avait avoué être le Justicier. Apparemment, ils prennent son témoignage très au sérieux.

— Il t'a donné le nom de ce type ? s'enquit Jake en sentant monter l'adrénaline en lui.

Était-ce réellement possible ? Le *serial killer* qu'ils traquaient s'était-il vraiment rendu aux forces de l'ordre ?

— Non, il a dit qu'il me rappellerait dès qu'il aurait plus de détails à me communiquer, répondit-elle en se penchant vers lui, vibrante d'excitation. Tu crois que c'est la fin de toute cette histoire ?

— Je ne sais pas. L'homme qui me tirait dessus hier ne me semble pas être du genre à avoir des cas de conscience, et j'ai du mal à croire que ses remords aient pu le pousser à aller se livrer aux autorités, dit-il d'un ton dubitatif. Mais tout est possible… Il t'a dit quand il te rappellerait ?

— Non, mais j'ai eu l'impression qu'il ne tarderait pas, il m'a dit que tout allait très vite.

— Je peux te demander l'identité de cette source ?

— C'est un lieutenant de North Patrol.

— Et comment as-tu réussi à prendre contact avec lui ? questionna-t-il avec curiosité. Tu es aussi allée sonner chez lui ?

— Non, répliqua-t-elle en éclatant de rire. Nous sommes sortis ensemble pendant un moment quand nous étions au lycée et nous sommes restés amis après notre rupture.

— Se pourrait-il qu'il ressente toujours quelque chose pour toi ? lui demanda-t-il, constatant avec étonnement qu'il attendait sa réponse en retenant son souffle.

— Grands dieux, non ! s'exclama-t-elle en laissant échapper un nouveau rire. En fait, il a épousé une de mes meilleures amies, ils ont un enfant de quatre ans et un nouveau-né.

Jake décida de ne pas accorder d'importance à la vague de soulagement qui l'avait envahi en entendant la réponse de Monica.

— OK, eh bien, dans ce cas, nous n'avons plus qu'à attendre qu'il te rappelle, conclut-il.

— Même si cela n'était pas vraiment une manière très spectaculaire de boucler cette affaire, le fait qu'il se rende serait la meilleure des choses pour tout le monde, ajouta-t-elle.

— La seule chose qui m'importe est qu'il soit vite mis hors d'état de nuire…

Cependant, pour le moment, Jake avait du mal à croire à ce rapide dénouement. Trop de questions restaient encore sans réponses, et le fait que cet homme se rende volontairement ne collait pas avec le portrait qu'il avait fini par dresser du Justicier.

— On dirait que tu ne vas pas avoir ton grand scoop… À moins que tu ne décides de rendre public ce que je t'ai dit à propos du pacte meurtrier que ces types et moi avons passé. Ce serait tout à fait le genre d'affaire sensationnelle dont tu raffoles, non ?

Elle fronça les sourcils et lui lança un regard glacial.

— Je pensais que tu me connaissais mieux que ça. Tu m'as dit que cette information était confidentielle et je suis digne de confiance. Ça me blesse beaucoup que tu crois que je puisse avoir de telles idées.

Elle le fixa pendant un instant, attendant probablement

qu'il lui présente des excuses. Mais il resta silencieux. Peut-être était-ce une bonne idée de l'énerver. Si c'était bien la fin de toute cette histoire, qu'elle soit en colère contre lui pourrait faciliter les choses.

— Je vais aller voir si d'autres médias ont reçu la même information, dit-elle finalement en se levant de table. Je te tiendrai au courant dès que j'aurai du nouveau.

Son ton était aussi froid que le bleu de ses yeux.

Jake la regarda quitter la cuisine puis il se leva et se rendit dans le salon. Il se sentait trop agité pour rester assis et se mit à faire les cent pas devant son canapé, assailli par un flot de pensées diverses.

Il était désolé d'avoir blessé Monica, mais il était persuadé que c'était la meilleure chose à faire. Il devait lui montrer au plus vite quel homme misérable il était et pour quelles raisons il méritait de rester seul.

Ses réflexions sur Monica laissèrent place à ses interrogations concernant cet éventuel dénouement. Encore une fois, il avait du mal à croire que le Justicier ait pu se rendre de la sorte. Malgré ça, il espérait plus que tout qu'il se trompait et que ce monstre était maintenant sous les verrous.

Monica et lui ne seraient plus en danger. Il n'y aurait plus de « J » gravé sur le front d'innocents, sauvagement étranglés, et Jake pourrait enfin tourner la page et passer à autre chose.

Il pourrait dire adieu à Monica. À cette pensée, une puissante vague de tristesse déferla en lui et il s'interrogea à nouveau sur la nature de ces émotions contradictoires.

Il ressentait le besoin de la quitter et de lui dire au revoir, mais il savait qu'il regretterait ses sourires, ses bavardages et son air grognon le matin, au petit déjeuner. Oui, c'était certain, elle allait terriblement lui manquer.

Un quart d'heure plus tard, Monica le rejoignit dans

le salon. Il avait fini par s'installer dans son fauteuil et avait allumé la télévision.

— J'ai vérifié toutes les sources d'information auxquelles j'ai pu penser et personne ne parle du Justicier nulle part, dit-elle en se laissant tomber sur le canapé, son téléphone portable à la main. J'espère que ma source va vite me rappeler pour nous en dire plus.

Elle cessa de parler et l'observa pendant un long moment.

— Si tout est vraiment terminé, il y a une dernière chose que je voudrais faire avant de rentrer chez moi.

— Quoi ?

— Je voudrais que tu m'emmènes tout là-haut, sur les échafaudages et que tu me montres les étoiles de Suzanna.

Une myriade d'émotions le traversa. Des souvenirs de sa sœur… Son amour pour Monica… La douleur de devoir leur dire adieu à toutes les deux. Pendant quelques secondes, il ne put prononcer un mot, une énorme boule était coincée dans sa gorge.

— Je suis désolée, dit-elle. Ce n'est peut-être pas une si bonne idée, après tout.

— Non, réussit-il à dire enfin. Je la trouve excellente au contraire.

Oui, il l'emmènerait voir les étoiles. Il l'emmènerait là-haut puis il la ramènerait chez elle, elle reprendrait le cours de sa vie et lui pourrait retourner à sa solitude et à son isolement.

En attendant que la source rappelle Monica, Jake zappa de chaîne en chaîne pour voir s'ils trouvaient des informations concernant le Justicier, mais personne ne l'évoquait.

En jetant un coup d'œil vers Monica, il vit qu'elle se rongeait à nouveau les ongles.

— Tes ongles…

— Merci, fit-elle en reposant sa main sur sa cuisse.

— Tu les as toujours rongés ou tu as commencé quand tu m'as rencontré ? lança-t-il d'un ton légèrement taquin.

— Je l'ai toujours fait, malheureusement, mais il est évident que je le fais davantage quand je suis stressée. Et toi, quelles sont tes mauvaises habitudes ?

Au vu de la situation – ils attendaient du nouveau concernant la possible arrestation du tueur en série qu'ils traquaient –, la conversation semblait tout à fait stupide, mais Jake avait déjà remarqué que lorsque Monica était nerveuse, non seulement elle se rongeait les ongles mais elle aimait aussi discuter de tout et de rien.

— Chaussettes, répondit-il.

— Chaussettes ?

— Je les retire le soir au moment de me coucher et je les laisse au pied de mon lit au lieu de les mettre dans le panier de linge sale. Et parfois, j'attends qu'il y en ait trois ou quatre paires au sol avant de les ramasser.

— Dieu merci.

— Dieu merci ? répéta-t-il en haussant un sourcil.

— Oui, Dieu merci tu n'es pas aussi parfait que je le pensais. Tu as aussi des défauts.

— Oh ! tu peux me croire, je suis loin d'être parfait, répliqua-t-il en pensant que si elle le connaissait vraiment, elle serait déjà partie en courant depuis longtemps.

— Il ne peut pas y avoir que les chaussettes, continua-t-elle, les yeux malicieux. Est-ce que tu es du genre à ne pas refermer le tube de dentifrice ou à ne pas remplacer le rouleau de papier toilette ?

— Ce sont des défauts ? demanda-t-il en éclatant de rire.

— Absolument, affirma-t-elle en riant elle aussi. Bon sang, je n'arrive pas à croire que nous sommes en train de parler de papier toilette alors que nous attendons des nouvelles d'un *serial killer.*

— C'est toi qui as commencé !

— J'espère qu'on va vite me rappeler, dit-elle et son rire cessa quand elle baissa les yeux vers l'écran de son téléphone. J'ai l'impression que mes nerfs ne vont pas tarder à lâcher si je n'ai pas bientôt la confirmation que cette ordure est bien derrière les barreaux.

— Je ressens la même chose, j'espère vraiment qu'il s'agit bien de lui.

— Si c'est le cas, je n'aurai plus à redouter que tu fasses quelque chose de stupide, dit-elle en le regardant droit dans les yeux.

— Qu'est-ce que tu veux dire ? Je ne suis pas du genre à faire des choses stupides.

— Ton idée de surprendre cet homme en pleine action était stupide et imprudente.

— C'était un plan pour le mettre hors d'état de nuire, objecta-t-il en fronçant les sourcils.

— C'était un plan qui te mettait en danger.

— Si cela pouvait empêcher ce type de faire de nouvelles victimes, je le ferais à nouveau.

— Tu es très têtu, observa-t-elle.

— Oui, je le suis et tu ferais bien de t'en souvenir, ajouta-t-il, l'air taquin.

— C'est noté, rétorqua-t-elle en l'imitant.

Un quart d'heure plus tard, elle reçut le coup de téléphone de son ami et celui-ci lui annonça que la police ferait une conférence de presse à 16 heures, l'après-midi même, et que c'était la seule information qu'il pouvait lui donner.

Révéleraient-ils l'identité de celui qui était venu se confesser ? S'agissait-il de Matt ou d'Adam ?

L'attente était insupportable. Monica retourna dans le bureau de Jake pour travailler sur son émission, et Jake se retrouva de nouveau seul à attendre impatiemment la conférence. Il espérait que c'était la fin. Depuis le premier meurtre, cette histoire avait été un terrible fardeau pour lui. Il ne pouvait même pas imaginer comment il allait se sentir une fois libéré de cette charge.

Mais il ne lui avait pas échappé qu'un nouveau poids pesait maintenant sur son cœur. Le poids des sentiments qu'il ressentait pour Monica. Une fois partie, elle laisserait un grand vide et tout un tas de souvenirs qui lui rappelleraient sans cesse ce que la vie aurait pu être s'il avait pris une autre décision le soir du meurtre de sa sœur.

Quand il fut enfin 16 heures, Monica revint dans le salon, et ils s'assirent tous les deux sur le canapé pour regarder les actualités régionales.

Une bandeau rouge défilait en bas de l'écran, annonçant une nouvelle de dernière minute. À l'image apparut une assemblée de policiers, et le chef de la police, James Donahue, prit place derrière un pupitre.

James Donahue était un homme populaire à Kansas City. Il était grand, costaud et avait les cheveux poivre et sel. Il était apprécié de tous ses collègues de la police mais aussi des habitants de la ville. Il était réputé pour être un franc-tireur qui se fichait royalement de la politique.

« J'aimerais commencer par vous présenter les hommes qui ont travaillé jour et nuit sur l'affaire du Justicier, indiqua-t-il. Quand je vais vous appeler, s'il vous plaît, avancez d'un pas, messieurs. Inspecteur Chuck Baker… »

Pendant que le commissaire remerciait tous ses hommes,

Jake regarda Monica qui était en train de ronger l'ongle de son index, penchée en avant vers l'écran de télévision.

— Ongles, souffla-t-il.

— Ah oui, dit-elle en reposant sa main à côté d'elle.

« Ce matin, un homme qui prétendait être le Justicier est venu se rendre au commissariat de North Patrol, poursuivit James Donahue. Après l'avoir longuement interrogé, nous sommes arrivés à la conclusion qu'il était bien celui qu'il prétendait être. »

Dans l'audience, les journalistes commencèrent à crier leurs questions. Donahue leva les deux mains en l'air pour tenter de restaurer un peu de calme puis reprit :

« Cet homme s'appelle Grant Timmons et il a quarante ans. Nous sommes toujours en train d'enquêter sur ses mobiles. C'est tout ce que nous pouvons vous dire pour le moment, je ne répondrai à aucune question pour le moment, je vous remercie. »

Il quitta son pupitre sous les cris des journalistes, puis la chaîne diffusa un sujet où un journaliste local interviewait l'un des collègues de Grant Timmons.

« Nous sommes évidemment sous le choc, même si Grant avait l'air de traverser une phase difficile dans sa vie personnelle, disait l'homme. Il a perdu ses parents dans un accident de voiture il y a trois mois et depuis il n'était plus le même… »

Le journaliste continua à l'interroger pendant quelques minutes puis la chaîne reprit sa grille de programme habituelle.

Jake attrapa la télécommande et baissa le volume.

Il ne s'agissait ni d'Adam ni de Matt. Il était stupéfait.

— Grant Timmons… Tu le connais ? demanda Monica.

— Ce nom ne me dit rien du tout, répondit-il en hochant la tête.

— Laisse-moi voir un peu ce que je peux trouver sur lui sur Internet, ajouta-t-elle en se levant d'un bond.

— Mon portable est dans la cuisine, tu peux le prendre si tu veux.

Pendant qu'elle allait chercher son ordinateur, Jake fouilla sa mémoire pour tenter de retrouver une trace de ce nom, Grant Timmons… Si ce type était bien le tueur, pourquoi s'en était-il pris à ceux qui avaient signé le pacte de vengeance ? Et pour quelles raisons les avaient-ils attaqués, Monica et lui ? Tout cela n'avait aucun sens…

Monica revint et installa l'ordinateur sur la table basse. Les doigts courant sur le clavier, elle trouva en un rien de temps une première photo de Grant Timmons.

La photo avait été prise dans un cabinet d'avocats où Grant avait été assistant juridique. Jake se rapprocha de l'écran et étudia avec attention le portrait de cet homme aux cheveux bruns.

— Il me rappelle vaguement quelque chose, dit-il doucement.

— A-t-il pu, lui aussi, faire partie du groupe de soutien des survivants du Northland ? demanda Monica.

— C'est possible… Je suis en train de me dire qu'il s'asseyait peut-être au fond de la salle durant les réunions, ce qui expliquerait qu'il n'ait jamais eu aucune interaction avec quiconque. Plusieurs hommes sont venus quelques fois sans jamais se présenter ou prendre la parole. Mais je ne suis pas du tout certain que celui dont je me souviens est bien Grant Timmons.

— La police ne se permettrait pas de rendre la nouvelle publique et de révéler l'identité du tueur s'ils n'étaient pas sûrs à cent pour cent qu'il s'agit bien du Justicier.

Monica avait raison. Les autorités devaient avoir découvert des preuves confondantes qui prouvaient que Grant Timmons était bien le *serial killer.* Sinon ils n'auraient pas organisé une conférence de presse.

Heureusement que Jake ne leur avait rien dit sur Matt ou Adam. Il aurait pu ruiner la vie de deux hommes innocents.

— Eh bien, on dirait que tout est vraiment terminé, dit-il. Je suis désolé que tu n'aies pas été celle qui a dévoilé le scoop.

— Il y aura bien une nouvelle histoire sur laquelle enquêter, répliqua-t-elle en haussant les épaules. Pour le moment, je suis seulement soulagée que ce monstre soit derrière les barreaux et que toi et moi soyons sains et saufs.

— C'est en effet une bonne chose… Et puis, comme nous n'avons pas de surveillance à faire ce soir, je propose que nous allions observer les étoiles pour fêter ça, qu'en dis-tu ?

— J'ai hâte d'y être. Je ferai mes valises demain matin pour rentrer chez moi.

Elle le regarda comme si elle attendait qu'il dise quelque chose, n'importe quoi, qui pourrait tout changer.

Mais Jake ne voulait rien changer. Il avait joué son avenir la nuit où il avait fait ce choix égoïste qui avait entraîné la mort brutale de sa sœur.

La nuit était belle et le ciel dégagé quand Jake retrouva Monica sur le perron. Il s'était changé et avait enfilé un jean, un T-shirt et une de ses vestes sombres.

— Tu portes encore ton arme ? lui demanda-t-elle, l'air surpris.

— Oui.

— Mais puisque le tueur est derrière les barreaux, nous n'avons plus rien à craindre.

— Simple précaution. La fusillade devant chez toi

n'était peut-être pas l'œuvre du Justicier mais celle d'un membre de gang ou de Larry Albright.

— Je ne crois pas qu'il puisse s'agir de l'un ou de l'autre. Je continue d'être persuadée qu'il s'agissait du tueur.

— Mais pour quel motif ? Pourquoi s'en prendre à nous ? Nous n'étions même pas prêts de le démasquer… Aucun de nous deux ne le connaissait.

— Je ne sais pas, reconnut-elle en fronçant les sourcils. Et je crois que nous ne connaîtrons jamais la réponse à cette question, mais tu as raison, garde ton revolver avec toi. On ne risque rien à être prudent.

— C'est exactement ce que je pense… Et de toute façon, quand je vais dans le centre-ville à cette heure de la nuit, je l'emporte toujours.

Quelques minutes plus tard, ils quittèrent sa maison pour se rendre sur le chantier.

Même si elle était impatiente de vivre cette aventure nocturne, Monica se sentait déprimée. Et ce n'était pas le fait de ne pas avoir découvert l'identité du meurtrier qui la rendait triste, c'était plutôt la perte de quelque chose qu'elle avait cru pouvoir être merveilleux, quelque chose qui lui avait semblé possible avec Jake.

Elle avait cru qu'il pourrait tomber amoureux d'elle. Elle avait pensé le voir dans son regard, dans ses caresses. Elle imaginait l'avoir goûté dans ses baisers, et pourtant il n'avait rien dit quand elle lui avait fait part de son intention de partir le lendemain matin. Elle lui avait pourtant laissé une parfaite occasion de le faire.

Et c'est ça qui la contrariait à présent, bien plus que ce fichu scoop. Elle n'arrivait pas à croire qu'elle ait pu autant changer. Depuis que Jake était entré dans sa vie, ses priorités n'étaient plus les mêmes.

Quand ils s'étaient rencontrés, ils semblaient sur la

même longueur d'onde, tous les deux passionnés et comblés par leurs métiers, ils ne voulaient rien d'autre dans leurs vies. Mais si elle restait toujours aussi excitée par son travail, elle avait maintenant une autre passion dans sa vie : Jake.

— Tu es bien silencieuse, lui dit-il justement, la tirant de ses pensées.

— Je réfléchissais juste à tout ce qu'il s'est passé depuis que j'ai grossièrement débarqué dans ta vie.

— Ça a été une sacrée aventure, déclara-t-il en esquissant un sourire.

— Absolument, acquiesça-t-elle.

Elle avait été embrassée, elle avait été la cible de tirs, elle avait eu peur pour la vie de Jake et pour la sienne et, au beau milieu de toutes ces péripéties, elle était surtout tombée amoureuse.

— Alliez-vous souvent regarder les étoiles, Suzanna et toi ? lui demanda-t-elle.

Elle ressentait le besoin de parler pour garder le contrôle d'elle-même et ne pas se laisser submerger par ses émotions.

— Non, peut-être une fois tous les deux mois… En fait, ça dépendait beaucoup de la météo, de nos emplois du temps respectifs et de l'état du bâtiment en construction qui ne nous permettait pas toujours de pouvoir y grimper.

— Les conditions semblent idéales ce soir, il n'y a pas un seul nuage dans le ciel.

— C'est censé évoluer, une tempête est prévue avant demain matin.

— Heureusement que nous n'avons pas attendu plus longtemps pour partir, lui dit-elle en regardant par la vitre de la voiture.

Les maisons devant lesquelles ils passaient étaient

toutes plongées dans l'obscurité et les voitures sagement garées devant les propriétés.

C'était agréable de savoir que pour une fois ils n'étaient pas en route pour aller surveiller un tueur en série mais pour aller contempler l'œuvre sublime de la nature.

Monica se tourna vers Jake, admirant les reflets du tableau de bord sur son beau visage. La tension qu'on pouvait deviner sur sa mâchoire ne faisait que renforcer son charme.

— Est-ce ça va être douloureux pour toi ? s'enquit-elle d'une voix douce.

— Qu'est-ce qui va être douloureux ?

— De m'emmener là où tu emmenais toujours ta sœur jumelle.

Elle l'observa avec attention et se détendit quand elle vit un léger sourire apparaître sur ses lèvres.

— Quand nous serons là-haut, est-ce que je penserai à Suzanna ? Évidemment. Mais ce sont de bons souvenirs.

— Et quand nous serons là-haut, je voudrais que tu m'en dises davantage à son sujet.

Pendant un instant, elle se demanda si elle n'était pas allée trop loin, mais il lui sourit une nouvelle fois.

— Avec plaisir.

Ils restèrent silencieux pendant le reste du trajet. Monica étouffa un soupir. Elle savait que son cœur allait être en mille morceaux quand elle allait devoir préparer ses affaires le lendemain pour quitter la maison de Jake.

Ce n'était pas parce qu'elle ne voulait pas rentrer chez elle, c'était plutôt car elle avait l'impression que son chez elle était à présent chez Jake. Elle ne voulait pas que leur histoire se termine. Cependant, il ne semblait toujours pas avoir changé d'avis concernant sa volonté de finir sa vie en solitaire.

Elle avait été si bête de laisser libre cours à ses

émotions… Malgré tout, elle ne pouvait s'empêcher de continuer à espérer qu'au petit matin il lui avouerait enfin son amour et qu'il lui demanderait de rester à ses côtés, pour toujours.

Bon sang, elle n'avait quand même pas tout imaginé ! Elle n'avait pas pu à ce point se méprendre sur la douceur de ses regards, la délicatesse de ses étreintes et la puissance de ce désir qui passait entre eux comme un courant électrique et qui semblait loin d'être rassasié. Au fond de son cœur, elle savait qu'il était amoureux d'elle. Ce qu'elle ignorait, c'était la raison pour laquelle il niait cet amour.

Une fois arrivés sur le site, Jake se gara et ils sortirent de la voiture. Monica leva les yeux vers l'immense structure métallique dont la silhouette, légèrement éclairée par les réverbères du quartier, se démarquait dans le ciel nocturne.

— C'est très différent, la nuit, fit-elle remarquer à Jake.

— Oui, cela peut même paraître un peu effrayant, convint-il.

Mais Monica ne voulait pas lui avouer combien elle était nerveuse. Elle ne se sentait pas particulièrement à l'aise en hauteur. Elle ne montait pas dans les grandes roues dans les carnavals et n'était pas du genre à aller admirer d'impressionnants points de vue du haut des falaises. Mais tout irait bien tant que Jake était à ses côtés.

— Nous allons monter jusqu'au seizième étage, les poutres à cet étage font environ soixante centimètres de large, lui annonça-t-il.

Soixante centimètres de large ? Cela semblait peu rassurant.

— Il n'y a pas un étage où les poutres feraient plutôt deux mètres de large ?

— J'ai bien peur que non, répondit-il en riant.

Elle pouvait voir son visage à la lumière du clair de lune. Son sourire s'effaça, et il tendit la main vers elle pour écarter une mèche de cheveux de sa figure.

Voilà... Elle aurait pu jurer que c'était bien de l'amour qui brillait dans ses yeux à cet instant. Qui lui avait inspiré ce geste délicat. Elle s'avança vers lui, mais il recula d'un pas.

— Nous ne sommes pas obligés de faire ça, tu sais. Nous pouvons tout à fait en rester là et rentrer à la maison, lui dit-il comme s'il avait perçu la peur qui se diffusait en elle à l'idée de monter là-haut.

— Non, je veux le faire, mais je dois en effet reconnaître que je ne me sens pas toujours à l'aise en altitude. Mais tant que tu me promets que je ne tomberai pas, alors tout ira bien.

— Je te promets que tout va bien se passer, assura-t-il.

Puis il prit sa main dans la sienne et la guida jusqu'à l'ascenseur de chantier qui allait les emmener au seizième étage. Avant d'entamer l'ascension, il l'aida à enfiler un harnais de sécurité puis enfila le sien.

— Je te promets aussi que ça va être une expérience inoubliable.

Quand l'ascenseur commença à monter, il l'attira contre lui.

— Tu entends mon cœur ? demanda-t-elle.

— Non, répondit-il en lui souriant. Pourquoi ?

— Il bat aussi vite qu'un cheval au galop.

— Surtout, dis-moi si tu veux redescendre.

— Je suis certaine que tout ira bien, une fois là-haut, répliqua-t-elle en évitant de baisser les yeux.

Le simple fait de le regarder et de sentir son bras autour d'elle suffisait déjà à apaiser un peu sa peur. Jake était l'homme qui lui avait sauvé la vie quand une pluie de balles s'était abattue sur elle. Et, des douzaines de fois, il avait essayé de la dissuader de faire équipe avec lui dans cette affaire dans le seul but de la protéger.

S'il avait pensé, ne serait-ce qu'un instant, que monter tout là-haut pouvait être risqué, il ne l'aurait pas emmenée. Jamais il n'aurait mis sa sœur en danger également. Monica savait qu'il ne la mettrait pas volontairement dans une situation périlleuse. Soudain consciente de tout cela, elle sentit ses dernières appréhensions s'envoler.

Quand ils arrivèrent au seizième étage, l'ascenseur s'immobilisa et, avant de sortir de la cabine, Jake accrocha le crochet de son harnais à une corde de sécurité qui courait tout le long de la poutre.

— Prête ? demanda-t-il, quand il se fut lui aussi accroché.

Il sortit une lampe-torche de sa poche, la fixa à la boucle de sa ceinture puis l'alluma.

— Je crois, oui, répondit-elle.

— Je vais passer en premier, si tu veux t'accrocher à mon T-shirt, n'hésite pas. Nous allons avancer tranquillement puis nous nous arrêterons à mi-chemin.

En regardant la fine barre d'acier sur laquelle ils allaient marcher, la moitié du chemin sembla soudain très loin à Monica.

— Et tu me jures que cette corde de sécurité me retiendra si le pire arrive et que je trébuche et tombe ? Tu sais que j'ai pris quelques kilos depuis que je te fréquente.

Un faible rire, comme un grondement, échappa à Jake.

— Chérie, ces cordages sont mis en place pour garantir la sécurité d'hommes qui font trois fois ta taille et ton poids… Allez, tu es prête ? On y va ?

— Oui, je suis prête, dit-elle en inspirant profondément.

Il commença à avancer sur la poutre et elle le suivit,

sa main agrippée sur le bas de son T-shirt. Dieu merci, il faisait des petits pas.

Quand ils parvinrent à mi-chemin, il se retourna vers elle.

— Je vais t'aider à t'asseoir.

Il la soutint tandis qu'elle se baissait pour s'installer, les jambes pendantes dans le sombre néant. Quand il prit place à ses côtés, elle posa immédiatement une main sur sa cuisse, comme si le fait de le toucher pouvait lui donner l'impression de rester sur terre.

Une faible brise, fraîche et douce à la fois, annonçait la pluie qui devait arriver plus tard. D'ici, le ciel semblait différent. Les étoiles paraissaient bien plus grandes et plus brillantes, préservées des lumières de la ville.

— Qu'est-ce qui vous a donné l'idée de faire ça, à Suzanna et toi ? demanda-t-elle.

— Suzanna voulait se rapprocher des étoiles et c'est elle qui m'a convaincu, un soir, de monter sur un bâtiment sur lequel nous travaillions à l'époque.

— C'est vrai qu'on est plus proches, affirma Monica en levant les yeux vers la voie lactée. C'est magnifique.

— Oui, même si je vois des nuages qui arrivent au loin.

— Espérons que tu auras le temps de me montrer les constellations préférées de ta sœur avant que l'orage éclate.

— Je ne crois pas qu'elle en aimait certaines plus que d'autres, dit-il avant de pointer son doigt vers le ciel nocturne. Tu vois la Grande Ourse, là-bas ?

— Oui, répondit-elle en suivant la direction qu'il indiquait.

— Suzanna avait l'habitude de raconter que c'est la Grande Ourse qui porte les arcs-en-ciel et qu'un jour ils glisseraient et tomberaient tous ensemble sur la terre, dans une grande pluie multicolore.

— C'est beau, dit Monica qui ne put résister à la tentation de lui prendre la main. Je pense que j'aurais aimé ta sœur, murmura-t-elle.

— Je pense qu'elle t'aurait aimée aussi, répondit-il. Vous auriez probablement été de bonnes amies.

— Je n'ai plus beaucoup d'amis, ces derniers temps… Je me suis tellement concentrée sur mon travail que j'ai un peu négligé mes proches.

— Il est peut-être encore temps d'y remédier ?

— Peut-être, oui. Et toi ? Tu as beaucoup d'amis ?

Pendant tout le temps où elle avait vécu chez lui, elle ne se souvenait pas de l'avoir entendu parler d'autres personnes que de ses collègues.

— Non. Tous les amis que j'avais ont disparu pendant que je sombrais dans la douleur et la colère, suite à la mort de Suzanna. Je les ai tous repoussés.

— Peut-être est-il encore temps d'y remédier ? dit-elle en esquissant un sourire.

— Non, en fait, je n'ai pas envie de changer ça. Je suis bien tout seul.

À nouveau, Monica sentit son cœur se briser en entendant les mots si durs que venait de prononcer Jake. Il était un homme merveilleux, un homme qui riait aisément, qui semblait aimer la vie et pourtant il avait l'intention de la vivre à moitié seulement.

Pendant quelques longues minutes, ils contemplèrent, en silence, l'immensité du ciel nocturne.

— Oh ! s'exclama soudain Monica. Tu l'as vue ? Une étoile filante !

— Je l'ai vue, répondit-il d'une voix douce. Suzanna disait toujours que les étoiles filantes sont les âmes des gens qui, libérées du purgatoire, sont maintenant prêtes à monter au paradis.

Monica perçut l'émotion dans ses mots et elle pressa

sa main. Elle avait l'impression que Jake était pris au piège dans son propre purgatoire. Et elle ne pouvait s'empêcher d'espérer qu'il trouve la sortie avant qu'elle ne soit obligée de quitter sa vie, le lendemain matin.

10

Pendant la demi-heure suivante, Jake continua à lui montrer les différentes constellations visibles dans le ciel nocturne. Il était surpris de constater comme il se souvenait de tout ce que lui avait appris Suzanna.

Il fut aussi étonné de voir que de penser à sa sœur ne faisait plus resurgir ce chagrin déchirant et écrasant. À la place de celui-ci, il ressentait maintenant une profonde mais paisible tristesse à l'idée qu'il ne pourrait plus jamais passer de temps avec elle.

Car alors qu'il revivait ce moment de complicité qu'ils avaient l'habitude de partager entre frère et sœur, la plupart de ses pensées concernaient la femme qui était assise à côté de lui.

Si les choses avaient été différentes, il aurait pu passer sa vie avec Monica. Son humour l'enchantait. Son esprit le stimulait et l'amour qu'il sentait émaner d'elle à son égard l'impressionnait.

Elle allait probablement avoir le cœur brisé quand elle partirait le lendemain, mais il savait qu'elle s'en remettrait. Même s'il lui avait dit qu'il n'y avait pas de squelette dans ses placards, il lui avait menti.

Avec un peu de chance, elle trouverait un homme qui, lui, n'aurait rien à se reprocher, un homme qui pourrait l'aimer à bras et à cœur ouverts comme elle le méritait. Il n'était pas et ne pourrait jamais être cet homme.

— Est-ce que Suzanna a toujours aimé les étoiles ou est-ce que cet intérêt pour l'astronomie lui est venu à l'âge adulte ? demanda soudain Monica.

— Je crois que tout a démarré quand elle avait dix ans et que je lui ai offert un poster avec toutes les constellations. Je l'ai accroché au plafond, au-dessus de son lit. Et chaque fois que nous déménagions, je m'assurais de toujours l'emporter avec nous.

Il marqua une courte pause puis reprit la parole :

— Nous ne savions jamais où nous allions vivre et quand nous pourrions prendre notre prochain repas. Parfois, nous étions réveillés au beau milieu de la nuit pour échapper à un propriétaire à qui mes parents devaient de l'argent. Dans tout ce chaos qu'a été notre enfance, les étoiles et moi avons été les seules constantes dans la vie de Suzanna.

— Je me sens honteuse.

— Pourquoi donc ?

— Je me plains du manque de respect de mon père pour mon travail et de son manque d'amour et d'intérêt, mais je me suis toujours réveillée au chaud, dans ma belle chambre. J'ai toujours mangé à ma faim et n'ai jamais manqué de rien, je ne peux qu'imaginer quel cauchemar votre enfance a dû être et quelles épreuves ta sœur et toi avez dû traverser.

— C'est malheureux qu'on ne puisse choisir ses parents, répondit-il en haussant les épaules.

— Suzanna et toi en méritiez de bien meilleurs.

— Merci… Enfin, tout ça fait maintenant partie du passé.

— Alors, dit-elle en prenant un ton plus joyeux, est-ce que tu as commencé à réfléchir au prochain bâtiment que tu voudrais construire ou as-tu déjà été mandaté par quelqu'un pour un nouveau projet ?

— Un développeur m'a contacté pour autre chose, mais nous n'en sommes encore qu'au stade de la discussion. Ce serait pour un petit immeuble de bureaux dans le Nord. Et toi ? Je suis certain qu'il y a toujours une partie de ton cerveau qui réfléchit à ce dont tu vas parler dans ta prochaine émission.

— Même si je croyais avoir trouvé mon scoop et que cela ne s'est pas vraiment passé comme prévu, je ne suis pas inquiète… Je sais que je vais vite avoir d'autres opportunités.

— J'ai toujours du mal à croire que le Justicier se soit rendu. Ça ne colle pas à la personnalité que semblait avoir ce tueur en série.

— La police n'aurait jamais donné de conférence de presse s'ils n'avaient pas eu de preuves confondantes, répliqua Monica. Mais je n'ai pas envie de parler de ce fichu meurtrier, continuons à discuter des étoiles, de nos espoirs et de nos rêves…

Et c'est ce qu'ils firent. Jake lui parla des idées qu'il avait concernant de futurs bâtiments qui transformeraient le modeste horizon de Kansas City en quelque chose de magique.

— Certes, nous ne serons jamais à New York ou à San Francisco, mais il n'y a aucune raison que nous ne puissions pas faire parler de notre ville, lui expliqua-t-il.

Elle évoqua ensuite son désir de devenir la référence en matière d'actualité régionale et d'offrir toujours un journalisme professionnel et fiable, auquel les spectateurs pourraient accorder leur confiance les yeux fermés.

— J'aime aller au-delà des histoires, j'aime parler aux gens qui ont été affectés par les affaires. C'est pour cette raison que je voulais t'inviter à participer à mon podcast.

— Tu étais sacrément tenace, répondit-il en riant. Quand je t'ai vue sur mon perron, je n'y croyais pas.

— Je ne sais pas si j'aurais osé faire une telle chose si je n'avais pas appris que tu avais assisté à ces réunions.

Ils restèrent tous les deux silencieux pendant quelques minutes. La brise s'était levée et rafraîchie. Les souvenirs de sa sœur continuaient à surgir dans l'esprit de Jake. Il était certain que Suzanna aurait approuvé le fait qu'il emmène Monica ici pour admirer le ciel étoilé.

Oui, il était sûr que Suzanna et Monica auraient été de grandes amies. Elles avaient toutes les deux une incroyable joie de vivre et un grand sens de l'humour.

— As-tu déjà pensé à partir vivre ailleurs ? lui demanda-t-elle soudain en le tirant de ses pensées.

— Jamais… Kansas City est ma ville natale et j'aime vivre ici. Et toi ?

— Non, je trouve aussi que c'est une superbe ville. Je n'ai jamais pensé à déménager. Je trouve qu'il fait bon y vivre et que c'est l'endroit idéal pour élever des enfants.

Une partie de lui souhaitait que ces instants ne se terminent jamais… Malheureusement, les nuages étaient devenus plus nombreux et menaçants, le vent plus puissant, et il lui sembla entendre au loin le tonnerre gronder.

— Je crois qu'il va être temps de redescendre, lui dit-il à contrecœur. On dirait que l'orage se rapproche et nous ne sommes pas au meilleur endroit pour éviter la foudre.

— OK, mais avant je voudrais te dire une dernière chose, objecta-t-elle.

Une nouvelle tension apparut sur son visage, et Jake comprit immédiatement qu'il ne voulait pas entendre ce que Monica s'apprêtait à lui dire. Le mince filet de clair de lune éclairait son visage et baignait ses traits d'une lumière argentée tandis qu'elle le regardait.

— Je suis amoureuse de toi, Jake.

Il la dévisagea avec consternation, priant pour qu'elle

reprenne les mots qui venaient de sortir de sa bouche. Du coin de l'œil, il lui sembla percevoir un mouvement. Il regarda derrière elle et fronça les sourcils.

Matt Harrison était en train de sortir de l'ascenseur, l'arme au poing. Il n'y avait qu'une seule raison qui pouvait expliquer sa présence. La police s'était trompée.

Un flot d'adrénaline l'envahit aussitôt. En un instant, il prit une décision… et poussa Monica dans le vide.

Elle poussa un cri de terreur en tombant dans l'obscurité.

Jake se leva et dégaina son arme. De son autre main, il éteignit sa lampe-torche qui risquait de faire de lui une cible trop évidente.

— Matt, qu'est-ce que tu fais ici ? lança-t-il tandis que les hurlements de Monica retentissaient dans la nuit.

Jake regrettait de lui avoir infligé pareil traitement, mais elle était maintenant en sécurité.

— Tu sais pourquoi je suis là. Tu es un lâche, Jake ! éructa Matt en réponse.

Monica devint enfin silencieuse, et Jake se demanda si son silence signifiait qu'elle avait vaincu sa peur.

— De quoi parles-tu ? demanda Jake à Matt.

— Tu sais très bien de quoi je parle, tu as enfreint les règles en parlant à cette journaliste. Tu lui as tout raconté ? Est-ce qu'elle va tout diffuser ? Lui as-tu seulement parlé de notre pacte meurtrier ?

— Quel pacte meurtrier ? cria Monica depuis les profondeurs sombres. Personne ne m'a parlé d'un pacte meurtrier.

Jake poussa un soupir de soulagement en constatant qu'elle était saine et sauve.

— Jake est mon petit ami, ajouta-t-elle, et je n'ai aucune idée de la raison pour laquelle vous vous en prenez à nous.

Jake serra sa main sur son arme en luttant contre son

instinct de survie. Il ne pouvait pas sauter. Et il ne pouvait pas s'échapper avant d'avoir ramené Monica sur la terre ferme. Et puis, de toute façon, il ne voulait pas s'enfuir.

L'occasion dont il avait tant rêvé se présentait enfin à lui. Il allait pouvoir mettre le tueur hors d'état de nuire. Il était triste que ce monstre soit Matt et que celui-ci soit monté jusqu'ici pour poursuivre son règne de terreur.

— Matt, qu'est-ce que tu fais ? Je croyais que nous étions amis. Pourquoi ne redescendrions-nous pas en bas afin d'aller discuter et boire une bière dans un endroit plus tranquille ?

Il n'avait pas la moindre envie de tuer Matt.

— Nous *étions* amis, c'est vrai, Jake, mais tout a changé quand tu as commencé à fréquenter cette journaliste. Je ne te laisserai pas faire, tu ne m'arrêteras pas.

— Je ne veux pas t'arrêter. Je veux que tu te rendes et que tu te fasses aider, lui répondit Jake tandis qu'un éclair zébrait le ciel, suivi par le grondement du tonnerre. Allez, Matt. Allons boire quelques bières et après nous irons ensemble au commissariat.

— Tu ne comprends pas, Jake. J'ai une mission à accomplir. C'est mon devoir d'éliminer toutes les personnes coupables de cette ville.

— C'est toi qui as tiré sur la maison de Monica ? lui demanda Jake en reculant avec précaution sur la poutre.

— Oui, c'était moi. Vous ne m'avez pas facilité la tâche, tous les deux.

Matt ne bougeait pas, et Jake se rendit soudain compte que dans son impatience de s'en prendre à eux il n'avait pas mis de harnais et n'était donc pas attaché à la ligne de sécurité.

Jake continua de reculer jusqu'à se rapprocher d'une barre d'acier.

— Matt, ce n'est pas une mission. C'est de la folie.

C'est une maladie. Je crois que quelque chose s'est fêlé en toi quand ta mère a été assassinée.

Bon sang, Jake ne voulait pas tirer sur Matt, et il savait que même s'il ne cherchait qu'à le blesser, sa chute lui serait fatale. Il ne voulait pas que Matt meure, il voulait qu'il soit mis sous les verrous.

Mais il ne voulait pas non plus être tué. Si Matt arrivait à le toucher, il s'en prendrait ensuite à Monica et jamais Jake ne pourrait laisser une telle chose se produire.

— Bien sûr que quelque chose s'est cassé en moi ! hurla Matt, la voix vibrante de colère. Ma mère était une sainte, Jake. Elle était merveilleuse, attentionnée et aimante. C'était une femme pieuse qui faisait du bénévolat dans un refuge pour les sans-abri, et ce salaud l'a frappée jusqu'à ce qu'elle meure sous ses coups. Chaque nuit, je fais des cauchemars où j'imagine la douleur et la souffrance qu'elle a dû subir dans ces moments d'horreur avant de rendre son dernier souffle. C'est ma mission, de débarrasser le monde de toutes ces ordures, et tu veux savoir le meilleur dans tout ça ? C'est que j'aime le faire. J'aime beaucoup ça et personne ne pourra m'en empêcher.

Un nouvel éclair fendit le ciel, et Jake vit quelle était l'intention de Matt. Alors que celui-ci pointait son arme vers lui, Jake sauta derrière la poutre. Monica cria une nouvelle fois.

La foudre illumina encore le ciel, et Jake se pencha pour tirer sur Matt. Il rata sa cible, et Matt éclata d'un rire hystérique, un rire qui reflétait combien il avait perdu contact avec la réalité.

— C'est Dieu qui nous parle, Jake. Tu n'entends pas Ses paroles dans le tonnerre ? Il me dit que je suis Son guerrier en mission sur la terre.

Matt tira une nouvelle fois, mais sa balle finit dans le vide.

Au loin, les sirènes de la police retentissaient. Quelqu'un avait-il entendu les coups de feu et prévenu les autorités ? Jake était prêt à tout leur raconter si cela pouvait aider à mettre Matt derrière les barreaux.

Cependant, même si les forces de l'ordre étaient en route, elles ne pourraient grimper jusqu'à eux pour passer les menottes au Justicier. Même s'il y avait une centaine de véhicules de police garés en bas, personne ne pourrait leur être d'aucun secours dans cette situation. Ils étaient dans une impasse.

Un seul homme redescendrait vivant. Jake ou Matt. Si Matt survivait, il espérait que Monica serait capable de tout expliquer à la police pour qu'elle puisse l'arrêter.

Le son des sirènes s'amplifia et vint s'ajouter aux éclairs et aux coups de tonnerre qui donnaient à la situation une ambiance de fin du monde.

— Matt, la police est en train d'arriver. Tu dois te rendre, lui enjoignit Jake en espérant encore pouvoir résoudre la situation sans que personne ne soit blessé.

Une balle ricocha sur la barre d'acier derrière laquelle il se cachait. Il était évident que Matt n'avait aucune intention de se rendre. Plusieurs nouveaux coups furent tirés, et Monica recommença à crier.

Jake eut soudain l'impression que son cœur venait de s'arrêter. Matt tirait maintenant sur Monica. Elle hurla une nouvelle fois puis se mit à gémir, et finalement ses cris cessèrent.

À présent, il n'y avait plus que la foudre, le tonnerre… et la rage de Jake.

Avait-elle été touchée ? Mon Dieu, était-elle morte ?

Ne se souciant plus de sa propre sécurité, guidé par sa seule peur pour Monica, Jake sortit de derrière sa cachette. Aveuglé par la pluie qui commençait à tomber et par ses propres larmes, il pointa son arme vers Matt et se mit à tirer, encore et encore.

Quand Monica reprit connaissance, son bras lui faisait atrocement mal et la pluie tombait maintenant de manière soutenue. Quelque part au-dessus d'elle, Jake l'appelait.

Suspendue dans les airs, se déplaçant au gré des bourrasques, elle comprit que sa peur du vide et la douleur de son bras avaient probablement causé son évanouissement. Que s'était-il passé depuis ? Où était Matt ?

— Monica ! cria une nouvelle fois Jake, la voix vibrante de désespoir.

— Jake ? réussit-elle à lui répondre.

— Oh ! Dieu merci, est-ce que tu vas bien ?

— Non, lui dit-elle, des sanglots dans la voix. Je veux descendre, s'il te plaît, fais-moi redescendre, Jake, je voudrais rentrer à la maison.

— Je vais te tirer jusqu'à moi, lui annonça-t-il d'un ton rassurant. Et après, je te le promets, je te ramène à la maison.

En baissant les yeux vers le sol, elle fut surprise de découvrir une demi-douzaine de voitures de police dont les projecteurs étaient braqués dans leur direction.

Où était passé Matt ? Avait-il réussi à s'enfuir ? Cet épuisant jeu du chat et de la souris était-il enfin terminé ? La douleur dans son bras s'intensifia et elle gémit.

Quand Jake entreprit de la tirer vers lui, elle commença à se détendre, mais ce ne fut qu'une fois dans la cabine d'ascenseur qu'elle s'effondra contre lui.

— Où est Matt ? demanda-t-elle.

— Il est mort, répondit-il avant de se rendre compte qu'elle souffrait. Mais tu es blessée ?

Elle suivit son regard et constata avec stupeur que du sang coulait le long de son bras.

— Je… Je crois que j'ai été touchée. C'est douloureux, mais ça va aller, lui dit-elle en se blottissant dans ses bras. Et toi, comment te sens-tu ?

— Mieux maintenant. J'ai… J'ai cru que tu étais morte. J'ai cru qu'il t'avait tuée.

Sa voix était tremblante et, quand elle leva les yeux vers lui, elle ne put dire si c'étaient des larmes ou des gouttes de pluie qui coulaient sur ses joues.

Une fois arrivés au sol, la police les attendait.

— Elle a besoin d'être soignée avant de pouvoir parler à qui que ce soit, déclara Jake à l'homme qui s'était présenté comme étant le sergent Ben Wallace.

— Et moi, j'ai un homme mort sur le sol, je vais avoir besoin de réponses, lui répondit le sergent.

— Elle a reçu une balle, la soigner me semble plus important pour le moment que de s'occuper d'un homme qui lui ne bougera plus, gronda Jake.

Jake resta à côté de Monica jusqu'à ce qu'elle soit prise en charge par l'équipe médicale dans l'ambulance puis il attendit patiemment pendant qu'on nettoyait sa blessure. Heureusement, ce n'était qu'une éraflure. Une fois son bras bandé, ils se dirigèrent vers les policiers pour leur expliquer la situation. Monica était bien décidée à ne pas laisser Jake se laisser incriminer.

— L'homme qui est mort s'appelait Matt Harrison, commença-t-elle, et c'est lui le véritable Justicier. Jake l'a rencontré dans un groupe de soutien et il avait quelques soupçons le concernant. Il est venu m'en faire part et nous avons décidé de tout faire pour voir si ses doutes étaient justifiés. Ce soir, Harrison a essayé de nous tuer pour protéger ses secrets.

Après avoir tout raconté en détail au policier, ils furent tous les deux emmenés au commissariat où on les interrogea à nouveau pendant des heures. Jake ne parla pas du pacte meurtrier, mais il évoqua le fait que ces six hommes s'étaient liés d'amitié pendant les réunions du groupe de soutien du Northland.

Cela faisait deux heures qu'ils se trouvaient dans le bureau du sergent quand un nouvel agent entra pour leur annoncer qu'ils avaient obtenu un mandat de perquisition et que, suite à la fouille de la maison de Matt, ils avaient trouvé les preuves qui confirmaient les dires de Monica et Jake : il était bien le tueur en série qui se faisait appeler le Justicier.

Le jour se levait presque lorsqu'on les raccompagna sur le chantier où la voiture de Jake était restée garée.

— Cette fois, tout est vraiment terminé, dit-elle d'une voix lasse.

— Et maintenant, nous savons que tout cela était l'œuvre de Matt… Pas d'un gang ou de Larry Albright.

— Je me sens si fatiguée que j'ai l'impression que je pourrais dormir un mois entier, répondit-elle avant de jeter un regard par la vitre.

Les lumières s'allumaient petit à petit dans les maisons tandis que les gens commençaient à se préparer pour vivre une nouvelle journée.

Même si elle était épuisée, un soupçon de peur s'éternisait encore dans ses pensées. Tout avait beau être fini, elle avait le sentiment qu'il allait lui falloir beaucoup de temps avant de pouvoir oublier les événements de cette affreuse nuit.

— Quand tu m'as poussée dans le vide, dit-elle à Jake en se retournant vers lui, ça a été la plus grande peur de toute ma vie. Me balancer ainsi dans les airs, au seizième étage de cet immeuble était absolument terrifiant.

— Je suis réellement désolé, répondit-il en grimaçant. Mais c'était la seule solution pour te mettre hors d'atteinte. Même si malheureusement ça n'a pas vraiment fonctionné… Comment va ton bras ?

— Il me fait mal mais ça va. Cela a dû être difficile pour toi d'abattre un homme que tu considérais comme un ami.

— Oui… Mais quand il a commencé à te tirer dessus, j'ai perdu mon sang-froid et j'ai compris que je devais tout faire pour l'arrêter. Il était si occupé à essayer de t'atteindre qu'il ne m'a pas vu venir.

Il laissa échapper un profond soupir puis ajouta :

— Quelle nuit d'enfer…

Suite à ce constat, ils restèrent silencieux et ne se remirent à parler qu'une fois arrivés chez Jake.

— Je crois que quelques heures de sommeil ne nous feraient pas de mal, déclara-t-il en passant la porte d'entrée.

— Je te le confirme, acquiesça-t-elle.

Ses paupières étaient lourdes et un léger mal de tête commençait à lui marteler les tempes. Son bras lui faisait toujours mal et elle savait qu'il allait lui falloir du temps pour que son cerveau digère tout ce qu'il s'était passé ces dernières heures.

— On dirait que tu vas avoir un sujet plutôt intéressant à proposer dans ton émission ce soir… Non seulement tu as participé à l'identification du Justicier, mais en plus il t'a blessée et tu as survécu. Monica, je crois que tu tiens ton grand scoop.

— Peut-être que je me sentirai excitée à cette idée tout à l'heure, mais pour l'instant je ne pense qu'à une chose : dormir.

— Alors, je te souhaite une bonne nuit, lui dit-il en souriant.

Ils marchèrent tous les deux dans le couloir et chacun

entra dans sa chambre. Monica se déshabilla puis enfila sa chemise de nuit. Elle se rendit ensuite dans la salle de bains, se lava le visage puis se brossa les dents.

Quelques minutes plus tard, elle était au lit mais, à la minute où elle ferma les yeux, elle se sentit tomber dans le vide… Dans l'obscurité… Sans rien pour s'accrocher.

Des coups de feu résonnèrent dans sa tête et la peur tapie en elle sortit de sa cachette et prit possession de tout son corps.

Paralysée, le souffle court, elle ouvrit les yeux. L'angoisse coulait dans ses veines, et elle comprit qu'elle ne pourrait pas dormir seule.

Elle avait besoin de… Elle voulait… Jake. Sans aucune autre idée en tête, elle sortit de son lit et marcha jusqu'à sa chambre.

Jake était au lit, sous les draps, les yeux fermés.

— Jake ? l'appela-t-elle d'une voix tremblante.

Il ouvrit les yeux et, les sourcils froncés, la regarda.

— Que se passe-t-il ?

— Rien, mais je… Est-ce que je pourrais dormir ici avec toi ?

Il la dévisagea pendant un long moment puis ouvrit le drap, l'invitant silencieusement à le rejoindre. Elle traversa la chambre rapidement et se glissa dans le lit.

Jake l'attira immédiatement contre lui et passa un de ses bras autour de sa taille. Sa chaleur fit fondre la peur glacée qui coulait dans les veines de Monica. La force de son étreinte la réconforta.

Avant de sombrer dans le sommeil, elle pensa à ce qui s'était passé avant l'apparition de Matt sur cette poutre… Elle avait dit à Jake qu'elle était amoureuse de lui.

11

Jake ouvrit les yeux lentement et, presque instantanément, tous ses sens se mirent en éveil. Le corps doux de Monica était blotti contre le sien et son enivrant parfum flottait partout dans la pièce.

Il avait dormi presque deux heures. Même si Monica était toujours assoupie dans ses bras, il savait qu'il ne réussirait pas à se rendormir. Il décida de rester au lit malgré tout.

Il se fit la réflexion qu'il aimerait se réveiller de cette façon tous les jours… Leurs deux corps s'accordaient si bien, comme s'ils avaient été faits pour être l'un contre l'autre. Il adorerait l'enlacer ainsi tous les soirs, toutes les nuits qu'il lui restait à vivre sur cette terre et, chaque matin, l'admirer en face de lui, à la table du petit déjeuner.

Mais cela ne se passerait pas ainsi. Non, ce qui allait se passer c'est qu'il allait probablement vivre une des pires journées de toute sa vie. Cette journée où il allait devoir lui dire au revoir.

Après avoir pris une profonde inspiration, il resta parfaitement immobile, désireux de savourer ce moment si parfait. Il aurait tant aimé que les choses soient différentes. Il aurait tant aimé être le genre d'homme capable d'accueillir son amour. Capable d'adopter avec elle un petit schnauzer noir, d'avoir deux enfants et de vivre heureux jusqu'à la fin de leurs jours… Mais cela ne se passerait pas ainsi.

Se répétant cette phrase comme un mantra, il s'écarta d'elle délicatement et se glissa hors du lit. Soulagé de voir que son mouvement ne l'avait pas réveillée, il attrapa quelques vêtements propres. Puis il se rendit dans la salle de bains des invités qui se situait de l'autre côté du couloir afin de ne pas faire trop de bruit.

Quand elle était apparue, la veille, sur le pas de sa porte et lui avait demandé si elle pouvait dormir avec lui, il avait tout de suite compris que c'était la peur qui guidait ses pas. Une des choses qu'il avait apprises au sujet de Monica était qu'elle avait tendance à prendre la pleine mesure des événements longtemps après en libérant toutes ses émotions.

Il se plaça sous le jet d'eau chaude de la douche en ayant l'impression qu'il devait se laver des souvenirs de Monica, chasser toutes les réminiscences qu'il avait de son corps serré contre le sien.

Une fois habillé, il se rendit à la cuisine où il prépara du café. La journée était grise. C'était comme si les nuages sombres de la veille avaient décidé de s'attarder dans les parages et que la pluie pouvait, à n'importe quel moment, recommencer à tomber. La tristesse de la lumière, tout ce gris, reflétait l'état de son cœur.

Après s'être servi une tasse de café, il se dirigea vers le salon où il alluma la télévision, en quête d'informations concernant les événements de la veille.

Tout le monde évoquait la mort du *serial killer*, mais personne ne parlait du combat sans merci qui s'était livré tout là-haut, entre ciel et terre. Cela tombait bien, Monica pourrait mieux que quiconque relater les faits.

Les informations lui apprirent que Grant Timmons avait été relâché. Même s'il n'était pas le tueur, il devait malgré tout être assez perturbé pour que la police ait pu penser qu'il s'agissait de lui.

Les journalistes parlaient un peu de Monica et de lui, les présentant comme un architecte réputé et une journaliste appréciée. Monica allait être ravie de cette publicité qui, sans aucun doute, allait booster sa visibilité.

Plusieurs reporters évoquaient le fiasco concernant Grant Timmons, trouvant inexcusable que la police ait pu rendre la nouvelle publique lors d'une conférence de presse avant de procéder à une enquête approfondie.

Et puis, il y avait Matt…

Une photo de lui apparut à l'écran tandis qu'une voix racontait le meurtre de sa mère et énumérait les preuves qui avaient été découvertes à son domicile. Les autorités avaient retrouvé chez lui des informations sur les victimes mais aussi des photos que Matt avait prises après les avoir égorgées et qu'il avait affichées sur le mur de sa chambre à coucher.

Des photos… Jake ne parvenait pas à comprendre comment l'homme qu'il avait considéré comme un ami avait pu se lever chaque matin et se coucher chaque soir avec, sous les yeux, les images des meurtres odieux qu'il avait commis.

Il éteignit la télévision et retourna s'asseoir à la table de la cuisine. Il n'avait pas besoin d'en savoir plus. Il avait besoin de se préparer à dire au revoir à Monica.

« Je suis amoureuse de toi, Jake. » Ses mots tournaient encore et encore dans son esprit. C'était la dernière chose qu'elle lui avait dite avant qu'il la pousse dans le vide.

Il espérait ne pas les réentendre aujourd'hui. Bon sang, il lui avait dit dès le départ qu'il ne voulait pas avoir de relation ni s'engager dans quoi que ce soit. Même après avoir fait l'amour, ils semblaient être toujours sur la même longueur d'onde et il n'y avait toujours rien de sentimental entre eux.

Il laissa échapper le profond soupir qui était monté dans sa gorge à l'idée de ce qui allait pouvoir se passer quand elle se réveillerait.

Quand il marcha vers sa chambre, son esprit le pria de faire demi-tour et de retourner dans la cuisine, mais son cœur avait pris le dessus, désireux de pouvoir la contempler quelques instants, à son insu.

Monica était recroquevillée face à lui, et il s'arrêta dans l'embrasure de la porte. Ses cheveux, éparpillés sur l'oreiller, entouraient son visage comme un doux halo de lumière. Il n'avait encore jamais vu ses traits au repos. Elle avait l'air apaisée et elle était terriblement belle. Ses yeux étaient fermés, et ses longs cils reposaient délicatement sur ses joues. Sa bouche était légèrement entrouverte, comme si elle attendait un baiser.

Il serra les poings, recula puis retourna dans la cuisine. Après s'être servi une nouvelle tasse de café, il reprit sa place en attendant qu'elle se lève.

Une heure plus tard, elle fit son apparition.

Vêtue d'un peignoir bleu marine, les cheveux ébouriffés, elle était plus belle que jamais. Il sentit son cœur se serrer.

Comme d'habitude, elle se servit une tasse de café puis vint s'asseoir en face de lui, un sourire ensommeillé sur les lèvres.

— Ça semble étrange de se dire bonjour à cette heure de la journée mais bonjour quand même, dit-elle avant de prendre une gorgée de son café.

— Oui, bonjour à toi aussi. Tu as assez dormi ?

— Pour le moment, oui.

— Ils parlent de nous aux informations.

— Dis-moi tout.

Pendant qu'elle buvait son café, Jake lui raconta tout ce qu'il avait appris en regardant la télévision. Mais, alors qu'il lui parlait et qu'elle se trouvait en face de lui, il se rendit soudain compte qu'elle commençait déjà à lui manquer.

Il n'y aurait plus jamais de discussions matinales autour d'un bon café, plus de câlins devant la télévision sur le canapé. Il n'entendrait plus jamais son rire ni ne verrait la petite ride d'inquiétude qui dansait parfois entre ses yeux, quand elle réfléchissait.

Quand il eut fini de lui rapporter tout ce qu'il avait entendu et vu, elle avait bu deux tasses de café.

— Je vais aller prendre une douche rapide et m'habiller, dit-elle en se levant. Je reviens dans quelques minutes.

Quand elle fut partie, il lava les tasses puis retourna dans le salon. La pluie tombait à présent contre les vitres des fenêtres.

Il regarda au dehors et sentit un nœud se serrer dans sa poitrine, un nœud de chagrin. C'était la deuxième fois qu'il allait dire au revoir à une femme qu'il aimait. Jamais, jamais plus il ne voulait se retrouver dans cette position.

Il était encore en train de regarder dehors quand Monica réapparut dans la pièce. Elle portait un jean et un T-shirt bleu qui faisait ressortir la couleur de ses yeux.

— Préviens-moi quand tes valises seront prêtes pour que je t'aide à les porter jusqu'à la voiture, dit-il.

Monica se figea. Elle le regarda avec une telle intensité qu'il en eut le souffle coupé.

— Je t'en prie, Jake, ne me renvoie pas.

— C'est fini, Monica. Il est temps que nous reprenions le cours de nos vies.

Il vit la tristesse briller dans les profondeurs de son regard.

— Mais ce n'est pas forcément terminé, objecta-t-elle en faisant quelques pas vers lui. Jake, tu n'as pas entendu ce que je t'ai dit hier soir ? Je suis amoureuse de toi.

Ses épaules se raidirent, et il tenta désespérément une dernière défense.

— Je suis désolé, Monica, mais ça ne change rien.

Elle avança et s'arrêta si près de lui qu'il n'aurait eu qu'à se baisser pour pouvoir poser ses lèvres sur les siennes.

Et, bon sang, il brûlait de le faire à cet instant. Il voulait la prendre dans ses bras et l'embrasser avec fougue. Il voulait lui dire qu'il ne désirait pas qu'elle parte, qu'il avait besoin qu'elle reste ici avec lui pour toujours. Mais il n'en fit rien.

— Je crois que toi aussi, tu es amoureux de moi, lui dit-elle doucement.

Il secoua la tête.

— Excuse-moi si je t'ai donné cette impression. Je croyais que nous étions sur la même longueur d'onde et que nous savions, toi comme moi, qu'une fois le Justicier arrêté nous reprendrions chacun notre route.

— Oui, je crois moi aussi que nous sommes sur la même longueur d'onde, Jake.

Elle était maintenant si proche qu'il pouvait sentir non seulement son parfum troublant mais aussi la légère odeur mentholée de son dentifrice.

— Jake Lamont, regarde-moi dans les yeux et dis-moi que tu n'es pas amoureux de moi.

Il ne pouvait pas faire une chose pareille. Il ne pouvait pas lui mentir.

— Ce que nous ressentons l'un pour l'autre n'a aucune

importance, protesta-t-il en essayant désespérément de garder le contrôle de ses émotions.

Il s'éloigna d'elle et tenta de chasser la tristesse qui faisait monter des larmes brûlantes à ses yeux en colère.

— Bon sang, Monica ! Je t'avais prévenue que j'avais l'intention de vivre seul ! cria-t-il. Je t'avais dit que je ne voulais pas d'amour dans ma vie !

— Mais pourquoi ? Dis-moi pour quelle raison tu ne veux pas d'amour dans ta vie ? Tu ne veux pas vieillir avec quelqu'un ? Tu ne veux vraiment pas avoir d'enfants, avoir une famille... Construire un refuge dans ce monde de chaos ?

— Monica, je t'en prie, ne complique pas les choses.

Il ne s'attendait pas à ce qu'elle s'oppose à sa décision... À ce qu'elle se batte pour lui.

— Je ne complique pas les choses, je cherche seulement à comprendre. Je t'aime, tu m'aimes, pourquoi faut-il que ce soit si complexe ? Pourquoi faut-il que tout se termine ? répliqua-t-elle, le visage brouillé par le chagrin et l'incompréhension. Après tout ce que nous avons vécu ensemble, Jake, je pense que j'ai le droit à une réponse.

— Tu veux connaître la réponse ? lança-t-il en se laissant finalement écraser par le poids de la culpabilité qu'il portait depuis deux longues années. La réponse, c'est que je ne mérite ni bonheur, ni rires, ni amour car c'est à cause de moi que ma sœur a été assassinée.

Monica observa Jake avec incompréhension. Son corps tout entier tremblait et ses épaules s'affaissaient. Les yeux pleins de larmes, il semblait être sur le point de s'effondrer.

— Qu'est-ce que tu racontes ? demanda-t-elle d'une voix douce. C'est Max Clinton qui a tué ta sœur.

— Jamais elle ne se serait trouvée chez elle ce soir-là si je n'avais pas été si égoïste, répondit-il en essuyant ses larmes d'un geste plein de colère. Elle est morte à cause de moi.

— Je ne t'imaginc pas faire une chose aussi terrible, Jake.

— Vraiment ? demanda-t-il en laissant échapper un rire sinistre. Alors peut-être que tu n'as pas encore compris quel genre d'homme je suis.

— Pourquoi dis-tu que tu as été égoïste ce soir-là ?

Elle s'avança vers lui pour tenter de lui prendre la main, mais il la rejeta et recula loin d'elle.

— Explique-moi, Jake, reprit-elle. Raconte-moi ce qu'il s'est passé cette nuit-là.

Il s'effondra sur le canapé, comme si ses jambes n'avaient plus la force de le porter. Puis il prit sa tête entre ses mains. Quand il releva le visage vers elle, son regard était noir et tourmenté.

— Même si cela faisait près de deux mois que Suzanna n'avait pas vu ni parlé à Max, elle continuait de penser qu'il la suivait. Elle allait au travail chaque jour mais, dès que l'heure du dîner approchait, elle venait passer ses soirées ici et finissait par s'endormir sur le canapé, la plupart du temps.

Il parlait d'une voix monotone et fatiguée, comme s'il avait raconté cette histoire plus d'un million de fois. Comme s'il n'avait cessé de dérouler dans son esprit le fil de cette soirée où tout avait dérapé.

— Ce soir-là, je n'avais pas envie de la voir et puis j'avais un rendez-vous. Et je ne voulais pas croiser ma sœur dans mon salon si nous décidions de finir la soirée chez moi.

Monica vint s'asseoir à ses côtés mais s'abstint de

le toucher, consciente qu'il était encore trop tôt pour s'aventurer dans cette voie.

— Je lui ai demandé de partir, poursuivit-il. Je savais qu'elle n'avait pas envie de s'en aller, mais je l'ai mise à la porte malgré tout.

Il resta silencieux pendant un instant, tandis que les larmes continuaient de couler sur ses joues. Sa douleur et sa culpabilité étaient presque palpables.

— Qu'as-tu fait d'autre ? s'enquit Monica, brisant finalement le silence.

— Rien d'autre, répondit-il en la regardant, l'air surpris. Mais n'est-ce pas déjà assez de l'avoir chassée d'un endroit où elle était en sécurité pour la jeter dans les bras de celui qui l'a tuée ?

— Oh ! Jake…, dit-elle en soupirant avant de finalement placer sa main sur son avant-bras. Tu comptes te sentir responsable de sa mort toute ta vie à cause de ça ? Parce que tu es un être humain et que tu voulais passer un peu de temps seul ?

Il essaya de se dégager, mais elle le retint.

— C'est à cause de ça que Max a pu la tuer.

— Max avait prévu de le faire et si cela n'avait pas été ce soir-là, cela aurait été à un autre moment… C'était lui le monstre, Jake… Pas toi.

Elle se sentait si triste pour lui. Il portait toute cette culpabilité, cette responsabilité depuis deux longues années. Et il comptait, manifestement, continuer à supporter ce fardeau et se punir pour le restant de ses jours. À moins qu'elle ne réussisse à le faire changer d'avis. Elle devait absolument lui faire prendre conscience qu'il n'était pour rien dans la mort de sa sœur.

— Jake, libère-toi de la prison dans laquelle tu t'es enfermé, lui dit-elle fermement. Tu n'as rien fait de mal.

Des larmes de frustration lui brûlèrent les yeux quand elle sentit la résistance naître en lui, dans son bras tendu.

— Ce n'est pas ce que Suzanna aurait voulu pour toi, reprit-elle. Elle n'aurait pas accepté que tu tournes le dos à l'amour et au bonheur. Elle ne t'aurait pas laissé vivre ta vie seul et isolé. Je t'en prie, Jake. Dis-moi que je peux rester. Dis-moi que tu veux construire une vraie vie avec moi.

Il la regarda, et elle vit briller dans ses yeux une peine qui la fit pleurer encore davantage.

— Monica, je suis désolé, dit-il en retirant son bras. Dis-moi quand tu seras prête à monter en voiture et je te ramènerai chez toi.

Sur ces mots, il se retourna et quitta la pièce.

Elle resta un instant assise sur le canapé, terrassée par les sanglots. Elle ne pouvait croire que leur histoire se termine de la sorte. Pendant de longues minutes, elle resta immobile, espérant et priant pour que Jake revienne lui dire qu'il avait changé d'avis.

Mais rien de tout cela ne se produisit, et elle finit par prendre quelques profondes inspirations pour se calmer avant de se lever. À présent, la seule chose qu'elle voulait faire était rentrer chez elle le plus vite possible, et se retrouver là où elle pourrait vraiment pleurer à chaudes larmes sur ce qui aurait pu se passer si les choses avaient été différentes.

Il lui fallut près d'une demi-heure pour rassembler tous ses vêtements et ses affaires de toilette. Elle se rendit ensuite dans son bureau pour remballer son matériel puis elle emporta ses valises et ses sacs jusqu'au perron.

Pendant tout ce temps, Jake était resté dans sa chambre à coucher, la porte fermée. *Quel lâche*, pensa Monica. Il l'avait anéantie et se cachait maintenant pour éviter d'assumer les conséquences de ses actes.

Elle marcha jusqu'à sa porte et frappa quelques coups, sentant grandir en elle une minuscule flamme de colère.

— Je suis prête, lui dit-elle froidement quand il ouvrit la porte.

Il acquiesça en silence et la suivit jusqu'à la porte d'entrée. Ils ne s'adressèrent pas la parole tandis qu'ils chargeaient ses affaires dans le coffre et ne prononcèrent toujours aucun mot pendant le trajet.

Elle se répétait encore et encore tout ce qu'il lui avait dit, et la petite étincelle de colère prenait de plus en plus d'ampleur.

Quand ils arrivèrent devant sa maison, ils portèrent, toujours sans un mot, les sacs et les valises jusque dans son salon puis Jake s'immobilisa sur son perron, manifestement prêt à lui faire ses adieux.

— Tu es un sacré personnage, Jake, déclara Monica en permettant à sa colère de remonter à la surface. Tu dois penser que tu es quelqu'un de très important dans le grand cirque de la vie. Tu as participé à la fabrication d'un *serial killer* et tu te crois responsable du meurtre de ta sœur. Tu veux savoir ce que je pense ?

Elle vit ses yeux s'assombrir mais il resta stoïque, comme s'il attendait patiemment qu'elle ait fini de parler pour pouvoir s'en aller.

— Je pense que tu n'es qu'un grand lâche. Je pense que tu te caches derrière des tragédies pour ne pas avoir à affronter la réalité et le véritable amour. Tu n'es qu'un couard, Jake Lamont.

— Monica, dit-il doucement.

Elle leva une main en l'air pour lui faire signe de se taire, et les larmes lui brouillèrent à nouveau la vue.

— Je ne veux pas t'écouter sauf si c'est pour me dire que tu m'aimes et que tu veux vivre avec moi.

— Je n'ai jamais voulu te faire de mal, répondit-il.

— Ce n'est pas à moi que tu fais le plus de mal, c'est à toi… Ces dernières semaines, j'ai compris que je voulais avoir de l'amour dans ma vie. J'aime mon travail, mais j'attends plus de la vie. Et je veux vivre tout ça avec toi, Jake.

Elle réprima un nouveau sanglot puis reprit :

— Je sais que tu m'aimes. Je ne l'ai pas rêvé. Je sais que c'est réel, véritable et je crois que ce que nous avons est… Je crois que c'est merveilleux et très précieux. Mais tu es bien trop lâche pour l'affronter. J'ai compris que tu avais trop peur pour tenter de vivre l'amour. Tu n'as qu'à rester accroché à ta corde de sécurité jusqu'à la fin de tes jours, ainsi tu pourras éviter toute forme de relation sociale.

Un nouveau sanglot lui échappa, et soudain elle sentit que la colère avait disparu. À la place, elle ressentait un vif chagrin.

— S'il te plaît, Jake, ne m'oblige pas à te supplier. Fouille profondément dans ton cœur et dis-moi que tu veux la même chose que moi.

Elle se tut et se mordit la lèvre en voyant apparaître la réponse dans les ténèbres de son regard.

Alors, sans un mot, elle se retourna et fit quelques pas dans son couloir. Une fois arrivée devant la porte de sa chambre, elle entendit le son de sa porte d'entrée qui se refermait.

Il était parti.

12

Monica s'assit à sa table de cuisine pour boire son café. Il était un peu plus de 10 heures du matin et, même si elle sortait seulement du lit, elle se sentait toujours épuisée. Son bras la faisait encore souffrir, mais cette douleur n'était rien comparée à celle de son cœur brisé.

La veille, après que Jake l'eut laissée seule chez elle, elle avait pleuré pendant des heures, ne pouvant s'empêcher d'espérer qu'il réapparaisse et lui dise qu'il l'aimait, lui aussi, mais en vain. Une heure avant la diffusion de son émission, elle était toujours sens dessus dessous. Elle avait finalement réussi à reprendre ses esprits, mais, pour la première fois, la tâche lui avait semblé difficile.

Alors qu'elle racontait la terreur qu'elle avait ressentie, suspendue dans les airs, menacée de mort par le Justicier, elle ne pouvait cesser de penser à Jake.

Elle ne savait comment elle avait réussi à terminer son podcast, mais elle avait fini par s'écrouler dans son lit, en larmes. Heureusement, elle avait dormi d'un sommeil de plomb, d'un sommeil sans rêves. Mais, à la seconde où elle avait ouvert les yeux, Jake lui était immédiatement revenu à l'esprit.

Il avait raison. Il l'avait prévenue, mais… Le cœur a ses raisons que la raison ignore. Et malgré toute sa volonté, son cœur à elle n'en faisait qu'à sa tête et ne voulait qu'une chose : Jake. Et ce qui la faisait le plus souffrir était qu'elle savait qu'il l'aimait tout autant qu'elle.

C'était lui qui était stupide. Il était stupide de prévoir de rester seul et isolé à cause d'une chose dont il n'était pas responsable. Elle avait espéré que son amour pourrait le guérir. Elle avait cru qu'il choisirait l'amour plutôt que la culpabilité, l'amour plutôt que la peur, mais il était resté ferme sur ses positions.

Elle se leva en soupirant et se servit une nouvelle tasse de café. Elle pensa qu'elle devrait contacter quelqu'un pour réparer le mur de son salon. Elle devait tout faire pour se sentir à nouveau en sécurité chez elle, ce qui impliquait de s'occuper rapidement de ce mur criblé de balles.

Ou peut-être devrait-elle le laisser en l'état… Quand elle le regardait, ses pensées la ramenaient à cette nuit où Jake et elle s'étaient embrassés pour la première fois, cette nuit où il lui avait sauvé la vie.

Non, se dit-elle en secouant la tête, elle allait le faire réparer et même probablement faire repeindre toute la pièce d'une nouvelle couleur pour prendre un nouveau départ.

Sa sonnette retentit soudain et elle se figea. Était-ce Jake ? Avait-il enfin changé d'avis ? Elle se précipita vers sa porte d'entrée, le cœur battant.

Elle la déverrouilla en hâte et l'ouvrit. Instantanément, toute la joie qui l'avait envahie quelques secondes plus tôt disparut.

— Papa… Mais qu'est-ce que tu fais là ?

— Quoi ? Je n'ai pas le droit de rendre visite à ma fille ? lui répondit-il en haussant les sourcils. Hum… Ça sent bon le café !

— Entre, je vais t'en servir une tasse.

Elle lui fit signe de la suivre à l'intérieur en se demandant ce qui pouvait bien l'amener chez elle.

Neil Wright était un homme grand et musclé qui avait travaillé toute sa vie dans la construction. Il avait pris sa retraite un an plus tôt, et Monica était heureuse qu'il ait à présent le temps d'aller à la pêche et au golf.

— J'ai regardé ton émission hier soir, dit-il en s'asseyant à la table de la cuisine.

— C'est vrai ? répondit-elle en versant du café dans le filtre de la machine.

— Oui, pour tout te dire, ce n'était pas la première fois que je le faisais… Même si je ne suis pas vraiment heureux de la situation dangereuse dans laquelle tu t'es retrouvée avec ce Justicier, je dois reconnaître que tu as fait un excellent travail de journaliste. Cependant est-ce vraiment raisonnable de risquer ta vie pour décrocher un scoop, aussi bon soit-il ?

Elle le dévisagea. Il venait de la féliciter. Il venait de prononcer des mots qu'elle avait l'impression d'avoir attendus toute sa vie.

Mais même si son père, lui, l'avait trouvée à la hauteur, cela n'avait pas été suffisant pour Jake. Cette pensée fit remonter ses larmes et elle éclata en sanglots.

— Eh, eh, dit son père en se levant de table pour venir vers elle. Que se passe-t-il ? Pour l'amour de Dieu, Monica, pourquoi pleures-tu ainsi ?

Elle secoua la tête, incapable de lui répondre avec ce flot d'émotions qui la traversaient.

À sa grande surprise, il la prit dans ses bras alors qu'elle continuait de sangloter de manière totalement incontrôlable et il lui tapota le dos maladroitement.

Elle ne se souvenait pas de la dernière fois où son père l'avait serrée contre lui. Elle pleura ainsi pendant quelques minutes puis leva la tête et regarda l'homme qui l'avait élevée.

— Il m'a brisé le cœur, papa. Jake m'a brisé le cœur.

— Donne-moi son adresse et je vais aller lui casser la gueule.

Sa fanfaronnade la fit éclater de rire. Elle essuya ses larmes et s'écarta.

— Rassieds-toi, je vais te servir ton café.

Quelques instants plus tard, le calme était revenu et ils étaient tous les deux assis l'un en face de l'autre.

— Tu ne peux pas imaginer comme j'avais envie de t'entendre me faire un compliment, lui avoua-t-elle en esquissant un petit sourire.

Il la regarda, l'air surpris, puis se pencha en avant.

— On dirait que je n'ai pas franchement réussi à te montrer combien je suis fier de toi. Tes sœurs ont été si faciles à élever. Elles ressemblent beaucoup à ta mère. Elles sont simples à contenter. Avec toi, ça a été une autre paire de manches. Tu m'as fait peur, je m'inquiétais pour toi. Tu es beaucoup plus comme moi. Tu étais une rebelle et tu remettais tout en question. Tu as été un véritable défi à relever, mais, ma chérie, il faut que tu saches que je t'ai toujours aimée et que j'ai toujours été fier de toi.

— J'avais vraiment besoin d'entendre ce que tu viens de me dire. J'avais vraiment besoin de savoir que tu m'aimais.

— Je suis désolé, lui répondit Neil en fronçant les sourcils. Quand ta mère est morte, j'étais terrifié. Du jour au lendemain, je suis devenu père célibataire de trois petites filles. Et tu sais, il n'existe malheureusement pas de mode d'emploi.

— Tu as été un super papa. Peut-être que j'aurais simplement dû te demander ce dont j'avais besoin.

— Une bonne fois pour toutes, Monica, je t'aime. Je

t'aime de tout mon cœur, ma chérie, lui répéta-t-il avant de se laisser aller en arrière sur sa chaise. Maintenant, arrêtons les trémolos, je vois que tu as le bras bandé, tu as été blessée ?

Le cœur gonflé par les mots que son père venait de prononcer, elle comprit qu'elle attendait ces paroles depuis des années.

— Papa, tu dois comprendre et accepter que ce podcast soit ma carrière. C'est ce que je veux faire de ma vie.

— Je le comprends, répondit-il en fronçant les sourcils une nouvelle fois, mais tu ne peux pas me reprocher de vouloir le meilleur pour toi. Hier soir, quand j'ai appris ce qu'il t'était arrivé, j'ai eu la peur de ma vie. Je peux tout à fait respecter ton travail et malgré tout vouloir que tu sois en sécurité.

— Je ne pense pas que je risque de me retrouver à nouveau un jour en face d'un tueur en série.

— J'espère bien ! Une autre chose, je sais que tes sœurs et toi vous n'êtes pas vraiment proches mais, avant de mourir, j'aimerais beaucoup que les choses évoluent. Elles sont ta famille, tu sais.

— Elles ne semblent pas avoir envie de lier une relation avec moi, répliqua-t-elle. Elles me proposent juste de temps en temps d'aller prendre un café ou d'aller dîner, uniquement parce qu'elles se sentent obligées de le faire.

— Je crois que tu te trompes. Elles tiennent à toi, Monica.

Ils discutèrent ainsi pendant près d'une demi-heure puis il rentra chez lui. Monica soupira en se rendant compte que si rien de bon ne semblait être ressorti de toute cette histoire, au moins elle s'était rapprochée de son père.

Cependant, maintenant qu'il était parti, il ne lui restait

rien d'autre que son chagrin. Pour la douzième fois de la journée, elle pensa appeler Jake.

Mais pour quoi faire ? Pour lui demander s'il avait changé d'avis ? Si c'était le cas, il serait déjà sur son perron. Non, elle ne pouvait pas mendier son amour.

Vers 14 heures, elle décida d'aller faire une sieste pour rattraper le manque de sommeil dû à toutes ces heures passées à pleurer.

Elle s'endormit presque immédiatement et rêva de Jake. Dans ses rêves, elle était dans ses bras et il lui faisait l'amour tendrement. Puis ils allaient s'asseoir autour de sa table de cuisine et riaient en buvant leurs cafés. Finalement, ils marchaient sur le trottoir en poussant une poussette double devant eux. Dans celle-ci, se trouvaient un petit garçon et une petite fille, tous les deux bruns. Des jumeaux.

Elle se réveilla de nouveau en larmes, obsédée par l'idée de ne jamais pouvoir vivre avec l'homme qu'elle aimait.

Elle allait devoir passer à autre chose. Elle allait devoir tourner la page, recommencer à travailler avec passion et cesser de penser à Jake Lamont.

Au cours des cinq jours qui suivirent, les informations concernant le Justicier diminuèrent dans les médias, faisant place à des actualités plus récentes. Mais, grâce aux événements, Monica avait gagné un grand nombre de spectateurs et elle en était plutôt satisfaite. Elle rendit visite à son médecin de famille qui, après lui avoir changé son bandage, lui prescrivit un traitement antibiotique.

Un vent frais s'était levé sur la ville, et soudainement l'été semblait avoir été remplacé par l'automne. Elle avait rangé ses affaires estivales, ressorti ses pulls, ses plaids et préparé quelques sacs de vêtements et de chaussures à donner. Deux hommes étaient venus pour réparer le mur de son salon puis elle avait passé un après-midi entier à le repeindre. Elle était allée acheter de nouvelles illustrations et de belles photos à encadrer. Pendant tout ce temps, elle s'était efforcée de se maintenir occupée à un rythme presque frénétique pour éviter de penser.

Elle réussissait à se convaincre qu'elle allait bien jusqu'à ce que les heures, sombres et longues, de la nuit ne finissent par la rattraper. Il lui semblait parfois que Jake était comme un fantôme qui la hantait. Elle imaginait sentir son odeur entre les draps et percevoir la chaleur de son corps contre le sien.

Inlassablement, elle se répétait qu'il lui faudrait seulement du temps pour oublier Jake. Mais, chaque jour, elle se réveillait, le cœur brisé à l'idée de ce qui aurait pu être.

Ce matin, elle avait décidé de nettoyer la cuisine de fond en comble. Elle devait récurer son garde-manger et faire les carreaux. Vêtue d'un short en jean, d'un T-shirt bleu marine délavé, ses cheveux rassemblés en une queue-de-cheval désordonnée, elle se mit au travail.

S'occuper était pour elle le seul moyen de tenir le coup. Toutes ses pensées la ramenaient toujours à Jake et donc à de nouveaux torrents de larmes… Le mieux était donc d'éviter d'avoir une seule seconde de libre.

Ces événements avaient aussi apporté du bon car, en prime de la discussion en tête à tête qu'elle avait eue avec son père, Monica avait aussi eu des nouvelles de ses deux sœurs qui avaient appelé pour lui offrir leur amour et leur soutien. Il était prévu qu'elles déjeunent toutes les trois ensemble la semaine suivante. Si elle avait perdu l'amour, elle avait renoué des relations prometteuses avec sa famille.

Elle commença à frotter la surface carrelée qui se trouvait derrière son évier avec une éponge et un produit nettoyant parfumé au citron. Pendant qu'elle s'activait, elle essayait de garder son esprit concentré sur son podcast et sur les sujets qu'elle comptait traiter le soir même. Il ne s'était pas passé grand-chose de passionnant ces derniers jours, et elle n'avait rien trouvé à explorer plus profondément.

Comme la rentrée scolaire était dans quelques jours, elle avait interviewé un expert sur les mesures de sécurité dans les écoles.

Elle fut soudain tirée de ses pensées par des coups frappés à sa porte. Sans doute était-ce son père qui venait prendre le café, comme il le lui avait dit la veille au téléphone.

Mais, en ouvrant sa porte d'entrée, elle eut soudain le souffle coupé. Jake était sur son perron.

— Est-ce que je peux entrer ?

Il avait le visage de quelqu'un qui n'a pas dormi depuis des semaines. Des rides de fatigue creusaient ses joues et des cernes profonds assombrissaient son regard.

Sans un mot, elle lui fit signe d'entrer. Que faisait-il ici ? Elle sentit qu'elle devait protéger son cœur, encore si vulnérable. Il n'avait pas l'air d'un homme sur le point de lui révéler son amour, non, il avait plutôt l'air d'être au creux de la tourmente.

— Ton mur est magnifique, dit-il en pénétrant dans le salon. J'aime beaucoup cette nouvelle couleur.

— Je sais que tu n'es pas venu pour voir mes réparations, répondit-elle, le cœur battant. Pourquoi es-tu là ?

Il s'assit sur le canapé et poussa un profond soupir.

— Depuis le jour où Suzanna a été assassinée, j'ai décidé de rester seul. Nous avions toujours formé une équipe elle et moi, nous étions ensemble contre le reste du monde, et sans elle j'étais totalement perdu.

Monica prit place dans le fauteuil en face de lui. Était-il

venu lui raconter ses états d'âme ? Avait-il l'impression qu'il devait encore lui répéter toutes les raisons pour lesquelles il ne voulait pas se permettre de lui retourner son amour ? Était-il ici pour la rejeter derechef ? Elle resta silencieuse mais plissa les yeux en l'observant.

— Tu étais censée n'être qu'une partenaire dans ma traque du tueur, continua-t-il. Tu ne devais pas devenir autre chose.

— Pourquoi es-tu là, Jake ? répéta-t-elle.

Sa présence l'anéantissait à petit feu. Il était peut-être en train de faire quelque chose dont il avait besoin, mais elle ne pouvait pas rester assise là, à l'écouter lui énumérer une nouvelle fois toutes les raisons pour lesquelles il ne voulait rien construire avec elle.

— Je suis ici car tu avais raison. J'ai été lâche. J'ai eu peur d'affronter la vie. Mon chagrin, suite à la mort de Suzanna, m'a fait redouter de laisser à nouveau quelqu'un entrer dans ma vie. Je sais que je ne suis pas responsable de son assassinat, mais je me suis servi de ce que j'ai fait ce soir-là pour garder les gens à distance.

Il se leva, marcha vers elle et prit sa main dans la sienne pour la faire se redresser également. Monica sentit les battements de son cœur s'accélérer encore tandis qu'elle plongeait son regard dans le sien… qui s'était réchauffé.

— Je croyais pouvoir t'oublier. Je pensais pouvoir te chasser de ma maison et de mon cœur. Monica, ces cinq derniers jours ont été les plus longs de toute ma vie. La seule chose à laquelle je pensais était quel imbécile j'étais. Chaque soir, je regardais ton émission et je me languissais de toi.

— Tu te languissais de moi ? Dis-m'en plus, murmura-t-elle, sentant la joie l'envahir en comprenant maintenant la raison pour laquelle il était venu la trouver.

Car, malgré tout l'amour qu'elle ressentait pour lui, elle voulait qu'il lui prouve le sien. Elle n'allait pas lui faciliter la tâche après ces interminables journées de chagrin qu'il lui avait fait subir.

— Je me languissais de voir ton visage grognon le matin, répondit-il en caressant sa joue du bout des doigts. Je me languissais d'entendre ta voix et de sentir ton parfum. Tu avais raison, Suzanna n'aurait pas voulu je passe ma vie seul. Je te veux, Monica. J'ai besoin de toi. Je t'en prie, dis-moi qu'il n'est pas trop tard et que tu es toujours amoureuse de moi.

Il laissa tomber sa main et la regarda avec une folle intensité avant d'ajouter :

— Je t'aime, Monica. Pour l'amour de Dieu, dis-moi que tu acceptes de revenir vivre chez moi et de devenir ma femme… Ma partenaire pour toute notre vie.

Pendant quelques secondes, elle ne put parler. Il n'y avait pas de mots pour dire sa joie et son bonheur. Elle acquiesça en silence puis laissa échapper un éclat de rire.

— Oui, dit-elle enfin.

Jake l'enlaça et l'embrassa avec fougue. Elle savoura le goût de son amour et le sentit dans ses bras forts et puissants.

Quand il mit fin à leur baiser, il fit un pas en arrière.

— Attends ici, lui enjoignit-il avant de sortir de la maison en courant.

Et maintenant ? Elle resta immobile à fixer la porte en attendant de voir ce qu'il lui réservait. Quand Jake revint, il portait dans ses bras une petite boule de poils aux yeux curieux.

— Elle s'appelle Cookie. Elle a huit semaines et, comme tu peux le voir, c'est un schnauzer noir. J'ai pensé que le fait de s'occuper d'elle pourrait être un bon entraînement avant d'avoir des enfants.

— Oh ! quel petit amour ! s'écria-t-elle en prenant le chiot dans ses bras.

— Je veux avoir des enfants, Monica. Je veux une famille et je veux la construire avec toi, ajouta Jake.

— Compte sur moi !

Le chien se mit à aboyer comme pour approuver leurs dires. Monica éclata de rire. Et, tandis que Jake l'embrassait avec une intensité qui annonçait leur avenir, elle comprit qu'elle tenait là le meilleur de tous les scoops, une histoire qui se terminait avec de l'amour, des rires et des bisous de chiot.

REGAN BLACK

Un message menaçant

Traduction française de
CHRISTINE BOYER

BLACK ROSE

HARLEQUIN

Titre original :
A SOLDIER'S HONOR

1

Tout en se garant devant chez elle, Bethany Trend jeta un coup d'œil à l'horloge de son tableau de bord. Son fils Caleb était à l'entraînement de football pour encore une bonne demi-heure. Et elle avait demandé à une amie de le reconduire à la maison à la fin de sa séance afin de pouvoir faire quelques courses et lancer le dîner. Avant de décharger la voiture, elle s'octroya un petit moment pour admirer la vue. De grands nuages blancs glissaient paresseusement dans le ciel bleu du New Jersey. L'automne était sa saison préférée. Les canicules estivales étaient finies et les rigueurs de l'hiver encore loin.

Si elle se dépêchait un peu, elle aurait le temps de confectionner des cookies aux pépites de chocolat – Caleb en raffolait. L'adolescent était plus enclin à se confier lorsqu'il se régalait d'un repas à son goût, Bethany s'en était aperçue depuis longtemps. Lui concocter de bons petits plats lui avait permis de survivre à l'année de ses treize ans, d'apaiser ses angoisses et son agressivité d'alors. Heureusement, cette crise n'avait duré que quelques mois et son fils semblait désormais beaucoup mieux dans sa peau.

Pourtant, à trois semaines de son quinzième anniversaire, Caleb paraissait de nouveau se replier sur lui-même. Il avait tendance à la tenir à distance et à s'enfermer des heures dans sa chambre. Certes, il continuait à bien travailler en classe, à faire du sport et à voir ses amis, mais quelque chose avait changé. Peut-être avait-il rencontré une fille, peut-être découvrait-il les affres d'un premier amour. Bethany l'ignorait puisqu'il ne lui disait plus rien.

Elle rangea ses emplettes dans les placards de la cuisine et rassembla les ingrédients nécessaires pour ses cookies. Tout en s'activant, elle se demandait si elle devait s'inquiéter. Elle comprenait que son fils ait envie d'affirmer son indépendance. Sa propre adolescence n'était pas si loin. Elle se souvenait de ses ambivalences d'alors, de ses tiraillements entre son désir de se détacher de ses parents, de s'opposer à eux, et son besoin vital de leur amour, de leur soutien et de leur tendresse. La métamorphose d'un enfant en adulte n'était simple ni pour lui ni pour son entourage.

Bethany coupa le beurre en morceaux pour le ramollir avant d'allumer le four. Une pointe de culpabilité la tourmentait. Les meilleurs desserts du monde ne compenseraient jamais le fait que Caleb avait grandi sans père. Depuis le jour de sa naissance, il était un cadeau de la vie et l'élever seule ne lui avait jamais posé de problème. Il avait été un adorable bébé et un charmant petit garçon. Il grandissait bien, il était à présent un magnifique adolescent qui promettait de devenir un homme formidable.

Mais il n'avait jamais vu son père.

Comme elle malaxait le beurre et le sucre avec un œuf, elle s'efforça de se rassurer un peu, de se donner bonne conscience. Si elle ne lui avait jamais dit *qui* était son père, elle ne lui avait pas tout caché non plus. Au fil des ans et de ses questions, elle lui avait assuré que son papa était quelqu'un de bien, un homme intègre, investi corps et âme dans une brillante carrière militaire. Elle lui avait répété à maintes reprises qu'il prenait soin de son fils et subvenait à ses besoins. Mais qu'il était contraint de le faire à distance.

Caleb n'avait jamais demandé à connaître son identité. Il ne s'était jamais mis en colère à ce sujet, n'avait jamais insisté pour le rencontrer. De nombreux enfants reprochaient à leur mère de les avoir élevés seule, après un divorce par exemple, et de les avoir tenus éloignés de leur père. Mais pas Caleb. Oui, elle avait de la chance. Son fils était vraiment un garçon extraordinaire.

Pourtant, alors qu'elle mêlait à sa pâte des pépites de chocolat, elle s'interrogeait : l'absence de son père expliquait-elle que le lien entre eux se soit un peu relâché ? Et, en ce cas, comment devait-elle réagir ?

Elle s'interdit de commencer à s'angoisser inutilement, sans rien savoir du problème de Caleb. Il ne lui avait pas dit ce qui le préoccupait. Se perdre en vaines conjectures n'aiderait personne.

Mais elle espérait qu'il s'agissait d'une fille…

Maintenant, elle allait tenter d'amadouer son fils avec des cookies. Avec un peu de chance, ces douceurs rempliraient leur office et l'aideraient à renouer le dialogue. Tout en déposant des noix de pâte sur une plaque de cuisson, elle se rappela que depuis sa naissance elle avait réussi à surmonter toutes les difficultés de la maternité en solo. Des poussées dentaires aux maladies infantiles en passant par les sorties avec les copains, l'argent de poche et l'heure du coucher, elle avait tout géré. Et elle s'était montrée à la hauteur.

Révéler à Caleb toute la vérité à propos de son père risquait de l'exposer, elle, à un océan de souffrances mais, s'il le fallait, elle le ferait.

L'important était qu'il continue à se sentir en sécurité, valorisé et aimé. Plutôt que de ressasser le passé, lui expliquer les circonstances qui avaient poussé à faire ce choix faciliterait sans doute les choses.

Au moment précis où elle sortait les cookies du four, une sonnerie lui signala l'arrivée de l'adolescent. Il était à l'heure, ce qui lui parut de bon augure.

— Je suis rentré ! cria-t-il en claquant la porte.

— Et moi, je suis dans la cuisine.

Elle se retourna lorsqu'il apparut, son sac à dos sur l'épaule, ses chaussures à crampons à la main. Son short et son T-shirt étaient couverts de boue. Il était en sueur. Comme il passait la main dans ses cheveux ébouriffés, un grand sourire éclaira son visage. Une petite fossette, héritée de son père, creusait sa joue. Bethany sentit son cœur se serrer. Son fils était sa joie, sa raison de vivre, le centre de son univers. Pourtant, le remords assombrissait son amour fou et sa fierté. Elle se reprochait d'avoir gardé Caleb pour elle toute seule pendant toutes ces années, de l'avoir privé de son père.

Non, elle devait cesser de penser à sa place. Elle attendrait que l'adolescent se confie à elle et elle répondrait alors à ses questions avec honnêteté, sans rien lui cacher… S'il les posait. Pourtant elle ne savait pas comment elle réussirait à se justifier. Depuis le début, depuis la découverte de sa grossesse, laisser le père de Caleb en dehors de l'équation lui avait paru la meilleure décision pour tout le monde. À vingt ans, ils étaient tous les deux trop jeunes pour se marier, pour vivre ensemble. L'expérience se serait forcément soldée par un désastre.

Par la suite, chaque année, à l'approche de l'anniversaire de Caleb, elle s'était demandé si elle devait mettre le sujet sur le tapis, lui proposer de faire la connaissance de son père, de lui donner une place dans sa vie. Et, chaque année, elle avait trouvé une bonne raison pour retarder l'échéance.

L'idée de partager l'enfant n'était pas le problème. Elle craignait surtout de revivre les tourments qui l'avaient poussée à faire ce choix, au départ. Désormais, Caleb et elle formaient une équipe très soudée. Elle lui avait apporté la stabilité et l'avait protégé des incertitudes que connaissaient les familles de militaires.

Elle lui sourit.

— As-tu passé une bonne journée, mon chéri ?

Il haussa les épaules.

— Pas mal.

Après avoir déposé sur le guéridon de l'entrée le courrier qu'il avait pris dans la boîte aux lettres en passant, Caleb se dirigea vers la buanderie. Il jeta ses chaussures à crampons et son sac dans un coin avant de retirer ses chaussettes et ses protège-tibias.

— Les cookies seront prêts bientôt ? demanda-t-il.

— Dans une dizaine de minutes, répondit-elle en s'armant d'une spatule pour décoller la première fournée de la plaque. Cela te laisse le temps de prendre une douche. Mais dépêche-toi si tu ne veux pas que je les mange tous.

Il s'élança dans l'escalier.

Elle examina rapidement le courrier, tout en réfléchissant au menu du dîner. Elle optait pour des spaghettis, rapides et faciles à préparer, lorsqu'une enveloppe ornée du sceau officiel d'un organisme gouvernemental attira son attention.

En tant que fonctionnaire chargée de négocier les marchés pour le compte de l'administration fédérale, Bethany avait évidemment entendu parler du piratage des fichiers du personnel militaire. Depuis une semaine, toutes les conversations au bureau tournaient autour de cette cyberattaque. Comme la plupart de ses collègues, elle se doutait que les fichiers des fonctionnaires avaient subi le même sort que ceux de l'armée.

Ce pli apportait certainement la confirmation formelle que des données la concernant avaient été piratées.

Avec un gros soupir, elle ouvrit l'enveloppe et déplia la feuille qu'elle contenait. Elle comprit tout de suite qu'il ne s'agissait pas d'un courrier officiel, même si le logo de l'enveloppe l'avait laissé penser.

Le message rédigé à la main la glaça :

Vos relevés bancaires prouvent que votre salaire n'est pas votre seule source de revenus…

Votre petit secret sera bientôt connu de tous.

Bethany sentit le sang se retirer de son visage. Les jambes tremblantes, elle se laissa tomber sur un tabouret. Non sans mal, elle s'efforça de recouvrer ses esprits. Elle n'avait qu'un secret, et Caleb méritait d'apprendre l'identité de son père de la bouche de ce dernier ou de celle de sa mère. Et non par un courrier anonyme émanant d'un hacker.

Manifestement, quelqu'un avait eu accès à ses comptes bancaires et compris que le père de Caleb lui versait chaque mois de l'argent pour contribuer à l'éducation de son fils. Mais qui s'intéresserait à ce genre de choses ? D'autant qu'elle n'avait rien à se reprocher. Elle avait toujours déclaré au fisc les montants de cette pension alimentaire.

Comme elle tendait la main vers son téléphone, elle interrompit son geste. Fallait-il vraiment appeler le père de Caleb ? Le prévenir ? Depuis quinze ans, il lui avait mille fois répété que si elle ou leur fils avaient besoin de quoi que ce soit, il serait là. Qu'ils pourraient toujours compter sur lui.

Ces trois lignes sur ce papier à en-tête justifiaient-elles réellement qu'elle lui passe un coup de fil ? Mieux valait sans doute demander à son avocat de le contacter via le bureau de sécurité. Mais en réalité sa principale inquiétude n'était pas là.

Pour s'occuper les mains, elle s'attela à la vaisselle. Prendre le temps de la réflexion avant de téléphoner à qui que ce soit semblait indispensable. Sa priorité était Caleb. Elle devait le protéger et respecter ses sentiments. Ses supérieurs savaient déjà ce que l'auteur de cette lettre menaçait de révéler au monde entier. Si des revenus non liés à son travail pouvaient paraître louches aux yeux d'un observateur extérieur, une rapide enquête prouverait qu'ils n'avaient en réalité rien d'occulte ni de malhonnête.

Voilà quinze ans que Bethany vivait l'existence d'une mère célibataire. Ses journées commençaient tôt et finissaient tard. Elle n'avait ni le temps ni l'énergie de s'adonner à des activités répréhensibles. D'ailleurs, sa dernière relation amoureuse remontait à plusieurs mois. Par ailleurs, aucun des contrats actuellement sur son bureau, aucune des négociations dont elle était chargée, ne concernait des dossiers sensibles.

Personne n'avait donc de raison de s'intéresser à sa situation financière ou à la pension alimentaire que lui versait le père de son enfant.

Alors pourquoi tentait-on de l'effrayer de cette façon ?

Elle eut beau tourner la question dans sa tête, elle ne trouva pas de réponsc satisfaisante. En réalité, elle s'inquiétait surtout de l'impact de la nouvelle sur Caleb. Au fond de son cœur, elle avait toujours su que le destin la rattraperait et lui présenterait un jour la facture. L'heure des comptes avait sonné. Son fils lui reprocherait sévèrement de lui avoir caché si longtemps la vérité. Il la détesterait. Elle devait envisager cette éventualité avec lucidité : une fois au courant de tout, l'adolescent aurait sans doute envie de voir si l'herbe n'était pas plus verte chez son père. Et il était maintenant en âge de donner son avis – et d'être entendu – si son père ou la famille de ce dernier réclamaient un droit de garde.

Bethany essuya une larme qui glissait sur sa joue. Elle s'ordonna de cesser d'imaginer le pire. Mieux valait recouvrer son sang-froid et réfléchir à la suite de façon rationnelle.

Cela dit, il était possible que cette menace pose un réel problème au père de Caleb, en risquant de mettre un coup d'arrêt à sa brillante carrière. Oui, elle devait le prévenir.

En entendant son fils couper l'eau à l'étage, elle soupira.

Il était temps de lui parler de son père et de sa famille paternelle. Il n'était pas question qu'il apprenne qui ils étaient par un tiers. L'idéal serait qu'ils le fassent ensemble, son père et elle.

Elle comprit que téléphoner au père de Caleb serait d'une grande simplicité, comparé au véritable défi en jeu dans cette histoire : préserver la confiance de son fils…

Il était près de 23 heures lorsque le major Matthew Riley et son supérieur, le général James Knudson, sortirent du bar pour rejoindre le chauffeur de ce dernier qui les attendait sur le parking. Peu de temps après sa mutation au Pentagone – l'édifice qui abritait le quartier général de la Défense américaine –, Knudson avait décidé que jouer au football tous les lundis soir contribuerait à souder ses troupes et à entretenir leur moral.

Organiser ces rencontres et trouver un bar près du stade disposé à les accueillir après les matchs avaient été la première tâche dont Matt avait été chargé en tant qu'adjudant du général. Il lui avait fallu également convaincre les militaires qu'ils apprécieraient ces moments de convivialité. Plusieurs semaines après le début de la saison, ses efforts semblaient porter leurs fruits. Non seulement personne ne se plaignait de ces rendez-vous hebdomadaires, mais quelques épouses venaient désormais assister aux matchs, encouragées par le général qui avait précisé que toute conversation professionnelle serait interdite.

Issus de tous les horizons, les hommes défendaient chacun l'équipe de sa ville natale, forcément différente de celles de ses collègues, dénigrant à l'envi les équipes rivales. Toutes les rencontres sportives provoquaient donc des discussions animées. Elles étaient essentielles à l'esprit de corps. Matt avait appris cette leçon de management à l'époque où il avait pris pour la première fois le commandement d'un bataillon.

Large d'épaules et un peu plus grand que Matt, le général James Knudson avançait d'un pas assuré. Tout en parlant, il scrutait les alentours, preuve que les automatismes acquis sur les terrains de guerre ne se perdaient pas facilement.

— Je me sens toujours un peu coupable lorsque je siffle l'équipe locale, déclara-t-il.

La nuit s'était rafraîchie pendant qu'ils se trouvaient à l'intérieur du bar. Matt releva le col de son manteau pour se protéger des morsures du vent glacé et enfonça les mains dans ses poches.

— N'est-ce pas à cause du proverbe : « À Rome, vis comme les Romains » ?

— Certainement, répondit Knudson. Vous savez, j'ai beaucoup bourlingué dans ma vie, l'armée m'ayant envoyé aux quatre coins du monde. Et pourtant, au fond, je suis resté le petit garçon de la côte Ouest qui crie et tape dans ses mains pour encourager son équipe dès qu'elle sort des vestiaires.

— J'adorerais voir ça, répondit Matt en riant.

Knudson lui lança un regard de biais.

— Vous mettriez ces images sur Internet, je parie.

— Non, monsieur, répondit Matt avec gravité. Je me contenterais de les faire circuler en interne.

Les éclats de rire du général fusèrent dans l'obscurité alors qu'ils approchaient de sa limousine.

Comme son chauffeur se précipitait pour lui ouvrir la portière, le général demanda :

— Avez-vous besoin que je vous reconduise chez vous ?

— Non, merci, monsieur, dit Matt en sortant son smartphone. Le Uber que j'ai commandé va arriver d'un instant à l'autre.

Le seul regret de Matt à propos de son affectation à Washington concernait sa voiture de sport, une Chevrolet Camaro de 1967 – un bijou qu'il avait lui-même restauré – qu'il était obligé de laisser au garage six jours sur sept.

— Déjà lassé de ma compagnie ?

Des crissements de pneus couvrirent la réponse de Matt. Des phares l'aveuglèrent tandis qu'une berline fonçait vers eux, manquant de peu d'emboutir les véhicules garés.

Matt mesura aussitôt le danger et, malgré ses protestations, il poussa le général Knudson dans l'habitacle.

— Allongez-vous entre les deux banquettes ! lui cria-t-il avant de claquer la portière.

La tête dans les épaules, Matt rejoignit le chauffeur de la voiture garée derrière la limousine et lui ordonna d'appeler la police.

— Tout de suite, monsieur.

D'instinct, Matt chercha son arme de service, mais il se rappela brusquement qu'il n'était pas armé.

Au moment où la berline sombre passait devant eux en

trombe, un objet fut lancé par la vitre ouverte, l'obligeant à se baisser. Puis la voiture fila vers le bout du parking,

Matt la suivit des yeux dans l'espoir de voir quelle direction elle allait prendre ou, mieux, sa plaque d'immatriculation. En vain, malheureusement. Il lâcha un juron. La marque et le modèle du véhicule ne suffiraient pas à la police pour retrouver ce chauffard. Les voitures noires ou bleu marine étaient légion dans le coin.

Le projectile avait heurté le pare-brise de la limousine du général avant de retomber près de Matt.

Quant à la berline, elle s'éloignait à toute vitesse vers le centre-ville, ses restaurants et ses boutiques. Elle ne tarderait sans doute pas à se fondre dans la circulation.

Matt entendait déjà des sirènes approcher.

Le chauffeur du général se tourna vers lui :

— Que dois-je faire ? demanda-t-il. Rester ou partir ?

— Attendez un peu. Je me sentirai mieux si vous retournez chez Knudson, protégé par une escorte.

Avec un signe de tête, l'homme entra dans la limousine. Sans doute expliqua-t-il au général que la menace était écartée car la portière arrière s'ouvrit brusquement.

Knudson sortit de la voiture.

— Que s'est-il passé, Riley ?

— Je ne suis pas sûr de l'avoir bien compris, monsieur.

D'un air perplexe, il brandit l'objet qui avait été lancé par la vitre ouverte.

Il s'agissait d'un ballon de base-ball orné de deux mots griffonnés au feutre.

Vous allez payer.

Usé et cabossé, le ballon n'était pas neuf, loin de là. Matt n'était pas enquêteur, mais il doutait qu'il permette aux autorités d'avancer.

Sur ces entrefaites, des gyrophares envahirent le

parking, éclairant les voitures garées. Matt, le général Knudson et son chauffeur rapportèrent en détail l'incident dont ils venaient d'être témoins. Ils le racontèrent d'abord aux hommes de la police d'Alexandria de l'État de Virginie, les premiers arrivés sur place, puis à ceux de la police de Washington DC, dépêchés sur les lieux dès que l'identité de la personne ciblée avait été connue.

Les policiers d'Alexandrie glissèrent le ballon de base-ball dans un sac et l'étiquetèrent. À en juger à leurs expressions, ils ne pensaient pas qu'un vieux ballon de base-ball lancé par un inconnu à bord d'une berline anonyme leur donnerait de quoi travailler.

— Un conducteur ivre peut-être ? suggéra l'un d'eux.

— J'en doute, répondit Matt. Il n'a pas accroché un seul véhicule en prenant la fuite.

Les policiers griffonnèrent des notes et leur demandèrent des renseignements personnels et professionnels avant de les laisser partir. Matt fut soulagé de voir la limousine du général s'éloigner, escortée par deux voitures de patrouille.

En regardant l'application sur son smartphone, il se rendit compte que le Uber qu'il avait commandé l'avait attendu cinq minutes au point de rendez-vous avant de s'en aller. Avec un soupir, il apprit qu'il devrait payer la course pour avoir déplacé quelqu'un pour rien. Tandis qu'il retournait au bar pour appeler un autre taxi, son esprit se repassait en boucle l'incident afin de l'examiner sous tous les angles.

À ses yeux, l'attaque n'avait aucun sens. Pourquoi tenter de casser un pare-brise à l'aide d'un vieux ballon ? Et pourquoi ne pas avoir envoyé ce message sibyllin de trois mots par une lettre ou un coup de fil anonyme, par mail ou même par SMS ? La démarche aurait été plus simple, non ? Ce ballon avait sans doute une signification particulière, mais elle lui échappait pour l'instant. Il en parlerait à Knudson, dès demain.

Quand le taxi le déposa devant son immeuble, Matt était fatigué. Il se félicita que les briefings du mardi aient été retardés d'une heure, en raison des matchs du lundi soir.

Comme il entrait dans son appartement plongé dans la pénombre, une vague de tristesse le submergea. Il éprouvait ce sentiment chaque fois qu'il s'installait dans un nouvel État pour assumer de nouvelles fonctions. Bien qu'il ait emménagé dans cette petite résidence depuis près de trois mois, cette mélancolie ne se dissipait pas.

Washington, la capitale fédérale du pays, était une ville très animée. Elle regorgeait de parcs, de musées, de cinémas, de monuments. Mais l'effervescence ambiante ne faisait que souligner ce qui lui manquait le plus : une famille pour se détendre à la fin de la journée.

Il était plus facile d'oublier ce qu'il n'avait pas lorsqu'il vivait dans une caserne avec ses hommes ou quand il était déployé à l'étranger. Beaucoup de soldats étaient logés avec femme et enfants dans les bâtiments mis à leur disposition par l'armée de terre. Fils de militaire et fier de l'être, Matt avait toujours apprécié la fraternité qui régnait sur les bases militaires. Dans un environnement civil, sa solitude était plus criante.

Il feuilleta le courrier qu'il avait laissé sur la table quand il était rentré pour se changer avant le match. Comme il prenait connaissance de la lettre officielle à propos de la récente cyberattaque visant les dossiers du personnel militaire, il poussa un juron. Bien sûr, il avait été prévenu de ce piratage informatique, mais quelque part son esprit renâclait à accepter que la meilleure armée du monde ait pu être victime d'une telle attaque.

Rédigée en termes choisis, empreints de jargon juridique et d'allégations pour affranchir les autorités de toute véritable responsabilité, la missive promettait de retrouver les coupables.

— Bonne chance, les gars, murmura Matt.

La deuxième page donnait des instructions sur la procédure à suivre pour s'enregistrer auprès du service de surveillance et de protection de l'identité.

Matt sourit. Comment confier la protection de ses données à un ministère récemment piraté ? Protéger des informations personnelles, en particulier son numéro de sécurité sociale ou ceux de ses cartes de crédit, semblait de plus en plus difficile. Cet incident prouvait qu'aucun système n'était infaillible.

Le seul risque auquel l'exposait ce piratage informatique était que quelqu'un, autre que son avocat et les enquêteurs chargés de son dossier d'habilitation, apprenne qu'une femme élevait son enfant. Un fils qu'il n'avait jamais vu. Il lui envoyait de l'argent tous les mois, depuis sa naissance, même si elle ne lui avait jamais rien demandé et si elle ne souhaitait pas qu'il s'implique dans sa vie.

Bizarrement, songer au goût prononcé pour l'indépendance de Bethany éclaira un peu son humeur. Matt avait toujours admiré son côté autonome et émancipé jusqu'à ce qu'elle s'en serve pour le tenir éloigné de Caleb.

Cela dit, il ne voyait pas en quoi ce fils, qu'il n'avait jamais rencontré ni reconnu officiellement, présenterait un quelconque intérêt pour le hacker qui avait violé les fichiers personnels des militaires. Les numéros des cartes de crédit et de sécurité sociale étaient des informations plus monnayables et donc plus intéressantes.

Matt rangea la lettre avec les factures et des papiers dont il s'occuperait plus tard. Il regagna sa chambre, trop fatigué pour apprécier la vue nocturne du canal de Washington et de sa marina.

Demain, à la première heure, il appellerait son avocat, au cas où quelqu'un tenterait de suivre l'argent qu'il envoyait à Bethany tous les mois. La diffusion de l'information ne présenterait pas beaucoup de risques de chantage, mais il préférait être préparé à tout. Son arrangement avec Bethany était légal, et seules les personnes qui avaient besoin de le savoir étaient dans la confidence. Si d'autres en entendaient parler, Bethany et lui en seraient sans doute gênés, mais ce ne serait pas la fin du monde.

À moins que l'histoire ne se retrouve dans la presse de caniveau et que sa mère l'apprenne avant qu'il n'ait eu la possibilité de lui en parler. Matt poussa un juron.

Il devait téléphoner en urgence à ses parents pour les mettre au courant. Ils ne méritaient pas de découvrir qu'ils avaient un petit-fils via une lettre anonyme émanant d'un pirate informatique. La famille Riley prendrait très mal ce genre de choses. Encore une fois, l'événement ne provoquerait pas une guerre mondiale, mais le clan, à commencer par ses frères et sœurs, lui reprocherait vertement son attitude, Matt en était certain.

Il se déshabilla et plia avec soin ses vêtements. Comme il se laissait tomber sur le lit, il regarda fixement le plafond. Il était trop tard pour appeler sa mère ce soir et de toute façon il avait intérêt à prévenir Bethany d'abord, au cas où sa mère insisterait pour faire la connaissance de l'enfant que Matt leur avait caché…

Il pesa les options, se demandant comment procéder. Valait-il mieux attendre, en espérant pouvoir maintenir le statu quo… ou en parler à ses parents au plus vite au risque de les blesser, sans être certain qu'ils l'auraient appris autrement ?

Troublé et inquiet, il retourna dans la cuisine pour se remplir un verre d'eau. Le mieux était sans doute de contacter son père pour lui révéler l'existence de Bethany et de Caleb. Toute sa vie, Matt avait su pouvoir s'appuyer sur lui, sur sa sagesse, son calme et sa perspicacité. Benjamin Riley aurait peut-être pitié de son fils et l'aiderait à annoncer la nouvelle à sa mère, à trouver les mots pour expliquer pourquoi il ne leur avait rien dit de sa paternité.

Sans doute prenait-il ses désirs pour des réalités.

Général en retraite de l'armée américaine, le père de Matt estimait que les choix et les actes d'un homme avaient des conséquences, bonnes et mauvaises, et qu'il fallait toujours les assumer. Quand Ben avait rencontré l'amour de sa vie, Patricia, il l'avait épousée et ensemble ils avaient élevé leurs cinq enfants avec ce principe comme pierre angulaire. Pour eux, la vie de famille d'un officier de carrière ne se réduisait pas à des règles strictes et à de hautes aspirations militaires. Au sein de leur foyer, il y avait toujours beaucoup d'amour, de rires, de querelles et de larmes.

Si Matt avait gardé de merveilleux souvenirs de cette vie familiale riche, épanouissante et ouverte sur le vaste monde, il n'avait jamais été capable de convaincre Bethany de suivre ce modèle parental et de fonder une famille avec lui.

Son père en serait certainement déçu.

Matt prit soudain conscience que le piratage des fichiers n'était rien comparé à ce que serait la réaction du clan Riley en apprenant qu'il avait gardé l'existence de son fils secrète depuis près de quinze ans. Récemment, sa mère avait fait des allusions peu subtiles sur la joie qu'elle aurait à devenir grand-mère. Elle serait furieuse de découvrir que Matt lui avait caché quinze ans durant qu'elle l'était déjà.

Après avoir rangé son verre dans le lave-vaisselle,

il retourna vers le lit. Ses quatre frères et sœurs lui en voudraient beaucoup de ne pas les avoir mis dans la confidence.

Il avait été stupide, se dit-il en continuant de ruminer la question, d'évaluer les ramifications et les conséquences des options possibles, de tergiverser sur l'attitude à prendre. Certes, la cyberattaque précipitait les événements, mais tôt ou tard le secret aurait été éventé, l'affaire aurait éclaté au grand jour. Fatalement. Depuis que Bethany lui avait envoyé la première photo de Caleb et avait adressé un certificat de naissance de leur fils au bureau du JAG, le juge avocat général, chargé des questions juridiques des militaires, quinze ans plus tôt, Matt avait su que ce jour arriverait. Il était même incroyable que cela ne se soit pas produit plus tôt.

Puisque ce secret n'en serait bientôt plus un, le mieux était de couper l'herbe sous le pied du hacker. D'abord et avant tout, Bethany et lui devaient dire à Caleb qui était son père et lui donner un aperçu complet de son arbre généalogique. Matt craignait un peu de s'aventurer sur ce terrain sans bien savoir où il mettait les pieds. Pourtant, son fils était sa priorité absolue. Par la suite, il réfléchirait avec Bethany à la façon dont Matt et ses parents pourraient s'intégrer dans la vie de Caleb.

Depuis quinze ans, Matt avait souvent été tenté de se décharger de ce fardeau, de le confier à l'un de ses frères et sœurs ou à un ami. Il avait toujours réussi à se taire. À en croire les nouvelles que lui donnait régulièrement Bethany, Caleb était un garçon formidable, bien dans sa peau, qui poussait comme une asperge ces dernières années. Mais bien sûr, dans l'état actuel des choses, Matt n'avait pu montrer à personne les photos qu'elle lui avait envoyées. À part lui, seul le JAG les avait vues.

Sa famille et ses amis ne seraient pas contents

d'apprendre qu'il leur avait menti par omission, mais ils s'en remettraient.

— Ils s'en remettront, cria-t-il à l'appartement vide.

S'emparant de son téléphone, il commençait à composer le numéro de Bethany avant de se rappeler l'heure. Autrefois, Bethany était un oiseau de nuit, mais son travail et ses obligations maternelles avaient sans doute changé ses habitudes. Il regrettait de ne plus rien savoir d'elle, d'être obligé de faire des suppositions. Il mourait d'envie de la revoir, autant qu'il rêvait de faire la connaissance de son fils. Et les années n'y avaient rien changé. Tous deux lui manquaient terriblement.

Il se glissa dans son lit. Alors qu'il réglait son réveil pour le lendemain matin, son smartphone vibra. Bouche bée, Matt vit apparaître sur l'écran le visage souriant de Bethany. Il avait trouvé cette photo sur les réseaux sociaux. Peut-être était-elle toujours un oiseau de nuit, après tout.

— Allô ?

— Nous avons un problème, asséna-t-elle sans préambule.

La déclaration de Bethany n'avait rien de particulièrement tendre ou d'érotique, mais le simple fait d'entendre le son de sa voix le fit frissonner.

— Oui, la cyberattaque est embêtante, commença-t-il en se ressaisissant. Mais ce n'est pas la fin du monde. La probabilité que le hacker fasse le rapprochement entre nous deux est très faible. Une chance sur un million. Ce qui nous donne le temps de mettre une stratégie au point.

— La catastrophe s'est déjà produite, répondit-elle d'un ton neutre.

Matt ne put en croire ses oreilles.

— Quoi ? Que veux-tu dire ?

— J'ai reçu aujourd'hui une menace explicite, rédigée sur du papier à en-tête officiel.

— Je ne comprends pas, dit Matt.

Le petit soupir de Bethany lui rappela les moments de complicité volés qu'ils avaient partagés lorsqu'ils étaient jeunes. Des moments qui s'étaient brutalement interrompus quand elle est tombée enceinte.

Il avait toujours rêvé de l'épouser. Certes, il ne s'attendait pas à ce que l'aventure conjugale soit un chemin de roses mais, avec Bethany à ses côtés, il se sentait prêt à affronter tous les écueils de la vie à deux. Avec sa voix douce dans l'oreille, il s'imagina avec elle dans ce lit, tous les deux en train de faire des choses beaucoup plus amusantes que de parler d'une cyberattaque.

— Matt ? Es-tu là ?

Il se redressa et se pinça le haut du nez pour s'obliger à revenir à la réalité.

— Quel genre de menace ?

— Vu l'enveloppe ornée du sceau de mon administration, je m'attendais à une lettre officielle m'informant des mesures à suivre pour limiter les risques liés à ce piratage informatique. Mais j'ai découvert trois lignes manuscrites, m'annonçant que mes revenus ne correspondaient pas au montant de mon salaire et que bientôt mon secret n'en serait plus un.

— Et ces trois lignes étaient écrites sur papier à en-tête officiel ? C'est vraiment bizarre.

Autant que d'envoyer une menace via un vieux ballon de base-ball.

— Oui, acquiesça-t-elle.

Il devina qu'elle espérait une réponse plus réfléchie.

— Légalement, tu n'as rien à te reprocher.

— Je le sais, répondit-elle. En fait, je ne m'inquiète

ni pour mon travail ni pour mon habilitation. Mais pour Caleb.

Elle s'interrompit, et il se la représenta se mordillant les lèvres.

— Et aussi pour ta mère, ajouta-t-elle.

— Moi aussi, reconnut-il.

— Tu ne lui en as jamais parlé ? demanda Bethany.

Plaisantait-elle ?

— Si je l'avais fait, tu l'aurais su.

— C'est probable, oui, dit-elle.

Les parents de Matt avaient la réputation de défendre sans relâche la famille, ses valeurs et son équilibre dans le cadre militaire.

— De mon côté, j'ai reçu aujourd'hui le courrier officiel concernant cette cyberattaque, poursuivit-il. Je me disais que, dans ce contexte, mieux valait prendre les devants et annoncer à mes parents qu'ils avaient un petit-fils avant qu'un hacker ne s'en charge via une lettre anonyme. Je pensais les appeler demain. *Après* en avoir discuté avec toi, bien sûr.

— Merci.

— Je t'aurais téléphoné plus tôt, mais je suis rentré à la maison il y a moins d'une demi-heure et je craignais de te réveiller.

— Je n'arrivais pas à dormir, je réfléchissais à la conduite à tenir, répondit-elle. Écoute, si ça ne t'ennuie pas, j'aimerais en parler à Caleb avant que tu n'en informes qui que ce soit d'autre.

Lui demandait-elle sa permission ou des conseils pour annoncer la nouvelle à leur fils ?

— Bien sûr. Comment va-t-il ?

La dernière conversation téléphonique qu'ils avaient eue à propos de Caleb remontait à trois ans, quand le garçon s'était cassé le poignet au cours d'un match de football. La plupart du temps, Bethany se contentait de lui envoyer des photos, deux ou trois fois par an, accompagnées d'informations relatives à ses résultats scolaires – Caleb était bon élève – ou à ses succès sportifs.

Ces aperçus de la vie de Caleb n'avaient jamais suffi à Matt, mais il respectait les souhaits de Bethany, les règles qu'elle lui imposait. Il n'exigeait rien d'elle parce que, quinze ans plus tôt, elle avait tout abandonné, renoncé à tout, pour permettre à Matt de poursuivre ses études à l'Académie militaire de West Point et, par la suite, sa carrière dans l'armée de terre. Il souffrait terriblement d'être privé de son fils, mais il n'avait jamais voulu se battre pour obtenir un droit de visite ou une garde alternée parce que Bethany s'était sacrifiée pour lui. Il estimait qu'il n'avait donc pas le droit de lui demander quoi que ce soit d'autre.

— Il va bien, c'est un garçon formidable. Je ne veux simplement pas que quelqu'un d'autre que moi, que nous, lui apprenne qui tu es. Je ne sais pas trop comment il va réagir, ajouta-t-elle.

L'inquiétude perceptible derrière les mots de Bethany le surprit. En quinze ans, il ne l'avait sentie hésiter que deux fois. Lors de la première, elle se demandait si elle parviendrait à concilier son statut de mère avec ses objectifs de carrière.

— Quelque chose a changé pour lui, ces derniers temps ? s'enquit-il

— Non, rien n'a changé, répondit-elle un peu trop vite. Il passe toujours sa vie entre le collège et le terrain de foot. Comme beaucoup d'adolescents.

Matt aurait voulu la bombarder de questions, lui réclamer des détails, mais il se l'interdit à temps et préféra changer de sujet.

— Il conduit ? demanda-t-il, cherchant à savoir si son fils avait hérité quelque chose de lui.

— Il prend des leçons, il va bientôt passer son permis. Nous nous en occuperons la semaine prochaine, pendant les vacances de la Toussaint.

Matt se souvint à quel point lui-même avait été heureux le jour où il avait obtenu le sien.

— A-t-il déjà eu l'occasion de tenir un volant ?

Caleb admirait-il les voitures de sport ? S'intéresserait-il à sa Chevrolet Camaro ? s'interrogeait-il. Dans l'hypothèse où tous deux auraient l'occasion de faire connaissance.

— Mon père le laisse conduire son 4x4 et le tracteur sur leur propriété. Il a encore un peu de mal à manier la boîte de vitesses manuelle, mais il s'améliore.

— C'est normal, cela prend du temps, dit-il. Auras-tu de quoi lui acheter une voiture ? Je peux envoyer plus d'argent…

— Nous en reparlerons le moment venu, coupa-t-elle d'une voix sévère qui ressemblait étrangement à celle de Patricia Riley. Nous avons encore le temps… un an ou davantage.

Matt avait toujours pensé que les deux femmes s'entendraient bien. Elles s'étaient rencontrées une fois à West Point lors d'une journée portes ouvertes et semblaient s'être appréciées. Bien sûr, sa mère n'avait pas deviné à l'époque à quel point Bethany était vitale pour lui. Si cette dernière ne l'avait pas forcé à garder l'existence de Caleb secrète…

En tout cas, Matt n'avait aucune idée de la réaction qu'aurait sa mère lorsqu'elles se reverraient.

Et elles se reverraient. Dès que Patricia saurait qu'elle avait un petit-fils, elle ferait des pieds et des mains pour accueillir Caleb au sein du clan Riley.

— Écoute, Matt, je t'ai appelé pour te mettre au

courant de cette lettre anonyme et de la menace qu'elle représente, dit-elle. J'en discuterai avec l'équipe de sécurité de mon service, demain.

— Bien.

— Matt, je voudrais que tu sois là.

Perplexe, il fronça les sourcils.

— Quand tu montreras cette lettre à la sécurité ?

— Non. J'aimerais que tu sois là, avec moi, quand j'en parlerai à Caleb. Il vaudrait mieux que nous le fassions ensemble. Tous les deux.

Il étreignit le téléphone.

— Tu es sérieuse ?

— Oui. Si nous le lui apprenons ensemble, il comprendra la situation. Il se sentira valorisé et il aura la certitude que nous avons toujours voulu ce qui valait mieux pour lui.

— Bien sûr.

Je vais le rencontrer. Je vais faire la connaissance de mon fils.

Le cœur de Matt se mit à battre à grands coups dans sa poitrine. Il devrait trouver les bons mots, lui parler vrai. Après toutes ces années passées à attendre ce moment, à imaginer Caleb et à s'interroger, il allait enfin pouvoir le regarder dans les yeux, peut-être même le serrer dans ses bras ou l'embrasser.

Submergé par trop d'émotions, il avait du mal à parler.

— Dis-moi quand et où, réussit-il à balbutier. J'y serai.

— Chez moi, si ça te va. Caleb finit l'entraînement vers 18 heures et nous passerons à table à 19 heures.

Matt était déjà en train de d'évaluer mentalement la distance entre Washington et la maison de Bethany dans le New Jersey, de calculer à quelle heure il devrait quitter son travail pour arriver à l'heure. Il parlerait au général Knudson dès demain matin, mais il serait chez elle à l'heure dite. Il était exclu de ne pas y être.

— Dès que Caleb saura tout, es-tu d'accord pour que je révèle son existence à mes parents ? demanda-t-il.

— Il paraît difficile de t'en empêcher, non ?

Il aurait préféré rencontrer son fils sans y avoir été forcé par les événements, à cause d'une menace envoyée via une lettre anonyme. Bethany n'avait pas d'ennemis, contrairement au général Knudson ou même au père de Matt. Tous deux ayant mené de longues carrières au sein de l'armée et fréquenté les hautes sphères du commandement, ils s'étaient naturellement fait beaucoup d'ennemis, qu'il s'agisse de soldats mécontents ou d'hommes politiques.

Il soupira. Il n'était sans doute pas simple pour Bethany d'accepter l'intrusion de la famille Riley dans la vie de son fils.

Il se sentit obligé de la rassurer.

— Je ne vois aucune raison pour laquelle quelqu'un voudrait nous cibler tous les trois, déclara-t-il. Quelle que soit la personne qui a envoyé cette menace, elle découvrira bientôt qu'elle n'avait rien à y gagner. Si tu veux que nous attendions encore un peu pour cette rencontre, ces révélations, je suis d'accord.

— Non, répondit-elle avec calme, même si ce dîner en famille ne devait pas l'amuser. J'ai trop souvent repoussé l'échéance. Il n'est pas question que Caleb apprenne par quelqu'un d'autre qui tu es.

— D'accord.

Une fois de plus, il la laissait décider de tout.

— Je serai là à 19 heures.

— Merci, Matt.

— Merci à toi.

Elle aurait pu gérer la situation seule et se contenter

d'en informer Matt après coup. Au fil des ans, elle lui avait clairement fait comprendre qu'elle n'avait besoin de personne pour élever Caleb.

— Je sais que cette annonce va tout changer, reprit-elle. J'aimerais seulement que ces bouleversements ne s'opèrent pas du jour au lendemain. Caleb aura besoin de temps pour digérer les événements.

Elle lui faisait comprendre qu'elle ne supporterait pas qu'il demande la garde alternée de l'adolescent…

— Bien sûr, dit-il. Je n'ai jamais souhaité qu'une chose : que Caleb et toi soyez heureux.

— Et je t'en remercie, conclut-elle avant de raccrocher.

Posant son smartphone sur son torse, Matt ferma les paupières. Il se remémora la Bethany d'autrefois, la jeune femme athlétique qu'il avait rencontrée quand ils étaient cadets à l'Académie militaire de West Point. Il revit ses grands yeux bruns brillants de vie et d'excitation à l'idée de relever les défis à venir. Comme tous les cadets avant lui, il était entré à West Point avec sa carrière comme unique ambition.

Bethany lui avait donné envie de davantage. Réussir sa vie ne signifiait plus uniquement atteindre ses objectifs professionnels, même s'il était fier de ses succès militaires. Elle lui avait inculqué le sens du collectif, le désir de se dépasser pour l'équipe. La rencontrer lui avait permis de devenir meilleur sur tous les plans, dès le premier jour.

Matt éteignit la lumière, mais il ne parvint pas à trouver le sommeil. Son esprit passait du ballon de base-ball lancé au général Knudson à la lettre anonyme adressée à Bethany. Le fait qu'ils aient tous deux reçu des menaces au cours des dernières vingt-quatre heures l'amenait à s'interroger sur les mobiles du hacker qui avait attaqué les fichiers des données du personnel et sur l'identité du destinataire des informations.

Qui gagnerait à exercer ce genre de pression ? Et combien d'autres militaires et leurs familles se sentaient exposés et vulnérables, ce soir ?

Il lut les rapports au fur et à mesure qu'ils arrivaient avec un optimisme prudent et une confiance croissante. Ses premiers avertissements avaient été lancés et avaient atteint leurs cibles. Des coups de semonce, pour ainsi dire. Maintenant il attendait leur effet retour, il était impatient de voir comment lesdites cibles réagiraient.

Il les imaginait en train de se débattre, de chercher à l'identifier et de se perdre en vaines conjectures. Ils poursuivraient les pistes qu'il leur avait concoctées avant de s'apercevoir qu'elles menaient toutes à des impasses. Savoir qu'il manipulait comme des marionnettes des gradés de la plus puissante armée du monde était assez jouissif.

Ses projets étaient enfin en train de prendre tournure, de se concrétiser. Après des années de préparatifs, il estimait qu'utiliser à son profit cette cyberattaque était un charmant clin d'œil du destin. Triés sur le volet, ses hommes avaient été minutieusement préparés aux tâches à venir. Il leur avait délibérément donné une cause qu'ils étaient capables de comprendre et de défendre. Il avait placé sur l'échiquier les joueurs clés et les pions pour sa revanche ultime.

Ses supérieurs avaient toujours sous-estimé son charisme. Ces prétentieux n'avaient jamais vu l'intérêt de modifier leurs paramètres pour améliorer le moral des troupes, de manière à garantir le succès sur tous les champs de bataille.

Tant pis pour eux.

Les compétences qu'ils n'appréciaient pas, lui les utiliserait sans vergogne pour opérer des ravages au sein de l'armée tant au niveau individuel qu'institutionnel. Il en éprouvait un plaisir pur. Il s'agissait d'une juste vengeance, d'une compensation pour tout ce qu'ils lui avaient pris.

Il se leva de son bureau pour contempler la nuit à travers les baies vitrées. À cette extrémité du complexe, il n'y avait personne d'autre à des kilomètres à la ronde. Pas âme qui vive. Il avait gagné cette solitude à la sueur de son front. Il avait travaillé dur pour sortir cet endroit tranquille et impénétrable du désert.

Bientôt, sa première cible se mettrait à découvert, s'exposerait. Ce n'était plus qu'une question de temps.

Une fois Matt Riley dans sa ligne de mire, le premier coup de feu de cette guerre serait tiré avec une précision brutale et irréversible.

2

Bethany passa une nuit très agitée. Elle eut beaucoup de mal à s'endormir, et quand elle y parvint enfin ses rêves se muèrent rapidement en cauchemars. Ils étaient centrés sur la peur du changement et de l'inconnu, et il n'était pas difficile de deviner ce qui les avait déclenchés. Dans le dernier, elle entendait Caleb énoncer à un juge des affaires familiales les raisons pour lesquelles il ne voulait plus vivre avec elle. Le juge venait de décider que Caleb passerait les quinze prochaines années de sa vie avec son père et d'interdire à Bethany tout contact avec son fils lorsque la sonnerie du réveil retentit.

Les yeux battus, l'angoisse au ventre, elle se leva. Dans un état second, elle se doucha et s'habilla pour le travail en tentant de se convaincre que ces horribles rêves n'avaient rien de prémonitoire. Matt voulait le bonheur de Caleb et il était trop honnête pour chercher à lui voler son fils.

L'estomac noué, elle ne réussit qu'à grand-peine à avaler quelques gorgées de thé tandis que Caleb engloutissait un grand bol de céréales pour son petit déjeuner. Elle avait conscience qu'ils vivaient leur dernier jour normal en tant que famille de deux personnes. Ce soir, après avoir fait la connaissance de son père, son fils la regarderait différemment. Il la jugerait avec sa sévérité d'adolescent et l'accablerait sans doute de reproches.

Ils avaient toujours été proches, mais soudain Bethany doutait que leurs relations parviennent à survivre à la tourmente programmée.

— Ça va, maman ? Tu n'as pas l'air en forme.

D'un sourire, elle écarta son inquiétude.

— Je n'ai pas très bien dormi, voilà tout, répondit-elle, consciente qu'il s'agissait d'un euphémisme.

En proie à un regain de culpabilité, elle tentait d'évaluer l'impact des révélations de ce soir sur Caleb.

Contrairement aux autres jours, il passa un coup d'éponge sur la table et rinça son bol avant de le placer dans le lave-vaisselle sans qu'elle ait à le lui demander. Ce comportement spontané éclaira un peu sa sombre matinée.

Elle s'assura qu'elle avait tout ce qu'il fallait dans son sac pendant que Caleb hissait le sien sur l'épaule.

— Un poulet à la grecque te ferait plaisir pour le dîner ?

Il s'immobilisa et lui lança un regard interrogateur.

— Tu le mets au menu chaque fois que nous avons des invités, lui rappela-t-il.

— Pas toujours, affirma-t-elle. Mais là, j'en ai envie. Et toi ?

— D'accord, très bien… Au fait, l'entraîneur nous a prévenus que la séance se terminerait par une course d'endurance, ce soir. Je rentrerai peut-être un peu plus tard que d'habitude à la maison. Ne t'inquiète pas.

— Ah bon ? Quand t'a-t-il dit ça ?

— Je dois y aller, maman. Je vais rater le bus.

Avant qu'il s'éloigne, elle se précipita pour le prendre dans ses bras et l'embrasser.

— Bonne journée, mon chéri. Je t'aime.

— Je t'aime aussi, lança Caleb en se dirigeant vers la porte.

De plus en plus nerveuse, elle le regarda courir jusqu'à l'arrêt du bus au coin de la rue. Si Caleb rentrait plus tard que d'habitude, elle avait des chances de se retrouver en tête à tête avec Matt, une situation qu'elle avait réussi à éviter depuis qu'elle lui avait annoncé sa grossesse.

Elle hésita à téléphoner à l'entraîneur pour le prier de dispenser Caleb de cette course d'endurance mais, si elle le faisait, non seulement il lui faudrait aller le récupérer à la fin du cours mais, surtout, elle devrait affronter ses inévitables questions. Mieux valait appeler Matt et repousser sa venue d'une demi-heure. Soulagée d'avoir trouvé la solution, elle partit pour le bureau.

La discussion avec son superviseur se déroula mieux qu'elle ne l'avait espéré. Elle lui montra la missive, un peu surprise par le sérieux avec lequel il prit la menace qu'elle contenait. Elle lui expliqua que, depuis quinze ans, le père de son fils lui envoyait chaque mois une pension alimentaire. Ils se rendirent ensuite dans le bureau des responsables de la sécurité afin qu'elle puisse leur raconter l'incident. Elle leur remit la lettre anonyme et l'enveloppe pour des analyses plus approfondies.

Elle ne pensait pas qu'ils en tireraient grand-chose, mais elle convint avec eux qu'il était préférable d'essayer. Lorsqu'elle regagna enfin son propre bureau, elle découvrit deux messages sur sa table, laissés par son assistante. Tous deux émanaient du collège de Caleb. Comme elle sortait son smartphone de son sac, elle s'aperçut que la surveillante générale de l'établissement avait cherché plusieurs fois à la joindre et lui demandait de la rappeler au plus vite.

Inquiète maintenant, elle composa le numéro du collège.

— Bethany Trent, à l'appareil, dit-elle lorsque la responsable prit l'appel. J'ai reçu…

— Bonjour, madame. Je vous mets en relation avec la directrice, ne quittez pas.

Enfin, elle reconnut la voix d'Andrea Ingle, la directrice.

— Bethany ?

Elle avait rencontré Andrea bien avant que Caleb intègre le collège et elle la considérait comme une amie.

— Que se passe-t-il ?

— Je suppose que Caleb n'est pas à la maison avec toi ?

À ces mots, le sang de Bethany se glaça dans ses veines et son cœur se mit à battre à grands coups dans sa poitrine.

— Non. Je suis au travail, dit-elle d'un ton désespéré. Je ne comprends pas. Je l'ai vu monter dans le bus.

— En effet, il est bien entré dans l'établissement à l'ouverture des portes, mais il n'était pas présent en classe d'espagnol, ce matin, répondit Andrea.

Bethany jeta un coup d'œil à l'horloge de son bureau. Le cours d'espagnol avait commencé il y a plus de deux heures, alors qu'elle se trouvait avec son superviseur.

— Conformément à tes instructions, nous avons essayé de te joindre dès que nous avons constaté sa disparition. Nous n'avons pas encore prévenu les autorités.

— Merci, Andrea. Tu es donc certaine qu'il n'est pas quelque part dans le collège ?

— Nous avons fouillé à deux reprises les salles du bâtiment et les terrains de sport. À mon avis, il est parti juste après l'appel.

Où qu'il soit, il était en sécurité, Bethany voulait s'en convaincre. Et, dès qu'elle l'aurait retrouvé, elle lui passerait un savon dont il se souviendrait sa vie durant, se promit-elle.

— Veux-tu que je contacte la police ? reprit Andrea.

— Non, non, pas encore. J'ai installé sans le lui dire une application sur son smartphone qui me permet de savoir précisément où il se trouve, à tout moment. Laisse-moi d'abord tenter de le localiser par ce biais. Ses amis sont-ils toujours en classe ?

— Oui, répondit Andrea. Je me suis entretenue avec eux. Ils ne savent pas où est Caleb ni pourquoi il aurait voulu fuguer. Tiens-nous au courant.

— Bien sûr, promis.

Après avoir raccroché, Bethany cliqua sur l'application téléchargée sur son téléphone. Ses mains tremblaient lorsqu'elle découvrit que le smartphone de Caleb était quelque part, près de Philadelphie.

Elle l'appela aussitôt, mais l'adolescent ne prit pas l'appel. Elle lui envoya un texto mais, là encore, elle n'obtint aucune réponse. Perplexe, elle chercha en vain une explication logique à son comportement. Caleb avait-il surpris sa conversation avec Matt, hier soir ? Avait-il mal pris la situation ? Avait-il fugué pour exprimer sa colère ?

Non. Hier soir, alors qu'il se régalait de spaghettis puis de cookies, il lui avait paru détendu et ce matin il était de très bonne humeur.

Mais, en décortiquant l'attitude de son fils depuis vingt-quatre heures, elle se rendit compte qu'il lui avait joué la comédie. Il n'avait pas séché ses cours sur un coup de tête. Il avait planifié cette escapade.

Dans l'attente d'une réponse de Caleb, elle téléphona à son entraîneur. Quand il lui annonça qu'il n'y avait pas de séance ce soir, une sourde terreur s'empara d'elle. Caleb avait menti en lui expliquant pourquoi il rentrerait tard à la maison.

Accablée, elle se rassit. La colère et le chagrin avaient balayé son inquiétude. À quoi jouait Caleb ?

En principe, lorsqu'un élève ne se présentait pas au collège, ses parents en étaient informés après 18 heures.

En raison de sa situation particulière avec Caleb, Bethany avait demandé à être immédiatement contactée si une personne autre que ses parents posait des questions sur Caleb ou tentait de venir le chercher à l'école.

Elle n'était pas paranoïaque au point d'imaginer que Matt tenterait de prendre l'adolescent au collège sans l'avoir prévenue, elle, au préalable. Mais elle ne comprenait pas ce que fabriquait son fils et elle se perdait en conjectures.

Quoi qu'il ait en tête, Caleb avait prévu une journée entière pour le faire. Pourquoi avait-il programmé cette fugue aujourd'hui ? Et pourquoi s'était-il rendu à Philadelphie ? Entre le manque de sommeil, la fureur et l'incompréhension, elle avait du mal à réfléchir.

Et pour ne rien arranger, Matt venait dîner, ce soir. Que Caleb sèche ses cours le jour où elle voulait le présenter à son père tombait vraiment mal.

Sur un pressentiment, elle consulta le compte bancaire de l'adolescent. Elle le lui avait ouvert dès qu'il avait commencé à tondre la pelouse dans le quartier pour gagner de l'argent de poche afin de lui apprendre à gérer ses économies. Comme son fils était mineur, elle y avait accès. Lorsqu'elle passa en revue ses dernières activités, elle eut du mal à en croire ses yeux.

Une fois de plus, elle décrocha son téléphone mais, cette fois, elle appela le Pentagone.

— J'aimerais parler au major Matthew Riley, s'il vous plaît, dit-elle à la standardiste.

Il lui fallut un certain temps pour atteindre Matt, mais quand il prit l'appel elle alla droit au but.

— Le dîner est annulé.

— Bethany ?

— C'est bien moi.

Son cœur battait la chamade et tout en elle la pressait

de passer à l'action, de partir sur l'heure à la recherche de son fils.

— Pardonne-moi d'être aussi brusque, mais je pense que Caleb est en route pour venir te voir.

— Quoi ? Tu lui as déjà dit ce que nous comptions lui révéler, ce soir ?

— Non, pas du tout. Mais il a séché l'école et fugué, Matt. Pour la première fois de sa vie.

S'ordonnant de parler moins vite, elle lui résuma les faits.

— J'ai consulté son compte en banque. Il y a deux jours, il a acheté un billet de train pour Washington DC. Il ne répond pas à mes appels ni à mes SMS. L'application que j'ai sur mon smartphone me montre qu'il se trouve actuellement près de Philadelphie.

— Tu as chargé une application pour le surveiller sans qu'il le sache via son téléphone portable ?

Le reproche à peine voilé la mit en colère.

— Excuse-moi, cria-t-elle. Combien d'adolescents as-tu élevés ?

— Aucun, reconnut-il. Ce n'est pas faute d'avoir postulé, si ma mémoire est bonne.

Elle prit une profonde inspiration.

— J'ai eu tort de dire ça, désolée. Je suis inquiète, voilà.

— Et furieuse.

L'était-il, lui aussi ?

— Et furieuse, oui, admit-elle.

— Tu crois donc qu'il a séché l'école et fugué pour se rendre à Washington afin de me rencontrer ?

— C'est la seule explication possible. Il est parti seul, pas avec des amis.

— D'accord. S'il est à Philadelphie, maintenant, il

ne va pas tarder à arriver à Washington. Je vais tout de suite me rendre à la gare pour l'attendre au bout du quai.

— Merci, dit-elle, intensément soulagée.

— Je lui demanderai de t'appeler en débarquant du train. Je le reconduirai chez toi et nous dînerons ensemble comme prévu.

Sans bien comprendre pourquoi, elle n'avait plus très envie de ce repas à trois.

— Rien ne t'y oblige, Matt. Caleb a acheté un aller-retour.

— Préfères-tu venir à Washington et dîner avec lui chez moi ? s'enquit-il.

— Non.

— Écoute, je n'ai pas l'intention de le laisser repartir en train.

— Matt, tu n'as vraiment pas à…

— Bethany, j'avais prévu de venir, de toute façon. Et j'ai envie de parler avec lui. Caleb et moi arriverons vers 19 heures.

— D'accord, dit-elle, vaincue. Préviens-moi quand tu l'auras récupéré, d'accord ?

— Promis.

— Encore une chose…

— Oui ?

Elle ferma les yeux, luttant contre les larmes.

— Dis-lui qu'il sera puni.

Matt tenta de dissimuler son éclat de rire derrière une quinte de toux.

Bethany n'en fut pas dupe.

— Ce n'est pas drôle.

— Si, répliqua-t-il. Mon premier acte de père concernera donc la discipline.

Son humour allégea un peu la tristesse de Bethany.

— Je voulais que nous lui annoncions la nouvelle ensemble.

— Je sais. Écoute, je m'efforcerai de garder les questions difficiles pour toi.

— Encore une fois, ce n'est pas drôle.

Alors pourquoi avait-elle envie de rire ?

— As-tu une idée de la façon dont il m'a retrouvé ? demanda Matt. Et pourquoi il a décidé de venir aujourd'hui plutôt qu'un autre jour ?

— Aucune. J'espère qu'il se confiera à toi.

Cela semblait étrange de le souhaiter, vu les circonstances, mais elle était sincère. Clairement, ils étaient entrés dans une nouvelle ère.

— Je t'envoie tout de suite son numéro de portable par texto. Merci, Matt. Je suis consciente des désagréments que te crée cette histoire.

— Ne dis pas ça.

La gentillesse de son ton la fit frissonner. Elle tenta de se persuader que cette réaction idiote était provoquée par le stress.

— Je te laisse pour prévenir les responsables de son collège. Je ne veux pas qu'ils s'inquiètent inutilement.

— D'accord.

Et pourtant, après avoir raccroché, elle resta un bon moment assise, paralysée par la peur. La soirée à venir la terrifiait, et elle se demandait comment évolueraient par la suite ses relations avec Caleb. Certes, elle était sa mère, pas une copine, mais depuis le premier jour de sa vie tous deux formaient une équipe très solide, qu'elle avait crue indestructible. Elle s'est efforcée de lui donner une vie stable, tout en lui répétant que son père était un homme bon qui effectuait un travail formidable au sein de l'armée.

En plus de cette stabilité, Bethany avait apporté à

Caleb des racines en l'encourageant à nouer des relations avec sa famille à elle. Elle s'était toujours efforcée de le valoriser, de lui montrer qu'il était aimé. Elle n'avait eu de cesse de développer sa curiosité, de lui créer des occasions de découvrir divers centres d'intérêt. L'adolescent partageait avec Matt et sa mère sa passion pour l'histoire.

Le jour qu'elle redoutait depuis quinze ans était arrivé. Qu'elle le veuille ou non, elle devait à présent accepter que le père et le fils fassent enfin connaissance. Depuis le départ, Matt avait respecté toutes les limites qu'elle avait fixées. Il avait accepté qu'elle élève Caleb seule. Il méritait de rencontrer son fils dans de bonnes conditions.

Curieusement, jusqu'à maintenant, elle n'avait jamais eu l'impression de faire preuve de possessivité ou d'égoïsme. Au contraire, elle avait estimé qu'en donnant à Matt la possibilité de poursuivre ses études à West Point puis de mener une brillante carrière militaire sans être gêné par un enfant, elle s'était montrée généreuse, altruiste, et qu'elle avait rendu service à son fils comme à son père.

Mais à présent elle avait le sentiment de leur avoir fait à tous deux un cadeau empoisonné.

Matt rassembla ses pensées avant de se diriger vers le bureau du général. Cette conversation lui donnerait un avant-goût de ce qui l'attendait lorsqu'il parlerait de Caleb à ses parents. Cet échange à venir lui semblait surréaliste.

Il donna un petit coup à la porte ouverte.

— Auriez-vous un instant à m'accorder, monsieur ?

— Entrez, répondit Knudson.

Son sourire normalement jovial semblait plus lent que d'habitude à se manifester.

— Avez-vous reçu des nouvelles de la police ?

— Non, monsieur. J'aimerais vous parler d'une autre affaire, plus personnelle.

Il referma la porte et s'avança vers le bureau.

— Et visiblement grave, observa Knudson. Asseyez-vous.

— Merci.

Matt décida d'aller droit au but.

— Voilà. J'ai un fils.

C'était la première fois qu'il en parlait à quelqu'un. Une vague de fierté le souleva.

— Il a quinze ans, ajouta Matt, réfléchissant à voix haute. Sa mère l'a élevé seule. Elle a toujours tenu à ce que ma paternité reste secrète, même si je contribue à l'éducation de l'enfant depuis le début.

— Eh bien, voilà un comportement responsable qui vous honore.

— Merci, monsieur.

— Je suppose que vous avez convenu avec elle d'un arrangement légal ?

— Oui, monsieur. Et je l'ai signalé à chacune de mes enquêtes d'habilitation de sécurité.

— Très bien, dit Knudson en se frottant le menton. Pourquoi la situation devient-elle problématique, à présent ?

Matt poussa un gros soupir.

— Il semble qu'il ait appris que j'étais son père. Et pas par moi ni par sa mère.

— La cyberattaque est-elle en cause ?

— Peut-être, bien que je ne voie pas comment un gamin de quinze ans aurait eu accès à mes dossiers personnels. Sa mère vient de m'annoncer qu'il avait séché les cours pour venir à Washington en train. Dans l'espoir de faire ma connaissance, sans doute. Il devrait arriver à la gare dans une demi-heure.

Le général éclata de rire.

— Apparemment, il est bien de l'étoffe des Riley, alors.

— Peut-être, reconnut Matt, essayant de ne pas sourire. Seule ma mère pourrait vous le confirmer.

Il faudrait déjà qu'elle sache qu'il avait un fils.

— Votre mère est une femme admirable, poursuivit Knudson. Ben et Patricia sont des amis, des amis très chers.

Il étudia Matt un long moment.

— Je suppose que je suis la première personne à qui vous en parlez ?

— Oui, monsieur. En dehors du bureau du juge et des enquêteurs de l'habilitation de sécurité.

Le regard de Knudson redevint sérieux.

— Si je peux me permettre un conseil…

— Je vous en prie, monsieur.

— Pour faire passer la pilule, quand vous l'annoncerez à votre mère, peut-être devriez-vous montrer un peu de remords d'avoir gardé si longtemps cette nouvelle secrète. Quelles que soient les raisons qui vous y ont poussé.

— Très bien. Merci, monsieur.

Matt avait l'intention de le faire et plus encore.

Face à Knudson, il avait cherché à être efficace pour gagner du temps. Mais bien sûr, avec sa mère, il prendrait davantage de gants. Il avait déjà acheté des chocolats. Il s'était promis de lui apporter des fleurs chaque fois qu'il la verrait jusqu'à la fin des temps.

— Prenez votre journée, poursuivit Knudson. Mais si vous lui faites visiter le Pentagone, j'aimerais le rencontrer.

Matt l'en remercia avant de quitter le bureau à la hâte pour se rendre à la gare. Au moment où il y parvint, le train de Caleb n'était pas encore à quai et Matt poussa un soupir de soulagement. S'il n'était pas arrivé à temps, Bethany l'aurait écorché vif.

Il n'était pas si facile d'essayer de repérer un adolescent

au milieu des dizaines de passagers qui descendaient du train et remontaient le quai jusqu'au hall. Il n'avait vu Caleb que sur des photos prises à l'école ou avec son équipe de football. La gare était remplie de monde, et il faillit manquer un jeune homme qui passait seul, le visage baissé sur son smartphone.

Matt composa le numéro de Caleb.

L'adolescent qui se trouvait en face de lui balaya l'écran du doigt pour répondre.

— Allô ?

Matt l'entendit au téléphone une demi-seconde après avoir vu la bouche de Caleb prononcer le mot.

— Bonjour, Caleb.

Le garçon ressemblait tellement à sa mère qu'il en fut troublé. Il avait hérité les grands yeux bruns de Bethany, mais ses cheveux blond foncé à lui. Matt avait remarqué leurs ressemblances sur les photos, mais dans la vraie vie elles lui parurent attendrissantes.

Et maintenant ?

Le regard de Caleb se promena dans la foule avant de se poser sur lui.

Le souffle coupé, la gorge serrée, Matt resta un instant tétanisé. Son cœur battait à tout rompre dans sa poitrine. Ce jeune homme était son fils, se dit-il, bouleversé. *Mon fils*. Submergé par un trop-plein d'émotions, il était pétrifié.

Il était son père, bon sang. Il devenait urgent de se ressaisir. Il s'avança vers Caleb. Il aurait aimé le prendre dans ses bras pour l'étreindre contre lui avec force. Mais, se rappelant à temps que le garçon ne le connaissait pas et ne s'attendait pas à le voir là, il se contenta de lui tendre la main.

— Matt Riley. Je suis si heureux de te rencontrer.

Les yeux écarquillés, le gamin lui serra la main sans cesser de le dévisager. Il semblait sans voix.

Comme Matt, il avait l'air à la fois stupéfait et très ému.

— Tu es bien Caleb, n'est-ce pas ? lança Matt.

L'adolescent hocha la tête.

— Bien, dit Matt, s'efforçant de sourire. Ta maman, Bethany Trent, m'a demandé de venir te chercher.

À la mention de sa mère, Caleb blêmit.

— Elle sait déjà que je suis ici ?

Matt opina.

— Il paraît que tu n'as pas répondu à ses appels ni à ses SMS ?

— En principe, mon téléphone est éteint pendant les heures de classe.

En principe. Matt se souvint que sa propre mère acceptait mal ce genre d'excuses.

— Sais-tu qui je suis, Caleb ?

Son fils déglutit avec difficulté et hocha de nouveau la tête.

— Bien, dit Matt. Avant toute chose, appelle ta mère pour lui dire que tu vas bien.

Quand il le vit commencer à rédiger un texto, il posa la main sur son épaule.

— Téléphone-lui plutôt. Et actionne le haut-parleur.

— Bien, monsieur.

Lorsque Bethany répondit, ils l'entendirent d'abord pousser un gros soupir de soulagement. Mais il ne fallut pas longtemps avant qu'une colère fulgurante chasse son euphorie.

— Je suis heureuse que tu sois sain et sauf, Caleb, dit-elle. Matt et moi avons décidé qu'il te ramènerait à la maison. Nous discuterons alors ensemble de la situation.

— Maman, j'ai seulement…

— Ce soir, Caleb, le coupa-t-elle. Ne pense pas que tu vas t'en sortir comme ça. En attendant, comporte-toi bien avec Matt. Je t'aime.

— Oui, maman. Je t'aime aussi.

Il glissa son smartphone dans sa poche et regarda Matt.

— Voilà.

— Ta mère m'a chargé de t'annoncer que tu serais puni.

— C'est certain, répondit Caleb avec un haussement d'épaules. J'imaginais avoir au moins quelques heures de répit avant qu'elle l'apprenne. En principe, les parents ne sont prévenus des absences de leurs enfants qu'en fin de journée.

Matt ignorait tout des procédures scolaires concernant le retard ou l'absence des élèves et il s'en moquait. Il dévorait son fils des yeux. Caleb lui avait tellement, tellement, manqué.

— Alors, commença-t-il, espérant ne pas commettre d'impairs. Si j'ai bien compris, ton voyage à Washington n'était pas une sortie scolaire organisée par ton collège. Avais-tu un plan ?

Caleb baissa la tête.

— En quelque sorte…

— Tu pensais te balader tout seul dans la ville ?

— Je voulais vous chercher et faire votre connaissance, oui.

Mal à l'aise, il se balançait d'un pied sur l'autre.

— Je croyais que nous aurions un peu de temps pour discuter avant que ma mère s'aperçoive que je n'étais pas là où je devais être, poursuivit-il.

Pourquoi Caleb avait-il souhaité venir à sa rencontre ce jour-là plutôt qu'un autre ? s'interrogea Matt.

— Comment savais-tu que je vivais ici ? demanda Matt.

Caleb se détourna.

— Maman m'a dit que vous…

— Non, sûrement pas.

L'adolescent releva la tête.

— Quoi ?

— Ta mère ne t'a jamais dit mon nom et encore moins où j'habitais.

Sans répondre, Caleb se contenta d'un nouveau haussement d'épaules. Bethany l'aurait certainement réprimandé pour avoir menti, mais Matt n'avait pas envie de commencer ses relations avec son fils par des reproches et des leçons de morale.

Il poursuivit :

— Bethany m'avait invité à dîner ce soir afin que nous puissions te l'annoncer ensemble.

— J'aurais dû m'en douter, murmura-t-il. Ma mère prépare toujours un poulet à la grecque quand quelqu'un vient dîner.

Matt n'était pas sûr de tout comprendre.

— Viens, sortons de la gare, dit-il en lui indiquant d'un geste la direction.

Il résista à l'envie de poser son bras sur les épaules de l'adolescent.

— Travaillez-vous vraiment au Pentagone ? demanda Caleb. Pourrais-je le visiter ?

— Pas aujourd'hui.

Inexplicablement inquiet, Matt promenait les yeux autour de lui.

— Qui t'a donné ces renseignements sur moi ?

— J'ai reçu une photo de vous via Snapchat avec votre nom et votre grade. Un portrait de vous en uniforme, précisa-t-il.

Matt savait à quelle application Caleb faisait référence. En règle générale, les messages disparaissaient quelques instants après leur ouverture par le destinataire.

— Et tu pensais que c'était moi qui te l'avais envoyé ?

— Non, répondit Caleb.

— L'expéditeur avait-il un nom d'utilisateur ?

— Est-ce important ? Tout ce qu'il m'a appris était manifestement vrai.

— Quand as-tu reçu ces messages ?

L'adolescent pencha la tête pour y réfléchir.

— Le premier, il y a environ deux semaines.

Au moment où les fichiers du personnel militaire avaient été piratés.

— D'autres ont suivi ?

Comme Caleb opinait, Matt demanda :

— Les as-tu enregistrés ?

Caleb fronça les sourcils.

— Non, il faut payer pour le faire ! J'ai pris des notes.

En proie à un mauvais pressentiment, Matt avait envie de quitter au plus vite cette gare et d'entraîner son fils dans un espace plus sûr, à l'abri des regards. Plutôt que de prendre le métro pour rejoindre le Pentagone ou son appartement, il décida d'être moins prévisible.

— Où as-tu laissé ces notes ?

— Dans un tiroir à la maison. Et je les ai enregistrées dans le *cloud*.

— Très bien.

Les enquêteurs auraient des éléments sur lesquels travailler. Encore faudrait-il qu'ils considèrent qu'envoyer quelques clichés à un gamin soit un crime.

— J'avais l'impression d'un jeu de piste, poursuivit Caleb. Les photos étaient en quelque sorte des indices. Ensuite, je n'avais qu'à creuser pour trouver le reste. Je n'ai rien fait de mal.

— À part sécher tes cours, prendre un train sans autorisation pour te rendre seul dans une ville inconnue et mentir à ta mère.

— Elle aussi m'a menti, rétorqua Caleb, le regard plein de ressentiment. Toute… Ma… Vie, ajouta-t-il en articulant chaque mot.

— Tu n'es qu'au début de ta vie, répliqua Matt. Et maintenant, tout va changer. Pour nous trois.

Pendant qu'ils avançaient le long du trottoir, slalomant entre les touristes, Matt s'efforçait de garder Caleb contre lui.

— Vous êtes fâché contre moi, marmonna l'adolescent.

Il commençait à traîner des pieds, obligeant Matt à ralentir. Ils n'étaient pas encore en sécurité, et Matt, sans pouvoir expliquer pourquoi, sentait un danger planer au-dessus de leurs têtes.

— Non, je ne suis pas en colère contre toi.

En revanche, il en voulait beaucoup à l'individu qui avait poussé son fils à prendre tous ces risques. Et il n'était pas vraiment ravi que Bethany l'ait tenu si longtemps à l'écart.

Il posa la main sur l'épaule de Caleb, attendant que ce dernier se tourne vers lui.

— Dans cette histoire, tu as fait preuve d'intelligence et de débrouillardise, mais tu as eu tort de sécher les cours et d'inquiéter ta mère.

— Avez-vous déjà inquiété la vôtre ?

— Plus d'une fois, avoua Matt.

— Ah bon ? J'ai été élevé avec l'idée que les militaires étaient des hommes honnêtes, intègres.

— Certes, mais je ne suis pas né dans cet uniforme.

En tout cas, Bethany et Patricia avaient des normes similaires en matière d'éducation. Pas étonnant qu'il soit encore amoureux de la mère de son fils.

Surpris par la brusque tournure de ses pensées, Matt se demanda d'où elles sortaient. Rencontrer enfin Caleb devait le perturber profondément. Quoi qu'il en soit, ce n'était pas le moment de s'interroger sur ses sentiments envers Bethany. L'urgence était de continuer d'avancer.

Il était certain que quelqu'un les observait, même s'il ne parvenait pas à repérer une filature.

S'il arrivait quelque chose à Caleb, le jour où il avait enfin la possibilité de faire sa connaissance, il ne se le pardonnerait jamais. Et Bethany lui en voudrait éternellement.

Comme ils passaient devant un fast-food, il s'arrêta.

— As-tu faim ?

Ils entrèrent et commandèrent des sandwichs et des sodas. Il était tôt pour déjeuner et beaucoup de tables étaient libres. Matt entraîna Caleb vers le fond de la salle. Il prit le siège qui lui permettait de surveiller la porte.

Matt envoya un texto à son bureau, proposant à ses collègues de rapporter le déjeuner pour tout le monde. Caleb et lui pourraient ainsi se retrouver loin des regards indiscrets pour parler et décider de la suite.

— Vous avez l'air furieux, dit Caleb.

— Quand je réfléchis, mon visage prend toujours une expression sombre, expliqua Matt. Mais je ne suis pas en colère.

Il refusait de transmettre son inquiétude à son fils.

— En tout cas, il est fou que tu sois venu justement aujourd'hui, dit-il en essayant de sourire. Ta mère et moi comptions vraiment tout te dire, ce soir. Et officialiser la nouvelle, dès demain.

Caleb glissa sa paille dans le trou du couvercle de son soda et aspira avec bruit. Matt ne réagit pas. Il n'avait pas envie d'infliger des cours de bonnes manières à son fils le jour où il le rencontrait enfin.

— Comment se passe ta saison de football ? demanda-t-il.

Caleb releva brusquement la tête.

— Parce que maintenant, ça vous intéresse ? Vous avez brutalement envie de jouer les pères ?

Matt en rêvait depuis le début.

Il s'interdit d'accabler Bethany, de la désigner comme responsable de la situation.

— J'aimerais te connaître, Caleb. Tu es venu vers moi, sans doute parce que tu en avais également envie. Alors, allons-y, faisons connaissance. Pose-moi toutes les questions que tu souhaites, j'y répondrai. Je n'ai rien à cacher.

Caleb plissa les yeux.

— Pourquoi m'avoir si longtemps ignoré ? Vous ne vouliez pas de moi ?

— Bien sûr que je voulais de toi ! s'exclama Matt.

L'adolescent se pencha vers lui et baissa la voix.

— Alors, où étiez-vous, toutes ces années ?

Et Matt comprit pourquoi Bethany n'avait pas voulu affronter cette conversation seule.

Sois un homme, Riley.

— Depuis que j'ai appris que ta mère était enceinte, il n'y a pas eu un jour où je n'ai pensé à toi et souhaité être avec toi. Comment as-tu découvert qui j'étais ?

— Je vous l'ai dit. Grâce aux photos.

— Et comment crois-tu que la personne qui te les a envoyées se les soit procurées ?

Une expression perplexe assombrit le visage de Caleb.

— Je n'en sais rien, je n'y ai pas réfléchi.

— Les dossiers du personnel militaire ont été piratés récemment. À peu près au moment où tu as commencé à recevoir des messages via cette application. La raison pour laquelle le hacker avait des renseignements à te communiquer est que, depuis ta naissance, j'envoie à ta mère tous les mois une pension alimentaire pour contribuer à ton éducation.

Il préférait ne pas faire allusion à la lettre de menace que Bethany avait reçue, la veille.

Le regard de Caleb se rétrécit alors qu'il étudiait Matt.

— Alors, qu'est-ce qui cloche chez vous pour que ma mère n'ait pas eu envie que vous viviez avec nous ?

— Tu lui poseras la question. Nous nous sommes rencontrés à West Point. Nous étions dans la même classe de cadets et nous avons vite sympathisé.

Matt sourit en se remémorant cette époque.

— Nous étions jeunes et nous nous aimions, poursuivit-t-il. Mais, lorsqu'elle a découvert sa grossesse, elle a dû prendre des décisions difficiles. Elle a fait ce qu'elle pensait être le mieux pour elle et, finalement, pour toi.

Elle avait sorti Matt de leurs vies et il en avait été ravagé.

— J'ai respecté ses choix, mais j'ai insisté pour l'aider.

Caleb pressa du ketchup sur ses frites.

— Ma mère ne m'avait jamais dit qu'elle était allée à West Point.

— Elle n'a pu suivre la scolarité que pendant trois semestres, dit Matt. Quand elle est tombée enceinte, elle a été transférée dans une autre école.

— Pourquoi ne m'avez-vous reconnu à ma naissance ?

À l'époque, Bethany lui avait rappelé le règlement intérieur de l'Académie militaire de West Point, très strict. Si leurs supérieurs avaient appris sa grossesse, tous deux auraient été exclus de l'établissement. Un tel renvoi aurait interdit à Matt d'embrasser une carrière militaire et aurait compliqué la suite des études de Bethany. Matt était prêt à assumer, à quitter la plus prestigieuse des écoles militaires américaines pour poursuivre ses études ailleurs avec Bethany. Elle avait refusé, affirmant qu'il devait suivre les traces de son père, reprendre le flambeau. En fait, prétextant qu'il s'agissait de son corps, elle lui avait imposé ses choix et il avait été obligé de s'y plier.

Pourtant, ce n'était pas à Matt de le dire à Caleb.

— Je voulais le faire, répondit-il enfin. Et j'aurais aimé convaincre ta mère de me laisser l'épouser pour que nous formions une famille.

Caleb l'observa à nouveau et apparemment il jugea l'explication sincère.

— Elle peut être assez têtue.

— Son portrait illustre la définition du mot dans le dictionnaire, renchérit Matt, faisant s'esclaffer Caleb.

Son rire inattendu rappela Bethany à Matt. Il en voulait à celle-ci d'avoir gardé Caleb pour elle, de l'avoir privé du bonheur de vivre avec son fils pendant toutes ces années, de lui avoir interdit de le connaître. Heureusement, cette amertume se dissipa vite.

Il n'aurait pas été honnête de lui faire porter l'entière responsabilité de la situation. Il aurait eu la possibilité à l'époque de revendiquer ses droits paternels, d'exiger un droit de visite et il aurait probablement dû le faire.

Avaient-ils tous deux choisi la facilité, privilégié sa carrière à lui et son désir d'indépendance à elle ? Quoi qu'il en soit, ils pouvaient à présent faire un autre choix, de décider d'un nouveau départ pour leur avenir en tant que famille.

— Pourquoi regardez-vous sans cesse ce qui se passe dehors, dans la rue ?

Il était observateur, remarqua Matt avec fierté. Il hésita à lui faire part de ses inquiétudes mais, anticipant la réaction de Bethany, il se l'interdit à temps. Caleb n'avait que quinze ans. Mieux valait rester flou.

— Le fait que tu aies eu la capacité de m'identifier maintenant semble lié au piratage informatique dont les fichiers du personnel militaire ont été la cible. La coïncidence est trop énorme. Quelque chose ne va pas.

Caleb se retourna pour observer à son tour la rue avant de reporter son attention sur son hamburger.

— Vous pensez que j'ai été suivi ?

Manipulé, plutôt. Matt garda cette hypothèse pour lui. Elle paraissait un peu tirée par les cheveux.

— Cette éventualité m'a traversé l'esprit.

Supposer que cette situation ait été le résultat d'une action délibérée de quelqu'un qui avait utilisé les informations compromises lui déplaisait. D'eux trois, seul Matt n'avait pas été menacé par le hacker. Il était furieux que des civils innocents aient été visés et pas lui.

Caleb esquissa un petit sourire

— C'est cool. J'ai l'impression d'être dans un *James Bond.*

Matt aurait dû s'en douter.

— Il ne s'agit pas d'un film, Caleb. Si quelqu'un t'a utilisé ou a manipulé, il faut tout de suite y mettre un terme.

— Vous regrettez que je vous aie retrouvé alors.

— Non, je n'ai pas dit ça.

Son appétit envolé, Matt enveloppa les restes de son sandwich pour plus tard. Il ne pouvait pas espérer que Caleb l'accepte instantanément ni qu'il croie que Matt l'aimait et avait toujours voulu faire partie de sa vie.

— Pendant toutes ces années, je n'avais que quelques photos de toi, je connaissais tes résultats scolaires et certains de tes exploits sportifs. Ce n'était pas assez. J'ai toujours eu envie de faire ta connaissance. Tu pourras le demander à ta mère ce soir autour du poulet à la grecque. Elle te le confirmera.

— Je le ferai.

— Bien.

Une serveuse vint leur apporter les hamburgers qu'il avait commandés pour le personnel.

— Si tu n'as pas terminé, nous allons mettre ton repas

dans une boîte à emporter et tu le finiras au Pentagone avec les employés du général.

— Sérieux ? Nous allons déjeuner au Pentagone ?

Matt acquiesça.

— Va demander une boîte pour chacun de nous. Pendant que j'appelle une voiture.

Caleb se dépêcha de se rendre au comptoir. Matt s'apprêtait à réserver un Uber via l'application sur son smartphone quand il reçut un texto indiquant que la limousine du général les attendait devant le fast-food. Si, dans le passé, il aurait regretté que son supérieur se mettre en quatre pour lui faciliter la vie, il fut heureux d'accepter ce service, aujourd'hui.

Il ne se trouvait pas sur une zone de combat, mais il se sentait sous pression. Savoir qu'il avait une équipe derrière lui, des hommes pour protéger ses arrières, le rassurait, même s'ils occupaient tous des postes administratifs.

3

Tout l'après-midi, Bethany reçut des messages et des selfies de Caleb et de Matt. Apparemment, son fils déjeunait au Pentagone avec le général Knudson et son personnel.

La journée de Caleb s'apparentait davantage à une récompense qu'à une punition infligée à un adolescent qui avait fugué et séché ses cours. Mais, en tant que mère, elle était consciente que son fils vivait un grand moment.

Avec son père.

Elle avait envie d'être en colère, mais elle n'y parvenait pas. Certes elle s'inquiétait de l'escapade non autorisée de Caleb à Washington – et elle lui demanderait des comptes pour cela – mais, en voyant sur une photo le père et le fils réunis, elle avait fondu, attendrie. Ils se ressemblaient tant. Quand ils souriaient, ils avaient tous deux la même petite fossette sur la joue gauche.

En quelques heures, son univers avait été bouleversé. Imaginer Caleb avec Matt la glaçait et la réchauffait en même temps. Toute la journée, elle avait oscillé entre culpabilité et regrets. Elle se remémorait toutes les étapes importantes de la vie de son fils auxquelles Matt aurait dû être associé.

Au fil des ans, elle avait laissé passer de nombreuses occasions de faire entrer Matt dans leur vie, sous prétexte de protéger Caleb, de lui éviter toute perturbation. Ce choix avait porté ses fruits, pensa-t-elle. L'adolescent avait des amis qu'il connaissait depuis la maternelle, il faisait partie d'une équipe de football avec laquelle il voyageait, il avait vécu une enfance normale. Il n'avait pas connu les difficultés auxquelles étaient confrontées les progénitures de militaires, obligées de déménager tous les deux ou trois ans. D'ailleurs, elle avait apporté à son fils tant de stabilité et de confiance en lui qu'il n'avait pas hésité à prendre le train tout seul pour aller retrouver son père.

Cela dit, si elle voulait faire preuve d'un minimum d'honnêteté intellectuelle, elle devait reconnaître que Matt ne s'était jamais plaint d'avoir dû changer d'école et de copains en permanence. Il avait été élevé dans une famille de militaires et il avait sans doute été programmé pour intégrer l'Académie de West Point dès sa plus tendre enfance. Bethany aussi, à une époque, avait prévu de poursuivre une carrière militaire, de trouver peut-être un mari soldat et, dans un idéal lointain, d'avoir un jour un enfant de lui.

Un jour. Pas à vingt ans. Pas avant d'avoir terminé ses études, voyagé et effectué professionnellement quelque chose d'important. Lorsqu'elle s'était retrouvée enceinte par accident, elle en avait été totalement désemparée. Matt avait été presque ravi d'apprendre sa grossesse alors qu'elle en avait été terrifiée. Rien ne l'avait préparée à devenir mère célibataire.

Il lui avait tout de suite proposé de l'épouser, même s'il leur aurait été interdit de se marier tant qu'ils étaient cadets, élèves à West Point. Si elle l'aimait à la folie, elle avait toujours su qu'elle devait refuser, qu'il lui faudrait se débrouiller toute seule pour élever l'enfant. Matt se destinait à une carrière militaire. Il serait appelé à servir son pays aux quatre coins du monde. Si elle avait accepté d'être sa femme, elle serait restée, elle, cantonnée à la maison, à attendre de ses nouvelles. Une telle perspective ne l'avait jamais emballée. De plus, elle avait craint que Matt ne se soit senti piégé si elle l'avait forcé à lui passer la bague au doigt parce qu'elle était enceinte. Ou qu'elle lui en veuille. Et elle n'avait pas eu envie que l'un d'eux en vienne à reprocher à l'autre des choix qu'il n'aurait pas pris dans d'autres circonstances. Cela aurait mis un terme regrettable à ce qui avait commencé comme une belle amitié.

Voilà pourquoi, et même si ce choix avait été difficile, elle avait décidé de s'éloigner de Matt, de renoncer à ses propres rêves, pour se lancer dans la maternité et relever ce nouveau défi. Avec Caleb, elle avait découvert qu'élever un enfant était une aventure.

Elle était encore au bureau quand un texto lui apprit qu'ils quittaient Washington. À travers les photos qui accompagnaient ce SMS, elle mesura l'enthousiasme de Caleb en découvrant le bolide de Matt, un magnifique coupé Camaro, un modèle de 1967 que Matt avait lui-même restauré, précisait l'adolescent.

Entre son travail au Pentagone et sa voiture de sport, il avait tout pour plaire à Caleb. Comme si elle avait besoin que Matt soit plus charismatique qu'il ne l'était déjà pour son fils. *Leur* fils. Il était grand temps qu'elle adapte son vocabulaire à la nouvelle donne.

En rentrant chez elle, elle s'arrêta à la supérette pour acheter de quoi compléter le dîner. La grande nouvelle qu'ils avaient projeté d'annoncer à Caleb avait été éventée, mais le sujet était loin d'être clos. Leur fils leur demanderait des explications, il y aurait des questions difficiles. Ils n'auraient peut-être pas de réponses pour toutes. Visiblement, quoi que Matt ait déjà dit à Caleb, l'adolescent avait placé son père sur un piédestal.

Tout en circulant entre les rayons, elle rumina ces sombres pensées. Elle prit une bouteille de vin. Elle l'ouvrirait plus tard pour se détendre, une fois Caleb couché et Matt parti. Pour agrémenter les cookies qui restaient de la veille, elle acheta de la glace à la vanille pour le dessert.

C'était de la corruption pure et simple, elle en était consciente.

Quand elle arriva à la caisse, son chariot était tellement rempli qu'un observateur extérieur aurait eu l'impression qu'elle préparait une fête pour une douzaine de convives. Mais elle ne faisait que couvrir les bases, pensa-t-elle avec pragmatisme.

Il s'agissait de leur premier dîner en famille, et il se devait d'être mémorable. Matt attendrait-il d'être seul avec elle pour lui asséner un : « Je te l'avais bien dit » ? Était-il en train d'expliquer à Caleb qu'elle seule était responsable de la situation, que c'était elle qui avait tenu Matt éloigné de leur vie ? De toute façon, son fils était sans doute parvenu à cette conclusion sans l'aide de son père.

À la maison, elle mit le poulet au four avec les légumes. Dès que le dîner fut lancé, elle se servit un verre d'eau dans l'espoir de se calmer. Caleb la détestait-il maintenant qu'il savait qu'elle l'avait sciemment privé de son père pendant quinze ans ? Il se sentait sûrement trahi, et par la suite elle aurait bien du mal à de défendre certaines valeurs comme la droiture, l'honnêteté ou l'intégrité…

Elle avait perdu toute crédibilité pour lui faire la morale.

Et elle ignorait toujours comment Caleb avait entendu parler de Matt, au départ. Lorsqu'elle avait posé la question à Matt, il avait balayé le sujet d'un revers de main en lui disant qu'il lui raconterait tout lorsqu'ils seraient ensemble. Espérait-il vraiment apaiser ainsi ses angoisses ?

Elle prépara des amuse-gueules pour l'apéritif. Caleb voudrait grignoter quelque chose dès son arrivée et Matt en aurait sans doute envie, lui aussi. Elle trancha du fromage et éplucha quelques carottes qu'elle disposa sur une assiette avant de les remettre au réfrigérateur. Quand ils arriveraient, tout serait prêt.

Sortant de la cuisine, elle traversa la salle à manger et le salon pour s'assurer que tout était parfait. Elle ne voulait pas donner à Matt une raison quelconque de critiquer la maison ou son rôle de mère. Tout était propre et bien rangé, grâce à de bonnes habitudes enracinées, saupoudrées d'un peu de créativité. Par acquit de conscience, elle vérifia que la chambre d'amis était prête, au cas où Matt insisterait pour passer la nuit ici.

Le souhaiterait-il ? En tout cas, elle n'avait pas l'intention de lui proposer de rester.

Elle sentit ses joues s'embraser à l'idée de Matt dormant au bout du couloir, à quelques pas de sa propre chambre. Voilà des années qu'elle ne l'avait pas vu et pourtant il était toujours l'homme qu'elle désirait le plus au monde, l'homme qu'elle tenait en haute estime, qu'elle considérait comme au-dessus de tous les autres. Et il continuait à jouer le rôle principal dans ses rêves érotiques. Bien sûr, ce secret-là, elle l'emporterait dans sa tombe. Personne ne le saurait jamais.

Un bruit de moteur dans la rue la poussa vers les grandes baies vitrées de la salle à manger. Un frisson lui parcourut l'échine quand le coupé noir entra dans la cour et s'arrêta devant le perron. Elle se surprit à retenir ses larmes lorsque le père et le fils sortirent de la voiture. *Des larmes de joie*, se dit-elle. Il s'agissait d'un événement heureux.

Caleb, son sac à dos sur l'épaule, entraîna Matt vers la porte d'entrée. Côte à côte, leur ressemblance était étonnante, jusque dans leur façon de marcher. Actuellement, Caleb était mince, tout en longueur, mais elle voyait déjà poindre chez lui la charmante version de Matt quand il était à West Point.

Vêtu d'une chemise grise et d'un pantalon noir, sa veste à la main, Matt semblait plus en forme que jamais. Il n'était pas surprenant qu'aucun autre n'ait trouvé grâce aux yeux de Bethany. Aucun ne lui arrivait à la cheville. Matt était unique, l'homme qu'elle avait toujours aimé. L'homme qu'elle aimait toujours.

Idiote, se réprimanda-t-elle. Son amour pour Matt était impossible, elle le savait bien. Caleb était sa priorité. En tout cas, l'adolescent avait besoin de savoir que, si elle se réjouissait que tout se soit bien terminé, son comportement depuis vingt-quatre heures était inadmissible.

Comme un autre véhicule passait lentement devant chez elle, Matt tourna automatiquement la tête dans cette direction. Elle suivit son regard, mais elle ne reconnut pas cette voiture. Horrifiée, elle vit soudain la vitre derrière le conducteur s'abaisser et le canon d'un pistolet apparaître, pointé vers eux.

Avec un hurlement, elle s'élança vers l'entrée pour leur ouvrir la porte. Elle entendit Matt ordonner à Caleb de courir se réfugier dans la maison. Des coups de feu claquèrent. Caleb se rua à l'intérieur, Matt sur les talons. Sous l'impact d'une balle, le vitrail au-dessus de la porte d'entrée explosa en une pluie d'éclats colorés.

— Baissez-vous ! cria Matt.

Il ferma du pied ce qui restait de la porte.

— Reculez-vous, reculez-vous !

Il les repoussa au fond du hall d'entrée, près du salon.

Bethany se laissa tomber sur le sol et palpa rapidement son fils à la recherche de blessures éventuelles.

— As-tu été touché ? Que s'est-il passé ?

— Je vais bien, je n'ai rien, assura-t-il.

Elle s'aperçut que sa main était rouge de sang.

— Tu saignes, insista-t-elle en soulevant sa chemise.

— Ce n'est pas moi, maman. C'est Matt.

Dans un état second, elle entendit Matt appeler le 911, raconter ce qui venait de se passer, sans oublier de décrire la voiture de l'assaillant, avant de communiquer à son correspondant l'adresse de Bethany.

Non, ce n'était pas possible. Le destin ne pouvait avoir la cruauté de donner un père à son fils pour le lui enlever le jour même. Au mépris des éclats de verre qui mordaient ses mains et ses genoux, Bethany se traîna vers Matt, adossé au mur en face de la porte.

— Es-tu gravement blessé ? demanda-t-elle.

— Rien, une égratignure. La balle n'a fait que m'effleurer.

Sa chemise était déchirée et tachée de sang.

— La blessure ne semble pas profonde, reconnut-elle après l'avoir examiné. Caleb, va chercher la trousse de secours.

— Oui, maman.

— Éloigne-toi des fenêtres, lui ordonna Matt.

— Tu crois qu'ils vont revenir ?

— Mieux vaut prévenir que guérir…

En son for intérieur, Bethany se jura que celui qui avait tiré sur leur fils le regretterait.

Caleb revint, la trousse de secours à la main, avec des torchons propres.

— As-tu besoin d'un bol d'eau, maman ?

— Cela m'aiderait, oui, dit-elle.

Il hocha la tête et repartit en trombe.

— C'est un garçon formidable, dit Matt alors qu'elle déboutonnait sa chemise pour dégager la plaie. Surprenant… Grâce à toi. Tu es visiblement une super maman.

Elle vit briller dans les yeux de Matt de la gratitude et autre chose, autre chose qu'elle préférait ne pas prendre en considération pour le moment.

— Merci, murmura-t-elle.

Il était difficile de le regarder quand il la dévisageait avec cette intensité. Quinze ans avaient passé, pourtant Matt avait toujours la capacité de l'ébranler au plus profond de son cœur, s'étonna-t-elle.

Sans doute devait-elle le remercier à son tour. Il méritait surtout de plates excuses, mais elle ne savait pas comment les formuler.

— Tu es superbe, dit-il.

Troublée, elle reporta son attention sur la blessure.

Caleb revenait en courant, un bol d'eau chaude à la main. L'eau débordait à chacun de ses pas, mais elle s'en moquait. Le parquet sécherait, et elle était soulagée que l'adolescent interrompe leur tête-à-tête.

Elle retira avec précaution la chemise de Matt pour le soigner. La première impression qu'elle avait eue de lui en l'apercevant par la fenêtre se confirma. Il s'était musclé depuis quinze ans et sa haute silhouette s'était élargie.

La maturité lui allait bien, se dit-elle.

Elle lava la plaie, et Caleb lui tendit des tampons de gaze.

— La blessure n'est pas très profonde. Des points de suture ne semblent pas indispensables, dit-elle.

— Un sparadrap suffira

— La police est là, annonça Caleb.

Les gyrophares projetaient des éclats rouges et bleus dans la salle à manger avec un étrange effet stroboscopique.

Quelqu'un frappa à la porte d'entrée cassée.

— Police !

Caleb se leva pour répondre, mais Matt le retint par le bras.

— Laisse-moi y aller.

Tenant le pansement sur ses côtes, il murmura un faible juron tandis que Bethany l'aidait à se relever.

Un autre coup secoua la porte.

— Police !

— Un instant ! cria Matt. Retournez tous les deux dans la…

— Je suis chez moi, coupa Bethany en se dressant devant lui.

Il voulait se montrer chevaleresque, mais il était blessé. Il fronça les sourcils.

— Beth, prévint-il.

Il était la seule personne au monde à l'appeler ainsi. Et il ne lui avait pas donné ce surnom depuis qu'elle avait refusé sa première proposition de mariage. Dieu qu'il lui avait manqué !

— Je suis chez moi, répéta-t-elle en ouvrant la porte à un policier en uniforme.

— Bonsoir, madame, dit-il. Officier Baker, police de Cherry Hill. Êtes-vous en sécurité ?

— Maintenant, oui. Mais une voiture est passée dans la rue et quelqu'un assis sur la banquette arrière a tiré sur mon fils et sur son père.

Le policier examina la porte endommagée.

— Êtes-vous blessée ? demanda-t-il à la vue du sang sur ses mains et ses vêtements. Une ambulance est en route.

— Mon fils et moi ne souffrons que de quelques égratignures. Ce sang est celui du père de Caleb. Une balle l'a touché, sans causer trop de dégâts, apparemment.

— Puis-je entrer ?

Elle ouvrit plus largement la porte et l'invita ainsi que son coéquipier à la suivre à l'intérieur.

Revenue dans la salle à manger, elle ferma les rideaux, un geste qui lui prouva que sa peur était toujours là. Le tireur était parti, le danger en principe écarté, mais elle sentait des frissons lui parcourir l'échine. Tandis qu'ils racontaient les événements aux policiers, elle nourrissait peu d'espoir sur leur capacité à retrouver le conducteur et son passager armé.

Tous trois se souvenaient de la voiture, une berline sombre. Matt leur livra la marque et le modèle, mais aucun d'eux n'avait aperçu la plaque d'immatriculation.

Non, il n'y avait pas de caméra de surveillance donnant sur la rue. Non, Caleb n'avait pas d'amis possédant des armes à feu ou faisant partie de gangs. Non, elle n'avait jamais vu ce véhicule auparavant. Non, personne n'avait emménagé récemment dans le quartier. Non, non, non. Tout cet interrogatoire ne faisait que souligner le sentiment d'impuissance qui flottait dans l'air, omniprésent.

Lorsque la minuterie du four retentit, Bethany profita de l'occasion pour se précipiter dans la cuisine afin de sortir le poulet du four. Derrière elle, elle entendait Matt répondre à d'autres questions.

Avec les années, ses intonations étaient devenues plus profondes et plus douces. Autrefois, le simple son de sa voix lui donnait envie de se rapprocher de lui et d'accepter le soutien qu'il lui offrait. Une raison de plus pour laquelle elle avait préféré garder ses distances après la naissance de Caleb. Mieux valait éviter la tentation pour ne pas risquer de craquer.

Elle s'était toujours sentie vulnérable vis-à-vis de Matt.

— Maman ? dit Caleb en la rejoignant. Tu vas bien ?

— Bien sûr, répondit-elle avec un sourire. Je cherche un moyen de garder notre dîner au chaud.

Elle couvrit le poulet de papier aluminium avant de le remettre au four.

— Matt veut que nous restions dans la cuisine.

Bethany se hérissa, comme lorsque Matt avait tenu à ouvrir lui-même sa porte. Cela dit, même s'il était blessé, il avait mieux vu la voiture que Caleb et elle. Il occupait également un poste important au sein de l'armée américaine. Son témoignage avait donc plus de poids auprès des autorités.

Elle remarqua des taches de sang sur le jean de son fils et l'invita à s'asseoir sur un tabouret.

— Retrousse les jambes de ton pantalon, ajouta-t-elle en se dirigeant vers l'évier.

Il obéit, les yeux au ciel.

— Je vais très bien, maman.

— Et moi, j'irai mieux si tu me laisses jeter un œil, chéri. S'il te plaît.

Il poussa un gros soupir.

— Si tu y tiens.

À l'aide de feuilles de papier absorbant mouillées, elle épongea ses égratignures.

L'agent Baker entra alors dans la cuisine.

— Les ambulanciers examinent M. Riley, dit-il. L'un de vous a-t-il besoin de soins ?

— Non, merci, répondit Bethany.

— D'accord. Y a-t-il quelqu'un pour vous aider à réparer la porte ?

Bethany avait oublié que sa porte était cassée.

— Je vais appeler un voisin.

— Bien. Nous vous laissons, mais une voiture de patrouille restera par précaution cette nuit devant chez vous. Nous vous tiendrons au courant de l'évolution de l'enquête.

— Merci.

Les ambulanciers étant toujours dans sa salle à manger, Bethany reporta son attention sur le sweat à capuche, orné de la mascotte du collège, de Caleb.

— Il est bon pour la poubelle, celui-ci.

— Pas question. C'est l'un de mes sweat-shirts préférés.

— Je sais, affirma-t-elle avec sympathie. Laisse-le-moi. Je vais essayer de le sauver.

Comme il passait le vêtement par-dessus sa tête, elle aperçut un trou dans l'épais tissu et son cœur se serra dans sa poitrine. Une balle avait failli atteindre son bébé. Il s'en était fallu d'un cheveu qu'il ne se fasse tuer. Peu importait qu'il soit bientôt plus grand qu'elle, Caleb serait toujours son bébé.

Les larmes aux yeux, elle serra l'adolescent contre elle avec force.

Embarrassé par l'émotion de sa mère qu'il ne savait pas gérer, Caleb lui tapota le dos.

— Ça va, maman ?

— Non, mais ça ira, répondit-elle honnêtement.

Elle prit une profonde inspiration avant d'expirer lentement.

— Va voir comment se porte Matt.

Elle se tourna vers l'évier et commença à frotter le sweat à capuche en sachant qu'elle serait obligée de le jeter pour finir. Matt lui en donnerait peut-être un autre, orné du logo de l'armée, qui deviendrait le nouveau sweat préféré de Caleb.

Dès que son fils fut sorti et qu'elle l'entendit bavarder avec Matt, elle fourra le vêtement dans un sac en plastique qu'elle balança dans la poubelle de la buanderie. Puis elle appela M. Payton. Il habitait au bout de la rue et s'était toujours porté volontaire pour l'aider à effectuer des petites réparations dans la maison. Très gentiment, il accepta de venir sécuriser la porte pour la nuit.

Bethany se remit à préparer le repas. Une fois la porte réparée, ils dîneraient ici, décida-t-elle, un cadre décontracté pour une conversation détendue. La salle à manger était trop proche des lieux du drame et lui semblait à présent dangereuse. Bethany ne comprenait pas bien les tenants et les aboutissants des événements. Mais elle ne pouvait s'empêcher de voir un lien entre le fait que Caleb avait rencontré Matt et la fusillade dont ils avaient été les cibles.

Une profonde colère l'habitait. Elle avait envie de riposter, de trouver un coupable. Elle voulait aussi protéger son fils. Une petite voix sournoise s'insinuait dans son esprit, cherchant à incriminer Matt. Mais elle s'interdit de l'écouter, sachant qu'il s'agissait d'une réaction irrationnelle et injuste.

Quoi qu'il en soit, il n'était pas question de parler davantage des dangers et des risques en présence de Caleb, ce soir. En revanche, elle ne laisserait pas Matt sortir de cette maison tant qu'ils ne seraient pas parvenus à un accord sur les précautions à prendre pour assurer la sécurité de Caleb. Elle voulait des réponses, pas de belles paroles, pas de platitudes. Son fils était sa plus haute priorité, et si l'éloigner de son père était le seul moyen de le protéger, elle l'imposerait.

La terreur de Bethany au moment de l'attaque était passée, mais le calme dont elle avait fait preuve pendant la crise était, lui aussi, en train de se dissiper. Si elle arborait une expression détendue et si elle menait une conversation agréable, évitant avec soin les sujets sensibles, Matt devinait qu'elle était furieuse.

Sans doute aurait-elle préféré qu'il ne soit pas là, vêtu d'un T-shirt bleu que les ambulanciers lui avaient laissé, sa chemise étant en lambeaux. De son côté, elle s'était changée. Un corsage crème et un jean bien ajusté moulaient ses jolies courbes féminines. Elle avait tressé ses cheveux sur la nuque. Chaque fois qu'elle posait les yeux sur lui, elle semblait se renfermer un peu plus. Sans doute le logo qui ornait son T-shirt lui rappelait-il les balles qui avaient failli toucher leur fils.

Il la trouvait plus belle que jamais. Bethany, qui le captivait depuis toujours, n'aurait aucune difficulté à le séduire de nouveau. Grâce aux photos sur les réseaux sociaux, il l'avait vue évoluer au cours des années, il avait suivi ses changements de coiffure, de style, de loisirs. Mais rien ne l'avait vraiment préparé à la revoir en chair et en os. Le simple fait d'entendre sa voix, de partager un repas avec elle, le bouleversait. L'envie de mêler leurs doigts pour retrouver leur bonheur d'autrefois le submergeait.

Peut-être aurait-il dû s'en aller et remettre ce dîner à une date ultérieure afin de mener l'enquête sur les derniers événements. Mais l'envie de passer cette soirée avec son fils était trop forte. Le contact avec Caleb était facile, tous deux s'étaient rapprochés plus vite que Matt n'aurait osé l'espérer. Ils s'apprivoisaient si bien que, tout en roulant, Matt lui avait proposé de l'appeler par son prénom – il devinait que « papa » était prématuré et aurait du mal à passer – et de le tutoyer. Son fils avait tout de suite accepté. Mais Matt avait passé assez de temps avec Caleb cet après-midi pour comprendre que l'adolescent en voulait beaucoup à sa mère. Le gamin s'estimait en droit de lui demander des comptes, d'exiger des explications. Il lui reprochait de l'avoir volontairement privé de son père. Il n'aurait pas été juste que Bethany gère la crise annoncée toute seule. Servir de tampon entre la mère et le fils pour les empêcher de se dire des choses qu'ils regretteraient par la suite relevait de son devoir.

Sa blessure était un peu douloureuse mais ne l'empêchait pas de se nourrir. Les ambulanciers l'avaient averti qu'il s'était sans doute fêlé quelques côtes en tombant, mais ce genre de mésaventure lui était déjà arrivé à l'entraînement et il ne s'arrêterait pas pour si peu. Il avait envie de profiter de ce qui restait de sa première soirée en famille.

Caleb et lui dévorèrent tout ce que Bethany avait mis sur la table. Après avoir englouti le plateau de hors-d'œuvre, ils se régalèrent du poulet à la grecque. Bethany se contenta de jouer avec la nourriture dans son assiette. Elle n'avait jamais faim quand elle était en colère.

Leur fils les bombarda de questions sur la façon dont ils s'étaient rencontrés et sur West Point. Lui raconter ces histoires replongea Matt dans sa jeunesse. À l'époque, Bethany l'enthousiasmait autant que la prestigieuse école militaire où il venait d'être admis. Ensuite, Caleb interrogea Matt sur les pays où l'armée l'avait envoyé. L'adolescent semblait conscient que la bonne humeur apparente de sa mère était fragile et il cherchait manifestement à l'épargner en évitant les questions les plus sensibles, les plus douloureuses. Jusqu'au moment où il fut incapable de les repousser plus longtemps.

— Quand comptais-tu me parler de Matt ? demanda Caleb à sa mère. Dans l'hypothèse où tu avais l'intention de me révéler un jour son existence, bien sûr.

Matt eut droit un autre regard froid de Bethany.

— J'en avais bien l'intention, répondit-elle. Et je l'avais programmé pour ce soir, ajouta-t-elle avec un sourire.

Caleb secoua la tête.

— Non. Je veux dire : si le piratage informatique ou n'importe quel autre événement extérieur ne t'y avait pas obligée, m'en aurais-tu un jour parlé ?

Matt admira en son for intérieur le courage de l'adolescent qui affrontait sa mère.

— Oui, répondit-elle.

Une syllabe. Qui résumait tout mais qui, comme il fallait s'y attendre, ne suffit pas à Caleb.

Les yeux rivés sur ceux de Bethany, il marmonna.

— Je ne te crois pas.

— Je le comprends. La confiance entre nous a été sérieusement ébranlée aujourd'hui, non ?

Caleb leva le menton.

— En tout cas, je n'ai pas l'intention de m'excuser d'être parti à la recherche de Matt, ni de l'avoir retrouvé.

— Je vois.

Bethany avait l'air d'avoir besoin d'un verre de vin ou de quelque chose de plus fort.

De son côté, Matt n'aurait pas été contre un alcool plus fort que la bière qu'elle lui avait servie. Il commençait à se sentir mal à l'aise au milieu de cette histoire qu'il avait finalement subie autant que son fils. Mais il s'agissait de sa famille, et il était plus que temps pour lui d'agir.

— Caleb, parle à ta mère avec respect. Et ne lui mets pas tout sur le dos, poursuivit-il. Je suis aussi responsable qu'elle. J'aurais pu faire valoir mes droits paternels et être plus impliqué. J'ai choisi de ne pas le faire.

— Mais c'est elle qui…

— Ta mère a toujours fait ce qu'elle pensait être le mieux pour toi, intervint Matt. Chaque décision qu'elle a prise l'a été par amour.

Les lèvres pincées, Bethany fixait son assiette en silence. S'ils avaient été seuls, Matt l'aurait poussée à se confier à lui en faisant appel à son sens de l'humour ou à sa faculté à se mettre en colère. Mais il renâclait à utiliser ces tactiques devant leur fils. Par égard pour elle.

— J'aurais préféré que tu l'apprennes autrement,

Caleb, dit Bethany. Mais je ne regrette pas que tu l'aies découvert, que tu saches à présent qui est ton père et que tous deux ayez fait connaissance. Pendant des années, j'ai essayé de trouver le bon moment pour te le dire.

— Et pourquoi ne l'as-tu jamais fait ? répliqua Caleb en élevant la voix. C'était si difficile que ça ?

De nouveau, Matt voulut intervenir, mais Bethany secoua la tête pour l'en dissuader.

— Parce que nous étions heureux, dit-elle, la voix et les yeux teintés de regret. Nous étions tous heureux.

Matt n'était pas d'accord sur ce dernier point, mais il attendrait d'être seul avec elle pour le dire. Il ajouterait ce sujet à la liste de plus en plus longue de ce dont ils avaient besoin de discuter en tête à tête. Caleb n'avait pas dû être si heureux de la situation. S'il l'avait été, il n'aurait pas suivi les indications d'un inconnu pour partir à la recherche de son père. Quant à Matt, il avait toujours souffert de cet arrangement. Depuis quinze ans, son fils lui manquait terriblement. Il avait toujours eu l'impression d'être amputé d'une partie de lui-même. Et maintenant, assis dans sa cuisine, il n'avait pas le sentiment que Bethany avait été aussi heureuse qu'elle le prétendait. En tout cas, pas comme une mère de famille devrait l'être.

Sentant qu'il n'allait pas tarder lui-même à perdre son sang-froid, il proposa à Caleb de l'aider à faire la vaisselle.

— Être en colère contre elle ne réglera rien, dit-il, couvrant la conversation sous le bruit de l'eau. Tu as le droit d'être furieux, mais n'oublie que ta mère est quelqu'un de sensible.

— Je sais. Mais je ne peux pas m'empêcher d'être fou de rage contre elle, reconnut le garçon.

Matt vit trembler les mains de Caleb alors qu'il chargeait le lave-vaisselle.

— C'est l'adrénaline, dit-il. Il faut du temps pour l'évacuer.

L'adrénaline et une bonne dose de peur, songea Matt.

— Nous allons trouver une solution, le moyen de nous en sortir. Je te le promets, Caleb.

L'adolescent tordait si fort le torchon entre ses mains que ses jointures en blanchissaient.

— Aussi loin que je m'en souvienne, j'ai toujours eu envie d'un père, dit-il. Il n'est pas juste que tu aies vécu si près de moi pendant tout ce temps, sans que je le sache. Elle n'avait pas le droit de me priver de toi, de mon père.

Son fils luttait pour retenir ses larmes et, bouleversé, Matt le prit dans ses bras.

— La vie est parfois dure, non ?

Il aurait pu le serrer contre lui pendant un an sans se lasser.

Caleb hocha la tête, le front contre son torse.

Matt l'étreignit encore avant de s'ordonner de le lâcher.

— En tout cas, maintenant, tu sais que j'existe.

Après un moment, Matt reprit :

— J'ai un service à te demander, Caleb.

— Bien sûr.

— Après le dessert, trouve quelque chose à faire pour que je puisse parler à ta mère en tête à tête.

— Tu veux lui parler de moi ? s'enquit Caleb en le regardant attentivement.

— Entre autres, répondit Matt avec un clin d'œil.

Le visage de Caleb s'assombrit.

— D'accord. Tu restes ici, cette nuit ? Dis oui, je t'en prie !

— Te sentirais-tu mieux si je restais ?

Il attendit le signe affirmatif de Caleb pour répondre :

— Alors je vais te révéler un secret : je l'avais prévu.

Maintenant qu'il avait retrouvé sa famille, il n'avait pas

l'intention de les laisser se débrouiller seuls face à une menace. La fusillade de ce soir n'était pas due au hasard.

— Et personne ne t'en voudra d'arriver en retard au travail demain ? s'enquit Caleb.

— Le général Knudson et moi allons régler le problème. Cela fait partie des circonstances exceptionnelles. En revanche, il est temps pour toi d'aller te coucher. À quelle heure passe le bus de ramassage scolaire ?

— Il n'y a pas classe demain, intervint Bethany en entrant dans la cuisine pour sortir la crème glacée du congélateur. Caleb a été exclu pendant deux jours pour avoir fait l'école buissonnière.

— Quoi ? cria Caleb. J'ai un examen d'histoire, jeudi. Et lorsqu'un élève est exclu du collège, il a zéro aux examens qu'il aurait dû passer, dit-il à Matt. Je suis mort, ajouta-t-il en se couvrant le visage de ses mains.

— Tu dois assumer les conséquences de tes actes, dirent Matt et Bethany à l'unisson.

— J'avais une bonne raison de sécher les cours, protesta l'adolescent en se tournant vers Matt.

Aucun d'entre eux ne réagit. Caleb fusilla chacun de ses parents d'un regard furieux.

— C'est donc ça ? Vous vous êtes ligués contre moi ? La totale !

Il quitta la pièce avec colère.

— Tu penses qu'il va tenter de filer ? demanda Matt.

— Il n'irait pas loin avec le système de sécurité.

Un sourire passa sur ses lèvres quand elle précisa :

— J'ai installé des alarmes aux fenêtres dès qu'il est entré au collège.

La moue amusée de Bethany réveilla le désir de Matt.

— Sans parler des policiers qui montent la garde dehors.

Il inclina la tête.

— Avons-nous agi comme des parents unis ?

— Oui et cela a fonctionné, je pense.

Elle leva la main pour frapper la sienne en signe de victoire.

Il en profita pour poser un baiser sur ses doigts.

— Je te remercie, Beth.

— Pour quoi ?

Pour tout. Pour m'avoir laissé rester.

— Pour Caleb, dit-il. Pour tes soins, pour le dîner délicieux. Je pourrais continuer longtemps.

À contrecœur, il la laissa s'écarter.

Elle sortit une bouteille de vin d'un panier.

— C'est à moi de te remercier, Matt.

Il lui prit le tire-bouchon des mains.

— À mon tour de demander : me remercier pour quoi ?

— Pour ne pas m'avoir prise comme bouc émissaire, tout à l'heure. Nous savons tous les deux que Caleb ne t'avait jamais rencontré parce que j'en avais décidé ainsi.

Qu'elle l'avoue le laissa sans voix et la façon dont elle le regarda derrière ses longs cils noirs le ramena à l'époque de West Point, où ils s'embrassaient furtivement lorsqu'ils se rendaient en catimini au cimetière.

— Aimerais-tu un verre ? proposa-t-elle avec un sourire.

— Je préfère une bière, répondit-il en ouvrant le frigo.

Il lui tendit l'assiette de cookies qu'elle avait sortis pour accompagner la crème glacée.

— Ils se marient bien avec le vin. Et le chocolat est bon pour le stress.

Elle sirota une gorgée du breuvage avant d'ajouter :

— Caleb a parfaitement le droit d'être en colère contre moi, murmura-t-elle en regardant vers la chambre de l'adolescent.

— Et contre moi, dit-il.

Elle secoua la tête.

— Toi, tu es le père qu'il a toujours voulu. Je ne suis que la mère qu'il a toujours connue.

Matt avait envie de la rassurer, de la prendre dans ses bras et de l'embrasser pour effacer les doutes qui assombrissaient ses yeux magnifiques.

— Nous ne savons pas quel genre de père je suis.

— Il y a fort à parier que tu seras le père de l'année, murmura-t-elle.

Si elle y croyait, pourquoi avait-elle été aussi déterminée à l'exclure si longtemps de la vie de Caleb ?

— Tu vois quelqu'un ? demanda-t-il soudain.

— Non. Et toi ?

— Non plus.

Il parvint à ne pas montrer l'intense soulagement qui l'envahissait.

Elle l'épingla avec un regard sceptique.

— Alors si je comprends bien, c'est le travail qui t'a obligé à rentrer chez toi si tard, hier soir ? Cela ne ressemble pas à ce que je sais du général Knudson, déclara-t-elle.

Par le biais des communications du bureau du JAG, Matt s'était assuré que Bethany soit toujours au courant de chacune de ses affectations. Cela dit, il ne s'attendait pas à ce qu'elle sache quoi que ce soit sur son supérieur actuel.

— Il organise des matchs de football tous les lundis soir.

— Ah.

Il jeta un coup d'œil dans le couloir pour s'assurer que Caleb n'était pas à portée de voix avant d'ajouter :

— Cela dit, je suis rentré tard chez moi à cause d'une mauvaise blague dont Knudson et moi avons été victimes après cette rencontre sportive.

Il ne pouvait vraiment pas parler d'attaque, surtout après la fusillade qu'ils avaient essuyée en arrivant ici.

— Il a fallu faire une déclaration à la police. C'était le bordel.

— Que s'est-il passé ? demanda-t-elle, une lueur d'inquiétude dans les yeux.

— Alors que nous parvenions à la hauteur de la limousine du général, une voiture a surgi et a foncé sur nous. Elle a lancé un ballon de base-ball sur le pare-brise de Knudson. Le geste était assez agressif, même si le projectile ne l'était pas.

— Un tir de ballon de base-ball ? répéta-t-elle, incrédule.

— Nous n'avons compris qu'il s'agissait d'un simple ballon qu'à la fin, dit-il, sur la défensive.

— Oui, mais je suis frappée par la similitude des deux épisodes.

Elle avait raison.

— Le chauffeur n'était pas aussi pressé que devant chez toi. Tout à l'heure, il roulait lentement jusqu'au moment où le type à l'arrière s'est mis à tirer. À ce moment-là seulement, il a accéléré pour prendre le large en vitesse. Tu comprends pourquoi j'ai dit à Caleb que je préférais passer la nuit ici, ajouta-t-il.

— Nous dormirons tous mieux si tu restes ici.

À la façon dont elle pinça les lèvres, il comprit qu'elle mentait. Il trouva presque rassurant de constater que certaines choses ne changeaient pas.

— Tu n'as pas envie que je reste, dit-il.

Elle soupira tout en roulant son verre entre ses paumes.

— Vu les circonstances, ta requête semble raisonnable.

— Je veux faire partie de sa vie, Beth.

— Je sais, répondit-elle en mordillant sa natte. Voilà longtemps que tu aurais dû en faire partie.

L'envie de glisser ses doigts dans sa chevelure le traversa, mais il se ressaisit.

— Comment allons-nous procéder ?

— Nous aviserons jour après jour, je suppose.

Elle posa son verre de vin.

— Caleb et toi, avez-vous conclu un pacte pour me cacher comment il t'avait trouvé ?

Malgré sa fatigue évidente, son regard était perçant.

— Non, mais peut-être aurions-nous dû le faire.

Une fois de plus, il regretta de ne pas avoir un verre de whisky à la main. Un peu d'alcool lui aurait facilité la tâche. Et aiderait sans doute Bethany à supporter ce qu'il allait lui révéler.

— Dis-moi, ordonna-t-elle.

Matt aurait préféré se taillader les veines que d'ajouter à ses inquiétudes. Il se pencha en avant, les coudes sur ses genoux.

— Il m'a dit qu'il avait reçu des indices via une application sur son smartphone. Celle sur laquelle les messages et les photos disparaissent très vite après que leur destinataire les a vus, expliqua-t-il avant qu'elle puisse se rendre dans la chambre de l'adolescent pour lui confisquer son appareil sur-le-champ. Caleb a compris qu'un inconnu lui donnait des pistes pour lui permettre de m'identifier. Il a creusé de son côté, effectué des recherches sur Internet et appris ainsi mon nom et que je travaillais au Pentagone. Il avait tout planifié en décidant de venir me rencontrer.

Bethany pâlit.

— C'est toi qui les lui avais envoyés ? C'est toi qui as mis tout ça en branle ?

L'injustice de l'accusation fit à Matt l'effet d'un coup de poing au ventre. Il se redressa, les paumes levées.

— Non, absolument pas. Tu me connais vraiment mal. Jamais je ne t'aurais fait un coup pareil.

S'efforçant de garder son calme, il poursuivit à voix basse.

— D'après ce qu'il m'a dit, il a reçu ces messages, il y a deux ou trois semaines. À peu près à l'époque où les fichiers du personnel militaire ont été piratés mais avant que cette cyberattaque n'ait été décelée ou, en tout cas, annoncée aux intéressés. Manifestement, celui qui a acheté ces renseignements au hacker essaye de m'embarrasser ou de nous ennuyer. Mais je ne comprends pas bien dans quel but.

— Ou peut-être veulent-ils te tuer. Et tu les as conduits ici.

— Bethany, arrête, je n'ai rien fait de tel.

Même s'il avait du mal à prétendre qu'il n'avait pas eu souvent envie de provoquer une rencontre avec Caleb.

— Si j'avais voulu me présenter à lui, j'aurais pu le faire des dizaines de fois. Soit en demandant à un juge de m'accorder un droit de visite, soit en te prenant en traître et en surgissant par surprise au cours d'une sortie scolaire ou d'un match de football, par exemple.

— Tu as raison. Pardon. Je suis perturbée.

Il hésita à la prendre dans ses bras, en tant qu'ami puisqu'il ne pouvait rien exiger d'autre. Mais il avait envie de la rassurer, de lui promettre qu'ils allaient traverser cette épreuve ensemble. Comme une famille.

— J'avais imaginé que cette soirée se déroulerait différemment, murmura-t-elle en se frottant les tempes.

— Moi aussi.

Il avait espéré qu'elle l'embrasserait pour le remercier d'avoir ramené Caleb à la maison. Il n'avait ni besoin ni envie d'être accueilli comme un héros, mais l'être comme un vieil ami lui aurait fait plaisir.

Dès son premier déploiement à l'étranger, Matt avait commencé à imaginer Bethany l'attendant sur le tarmac pour fêter son retour, les bras grands ouverts. Ses camarades ne cessaient de lui parler de leurs femmes, de leurs gosses. Il rêvait de repérer son visage dans la foule, à l'aéroport. Chaque fois qu'il était rentré avec son unité et qu'ils voyaient ses copains ovationnés par leurs familles, il s'était surpris à la chercher des yeux. Bien sûr, cette réaction était ridicule mais il n'avait pas pu s'en empêcher.

Que ferait-elle s'il le lui racontait, maintenant ? Il connaissait la réponse. L'esprit pratique de Bethany la pousserait à se concentrer sur le problème actuel à savoir la protection de Caleb. Et elle aurait raison.

Secouant la tête, il revint donc au présent.

— Que t'a dit ton superviseur quand tu lui as montré la lettre que tu as reçue, hier ?

Elle battit rapidement des paupières comme si elle aussi avait été perdue dans ses pensées de ce qui aurait pu être.

— Pas grand-chose. Nous l'avons confiée à l'équipe de sécurité. J'étais en train de me demander comment le piratage de mes comptes bancaires avait pu aboutir à une fusillade devant chez moi. Et je ne le comprends toujours pas.

— Il n'y a aucun lien logique entre ces événements. Quelqu'un nous balade.

Matt se leva et commença à faire les cent pas dans le salon dont les rideaux avaient été tirés.

— Quelqu'un a manipulé Caleb pour qu'il me trouve et ce quelqu'un t'a menacée.

— Pas vraiment, dit-elle. Si le ton du message était menaçant, en réalité, je ne risquais rien. J'ai toujours déclaré au fisc cette pension alimentaire et j'ai prévenu depuis le début mon superviseur de ton existence. Que cette information soit divulguée m'ennuierait, mais ce ne serait pas une catastrophe.

— Je ne sais pas ce qui compte le plus, de la menace ou du résultat, reconnut-il. Quoi qu'il en soit, Caleb et toi avez été approchés directement. L'auteur de ces messages m'a laissé en dehors de cette histoire, ajouta-t-il avec colère. À moins que ce ballon de base-ball ne m'ait été destiné.

Cette éventualité ne l'avait pas effleuré avant cet instant.

— Mais pourquoi ? demanda-t-elle.

— Peut-être pour nous réunir. À cause de lui, nous sommes tous les trois au même endroit, effrayés et distraits par ce qui ressemble à des actes gratuits et absurdes. Quand j'ai récupéré Caleb à la gare, j'ai eu l'impression que nous étions suivis, épiés, mais je n'ai pas réussi à repérer une filature.

— Pourquoi ? répéta-t-elle en se levant elle aussi. Qui se soucierait assez de nous trois pour provoquer cette situation ?

— Aucune idée. As-tu remarqué quelqu'un de nouveau dans le quartier ? Travailles-tu sur des contrats sensibles ?

— Non, dit-elle en s'approchant. Matt, tu me fais peur.

Le parfum de Bethany enveloppa Matt, réveillant une myriade de tendres souvenirs. Ce n'était pas le moment.

— Quelque chose a changé dans la vie de Caleb ? Avec ses amis, ses professeurs, ses entraîneurs ?

— Rien de tel, répondit-elle. À quoi penses-tu ?

— Quelqu'un nous a manipulés pour nous réunir sans que nous comprenions pourquoi. Et je n'ai pas envie de rester les bras ballants en attendant la suite.

— Que faisons-nous ?

— Celui qui nous a pris pour cibles quand nous sommes arrivés nous guettait ou nous suivait, dit-il, réfléchissant à voix haute. Je n'ai remarqué aucun véhicule suspect sur la route et, crois-moi, j'ouvrais l'œil. Par ailleurs, la police m'a dit avoir trouvé deux ou trois douilles de neuf millimètres dans ta cour. Ce n'est pas l'arme la plus efficace pour tirer à partir d'une voiture.

— Ne devrions-nous pas nous en féliciter ?

— Nous devons surtout être sur le qui-vive et nous préparer au pire, tant que nous ignorons qui est derrière ces menaces et ce qu'il nous veut vraiment.

Bethany secoua la tête.

— Ton inquiétude n'est-elle pas exagérée ? Après tout, Caleb n'a reçu que quelques photos, et moi, une lettre de menace qui n'en était pas vraiment une. Cela ne tire peut-être pas à conséquence.

— Si le ballon de base-ball m'était destiné, nous avons tous les trois été menacés sous une forme ou une autre et nous sommes maintenant réunis sous le même toit.

— Qui aurait souhaité une telle situation ?

Lui, mais pas pour des raisons criminelles.

— Je ne sais pas, mais considérant notre passé en tant que couple et nos carrières actuelles, je pense qu'il est temps de prévenir l'armée et de lui demander de participer officiellement à l'enquête. Et moi qui pensais qu'en parler à ma mère serait le plus difficile, ajouta-t-il avec un soupir.

Elle lui sourit.

— Cela le sera peut-être. Comment vont tes parents ?

Son sourire provoqua une étrange vague d'espoir dans le cœur de Matt.

— Très bien. Mon père a pris sa retraite, il y a quelques mois. Ils ont fait construire une maison au bord de la mer en Caroline du Nord et sortent en bateau chaque fois qu'ils en ont l'occasion.

— Comment réagiront-ils quand ils entendront parler de Caleb ?

— Ils voudront certainement le rencontrer, répondit Matt. Si tu l'autorises.

Elle baissa les yeux mais hocha la tête.

— Serait-ce plus facile si je leur téléphonais, maintenant ? Je vais mettre l'appareil sur haut-parleur pour te permettre d'entendre ma mère me maudire, proposa-t-il.

— C'est tentant.

Il sortit son smartphone mais, quand Bethany vit l'heure sur l'écran, elle l'arrêta avant qu'il compose le numéro.

— Si tu l'appelles maintenant, elle va imaginer le pire.

— C'est sûr.

Il était déjà bien placé pour remporter la palme du pire fils de la décennie. Avait-il vraiment besoin d'aggraver son cas en appelant sa mère au milieu de la nuit et en suscitant une angoisse inutile ?

— Demain, alors ?

— À l'aube, suggéra-t-elle avec un petit rire.

— À quelle heure dois-tu te rendre au bureau ?

— Normalement, je pars après le départ de Caleb. Mais, comme je savais hier qu'il serait exclu de l'école pour deux jours, j'ai demandé à travailler de chez moi.

Tout était plus simple qu'il ne l'avait espéré. Il cherchait le moyen de la convaincre qu'ils devraient rester unis en attendant d'en savoir plus sur cette histoire.

— Caleb m'a dit que les vacances de la Toussaint commençaient la semaine prochaine.

— Il sera en congé à partir de vendredi soir, oui.

— Et il est suspendu demain et jeudi.

— Exact.

— Donc rien ne vous empêche de venir passer quelques jours avec moi à Washington.

Elle posa son verre sur la table basse.

— Non.

— C'est parfait dans ce cas, dit-il, interprétant délibérément sa réponse de travers.

— Non, Matt. Il n'est pas question d'aller vivre chez toi.

Les yeux écarquillés, elle semblait paniquée. Elle avait montré plus de sang-froid quand les balles fusaient.

Il traversa la pièce et, contre tout bon sens, il la prit dans ses bras. Elle résista, son corps se raidit, elle serra les poings. Mais il refusa de la lâcher, et elle finit par céder et par lui enlacer la taille pour le serrer contre elle.

Il ferma un instant les yeux.

— Tu m'as manqué, Bethany, dit-il en posant un léger baiser sur ses cheveux, respirant leur parfum.

Elle s'écarta de lui comme s'il l'avait brûlée.

— Nous ne pouvons pas aller à Washington, répéta-t-elle.

Son ton déterminé lui déplut.

— Il n'est pas question de rester ici les bras croisés en attendant de nous faire canarder, Beth.

Elle secoua la tête.

— Si nous allons passer du temps chez toi, Caleb aura l'impression d'être récompensé pour avoir séché ses cours. Cette journée au Pentagone avec toi me semble amplement suffisante pour l'encourager à mal se comporter.

— Mieux vaut ça que de l'exposer au danger parce que je suis à trois heures de route de lui.

Les mains sur les hanches, elle le fusilla du regard.

— Nous nous en sommes très bien sortis, Caleb et moi, jusqu'à présent. Personne ne nous avait tiré dessus avant que *tu* surgisses dans sa vie.

C'était un coup bas et il vacilla. Manifestement

consciente de l'injustice de sa remarque, elle voulut immédiatement s'excuser.

— Matt, je…

— Laisse, je comprends

La réaction de Bethany était la suite logique à tout ce qui émanait de lui : le piratage, la lettre de menace, les coups de feu…

— Tu as parfaitement le droit d'être contrariée, ajouta-t-il.

Il était capable de gérer sa colère, il acceptait même d'être le bouc émissaire dont elle avait besoin pour passer ses nerfs, à condition qu'elle le laisse les protéger.

En outre, il n'espérait pas d'excuses. Il avait seulement envie de défendre sa famille. Ne voyait-elle donc pas à quel point tout serait plus simple, plus facile, plus heureux pour eux trois si elle acceptait, si elle cédait ?

Bien sûr que non.

Et lui ? Peut-être était-il vraiment enlisé dans le passé, alors qu'elle avait réussi à passer à autre chose.

Frustré, devinant que la question ne serait pas réglée ce soir, il se promena dans la maison et vérifia la fermeture des portes.

De retour dans la salle à manger, il repoussa le rideau pour vérifier que la police était toujours là.

— Y a-t-il d'autres issues ? demanda-t-il en retournant à la cuisine.

Elle secoua la tête.

— Bonne nuit, alors.

Il s'allongea sur le canapé.

— Nous avons une chambre d'amis.

— C'est bien. Mais je dors ici.

Les policiers montaient peut-être la garde à l'extérieur, mais il avait l'intention de s'installer entre toute menace éventuelle et sa famille.

— Matt ?

— Monte te coucher, Bethany.

— Pourquoi ne t'es-tu jamais marié ?

Il devait lui dire la vérité. Elle était la seule personne avec laquelle il voulait construire une vie. Il le lui aurait avoué s'il n'avait pas été aussi fatigué. Au lieu de quoi, il lui donna une réponse à laquelle elle s'attendait pour expliquer le désert qu'était sa vie amoureuse.

— Je n'ai jamais trouvé le temps de chercher la perle rare. Et toi ?

— Pareil, répondit-elle.

Le pincement de ses lèvres trahissait le mensonge.

— Monte te coucher, répéta-t-il en fermant les yeux.

Il attendit de l'entendre à l'étage, se déplacer dans le couloir. Et encore vingt minutes pour être sûr. Puis il commença à envoyer des textos à un ami du Pentagone qui parviendrait peut-être à obtenir les images filmées par les caméras de surveillance de la rue pour leur donner une avance sur le tireur. La police locale ferait la même chose, mais il s'en fichait. Alex serait plus rapide et il partagerait les résultats avec lui immédiatement.

Malgré toutes ces mesures, Matt eut beaucoup de mal à s'endormir. Pas à cause de l'inconfort de sa couche ou des circonstances.

Mais savoir que Bethany était si près de lui et pourtant toujours hors de sa portée le tourmenta une grande partie de la nuit.

4

Bethany s'attendait à ce que Caleb lui fasse la tête quand elle le réveilla à l'heure habituelle avec un baiser et une liste de tâches à accomplir au cours des deux prochains jours. Elle fut soulagée de constater qu'il lui adressait toujours la parole.

En revanche, l'expression contrariée de Matt la surprit dans l'autre sens. Lorsqu'elle entra dans la cuisine, il en ouvrait tous les placards et semblait d'une humeur massacrante.

Pieds nus, les cheveux mouillés après sa douche, il n'en demeurait pas moins très séduisant. Bien qu'habillé des mêmes vêtements que la veille, il réussissait à paraître élégant.

— Que cherches-tu ? demanda-t-elle.

— Du café.

Elle se reprocha aussitôt de ne pas y avoir pensé, la veille, en faisant ses courses. Grande buveuse de thé, elle n'avait pas un grain de café en réserve. À sa décharge, elle n'avait pas imaginé que Matt resterait.

— J'ai du thé noir, lui proposa-t-elle avec précaution.

Il la fusilla du regard comme si elle venait de l'insulter.

— Ça n'a rien à voir avec du café.

Il avait l'air si malheureux que, incapable de résister, elle lui frotta l'épaule pour le réconforter.

— Ne t'inquiète pas. Je vais faire un saut au…

— Non, merci, dit-il avec un sourire forcé. Un thé m'ira bien.

Elle ne pouvait pas le laisser annoncer à sa mère qu'elle était grand-mère sans avoir pris son café du matin !

— Attends.

Elle envoya un texto à sa voisine d'en face et reçut immédiatement une réponse positive. Moins de cinq minutes plus tard, elle entendait sonner.

Elle se dépêcha d'aller ouvrir mais, avant qu'elle n'ait la possibilité de tirer le verrou, Matt plaqua une main contre la porte.

— Demande qui c'est.

Elle voulut forcer le passage qu'il bloquait de son bras musclé.

— C'est Tina, elle apporte du café.

Matt ne bougea pas.

— Pose-lui quand même la question.

— Qui est-ce ? cria-t-elle à travers la porte.

— Tina.

Bethany ouvrit et s'obligea à sourire.

— Merci beaucoup, Tina, dit-elle en prenant le sachet rempli de dosettes.

— Caleb va bien ? s'enquit Tina. J'ai entendu dire qu'il avait séché ses cours, hier.

— Il va bien, assura Bethany. Mais il est puni.

— J'imagine, oui.

Tina écarquilla les yeux lorsqu'elle aperçut Matt derrière l'épaule de Bethany.

— Je ne vous dérange pas plus longtemps, dit-elle avec un sourire complice. Bonne journée.

— Merci encore.

Elle se demanda si Tina l'avait entendue, Matt ayant claqué la porte sur elle comme si elle avait la peste.

— Tu m'obliges à être grossière avec une voisine qui venait me rendre service, marmonna-t-elle.

Avec un haussement d'épaules, il lui prit le sac des mains.

Bethany faillit éclater de rire en le voyant planté devant le diffuseur de café. Quand enfin il put saisir son mug et humer l'arôme du breuvage brûlant, il parut si soulagé qu'un observateur extérieur aurait pu croire qu'il venait d'échapper à la mort. Si Matt n'était manifestement pas du matin, Bethany appréciait néanmoins sa présence dans sa cuisine et elle avait mieux dormi en le sachant dans la maison.

Avec lui, elle se sentait épaulée et en sécurité, sans parler du désir qui la traversait chaque fois qu'elle posait les yeux sur lui. Elle devinait le danger. Si elle n'y prenait garde, elle finirait par le laisser occuper une place centrale dans leurs vies. Certes, Matt et Caleb avaient besoin de passer du temps ensemble, mais il n'était pas question que Caleb et elle gravitent autour de lui comme des planètes autour du soleil. Depuis des années, elle s'était battue pour gagner son indépendance, sa liberté. Elle refusait de jeter sa carrière aux orties pour le suivre aux quatre coins du monde.

Caleb entra à son tour dans la cuisine et les considéra tour à tour d'un air à la fois suspicieux et hostile.

— Tu es toujours là, lança-t-il à Matt.

— Je t'avais dit que je passerais la nuit ici, répondit ce dernier.

Bethany ne pipa mot. Visiblement, Caleb ne lui avait toujours pas pardonné son mensonge par omission. Tenter de se justifier serait une perte d'énergie, et Bethany avait besoin de toutes ses forces pour s'interdire de toucher Matt.

La veille au soir, quand il l'avait serrée dans ses bras,

elle avait oublié ses résolutions et profité du réconfort qu'il lui offrait. Pire, elle avait failli lui avouer que le désir qu'elle éprouvait autrefois pour lui ne s'était jamais estompé. Dieu merci, elle avait réussi à se taire. Il serait injuste de s'appuyer sur lui alors qu'il avait déjà de lourdes charges à gérer.

« Tu m'as manqué. » Toute la nuit, les mots de Matt avaient tourné en boucle dans sa tête et suscité des rêves qu'elle aurait aimé vivre dans la réalité. Elle se ressaisit au moment où Caleb versa des céréales dans un bol.

Elle se tourna vers son fils.

— Matt m'a parlé des textos que tu avais reçus. Je voudrais y jeter un œil. Donne-moi ton smartphone.

— Matt l'a déjà examiné hier, au Pentagone, dit Caleb.

Elle tendit la main.

— Donne-le-moi.

— Pourquoi ?

Bethany ne répondit pas.

Assis de l'autre côté de la table, Matt lança :

— Obéis, Caleb. Tu sais certainement que rien ne fait changer d'avis ta mère quand elle a ce regard.

Elle réussit à ne pas sourire à sa remarque. Avec un gros soupir, Caleb plaqua son appareil dans sa main.

— Merci, dit-elle, avant de glisser le téléphone dans son sac.

Une fois les applications vérifiées, elle le lui rendrait avec un petit sermon si nécessaire.

— Veux-tu des œufs brouillés ou des pancakes pour le petit déjeuner, Matt ? demanda-t-elle.

— Le café me suffira, merci. Nous devons partir au plus vite.

À la vue de l'expression triomphante de Caleb, elle protesta :

— Nous avons le temps de prendre un petit déjeuner.

— Des œufs brouillés, alors. Si ce n'est pas un problème.

— Pas du tout. Caleb, tu es debout, alors occupe-t'en, s'il te plaît, ajouta-t-elle avec un sourire.

Un pack de lait à la main, l'adolescent se figea mais il hocha finalement la tête.

Matt murmura à l'oreille de Bethany :

— Es-tu sûre qu'il ne nous empoisonnera pas ?

— Il est bon cuisinier et il adore préparer le petit déjeuner.

Caleb sortit avec bruit une poêle et une boîte d'œufs.

— Quand je peux confectionner ce que je veux, précisa-t-il.

— Tu préférerais des pancakes ? s'enquit Matt. Alors vas-y. J'adore les pancakes au sirop d'érable.

— Non, non, je suis d'accord pour des œufs brouillés, dit Caleb. Je ne veux pas faire d'autres erreurs.

— Nous commettons tous des erreurs, répondit Bethany, en se levant pour se verser une autre tasse de thé. C'est la façon dont nous gérons leurs conséquences qui fait la différence.

La sonnerie d'un smartphone l'interrompit. Celui de Matt. Lorsqu'il s'en empara, Bethany vit le visage de Patricia Riley sur l'écran.

Croisant le regard de Matt, elle secoua la tête mais il passa le doigt sur le portrait de sa mère.

— Bonjour, maman. Tu es sur haut-parleur, annonça-t-il.

— Bonjour, chéri. Où es-tu ?

— Dans la cuisine de Bethany Trent. Son fils nous prépare le petit déjeuner.

— Y a-t-il moyen de nous entretenir en privé ? demanda Patricia.

— Pas s'il s'agit de parler de l'un ou de l'autre.

Comme Bethany piquait un fard, Caleb prit un malin plaisir à le faire remarquer.

— Tu es rouge comme une tomate, maman.

— Bethany ?

— Bonjour, madame. Je vous entends.

— Je vous prie d'excuser le comportement de mon fils, dit Patricia. Un exemple déplorable pour le vôtre.

— Arrête, maman, je t'en prie, la coupa Matt.

Bethany devina qu'il n'avait pourtant pas envie de la défier ou de se montrer grossier devant Caleb.

Résignée, Patricia expliqua le but de son appel.

— Ton père et moi avons reçu un coup de fil inquiétant du général Knudson, hier soir. Lorsque tu auras un moment pour une conversation privée à ce sujet, rappelle-moi.

— Attends, tu as gagné. Je m'isole.

Matt prit son mug et, le téléphone collé à l'oreille, sortit de la maison. Bethany se sentit un peu désolée pour lui et plus qu'un peu responsable.

— Elle avait l'air furieuse, dit Caleb.

— C'est ta grand-mère, Patricia Riley, déclara Bethany. J'imagine que quand tu la rencontreras, elle sera beaucoup plus gentille avec toi.

— Pourquoi ?

— Parce que tu es son premier petit-fils.

— Comment est la famille de Matt ? demanda Caleb en versant les œufs dans la poêle chaude.

— Très unie, répondit-elle.

Elle les connaissait surtout de réputation et au travers les histoires que Matt lui avait racontées à leur sujet, autrefois.

— Ils seront très heureux d'apprendre ton existence. Je suis sûre qu'ils voudront faire ta connaissance au plus vite.

— Et toi, voudront-ils faire ta connaissance ?

S'imaginer participer à une réunion de la famille Riley donna des sueurs froides à Bethany. Pendant près de quinze ans, elle avait tenu Caleb à l'écart de son père et de la tribu Riley. Ils auraient sans doute du mal à le lui pardonner.

— Matt m'avait présentée à ses parents quand nous étions à West Point. Son père a fait toute sa carrière dans l'armée et a fini général. Sa mère était infirmière. Ils ont maintenant pris leur retraite. Je les aimais beaucoup, ajouta-t-elle, espérant mettre ainsi un terme à cette conversation.

— Matt a des frères et sœurs ?

— Oui. Deux de chaque, répondit-elle. Surveille les œufs.

— C'est une grande famille.

Elle hocha la tête. Caleb avait six ans la dernière fois qu'il lui avait demandé pourquoi il n'avait pas de frères et sœurs. Elle lui avait expliqué que les familles n'avaient pas toutes la même taille. La réponse lui avait suffi à l'époque, même si elle savait que son fils enviait ses amis issus de familles nombreuses. Si elle avait épousé Matt à vingt ans, sans doute auraient-ils eu d'autres enfants par la suite. Mais la perspective de devenir épouse de militaire et d'être cantonnée dans un rôle de mère au foyer lui avait paru étouffante.

Au fil des ans, elle s'était souvent demandé si elle avait commis une erreur en refusant de devenir sa femme. Mais, lorsqu'elle avait appris que Matt était en déploiement à l'autre bout du monde, elle s'était souvenue des raisons de ce choix. Patricia Riley avait peut-être réussi à concilier sa carrière et ses fonctions d'épouse d'officier et de mère, mais Bethany ne s'était jamais sentie capable de relever un tel défi.

Avec un gros soupir, Matt considéra son mug vide. Il rêvait d'un autre café, mais il ne pouvait décemment pas retourner à l'intérieur tant que sa mère n'avait pas fini de le sermonner. Comme il fallait s'y attendre, elle avait appris l'existence de Caleb et elle lui reprochait vertement de la lui avoir cachée si longtemps. Elle lui en voulait aussi de lui avoir fait subir l'affront d'avoir été mise au courant par un tiers. Matt écarta le téléphone de son oreille pendant qu'elle poursuivait ses remontrances. Au lieu de l'accabler, n'était-elle pas censée lui dire pourquoi le général Knudson les avait appelés hier soir, son père et elle, et pourquoi ce coup de fil les avait inquiétés ?

Elle lui répéta sur tous les tons que la famille, le sens du devoir et de l'honneur étaient des valeurs sacrées. Comme s'il l'ignorait. Elle les lui avait inculquées dès le berceau.

À bout de patience, il finit par exploser, exaspéré :

— Maman, ça suffit. Pourrais-tu m'expliquer…

— Non, c'est à toi de t'expliquer. J'ai attendu ton appel toute la nuit, ajouta-t-elle, au bord des larmes.

— Je suis désolé que tu l'aies appris par un tiers. Mais Bethany avait ses raisons de vouloir élever notre fils seule.

— Bien sûr qu'elle avait ses raisons. Mais tu aurais dû lui démontrer qu'elle avait tort, la rassurer.

— J'ai essayé, figure-toi. Je lui avais proposé de l'épouser. Je lui avais même acheté une bague.

— Vraiment ? Quand ?

— Dès qu'elle m'a appris qu'elle était enceinte.

Ce jour-là, il lui avait demandé sa main pour la première fois. Et il y en avait eu d'autres. Malheureusement, à en croire Bethany, unir sa vie à la sienne était un destin pire que la mort.

— Mais elle avait d'autres projets…

— Je tiens à rencontrer mon petit-fils au plus vite et à parler à Bethany. J'apprécie cette jeune femme depuis toujours.

— Je sais.

Il était certain que toutes deux se seraient bien entendues si Bethany leur avait donné la possibilité de se lier.

Lui aussi aimait Bethany depuis toujours. Leur histoire n'avait pas débuté par un coup de foudre. Mais le respect, l'affection et l'amitié qu'il avait nourris pour elle au départ, avaient très vite évolué vers une relation amoureuse. Au premier baiser, Matt avait su qu'elle avait conquis son cœur pour toujours. Il ignorait alors à quel point il était douloureux d'offrir son âme, sa vie, à quelqu'un qui n'en voulait pas.

— Bien sûr, papa et toi allez faire la connaissance de Caleb. Mais accordez-moi un peu de temps. Nous sommes tous en train de nous adapter.

Il lui expliqua que Bethany et lui avaient prévu de parler à Caleb, la veille au soir, de lui révéler qui était son père, avant d'annoncer son existence à toute la famille.

— Tout s'est précipité lorsque Caleb est venu à Washington pour me retrouver.

— Je te mets sur haut-parleur, dit-elle. Ton père a besoin d'entendre ça.

— Bonjour, papa.

Matt leur raconta alors l'attaque dont ils avaient été victimes, en arrivant chez Bethany.

— Bien sûr, j'ai informé le général Knudson de l'incident. Il m'a semblé inquiet de l'apprendre, mais je ne comprends pas pourquoi il vous a appelés pour vous en parler.

— Nous le connaissons depuis longtemps et nous sommes très proches, répondit vaguement Ben Riley.

— Et ?

Son père appelait par leur prénom tous les hauts gradés de l'armée.

— Il nous a passé un coup de fil par amitié dès qu'il s'est rendu compte que cette fusillade faisait la une des journaux télévisés, poursuivit Ben. Il voulait nous rassurer, nous certifier que tu n'avais pas été gravement blessé. Lorsque nous lui avons demandé ce que tu fabriquais dans le New Jersey et qui était l'adolescent qui apparaissait à tes côtés sur les images, il s'est senti obligé de nous révéler que Caleb était ton fils. Il ne savait pas quand il te serait possible d'appeler et il pensait que nous préférerions apprendre la nouvelle de la bouche d'un ami.

Matt aurait tout donné pour une autre dose de caféine.

— Si j'avais imaginé que cette histoire provoquerait un tel ramdam, qu'elle ferait les gros titres des journaux, forçant Hudson à vous en parler, je vous aurais appelés.

— Tu n'as manifestement pas vu les infos, dit sa mère.

— Non, j'étais avec Caleb et Bethany.

À essayer de sonder la situation pour deviner s'il y avait une place pour lui dans la vie de Caleb.

Derrière lui, la porte s'ouvrit et Bethany lui tendit un mug de café brûlant. S'il n'avait pas déjà été amoureux d'elle, ce geste aurait été décisif. Il lui adressa un grand sourire de remerciement avant qu'elle ne rentre dans la maison.

— Qu'ont dit les journalistes ? Ai-je raté quelque chose ? poursuivit-il, sentant ses parents hésiter à aborder le sujet.

— Quelqu'un a envoyé à toutes les chaînes d'info en continu une vidéo sur laquelle vous essuyez, ton fils et toi, des coups de feu tirés d'une voiture devant chez Bethany. Les images ont été filmées via un téléphone portable.

— Quoi ?

Matt avait dû mal comprendre. Personne d'autre n'était dans la rue, au moment de l'attaque. Il se remémora la scène. La voiture du tireur avait surgi quelques instants après son arrivée. La vitre derrière le conducteur s'était baissée, un type avait brandi un calibre. Mais la rue était déserte lorsque les balles avaient commencé à fuser.

— Knudson a essayé en vain d'interdire la diffusion de cette vidéo et du reportage, dit Ben. Malheureusement, sur ces images, tu apparais de face et ton visage est facilement identifiable. Heureusement, tu cachais en partie celui de Caleb et son nom est protégé puisqu'il est mineur.

— Cette vidéo est passée à la télévision ! répéta Matt, incrédule. C'est insensé.

— Tous les journaux télévisés de fin de soirée l'ont diffusée, dit Patricia. Grâce à l'appel du général, nous avons pu prévenir tes frères et sœurs et leur dire que tu n'avais pas été gravement blessé. Les images étaient terrifiantes.

Aucune mère ne devrait avoir à regarder son fils se faire tirer dessus.

— Maman, je suis désolé. Bethany et moi avions tout organisé pour que vous entendiez parler de Caleb *par moi*.

— Je te crois, mon chéri. Les journalistes t'ont décrit comme un héros. Le général Knudson m'a juré que tu n'avais pas été blessé. Est-ce vrai ?

— Oui, je ne souffre que d'égratignures. Le tireur était armé d'un simple pistolet et n'avait pas le bon angle pour viser.

Il considéra la bâche en plastique posée par le voisin sur la porte en guise de réparation temporaire. Bethany n'accepterait jamais de partir pour Washington tant que le problème n'aurait pas été réglé.

— La porte d'entrée a plus souffert que moi.

— Tant mieux, répondit sa mère. Pour le reste, je suis contrariée par la situation, tu t'en doutes, mais je te fais confiance pour tout arranger.

Il n'avait pas besoin qu'elle lui fasse un dessin. Sa mère s'attendait à un mariage et à la présence de Caleb lors des prochaines réunions de famille des Riley.

— Maman, tu te souviens qu'il faut être deux pour « tout arranger » comme tu dis…

— Je connais ta force de persuasion. Tu vas te débrouiller pour nous permettre de faire au plus vite la connaissance de notre petit-fils.

— Patricia, intervint Ben. Dis-lui qu'il ne serait pas compliqué pour nous de venir là-bas, si c'est plus simple pour eux.

Ce qui leur simplifierait vraiment les choses serait de leur laisser un peu de temps pour intégrer cette nouvelle donne. Il aurait peut-être dû le préciser.

— Nous rentrons d'abord à Washington puis nous aviserons, dit Matt.

Il se sentirait plus en sécurité là-bas, avec une équipe sur qui il savait pouvoir compter et un soutien militaire.

— Cette histoire est sans doute liée à la cyberattaque, poursuivit Matt. Cela dit, je ne comprends pas pourquoi quelqu'un a voulu rendre publique l'existence de mon fils.

— Pouvons-nous venir vous voir ce week-end ?

— Maman…

Avec ses deux chambres, son appartement était trop petit pour une réunion de famille.

— Caleb est en vacances, la semaine prochaine. Si j'arrive à convaincre Bethany de passer quelques jours chez vous au bord de la mer, cela vous conviendrait-il ?

— Oui, parfait. Tiens-nous au courant, mon fils.

— Merci, papa. Restons en contact.

Après avoir raccroché, il regarda la rue. Soit ils avaient été ciblés au hasard par un mauvais tireur, soit ils avaient été manipulés par un expert.

Matt ignorait où il trouverait des preuves qui le feraient pencher vers une théorie plutôt que l'autre, mais il était temps de creuser.

Assis dans son bureau privé, la porte verrouillée pour interdire toute intrusion intempestive, il se rediffusait la vidéo qui était passée en boucle sur les journaux télévisés du pays. La perfection absolue. L'homme qui avait mené cette opération d'une main de maître n'avait pas volé une prime.

Certes, Matthew Riley avait réagi en professionnel, mais il serait bientôt dépassé par les événements. En revanche, il avait été déçu d'apprendre que personne n'avait été suffisamment blessé pour être transporté à l'hôpital.

Il avait espéré des conséquences plus sensationnelles, plus graves. Il aurait aimé que les commentateurs aient de quoi tenir leur public en haleine.

Il se repassa les JT des principales chaînes d'information. Tous décrivaient Matt Riley comme un héros. Ils le mettaient sur un piédestal.

Sa chute n'en serait que plus douloureuse.

Ce n'était que le début. Bientôt, tous les membres de la famille Riley transpireraient à grosses gouttes, paralysés par la peur. Quand il les aurait tous mis à genoux, qu'il les tiendrait tous à sa merci, son triomphe serait total et il goûterait la vraie victoire.

Focalisé sur cet objectif, il décrocha son téléphone pour déclencher la deuxième phase de son plan.

5

Bethany aurait aimé pouvoir reprocher à Matt de l'avoir forcée à demander un congé professionnel, de l'avoir obligée à quitter sa maison en catastrophe. Mais, en réalité, il avait fait preuve d'une incroyable patience tandis qu'ils en discutaient et évaluaient les retombées potentielles de chaque option.

Si elle avait absolument voulu rester chez elle, il aurait passé deux jours à mettre en place un dispositif de sécurité à la hauteur avant de repartir à Washington. Mais elle redoutait les contraintes liées à une protection rapprochée. L'idée d'avoir des gardes du corps devant chez elle ne l'emballait pas. Contrairement à Caleb.

La réaction de l'adolescent avait d'ailleurs emporté la décision de Bethany. Elle n'avait pas envie que son fils s'imagine au cœur d'un thriller.

Par chance, elle disposait de beaucoup de congés et de vacances. Après avoir vu la vidéo de la fusillade devant chez elle sur Internet, son superviseur l'avait d'ailleurs exhortée à prendre toutes les précautions nécessaires pour elle et son fils.

Et *leur* fils. Il lui fallait adapter au plus vite son vocabulaire. Matt lui avait résumé sa conversation téléphonique avec sa mère pendant que Caleb ramassait les feuilles dans le jardin. L'adolescent était puni, mais elle l'avait pourtant autorisé à aller avec Matt acheter une nouvelle porte d'entrée. Elle tenait en effet à fermer correctement la maison avant de partir pour Washington.

Tandis que Matt et Caleb chargeaient leurs bagages dans l'élégant coupé de sport et qu'elle verrouillait avec soin la porte blindée, elle regarda d'un œil circonspect la nouvelle caméra de surveillance installée sur le perron. Tout en montant dans la voiture, elle se demanda à quel point sa vie aurait changé lorsqu'ils reviendraient.

Sur l'insistance de Caleb, ils firent halte à Philadelphie pour y déguster un authentique cheeseburger. Mais à peine la dernière bouchée avalée, ils reprirent la route.

Trop tôt pour Bethany, ils se retrouvèrent dans les rues encombrées de Washington. Matt leur fit les honneurs de la ville, leur montrant divers monuments au passage. Il vivait dans une résidence près du canal et, quand elle découvrit son appartement qui donnait sur la marina, elle en resta bouche bée. Naturellement, Caleb trouva l'endroit formidable comme tout ce qui faisait partie du monde de Matt. Elle aussi ayant toujours été épatée par ce qui émanait de Matt, elle se demanda s'il s'agissait d'une prédisposition génétique.

Matt leur proposa de s'installer tandis qu'il se changeait. Caleb jeta ses valises dans un coin avant de se précipiter vers les jeux vidéo dont lui avait parlé Matt.

Bethany se promena dans les pièces, essayant de se familiariser avec les lieux. L'appartement était confortable, les chambres joliment décorées, la cuisine bien équipée. Les baies vitrées du salon offraient une vue magnifique sur les bateaux amarrés le long du canal.

Quelques instants plus tard, Matt revint, vêtu d'un jean et d'un T-shirt. Après s'être assurée que Caleb était occupé et un peu inquiète de constater qu'il s'amusait beaucoup alors qu'il était censé être puni, elle fit signe à Matt de la rejoindre dans la cuisine.

— Qu'attends-tu de moi ? demanda-t-elle.

Aussitôt, le visage de Matt s'assombrit.

— Que veux-tu dire ?

Elle voulait des réponses. Manifestement, Matt réfléchissait beaucoup depuis qu'il avait parlé à ses parents au téléphone. Est-ce que leur faire quitter leur maison du New Jersey était une tactique destinée à préparer le terrain pour lui permettre à terme d'obtenir la garde de Caleb ?

— Précise-moi ta pensée, insista-t-il.

Elle n'avait pas l'intention de l'accuser ouvertement de manœuvrer pour la forcer à quoi que ce soit. La fourberie comme l'égoïsme n'avaient jamais été le genre de Matt. Il était fiable et, depuis la naissance de Caleb, il avait toujours respecté les souhaits de Bethany.

— Que va-t-il se passer, à ton avis ? commença-t-elle. Nous sommes venus à Washington parce que tu estimais que nous y serions plus en sécurité que dans le New Jersey. J'aimerais comprendre pourquoi tu en es tellement persuadé.

— Nous en avons discuté avant de partir.

Ils en avaient parlé, oui. En principe, il s'agissait d'un séjour temporaire. Pas d'un emménagement définitif. Il le fallait.

Bethany ne s'était jamais considérée comme une lâche. Au contraire, elle se targuait d'être forte, directe et d'assumer ses choix, en toutes circonstances. Alors pourquoi était-elle en train d'ergoter et de tourner autour du pot ?

D'un bref coup d'œil dans la pièce voisine, Matt vérifia que Caleb était toujours absorbé par les jeux vidéo.

— Comme je te l'ai dit, nous bénéficions de plus de moyens pour assurer votre sécurité ici, dit-il. Il y a des caméras de surveillance à tous les coins de rue. Chez toi, j'avais envie d'ordonner à Caleb de rentrer chaque fois que je voyais passer une voiture. C'est contre-productif. Nous devons plutôt chercher à comprendre les événements.

— Dans l'hypothèse où des événements auront lieu… Tu t'attends à d'autres attaques, si je comprends bien.

— Je ne vous ai pas demandé de venir pour servir d'appâts, Bethany. Jamais, je ne vous utiliserais ainsi. Mais c'est à Washington que nous avons des chances de régler le problème.

— Et nous, dans tout ça ?

Lorsque son regard se posa sur elle, elle y vit briller une brusque lueur.

— *Nous* comme *toi et moi* ? S'agit-il d'un appel du pied ?

En rougissant, elle rétropédala aussitôt.

— Non. *Nous* comme Caleb et moi. Que sommes-nous censés faire pendant que tu règles le problème ?

— Nous en avons déjà longuement discuté avant de venir.

— Je sais, mais je me mets à douter, voilà. J'angoisse.

Il s'approcha d'elle.

— Qu'est-ce qui t'ennuie le plus ? L'idée de me confier votre sécurité ou la perspective de rester avec moi ?

La perspective de rester avec toi ! cria une petite voix dans sa tête.

Mais elle n'était plus la fille de dix-neuf ans, dépassée par les événements qu'elle avait été. Maintenant, elle avait trente-quatre ans, un fils adolescent, une carrière bien établie. Et la sécurité de Caleb était sa priorité absolue.

Lorsqu'elle posa la main sur le torse musclé de Matt, elle sentit son cœur d'homme se mettre à battre la chamade dans sa poitrine. Il se pencha vers elle comme s'il était en train de se noyer et qu'elle était sa bouée de sauvetage.

Reviens sur terre, Bethany, s'ordonna-t-elle.

— Bethany, murmura-t-il.

Le sang rugissait si fort à ses oreilles qu'elle l'entendit à peine. Elle vit briller dans ses yeux le même désir dont elle se consumait pour lui. Quand il posa ses lèvres sur les siennes, elle n'en fut pas surprise. Très vite, il prit possession de sa bouche et leurs langues entamèrent une danse sensuelle. Enivrée par cette étreinte, elle laissa ses mains glisser sous sa chemise pour l'attirer plus près. Dieu, comme ces baisers, ces étreintes, lui avaient manqué ! Elle pensait avoir embelli ses souvenirs avec le temps, mais elle constatait qu'au contraire le plaisir qu'elle éprouvait à l'embrasser était plus intense encore qu'autrefois.

Notre deuxième « premier baiser », pensa-t-elle. Aussi prometteur que le premier, échangé quand ils étaient jeunes.

— Oh. Pardon.

La voix de Caleb, teintée d'embarras, rompit le charme avec l'efficacité d'un seau d'eau glacée en pleine figure. L'adolescent repartit à grands pas vers le salon.

Bethany grommela un juron.

Matt tourna brièvement la tête vers la pièce voisine avant de continuer à dévorer Bethany des yeux comme s'il la voyait pour la toute première fois.

— Je meurs d'envie de recommencer, dit-il.

Comment le lui reprocher ? Elle non plus ne parvenait pas à le lâcher, à s'écarter.

Pourtant, il le fallait.

— Nous devons nous l'interdire. Si nous envoyons des signaux contradictoires à Caleb, il ne va plus rien comprendre.

— Tu as raison.

— Je vais lui parler.

— Quand tu me demandais ce à quoi je m'attendais, tu pensais à ça ? C'était ce que tu voulais dire, n'est-ce pas ?

Bethany ne voyait pas l'intérêt de le nier.

— Oui.

— Eh bien, pas moi. Je n'avais pas prévu de t'embrasser. Je ne m'attendais pas à ce baiser. Mais je mentirais en prétendant que je n'en avais pas envie.

Elle hocha la tête avant de quitter la cuisine pour rejoindre Caleb. Elle le trouva assis sur le plancher, adossé au canapé, les yeux rivés sur le jeu vidéo projeté sur l'écran plasma.

Elle s'installa à côté de lui.

— Avais-tu besoin de quelque chose ? De moi ?

— Non.

— Caleb…

— Non, maman.

Elle regarda le petit personnage que son fils dirigeait sauter une série d'obstacles avant de franchir le premier la ligne d'arrivée. Satisfait, l'adolescent étendit ses jambes. Mais, avant qu'elle ait le temps d'entamer une discussion, il commença une nouvelle partie.

En silence, elle attendit qu'il la remporte. Matt entra alors à son tour, une bière à la main.

Quand elle surprit le sourire de Caleb, elle se risqua à répéter :

— De quoi avais-tu besoin ?

— De rien, maman. Oublie.

Matt se tourna vers Bethany pour lui faire signe de le laisser essayer. Elle accepta d'un regard, curieusement rassurée de constater que tous deux étaient toujours capables de communiquer sans mots.

Matt émit quelques commentaires sur la partie avant de s'asseoir devant l'écran.

— Donne-moi une des manettes, je vais jouer avec toi.

En quelques instants, tous deux se retrouvèrent en compétition, chacun promettant à l'autre de le battre à plates coutures.

Même dans ses rêves les plus fous, Bethany n'aurait jamais imaginé la scène. Cette fois, elle pouvait croire que tous trois formaient une famille et savaient s'amuser ensemble.

— Si tu n'avais besoin de rien, alors pourquoi as-tu fait irruption dans la cuisine ?

— Je voulais prendre un soda, voilà tout, répondit Caleb.

— Hum.

Le personnage de Matt prit un raccourci dans un tunnel.

— Attention, je vais te passer devant, dit Matt en appuyant sur un bouton.

Son petit bonhomme franchit les obstacles à la vitesse de l'éclair.

Pour riposter, Caleb pressa des manettes pour permettre au sien de feinter en empruntant un autre itinéraire.

— Tu prends tes désirs pour des réalités, Matt, ricana-t-il en se replaçant en tête de la course.

— Tu crois ? Alors que dis-tu de ça ?

Surgissant de nulle part, le bonhomme de Matt doubla celui de Caleb et atteignit le premier la ligne d'arrivée.

— Et voilà le travail, conclut Matt, souriant d'un air supérieur. J'ai gagné.

— Difficilement, grommela Caleb.

— Pas du tout. Je ne voulais pas t'humilier. Je sais à l'occasion me montrer magnanime.

La façon théâtrale avec laquelle il prononça cette déclaration totalement fausse les fit éclater de rire.

— Tu veux jouer, maman ? proposa Caleb.

— Bien sûr. Y a-t-il une troisième manette ?

Elle avait renoncé à priver Caleb de ce jeu sous prétexte

qu'il était puni. Il avait besoin de passer du temps avec Matt, et ces jeux vidéo semblaient un bon moyen pour eux de faire connaissance.

— Méfie-toi de maman, prévint Caleb. Elle aime rester en arrière et faire comme si elle ne comprenait rien au jeu et soudain, bing, elle attaque !

— Bien noté, merci, dit Matt.

Quand ses yeux croisèrent les siens, elle comprit que pour lui, elle se comportait ainsi en toutes circonstances.

— Alors, de quoi avais-tu vraiment besoin ? s'enquit Matt à Caleb après un moment. Tout à l'heure.

— D'un soda. Et te demander si tu voulais jouer avec moi.

— Cool, s'exclama Matt. Tout le monde est prêt ? C'est parti !

Bethany arriva bonne dernière à la première course, mais elle les battit tous les deux à la deuxième. Ils disputaient la troisième lorsque Caleb lança sa bombe.

— Pourquoi embrassais-tu maman ?

Le personnage de Matt sortit de la piste, mais il répondit avec calme :

— Cela me semblait bien.

— Pourquoi ? insista Caleb.

— Parce qu'elle en avait envie.

Choquée, Bethany lâcha la manette qui tomba par terre.

— Matt !

— Bethany ! dit-il sur le même ton.

— Il n'est pas question de discuter du sujet avec Caleb, protesta-t-elle.

— Pourquoi ? Matt n'est pas le premier homme que je t'ai vue embrasser, rétorqua Caleb.

— Cela suffit, dit-elle.

Comme Caleb ouvrait la bouche pour répliquer, elle l'arrêta d'un geste.

— Matt est ton père. Ton existence prouve que nous avons eu une histoire intime.

— Ouais, et alors ?

— Caleb, prévint Matt. Un peu de respect.

Elle devinait les difficultés dans lesquelles se débattait Caleb. Il était en colère contre elle, mais il ne savait pas encore où situer Matt dans la hiérarchie parentale. À quatre ans, il avait demandé un papa au Père Noël. Quand elle avait contacté le bureau du JAG, elle avait appris que Matt était déployé à l'étranger et qu'il ne reviendrait pas aux États-Unis pour les fêtes. Chaque année, elle avait donné à l'enfant plus de détails sur son père. Jamais son nom, mais les raisons pour lesquelles ils ne formaient pas une famille classique.

S'efforçant de dépasser sa colère, elle chercha une réponse positive.

— Comme je l'ai dit hier soir, ton père et moi étions jeunes quand nous nous sommes rencontrés. Nous nous aimions, mais nous avons choisi de vivre séparément pour de bonnes raisons.

Elle ne pourrait pas rétablir la confiance entre eux si elle ne lui révélait pas la vérité.

— Être de nouveau réunis réveille ces vieux sentiments, reconnut-elle. Comme aucun de nous deux ne fréquente quelqu'un d'autre actuellement, ce baiser est sans conséquence et ne fait de mal à personne, pas même à toi. Tout aurait peut-être été plus facile pour nous tous si je te l'avais dit plus tôt, si je t'avais donné plus tôt l'occasion de faire la connaissance de ton père. Pour cela, je te demande pardon.

Elle lui tendit sa manette et se leva.

— Seulement pour ça, ajouta-t-elle avant de quitter la pièce. Maintenant, je vais me coucher. Tu dois être au lit à 23 heures, Caleb.

Elle s'enferma dans la chambre qu'elle partagerait avec l'adolescent pendant leur séjour chez Matt. Des larmes brûlaient ses paupières, mais ce n'était pas la première fois depuis qu'elle était devenue mère.

— Tu t'es montré irrespectueux avec ta mère, Caleb. Tu lui dois des excuses.

Matt éteignit l'écran, se préparant à entendre la révolte de Caleb, mais ce dernier le surprit. Au lieu de protester, il se laissa tomber contre le canapé et lança :

— Tu aimes encore maman ?

Matt étudia le visage de son fils. Bethany avait été courageuse et il se devait de l'être aussi.

— Je crois n'avoir jamais cessé de l'aimer, avoua-t-il.

— Tu dis ça parce que je vous ai surpris en train de vous embrasser.

— C'est sûr, affirma Matt avec un clin d'œil.

— Vas-tu vivre avec nous pour de bon ?

Si seulement c'était aussi simple.

— Il me semble prématuré de l'envisager pour le moment, répondit Matt. Parfois, aimer ne suffit pas.

— Que te faut-il de plus ?

Ce n'était pas Matt qui avait besoin de davantage, mais il lui parut déloyal de le dire. Et en même temps il refusait d'insulter l'intelligence de l'adolescent en lui racontant des histoires. Ses parents lui avaient toujours parlé avec franchise. Bethany avait fait de même avec leur fils.

— Ta mère et moi sommes toujours restés en contact.

— Oui, tu me l'avais dit.

— Et il ne m'a jamais été facile de rester en dehors de ta vie, Caleb. Depuis ta naissance, je pense à toi tous les jours. C'est vrai, ajouta-t-il en réaction au grognement empreint de dérision du garçon. Où que j'aille, quoi que je fasse, tu étais dans mes pensées, dans mon cœur. Tu n'imagines pas à quel point il était douloureux pour moi d'écouter mes copains fanfaronner à propos de leurs progénitures sans jamais pouvoir leur parler de toi.

Pour respecter les souhaits de Bethany et protéger leur secret, il n'avait jamais mis de photo de son fils dans son portefeuille.

— Et, bien sûr, penser à toi signifiait penser aussi à ta mère.

— As-tu l'intention de l'épouser ? insista Caleb.

— Maintenant, tu parles comme ma mère, répondit Matt. Il faut être deux pour se marier. Trois, dans notre cas car tu aurais évidemment droit au chapitre.

— Ah bon ? J'ai le droit de donner mon avis ! Pourquoi ?

— Tu as toujours été la priorité de ta mère.

Estimant qu'il en avait assez dit, Matt changea de sujet.

— Mes parents sont impatients de faire ta connaissance.

— J'aurai désormais quatre grands-parents au lieu de deux. C'est cool.

Toutes les personnes concernées, à l'exception de Bethany, avaient très envie que Caleb rencontre le clan Riley. Si elle ne cédait pas bientôt, Matt s'interrogerait sur l'origine de ses réticences.

— Ne sois pas surpris si ma mère t'étouffe un peu d'attentions, de questions et de pâtisseries. Depuis le temps qu'elle rêve d'avoir un petit-fils ! Arriveras-tu à gérer ?

L'adolescent releva le menton.

— Je suis fort.

— Il te faudra l'être… Le plus dur pour toi sera d'affronter mes frères et sœurs, je te préviens. Un vrai défi.

— Crois-tu qu'ils m'aimeront ?

— J'en suis certain.

Matt n'avait jamais été aussi sûr de quelque chose dans sa vie.

— En revanche, ils sont tous furieux contre moi parce que je ne leur ai jamais parlé de toi. Tout le mal qu'ils te diront sur moi sera un tissu de mensonges, souviens-t'en.

Caleb se mit à rire.

— As-tu déjà été tenté de le leur dire ?

— Plein de fois. Chaque fois que ta mère m'adressait une photo de toi prise à l'école ou avec ton équipe de football.

Caleb promena les yeux dans la pièce comme s'il en cherchait une preuve.

— Tu les as gardées ?

— Bien sûr, mais elles sont cachées. Les membres de ma famille passent souvent me voir sans s'annoncer. J'avais donné ma parole à ta mère de ne rien leur dire.

Il s'interrompit, comprenant soudain qu'il n'y avait plus lieu de les dissimuler. Ce n'était plus un problème.

— Attends, je reviens.

Il courut jusqu'au placard de sa chambre et en sortit la boîte remplie des portraits de son fils et des lettres relatant les événements marquants de sa vie que Bethany lui avait envoyés. Il en renversa le contenu sur la table basse sous les yeux écarquillés de Caleb.

Matt traversa alors la pièce pour prendre deux photos encadrées sur l'étagère. L'une représentait ses parents sur leur bateau – lors du premier voyage qu'ils avaient fait après le départ en retraite de son père. Sur l'autre figurait le clan Riley au grand complet. Elle avait été prise après le match de football traditionnel de Thanksgiving.

— Ces photos sont pour toi, dit-il. Pour te donner un aperçu de ma famille, de la tienne. Et à la place je vais mettre tes portraits, dans ces cadres. Maintenant, je n'ai plus à te cacher ! Sauf si ça t'ennuie, ajouta-t-il soudain.

— Au contraire. Et merci pour ces photos. Elles me font trop plaisir.

Le cœur sur le point d'éclater de joie, Matt installa les deux photos encadrées de Caleb sur l'étagère de façon à ce qu'elles soient bien mises en valeur.

— Merci, Matt.

— De rien.

Il sourit, mais au fond de lui il espérait qu'un jour il entendrait son fils l'appeler *papa*.

Il retourna sur le canapé et sortit les autres photos une par une, invitant Caleb à parler des temps forts de chacune de ses années scolaires et de ses saisons de football. La conversation passa du sport à ses cours préférés – science et histoire – mais, lorsque Caleb commença à bâiller, Matt l'envoya au lit.

Demain serait une longue journée. Avant de quitter la maison de Bethany, il avait appelé le général Knudson et discuté avec lui de la marche à suivre. Le général avait programmé une réunion avec les enquêteurs et les services de sécurité en début de matinée pour tenter de déterminer le lien entre la cyberattaque et les incidents récents. Ils évalueraient également les meilleurs moyens d'assurer leur protection. Matt savait qu'il ne pourrait pas garder indéfiniment Bethany et Caleb à ses côtés. Pourtant il en rêvait et ce soir il se réjouissait de passer une autre nuit sous le même toit qu'eux.

Presque comme une vraie famille.

Avant d'éteindre les lumières du salon, il fit halte devant les portraits de Caleb, s'émerveillant de les voir chez lui.

Un léger bruit dans son dos le poussa à se retourner. Alors qu'il s'apprêtait à réprimander Caleb, il découvrit Bethany qui l'observait dans l'ombre. Vêtue d'un pantalon ample en coton et d'une tunique rouge, elle n'aurait pas été plus séduisante si elle s'était promenée en sous-vêtements. Elle avait tressé ses longs cheveux et ses doigts jouaient avec sa natte.

Il lui fit signe d'approcher pour voir les cadres.

— Regarde.

Quand elle remarqua enfin les photos, ses yeux se remplirent de larmes.

— Tu sais toujours ce qu'il faut faire, dit-elle avec douceur.

Il préféra de ne pas en discuter.

Les bras croisés sur sa poitrine, elle lança soudain :

— Depuis quinze ans, je me suis efforcée de minimiser le mal que je causais à Caleb en lui interdisant de te connaître et j'ai essayé de me convaincre que tu n'en souffrais pas.

Malheureusement, Matt avait énormément souffert de cette séparation et leur fils aussi. Pourtant, la façon dont Bethany se reprochait à présent son comportement vis-à-vis d'eux empêcha Matt de l'accabler.

— Caleb semble bien dans sa peau.

Les lèvres de Bethany se retroussèrent en un doux sourire.

— J'ai d'autres photos à la maison. Je les enverrai à tes parents à notre retour.

— Voilà une bonne façon d'amadouer ma mère.

Comme il l'espérait, Bethany s'esclaffa. Elle jeta un coup d'œil par-dessus son épaule, comme si elle s'attendait à voir Caleb, la sommant de s'expliquer sur son éclat de rire.

Matt l'attira sur le canapé pour s'interdire de la prendre dans ses bras et de l'emporter jusqu'à son lit. Incapable de résister à la tentation, il lui passa un bras autour de la taille.

— Je voulais afficher ses photos partout.

— Je sais, dit-elle en appuya la tête contre son épaule.

Si tu as envie d'emmener Caleb quelque part la semaine prochaine, pour les vacances de la Toussaint, fais-le.

Oui, il tenait absolument à partir avec son fils. Pas seulement pour les vacances ou pour un week-end sur deux. Il rêvait de passer sa vie, tous les jours, avec Caleb *et* Bethany. Tous les deux étaient indispensables à son bonheur. C'était la raison pour laquelle il n'avait jamais demandé une garde partielle ou alternée. Après ce que Bethany avait fait pour lui permettre de poursuivre, envers et contre tout, ses études à West Point et sa carrière, il n'avait jamais pu se résoudre à faire quoi que ce soit qui la contrarierait.

— J'y pense, se contenta-t-il de répondre, sans s'engager.

Elle s'écarta et il la laissa faire, le cœur serré.

— Je veux passer du temps avec lui, déclara-t-il. Tant que les menaces qui planent au-dessus de lui ne seront pas dissipées, je refuse de m'éloigner de lui.

Il n'était pas encore prêt à faire confiance à qui que ce soit d'autre que lui, pour assurer la sécurité de son fils.

— Merci, Matt.

Il ne s'attendait pas à de la gratitude.

— Je n'ai pas fait grand-chose. Je compte sur les enquêteurs pour trouver la piste.

— Tu m'as aidée sans porter aucun jugement, dit-elle. Je ne devrais pas en être surprise. Mais j'y suis très sensible.

La sentant au bord d'une révélation importante, il attendit qu'elle se confie. Allait-elle enfin lui expliquer ce dont elle avait besoin ? Ce qu'elle attendait de lui pour l'autoriser à vivre avec eux ?

— Nous avons été jetés dans une situation difficile, reprit-il lorsque le silence devint inconfortable. Cette fois, nous allons surmonter les épreuves ensemble.

— D'accord.

Il remarqua les ombres qui creusaient ses joues, les petites rides de stress à la commissure de ses lèvres.

— Va dormir, suggéra-t-il. Il nous faudra être frais et dispos pour les interrogatoires de demain.

Elle l'étudia pendant un instant puis elle regagna finalement la chambre d'amis sans ajouter un mot.

Il la regarda partir, se demandant ce qu'elle pensait avoir vu sur son visage.

Il se dirigea vers son lit, son esprit réfléchissant aux récents événements. Si les menaces et les balles l'inquiétaient, il se félicitait que les circonstances lui donnent une chance de devenir le père qu'il avait toujours rêvé d'être.

6

Malgré une nuit agitée, Bethany se leva tôt pour se doucher et s'habiller avant de réveiller Caleb. Optant pour la simplicité, elle se vêtit d'un pantalon noir et d'une chemise blanche et elle laissa ses cheveux flotter sur ses épaules.

Déterminée à préparer un copieux petit déjeuner, elle se hâta vers la cuisine, mais Matt s'y trouvait déjà, attendant que son premier café ait infusé.

Il se retourna, un sourire timide sur les lèvres. Elle sentit des papillons danser au creux de son ventre à la vue de sa petite fossette sur sa joue. Et du reste.

Avec ses cheveux humides de la douche, sa bonne odeur de savon, son torse musclé, il était magnifique. Elle se mordit la lèvre pour réprimer un soupir.

— Bonjour, Beth. Bien dormi ?

Elle hocha la tête.

— Je… Je m'apprêtais à préparer le petit déjeuner.

— Vraiment ? Ce serait fantastique.

Son café terminé, il prit le mug sans cesser de la dévorer des yeux.

— Tu es très en beauté, ce matin.

— Merci. Comment te sens-tu ? Ta blessure ?

— Elle cicatrise bien. Pas de souci.

Il lui désigna la bouilloire.

— Prépare-toi un thé. Les mugs sont là, ajouta-t-il en lui montrant un placard.

Il lui souriait, le regard brûlant.

S'éclaircissant la gorge, elle s'ordonna de s'écarter de lui, de la tentation qu'il incarnait. Elle se rappela qu'ils étaient réunis dans cet appartement, à jouer au papa et à la maman, parce que quelqu'un avait tiré sur leur fils. Et pas pour donner une deuxième chance à leur histoire.

— As-tu des envies particulières ? s'enquit-elle. Pour le petit déjeuner, se hâta-t-elle de préciser en surprenant les yeux de Matt rivés sur ses lèvres.

— Tout ce qui te fera plaisir, répondit-il en souriant.

Il se pencha, l'embrassa rapidement avant de quitter la cuisine, son mug à la main.

Bouleversée, elle faillit lui emboîter le pas.

Par chance, elle recouvra ses esprits et, au lieu de faire n'importe quoi, prépara un solide repas composé de saucisses et de pommes de terre. Caleb et Matt sortirent des chambres à peu près en même temps, tous deux alléchés par les bonnes odeurs. Ils s'attablèrent, l'appétit aiguisé.

— Les interrogatoires seront plus formels et plus fouillés aujourd'hui que l'autre soir chez ta mère, dit Matt à Caleb. Les enquêteurs vont nous demander tout ce que nous avons fait au cours des dernières semaines, des derniers mois, dans l'espoir de trouver une piste.

Caleb opina, la tête baissée.

— Je ne pensais pas provoquer tant de problèmes en partant te chercher, Matt.

— Ce n'est pas ta faute, chéri, assura Bethany.

— Quelqu'un s'est servi de toi, fiston, renchérit Matt. C'est le travail des enquêteurs de découvrir qui et pourquoi. Et à nous de les y aider, du mieux possible.

Bethany devinait que l'avertissement lui était également destiné. Même si tous deux vivaient séparés depuis quinze ans, quelqu'un avait utilisé des informations confidentielles pour s'attaquer à eux. Il ne serait donc pas surprenant que le coupable ait un lien avec eux, les connaisse.

Elle ne put s'empêcher de remarquer à quel point Matt était séduisant dans son uniforme. Quant à Caleb, vêtu d'un pantalon kaki, d'une chemise blanche et d'une cravate aux couleurs de son école, il avait mis une tenue plus adaptée que la veille pour se rendre au Pentagone.

— T'es-tu excusé auprès de ta mère ? lança soudain Matt à Caleb alors qu'ils finissaient leur petit déjeuner.

L'adolescent déglutit rapidement et essuya sa bouche avec sa serviette avant de se tourner vers elle.

— Maman, je suis désolé d'avoir été impoli, hier soir.

— Merci. N'en parlons plus.

— J'ai eu tort. Tu as le droit d'embrasser qui tu veux, ce ne sont pas mes affaires.

— Caleb ! tonna Matt, exaspéré.

Leur fils cherchait seulement à alléger l'atmosphère, devina Bethany qui se contenta de secouer la tête.

— Sois sérieux avec les enquêteurs quand ils t'interrogeront, chéri. Je doute qu'ils apprécient tes petites blagues.

— Compris.

Lorsqu'ils furent prêts à partir, Matt la surprit en appelant une voiture plutôt que de prendre son coupé.

— Pourquoi ne conduis-tu pas ? demanda Caleb, déçu.

— J'aime trop ma voiture pour risquer de l'abîmer, répondit Matt.

Le chauffeur Uber effectua le trajet en un temps record. Comme ils approchaient du Pentagone, Bethany éprouvait un mélange de fierté et d'angoisse à l'idée d'y entrer. Dans le passé, elle s'y était déjà rendue pour des raisons professionnelles, mais la majesté de l'édifice l'impressionnait toujours. À côté d'elle, Caleb semblait nerveux et elle lui sourit pour l'encourager.

Matt les guida jusqu'au poste de sécurité. Il montra ses autorisations pour pénétrer dans les lieux. En raison de ses habilitations de fonctionnaire, Bethany reçut un droit de visite permanent. Elle n'eut qu'à présenter sa carte d'identité pour franchir les contrôles.

La veille, Matt avait obtenu un badge visiteur pour Caleb. L'enthousiasme de l'adolescent à l'idée de parader aux côtés de son père dans ce cadre prestigieux était tempéré ce matin par la perspective d'être présenté au général Knudson et de devoir s'expliquer avec les enquêteurs.

L'estomac noué, Bethany assista à l'interrogatoire de Caleb. Cette épreuve était indispensable, elle le savait. Son fils avait été manipulé et pris pour cible devant chez lui. Par comparaison, les autres menaces semblaient insignifiantes. Elle l'écouta raconter comment il avait été contacté via une application sur son smartphone et comment les indices fournis par son mystérieux correspondant lui avaient permis d'identifier Matt et de partir à sa rencontre.

Les enquêteurs lui demandèrent ses noms d'utilisateur et ses mots de passe sur les réseaux sociaux. Ils consultèrent également le contenu de son iPhone.

Comme ils leur accordaient ensuite une pause, Bethany alla se servir un thé dans la salle voisine. Où serait leur fils maintenant si Matt l'avait raté à la gare d'Union Station ? L'important était que Caleb soit désormais protégé.

Et qu'ils soient tous les trois réunis.

La perspective de devoir raconter à des tiers – et devant Matt – qu'elle n'avait rien vu, rien compris, de cette affaire ne l'amusait pas. Elle avait conscience de ne pas avoir été à la hauteur d'une mère digne de son nom.

— Je croyais que tu étais préoccupé par un souci à l'école, dit-elle à Caleb. Je regrette que tu ne sois pas venu me trouver pour m'en parler plus tôt.

Gêné, Caleb se gratta la tête.

— Chercher à identifier Matt était un défi à relever, cela me plaisait. Et puis, je t'avais déjà interrogée sur mon père. Et je n'avais pas envie d'une autre belle histoire de héros militaire. Je voulais savoir qui j'étais.

— Tu es mon fils, ne put-elle s'empêcher de répliquer.

Il semblait aussi malheureux qu'elle.

— Je sais. Je suis désolé, maman.

— Arrête de t'excuser. Il est inutile de revenir sur ce qui s'est passé hier. Mieux vaut chercher la manière dont nous allons nous comporter aujourd'hui pour que demain soit meilleur.

— D'accord.

Les enquêteurs s'intéressèrent ensuite à Bethany.

La lettre anonyme qu'elle avait reçue se trouvait toujours au laboratoire criminel du New Jersey pour y être analysée, mais ils en avaient récupéré une copie avec le reste du dossier.

— Je ne vois pas qui s'intéresserait à ce point au père de Caleb… Mis à part Caleb lui-même, bien entendu.

Elle se reprochait d'avoir éloigné son fils de son père. D'une manière ou d'une autre, elle se rachèterait et, en unissant leurs efforts, ils remettraient leurs vies sur les rails.

Elle regretta d'être obligée de répondre à des questions précises sur ses dernières relations amoureuses devant son fils et devant Matt. En fait, elle n'avait rien vécu de sérieux ces trois dernières années. Vraisemblablement, Matt subirait le même interrogatoire ensuite. Assis de l'autre côté de la table, il arborait un visage impassible. Jusqu'ici, ne pas avoir d'homme dans sa vie ne l'avait jamais dérangée. Mais devoir l'avouer devant lui la gênait. Cela n'aurait sans doute pas eu tant d'importance si elle n'était pas encore amoureuse de lui.

Cela dit, Matt s'en doutait certainement. Il avait vu sa réaction quand il l'avait embrassée.

Lorsqu'ils eurent fini de se renseigner sur ses amis, sur ses collègues et sur les rencontres qu'elle avait faites lors de ses derniers voyages, Bethany quitta la table pour se poster à la fenêtre. Dehors, les arbres se drapaient des couleurs de l'automne et elle aussi avait l'impression de changer de saison.

Voilà deux heures qu'elle parlait d'elle, et pourtant Matt hantait son esprit. Le baiser qu'ils avaient échangé lui avait fait prendre conscience qu'elle le désirait toujours. Pire, la tendresse dont il faisait preuve à son égard la touchait au cœur. Et la façon dont il demandait à Caleb de la respecter, tout en sachant que la colère de l'adolescent était légitime, la bouleversait. Elle avait renoncé depuis longtemps à chercher un homme qui puisse à la fois l'aimer et être une image paternelle pour Caleb. Depuis que Matt était revenu dans sa vie, elle se rendait compte qu'il avait la volonté et le profil pour jouer ces deux rôles à la perfection.

Quand grandirait-elle enfin ? se réprimanda-t-elle. Quand cesserait-elle de rêver d'une épaule sur laquelle s'appuyer ?

Les enquêteurs s'intéressèrent alors à Matt et en particulier au message sur le ballon de base-ball lancé sur la limousine du général, lundi soir. Il semblait difficile de déterminer qui était la véritable cible de la menace gribouillée dessus au feutre.

Comme il fallait s'y attendre, le ballon ne portait

aucune empreinte. Et l'enquête de terrain n'avait pas permis d'identifier la berline noire.

Les autorités semblaient incapables de déterminer le mobile de ce geste. Rien dans le passé récent de Bethany ou de Matt ne permettait de comprendre qui avait orchestré ces événements. Sans doute fallait-il attendre que les investigations aboutissent, mais Bethany n'avait pas envie de sombrer dans la peur et la paranoïa.

— Sommes-nous sûrs que les coups de feu n'ont pas été tirés devant chez moi par hasard ? demanda-t-elle à Matt lorsque la réunion s'interrompit pour leur permettre d'aller déjeuner.

— Dans ton quartier ? Certainement pas.

Devant eux, Caleb discutait avec l'un des policiers militaires que le général Knudson leur avait assignés à titre de précaution supplémentaire.

Bethany se remémora tout ce qui s'était dit dans la matinée.

— Quelqu'un a attiré Caleb dans un guet-apens, Matt.

— Il est désormais en sécurité, répondit-il. Nous le protégeons.

— Bien sûr, ce n'est pas ce que je voulais dire. Je sais que tu as envisagé la possibilité que les événements soient liés à toi. Mais l'objectif du tireur était peut-être de te pousser à t'exposer ou à te rapprocher de Caleb, non ? En tout cas, vous avez été suivis et pris pour cibles, quelques heures après que Caleb t'a trouvé.

Il s'assura que personne alentour ne les écoutait.

— J'y ai pensé, dit-il. Le timing était trop parfait pour qu'il s'agisse d'une coïncidence. Mais le message lui-même, comme la façon dont il a été délivré, rendent cette hypothèse plus discutable.

— Mais pas impossible.

— Les enquêteurs le découvriront, dit-il.

— Qui ferait ça, Matt ?

— Je ne sais pas.

Comme Caleb se retournait vers eux, elle ajouta :

— Nous en reparlerons plus tard, en tête à tête.

— Pourquoi ? Mieux vaut en discuter avec lui et ne plus rien lui cacher. Il est capable de gérer la situation, répliqua Matt.

Le reproche sous-jacent la mit en colère.

— Il en est peut-être capable, mais il ne devrait pas avoir à le faire. Caleb est encore un enfant. Tu ne peux pas entrer dans sa vie comme ça et commencer à décider ce qui est le mieux pour lui. Tu ne le connais pas.

L'expression chaleureuse de Matt s'envola, son regard devint glacial, et Bethany se reprocha aussitôt ses paroles.

— Matt, je suis désolée.

D'un geste, il interrompit ses excuses.

— Pourquoi désolée ? Depuis le début, tu veux réduire à néant mon rôle de père. Il n'y a rien de changé.

Il lui prit le bras avec raideur pour la guider vers Caleb et les deux policiers qui les attendaient.

Il avait toujours respecté ses desiderata, se souvint-elle. Elle devait cesser d'imaginer qu'il voulait lui nuire.

— Matt, s'il te plaît, écoute-moi.

Si elle avait pu ravaler ses mots, elle l'aurait fait. Elle aurait surtout aimé avoir la possibilité de rembobiner les quinze dernières années afin de lui donner la chance de devenir le père de Caleb.

— Plus tard.

Elle reconnut ce regard sombre, ce visage fermé. Elle l'avait blessé. Bien sûr, elle reviendrait sur le sujet dès que possible. Pour Caleb.

Non, il ne s'agissait pas de Caleb. Elle devait reconnaître qu'elle s'était comportée de façon odieuse.

Au moment où ils quittaient le bâtiment pour aller

déjeuner à l'extérieur, ils entendirent quelqu'un derrière eux crier le nom de Matt.

Ils se retournèrent.

— Major Riley.

— Major Gadsden.

Les deux hommes se serrèrent la main puis se donnèrent une accolade comme de vieux amis.

— Comment vas-tu ?

— Et toi ?

Bethany étudia le nouveau venu. Un peu plus grand que Matt, il était très maigre et dégageait une impression d'assurance tranquille. À en juger par les nombreux galons sur les épaules de son uniforme, il faisait partie de l'élite de l'armée.

— Alex, dit Matt. Laisse-moi te présenter Caleb et Bethany Trent. Mon fils et sa mère.

Les sourcils d'Alex se redressèrent.

— Ton fils ? Voilà qui est intéressant. Tu me sembles un peu grand pour un nouveau-né, Caleb, ajouta-t-il avec un grand sourire.

Il leur serra la main avec chaleur.

— Ravi de vous rencontrer, tous les deux. Félicitations, vieux, dit-il en envoyant une bourrade amicale à Matt.

— Merci, répondit Matt, les mâchoires serrées.

— J'adorerais connaître toute l'histoire, poursuivit Alex.

— Nous allions déjeuner, dit Matt. Aimerais-tu te joindre à nous ?

— Bien sûr.

Alex les accompagna vers une voiture que les policiers avaient commandée pour eux.

Matt donna au chauffeur le nom d'un restaurant et se glissa sur la banquette arrière. Caleb le suivit et ensuite Bethany. Alex s'assit devant. Bethany devina que Matt était soulagé d'avoir rencontré son ami qui ferait diversion pendant leur repas.

D'un geste, Alex désigna les deux gardes du corps qui les escortaient, l'un sur une moto, l'autre au volant d'une autre voiture.

— Ils font sans doute partie des avantages qu'il y a à travailler pour le général Knudson. Tu vas tout m'expliquer, n'est-ce pas, Riley ?

— Si tu veux, répondit Matt.

Comme Caleb commençait à le faire, Bethany lui intima d'un regard de se taire. Les deux hommes étaient amis et il appartenait à Matt de choisir ce qu'il souhaitait partager.

— Je n'arrive pas à croire que tu sois heureux derrière un bureau, reprit Alex. Loin du terrain, je dépérirais.

— Quel genre de travail effectuez-vous sur le terrain, monsieur Gadsden ? demanda Caleb avec curiosité.

— Major, le corrigea doucement Bethany.

— Tu sais, Caleb, j'aimerais beaucoup que tu m'appelles oncle Alex. Certes, tu n'es pas mon neveu mais ton père et moi nous connaissons depuis un bail, ajouta-t-il en souriant.

Bethany se demanda si les deux hommes étaient assez proches pour que Matt lui ait parlé de Caleb, même si la surprise d'Alex quand il les avait présentés avait semblé réelle. Elle était étonnée qu'il prenne si bien leur soudaine apparition.

— Nous nous sommes connus à l'Airborne School qui dispense des cours de parachutisme aux militaires, dit Matt.

— Matt était moins morose, à l'époque, leur assura Alex. Et vous, comment avez-vous rencontré Matt ? lança-t-il en étudiant Bethany d'un œil pénétrant.

— À West Point.

Comme Alex ouvrait la bouche pour poser une autre question, Matt l'interrompit :

— Combien de temps restes-tu en ville, vieux ?

— J'ai plusieurs choses à y faire, répondit Alex. Nous pourrions en parler autour d'une bière ce soir, si tu es partant.

— Pourquoi ne pas venir dîner chez Matt ? proposa Bethany. Je cuisinerai quelque chose.

— Un poulet à la grecque ? suggéra Caleb.

Elle lui donna un léger coup de coude.

— Je pensais plutôt à un poulet au parmesan. Avec une salade, ajouta-t-elle. Et du pain à l'ail.

— Dis oui, Matt, dit Caleb. On va se régaler.

— Dis oui, renchérit Alex avec un regard exagérément suppliant vers Matt. J'adore le pain à l'ail.

— Caleb et moi nous occuperons de notre côté après le repas, pour vous permettre de discuter tous les deux.

Matt échangea un long regard avec Alex et hocha la tête.

— Un dîner à quatre chez moi me paraît parfait.

La voiture les déposa près d'un restaurant.

— Pour le moment, prenons un hamburger avant de retourner au Pentagone, ajouta-t-il.

Avec des gardes du corps pour veiller sur eux, Matt aurait dû se sentir en sécurité, mais il ne l'était pas. Alex à lui seul était plus efficace qu'une patrouille de dix policiers, et pourtant Matt ne parvenait pas à se détendre. Bethany et Caleb étaient sous sa responsabilité, maintenant.

Il glissa un œil vers Bethany. Elle faisait à présent partie de sa famille et, comme celle au sein de laquelle il avait grandi, elle connaissait la puissance des mots. Elle était capable de le blesser à mort d'une phrase assassine. Ses attaques étaient plus redoutables que les armes contre lesquelles il avait appris à se défendre.

Comme sa plaie le faisait grimacer, elle se pencha vers lui :

— Ça va ? demanda-t-elle à voix basse.

— Très bien, murmura-t-il.

Elle recula, et il se traita d'imbécile.

Alex avait raison. Il était d'humeur morose. Eh bien, tant pis. Il en avait le droit. Pendant des années, il avait supplié Bethany de le laisser faire la connaissance de son fils. Et, maintenant qu'elle l'y autorisait enfin, rien ne se passait comme prévu. Il ne méritait pas de se faire agresser pour avoir répondu « présent ».

Et, que cela plaise ou non à Bethany, il fallait impliquer leur fils dans cette histoire. Ils devaient lui parler des dangers potentiels et lui expliquer comment s'en protéger.

Caleb avait englouti son hamburger en un clin d'œil et il était allé avec sa mère chercher des milk-shakes pour eux tous. La journée était magnifique et Matt avait envie de se promener. Il voulait que Caleb garde quelques souvenirs de Washington, au-delà du Pentagone et des enquêteurs.

Alex le tira soudain de ses pensées.

— Si je comprends bien, Bethany Trent est celle dont tu étais secrètement amoureux autrefois mais qui t'a tenu à l'écart, toutes ces années. Et sais-tu de quoi elle a désormais envie ?

— Non, aucune idée, prétendit Matt, repensant à leur baiser de la veille.

Il réprima un soupir. La façon dont elle l'avait regardé ce matin lui laissait espérer une suite. Dommage que ce qu'il voulait d'elle ne se résume pas au sexe.

— Mes sentiments pour elle sont à sens unique, poursuivit-il. Une cyberattaque l'a obligée à me contacter, mais je ne connais Caleb que depuis hier. Il a presque quinze ans. J'ai tout raté avec lui.

— Ce n'est pas vrai, répliqua Alex. Le gamin est intelligent, sportif et poli. Elle l'a bien élevé.

Et elle lui avait clairement fait comprendre qu'elle avait l'intention de continuer toute seule à le faire.

Ce n'était ni le moment ni le lieu d'en discuter.

Alex changea de sujet.

— À propos du piratage informatique…

Il promena un regard suspicieux autour de lui avant de tendre son smartphone à Matt.

Un portrait de Matt, Bethany et Caleb s'affichait sur l'écran. Ils étaient attablés dans le restaurant de Philadelphie, où ils s'étaient arrêtés pour se régaler de cheeseburgers. Le type avait sans doute pris le cliché dans l'établissement. Ou alors, il était armé d'un puissant téléobjectif.

— Comment as-tu eu cette photo ? s'enquit Matt avec effroi.

— Ton père l'a reçue, répondit Alex. Il me l'a fait suivre et m'a demandé de venir t'aider à comprendre ce qui se passait.

Matt étouffa un juron.

— Laisse-moi deviner, la photo était accompagnée d'une vague menace de le faire payer.

— Exact, dit Alex.

C'était la deuxième fois en deux jours que ses parents étaient mêlés à cette histoire, d'abord via les médias et maintenant directement. Matt jeta un coup d'œil autour d'eux, cherchant si quelqu'un semblait s'intéresser à eux.

— Mon père l'a signalé aux autorités, non ?

— Bien sûr. Après m'en avoir envoyé une copie. Je suis ici pour concocter un plan avec toi.

Comme Caleb et Bethany regagnaient la table, Matt se força à sourire.

— Et moi qui croyais que le pire risque dans cette histoire de piratage serait le vol d'identité.

— En tout cas, je ne fais plus du tout confiance à la protection des données sur Internet, répondit Alex. Cela dit, si tu as eu ainsi la possibilité de rencontrer ton fils, tu n'as rien à regretter.

Matt paya l'addition puis tous quatre se dirigèrent vers le parc, suivis à distance par les hommes chargés de leur sécurité.

Tandis qu'ils marchaient, il fit de son mieux pour éviter Bethany sans trop le montrer. Pourtant, en même temps, il ne cessait de se tourner vers elle comme un papillon de nuit attiré par une flamme. Depuis qu'elle avait quitté l'Académie militaire de West Point pour donner naissance à Caleb, il avait été forcé d'oublier ses rêves. Mais, maintenant qu'elle était à portée de main, il n'y parvenait plus.

En l'entendant rire des bêtises d'Alex, Matt sentit une pointe de jalousie le traverser, ridicule au demeurant.

Que pouvait-il faire pour la convaincre de leur donner une nouvelle chance ? Ils avaient mûri et ils étaient toujours attirés l'un par l'autre. Il avait éprouvé une étrange satisfaction quand elle avait dit aux enquêteurs qu'elle n'avait pas d'homme dans sa vie depuis des années.

En revanche, elle était plus indépendante que jamais et toujours déterminée à donner à Caleb une vie normale. Il partageait ces priorités, mais il avait envie de trouver sa place dans leur cercle. Il voulait avoir le droit d'exprimer son opinion sur ce qui était le mieux pour son fils.

Caleb lui parlait d'un prochain tournoi de football.

— Toute cette histoire sera finie d'ici là, non ?

Matt n'osait pas le lui promettre.

— Je l'espère. De toute façon, nous aurons trouvé une solution viable d'ici là.

— Génial. Alors, tu viendras me voir jouer ?

— Je ne manquerais ce match pour rien au monde, répondit immédiatement Matt.

Le sourire heureux de Caleb lui fit du bien.

— Génial ! Je vais le dire à maman.

Lorsqu'il courut annoncer la nouvelle à Bethany, elle parvint à l'embrasser avant que Caleb ne revienne vers lui.

Son amour pour son fils lui redonnait le moral. S'il ne parvenait pas à raviver la flamme avec Bethany, il aurait au moins la joie d'avoir désormais Caleb dans sa vie.

Alors que Caleb s'avançait vers lui en bondissant, Matt vit le point rouge d'un viseur laser danser sur la poitrine de l'adolescent. Comme il ouvrait la bouche pour lui crier de faire attention, un deuxième point rouge apparut sur Bethany.

— Gadsden !

Il fit signe à son ami de protéger Bethany tandis que lui-même se jetait sur Caleb.

Les deux gardes du corps entrèrent alors en action. Ils demandèrent des renforts et s'efforcèrent de localiser les tireurs. En plein jour, il était presque impossible d'y parvenir.

Matt chercha des yeux un lieu sûr où mettre son fils à l'abri. Un frisson glacé lui parcourut l'échine. Dans le passé, il avait parfois connu la peur au combat, il s'était souvent senti impuissant face à un ennemi invisible. Mais maintenant tout était différent. Il n'était pas sur un champ de bataille, entouré de soldats entraînés. Cette menace ciblait sa famille, des innocents et en plein jour. Des gratte-ciel entouraient le parc. Les tireurs devaient s'y être cachés, à un étage élevé.

Les gardes du corps les entraînèrent derrière un bosquet d'arbres, pour les sortir de la ligne de mire.

Bethany et Caleb semblaient choqués mais en sécurité. Bethany ne pouvait retenir ses larmes, et les mains de Caleb tremblaient, même s'il essayait de le cacher.

Matt les prit dans ses bras.

Ils étaient en vie et le resteraient, se promit-il.

Deux SUV noirs de l'armée arrivèrent. Une équipe en tenue de combat, des hommes protégés par des casques et des gilets pare-balles, en bondirent, les armes à la main.

Tous trois furent emmenés à bord du premier véhicule, dans lequel un chauffeur les attendait. Les portières à peine refermées, le véhicule s'éloigna à toute vitesse, gyrophares et sirènes en action.

Alex ne perdit de temps.

— Qu'as-tu vu ? demanda-t-il à Matt.

— Une visée au laser rouge sur Caleb et une deuxième sur Bethany.

Le dire à voix haute lui fit mal.

— Il y avait un point rouge sur ta poitrine, Matt, intervint Caleb d'une voix tremblante.

Alex le lui confirma d'un mouvement de tête. Il n'avait pas remarqué qu'il avait été, lui aussi, ciblé. Il serra son fils contre lui, regardant Bethany par-dessus la tête du garçon. Elle pressait les lèvres pour s'interdire d'exploser en sanglots.

Matt connaissait Alex depuis qu'il avait intégré l'armée et il n'avait jamais vu son ami aussi ébranlé. Les deux hommes mesuraient la complexité de la situation. Certes, aucun coup de feu n'avait été tiré. Mais ils étaient encore en vie, uniquement parce que quelqu'un en avait décidé ainsi.

La terreur provoquée par cet incident était l'objectif des tireurs, Matt en était certain. Du coup, il se demandait si sa blessure lors de l'attaque devant la maison de Bethany avait été un accident, une erreur de tir.

— Avant toute chose, nous avons besoin d'un endroit sûr, dit Matt, réfléchissant à voix haute. Je ne laisserai plus Caleb et Bethany exposés au danger.

— Caleb et moi pourrions aller…

Matt rejeta aussitôt cette suggestion.

— Je ne laisserai pas le fou furieux à l'origine de cette attaque séparer ma famille.

Bethany aurait aimé protester, mais pour Matt le sujet n'était pas négociable.

Comme s'il l'approuvait, Caleb se rapprocha de lui, cherchant le réconfort de Matt tout en tenant la main de sa mère.

— Question sécurité, ton appartement me semble parfait, dit Alex. Les accès de ta résidence sont contrôlés, il est possible d'observer les alentours de chez toi et il est facile d'organiser une évacuation par le toit en cas d'urgence.

— Ça marche pour moi.

— Je ne comprends toujours pas pourquoi nous avons été visés, murmura Bethany.

— Chaque attaque est un indice, répondit Matt. Nous allons y réfléchir, mais allons déjà nous mettre à l'abri.

Les yeux gris d'Alex brillaient d'excitation.

— Une fois chez toi, nous nous mettrons au travail.

Il téléchargea la vidéo via un courrier électronique.

L'équipe de repérage avait fait un excellent travail et celle chargée de filmer la scène aussi. Le type qu'il avait engagé pour diriger cette opération s'était montré à la hauteur. Le plus impressionnant du point de vue logistique était la rapidité avec laquelle les tireurs avaient trouvé des positions pour cibler leurs trois victimes. La femme lui importait moins mais, vu l'importance qu'elle semblait avoir aux yeux du major Riley, modifier le plan initial avait été une bonne initiative.

Plus il torturerait un Riley, mieux cela vaudrait.

Il appuya sur un interrupteur, et un panneau sur le mur intérieur de son bureau glissa sur le côté pour révéler le programme à venir en détail. Il y avait des notes, des options basées sur les résultats attendus et intégrant au mieux les imprévus. Aurait-il le temps de faire souffrir Matt et, par ricochet, le général Riley ?

Il contourna son bureau, les dents serrées, luttant contre la douleur qui se propageait de sa hanche à l'épaule à chaque pas. Cette souffrance n'était pas inutile. Elle lui rappelait l'enjeu et l'aidait à rester focalisé sur l'objectif ultime.

Il fixa la photo du général Riley, collée au centre du tableau. Même s'il était agréable de martyriser l'aîné des enfants de Riley et son unique petit-fils, cela ne causerait pas suffisamment de mal au général pour modifier le cours des événements.

Il retourna à son bureau et se repassa la vidéo du parc. Pour le plaisir. Oh ! c'était presque aussi bon que s'il avait été sur place. Cette vidéo marquait le meilleur moment de sa vie depuis la catastrophe. Elle lui procurait un bonheur sans mélange. Il la regarda encore et encore. Il ne s'en lassait pas.

La panique, l'impuissance absolue peintes sur le visage du major Riley le remplissaient d'une joie extrême.

— Vous aurez beau regarder partout, major, vous appuyer sur votre formation et votre expérience, vous ne me retrouverez pas.

Il était protégé par des paravents que même les experts de l'armée n'étaient pas capables de déceler.

Pas encore. Son anonymat ne durerait pas. Tant pis. Le but était ailleurs.

Il dévoilerait lui-même sa présence en temps utile. Parce que, quand il aurait réduit en poussière le monde du général Riley et anéanti tous ceux qu'il aimait, il tenait à regarder le général dans les yeux, à s'assurer que Riley comprendrait bien alors qui lui avait infligé tant de souffrances.

Ensuite, il mettrait un terme à cette histoire. Pour eux tous.

Il apporta quelques modifications mineures à la vidéo, puis il la téléchargea sur le *cloud* qu'il avait défini pour l'équipe. Il prit son téléphone, composa un numéro et attendit.

— Monsieur ?

— La nouvelle vidéo est prête à être diffusée.

— Oui, monsieur.

— Passez à présent à l'étape suivante.

— Bien, monsieur.

Son correspondant raccrocha et il remit le téléphone sur le combiné. Il savait pouvoir compter sur la loyauté, l'obéissance et le désir de servir des membres de son équipe, des qualités que le général Riley avait, lui aussi, attendues de ses hommes.

Et pourtant, c'était lui qui avait de fidèles disciples sur qui s'appuyer. Pas le général. Lui seul commandait des hommes et des femmes motivés, désireux de mener à bien les ordres qu'il donnait.

Il se cala dans le dossier de son fauteuil et il ferma les yeux, imaginant les souffrances qui attendaient le major Riley et son père.

7

Bethany ne réussit à respirer qu'en atteignant l'appartement sans autres incidents. Même si le trajet en voiture n'avait duré que quelques instants, elle était en proie à une telle panique qu'elle avait l'impression que cela avait duré une éternité.

Maintenant qu'ils étaient en sécurité chez Matt, elle aurait voulu que quelqu'un lui désigne un responsable sur lequel elle aurait pu se défouler, déverser sa hargne.

Elle laissa Caleb jouer avec les jeux vidéo de Matt, consciente qu'il avait lui aussi besoin de se changer les idées, mais elle se félicita en son for intérieur qu'il choisisse une course plutôt que des jeux de guerre ou de combats.

Elle dut faire appel à toute sa volonté pour s'interdire de le toucher afin de s'assurer qu'il était bien là, sain et sauf. Dans le parc, elle n'avait pas tout de suite remarqué le viseur au laser sur Caleb. Seuls les cris de Matt l'avaient avertie du danger. Quand elle fermait les yeux, elle revoyait son visage, sa détermination à les protéger. Il était aussitôt passé à l'action.

Et soudain elle avait distingué une petite lumière rouge sur lui et elle avait hurlé, persuadée qu'il allait être tué sous les yeux de Caleb. Sous les siens.

Le reste était plus flou dans sa mémoire. Elle se

souvenait vaguement d'Alex l'entraînant vers un véhicule, leur fuite éperdue.

Comment une banale promenade dans un parc s'était-elle transformée en un tel cauchemar ?

Elle entra dans la cuisine, cherchant un moyen de chasser sa peur, de penser à autre chose. Elle fit l'inventaire complet des réserves de Matt avant de dresser une liste de courses à faire. Pour l'essentiel, il s'agissait des ingrédients nécessaires à la confection du dîner. Contrairement à ce que laissait entendre son fils, ses capacités culinaires ne se limitaient pas au poulet à la grecque.

Et ce soir elle tenait à mettre les petits plats dans les grands pour exprimer sa gratitude à Alex et Matt, consciente qu'ils les avaient sauvés.

Comme elle traversait le salon pour les rejoindre, elle ne put s'empêcher d'embrasser Caleb en passant.

Elle trouva les deux hommes occupés à installer et à connecter les ordinateurs et les moniteurs qu'Alex avait apportés.

— La liste de courses est prête, annonça-t-elle.

Matt se tourna vers elle, et dans son regard elle vit se refléter ses propres inquiétudes. Elle comprit qu'il prenait très au sérieux son rôle de père, qu'il s'y était engagé corps et âme.

Alex lui prit la feuille de sa main.

— Je vais m'assurer que tout vous soit livré très vite.

Comme il lisait le texte, il s'exclama en souriant :

— Du pain à l'ail ! Merci de vous en être souvenue. Cette femme est une perle rare, vieux, ajouta-t-il à l'attention de Matt. Un cadeau de la vie.

Les yeux rivés sur ceux de Bethany, Matt hocha la tête.

— Je l'ai toujours su.

La petite lueur qui brillait dans ses prunelles alluma un

feu ardent au creux du ventre de Bethany. Des souvenirs de leurs brèves et torrides étreintes d'autrefois remontèrent à sa mémoire. Elle revit son corps d'athlète, son sourire craquant, sa petite fossette. Elle devina que s'ils se retrouvaient dans les bras l'un de l'autre, faire l'amour serait encore plus intense qu'à l'époque. La tournure de ses pensées l'effraya soudain. Si elle ne se ressaisissait pas très vite, elle n'allait pas tarder à l'embrasser à pleine bouche sans se soucier de la présence de Caleb ou d'Alex.

— Si vous avez besoin de moi, dites-le, balbutia-t-elle, impatiente de s'éloigner de la tentation.

— Attends un instant.

Matt prit la liste et la parcourut des yeux puis il désigna Caleb d'un mouvement de menton, interrogeant en silence Bethany.

Elle opina, même si elle n'était pas tout à faire sûre de comprendre ce qu'il lui demandait, cette fois. Cela n'avait pas d'importance. Matt ne mettrait jamais Caleb en danger, il ne l'exposerait jamais. Elle en était certaine.

Pour la première fois de sa vie, elle sentit qu'ils faisaient équipe dans l'aventure parentale.

— Caleb ? lança Matt. Viens, j'ai besoin d'un coup de main.

Caleb mit aussitôt son jeu vidéo sur pause et bondit. Bethany ressentit un petit pincement de jalousie à le voir se précipiter ainsi pour répondre aux demandes de son père.

— Quelqu'un doit envoyer cette commande à la supérette du coin. Tu rédiges des textos plus vite que nous tous réunis.

— C'est probable, répondit Caleb avec un sourire.

En riant, Matt lui tendit son smartphone.

— Alors, à toi de jouer. Il est facile de naviguer via

l'application et mon numéro de carte de crédit est préchargé pour le paiement. Si tu as un problème, demande-moi.

— Il n'y aura aucun problème, assura Caleb.

— Super.

Matt retourna aider Alex avec les ordinateurs.

Il a tout compris, pensa Bethany avec gratitude.

Il responsabilisait Caleb. Le charger d'une tâche lui signifiait qu'il faisait partie de l'équipe et contribuait à l'effort collectif. L'impliquer permettait à l'adolescent de retrouver une certaine maîtrise de la situation, après le chaos dans le parc. Bethany commençait à mesurer à quel point elle leur avait fait du tort en leur interdisant de se connaître.

— N'oublie pas le pain à l'ail, dit Alex.

— Promis, oncle Alex.

Une telle fierté et une telle joie brillaient dans les yeux de Caleb qu'elles chassèrent les dernières traces de peur et de stress. Et le cœur de Bethany se gonfla de reconnaissance envers l'homme qui avait réussi ce tour de force.

Pendant qu'ils attendaient la livraison de la commande, elle proposa à Caleb de préparer le dessert avec elle.

— Des cookies ? demanda-t-il.

— D'accord, mais nous allons confectionner les préférés de ton père.

Elle utilisa le mot « père » sciemment pour le graver dans la tête de Caleb, en plus d'affirmer la relation que Matt méritait d'avoir avec son fils.

— Des cookies aux pépites de chocolat ? s'enquit Caleb.

— C'est son deuxième dessert préféré, le premier étant les *snickerdoodles.* Nous allons faire les deux. Nous avons le temps.

Et cuisiner l'occuperait, lui changerait les idées. Tout comme Caleb avec ses jeux vidéo, elle en avait besoin.

— Et nous ne savons pas ce qu'Alex préfère, dit Caleb.

— Tu lui demanderas. En attendant, au travail.

À partir d'une recette trouvée sur Internet, Caleb mélangea la cannelle et le sucre dans un bol, puis il apporta à sa mère les ingrédients nécessaires à la pâte de *snickerdoodles*.

Matt n'avait que deux plaques à biscuits, mais ils se débrouillèrent avec les moyens du bord.

Lorsque les *snickerdoodles* furent dans le four, elle lava les bols et les ustensiles pour leur permettre de lancer la confection des cookies aux pépites de chocolat.

— Pourquoi ne m'avais-tu jamais dit que tu avais intégré l'Académie militaire de West Point ? demanda Caleb, tout en l'aidant.

— Parce que je n'y ai jamais fini ma scolarité. Les valeurs morales sont prises très au sérieux à West Point. La devise de l'école est d'ailleurs : « Devoir, Honneur, Patrie. »

Le fait de tomber enceinte contrevenait aux codes de l'école et au comportement attendu d'une élève. Les cadets devaient faire preuve d'un engagement total, sans faille, envers le système académique. Si à l'époque elle avait parlé de son état, elle aurait été aussitôt exclue de l'établissement. Ses supérieurs auraient sans doute compris que le bébé était de Matt et ils l'auraient renvoyé, lui aussi. Changer d'école sans en donner la raison lui avait paru la meilleure solution et elle n'avait jamais regretté ce choix.

— Les relations amoureuses entre cadets étaient interdites. Le code de l'honneur des cadets est très strict dans cette école. Il déclare : « Un cadet ne ment pas, ne triche pas, ne vole pas et il ne tolère pas ceux qui le font. » Ma grossesse aurait été considérée comme une faute, ajouta-t-elle.

— Ça ne rigolait pas, dis donc ! Raconte-moi encore comment tu es tombée amoureuse de Matt.

Elle ne se fit pas prier.

— Nous étions dans la même classe, commença-t-elle. J'avais accepté de former un groupe de travail avec lui et quelques autres élèves.

— Mettre en place des activités en petit comité pour draguer, ce n'est pas bête, dit-il pensivement.

Elle se mit à rire. Elle ne l'avait pas interprété ainsi à l'époque, mais il était possible que Matt ait eu des arrière-pensées.

— Travailler en groupe était indispensables. Les études étaient difficiles.

— Matt voulait te draguer et tu le savais certainement, répliqua Caleb. En tout cas, je me demande comment tu arrivais à le différencier des autres. J'ai vu des photos. En uniforme, tous les cadets se ressemblent. De vrais clones.

Il se trompait. Le sourire chaleureux de Matt, son visage énergique, ses mâchoires carrées et la lueur qui brillait dans ses yeux bruns le rendaient unique.

Alex, qui était venu chercher un verre d'eau dans la cuisine, glissa avec un petit sourire deux cookies dans sa poche et un troisième dans sa bouche.

— Pour l'apéritif, marmonna-t-il en sortant.

— Il est temps de passer à la vitesse supérieure, Caleb, dit-elle. Je m'occupe des amuse-gueules et toi des cookies.

— Quand Matt t'a-t-il proposé de sortir avec lui ? demanda Caleb. Pour un vrai rendez-vous galant, je veux dire.

Tout en épluchant quelques carottes et concombres, Bethany entreprit de lui raconter une nouvelle fois comment Matt avait tout organisé pour lui donner l'impression qu'ils n'étaient que deux alors qu'ils étaient entourés de leurs amis.

Caleb l'écoutait avec attention. L'interrogeait-il à ce sujet parce qu'il avait lui-même des vues sur une fille ? Elle ne lui posa pas la question. Mieux valait ne pas s'immiscer dans sa vie amoureuse, décida-t-elle. De toute façon, à quinze ans, il se souciait sans doute plus du sport que de l'amour.

Du moins, l'espérait-elle.

Le plateau de hors-d'œuvre prêt, elle le porta à Matt et à Alex. Ils avaient transformé le salon en centre de commande. Elle posa son chargement à portée de leurs mains.

— Pour vous faire patienter avant le repas, dit-elle.

Focalisés sur les écrans, ils se contentèrent d'un grognement de remerciement.

Quelles menaces avaient-ils repérées pour paraître si sombres ? se demanda-t-elle.

Se dépêchant de retourner dans la cuisine, elle reporta son attention sur la préparation du dîner. Mais son cerveau continuait à s'interroger, à spéculer et à imaginer le pire.

Matt et Alex avaient visionné toutes les images disponibles, à commencer par celles de la vidéo de la fusillade filmée devant chez Bethany jusqu'à celles enregistrées par les caméras de surveillance du parc. Ils avaient épluché les états de service de Matt, incapables de se faire à l'idée de quelqu'un qui le connaissait lui en voulait au point de l'attaquer ainsi.

Qui serait susceptible de lui jouer ces sales tours et pourquoi ?

— Tout ça ne sert à rien.

S'écartant de la table, Matt se dirigea vers les baies vitrées coulissantes. Furieux, frustré et tourmenté par les odeurs savoureuses qui émanaient de la cuisine, il sortit sur la terrasse. Il y avait installé une table, des chaises et un barbecue. La ville étincelait alentour, les bateaux sommeillaient dans la marina. Au nord et à l'est se trouvaient des immeubles, des endroits où un tireur d'élite était susceptible de se poster. D'ailleurs, il serait sans doute possible de le prendre pour cible depuis le canal.

Vas-y, ordonna-t-il, mentalement à l'enfoiré qui s'était attaqué à Bethany et à Caleb. *Cesse de jouer avec ma famille et tire sur moi.*

Derrière lui, il entendit Alex le rejoindre, refermer la baie vitrée.

Alex caressa le couvercle en acier du barbecue.

— Nous devrions apprendre à Caleb à faire griller un steak... Mais en attendant tu es stupide de t'exposer ainsi. Tu ouvres un boulevard à un éventuel tireur embusqué.

— Si tu as peur, rentre, répliqua Matt.

— Je n'ai pas peur, mais si j'étais tueur à gages je me placerais dans l'immeuble d'en face pour faire un carton. Cela dit, s'il était malin, il mettrait plutôt le feu à ton appartement pour faire croire à un accident.

— Ne voudrais-tu pas changer de sujet ?

— De quoi préférerais-tu parler ? Ou plutôt de qui ? De Bethany et de Caleb ?

— Non.

De toute façon, il n'irait nulle part avec Bethany tant qu'il ne l'aurait pas convaincue qu'il ne représentait pas une menace pour elle, pour eux.

— Je ne comprends plus rien, dit-il.

Alex poussa un soupir exaspéré.

— Nous ne sommes pas les seuls à travailler sur ces attaques. Quelque chose va sortir et nous permettre d'avancer.

— Elle a confectionné mes cookies préférés, préparé des hors-d'œuvre et là, elle cuisine pour nous servir un bon dîner. Elle semble se mettre en quatre pour me faire plaisir et un instant après elle me rejette. Je ne comprends plus rien.

Et en particulier pourquoi Bethany refusait de lui donner une autre chance.

— Et la bière, lui rappela Alex. Elle a acheté ta bière préférée.

— Elle ne l'avait pas oubliée. En agissant ainsi, elle cherche à me plaire, à me séduire.

Quand son ami éclata de rire, il comprit pourquoi son père lui avait envoyé Alex. Non seulement il était tireur d'élite, mais il avait la capacité d'alléger l'atmosphère.

— Là, tu te la racontes, Matt !

Puis Alex redevint sérieux.

— Elle a fait n'importe quoi, je te l'accorde. T'empêcher d'approcher ton fils pendant près de quinze ans était moche de sa part. Mais as-tu vu comment elle te regarde ? Elle te dévore des yeux.

Matt voulait croire que la façon dont les magnifiques prunelles de Bethany s'éclairaient chaque fois qu'elle les posait sur lui lui donnait des raisons d'espérer. Il voulait croire qu'il parviendrait à briser les murs qu'elle avait bâtis pour le tenir à distance. Il avait tellement envie de l'étreindre.

— Elle tenait à élever Caleb seule. J'ai rencontré mon fils pour la première fois avant-hier. Voilà quinze ans que j'attendais ce jour ! ajouta-t-il. Tu mesures ma fureur.

Alex se tourna vers Matt.

— Pourtant, tu ne lui en veux pas, dit-il. Pas vraiment.

— Détrompe-toi. Je lui en veux beaucoup, mais je dois reconnaître qu'au départ elle cherchait surtout à me rendre service. Elle a quitté West Point, abandonné sa carrière militaire pour moi, pour élever Caleb et protéger mon avenir au sein de l'armée.

— Impressionnant.

Matt ferma les yeux, déchiré entre son admiration pour le sacrifice de Bethany et sa frustration pour ce qu'elle lui avait imposé en contrepartie.

— Quel est ton objectif ? demanda Alex. Obtenir la garde du gosse ?

— Construire une famille, répondit Matt.

Matt n'avait jamais réussi à convaincre Bethany qu'il l'aimait. Agrippant la balustrade du balcon, il la serra fort.

— Depuis le début, je rêve de faire partie de la vie de Caleb.

Il l'avait proposé à de multiples reprises à Bethany, mais elle avait toujours refusé, certaine qu'un tel rapprochement nuirait à leur fils. Matt pensait qu'une bataille juridique pour obtenir un droit de visite serait pire que tout pour tout le monde, aussi avait-il respecté la ligne tracée par elle.

— J'aurais pu exercer mes droits.

— Une fois ton diplôme obtenu, en tout cas. Et tu as toujours des droits, ajouta Alex.

— C'est vrai. Caleb m'a demandé si j'avais voulu sa naissance. Il en doutait, lâcha-t-il, ravagé.

— Elle t'a privé de ton fils. C'est dégueulasse.

— Nous étions jeunes et stupides, dit-il. Mais ce qui s'est passé entre nous deux n'était pas qu'une amourette de jeunesse.

— Tu l'aimes toujours, murmura Alex.

— Oui, répondit-il. Caleb m'a posé la même question hier.

— Dans le genre : « Quelles sont tes intentions avec ma mère ? » ?

Matt sourit.

— Oui, exactement dans ce genre-là.

— C'est un vrai Riley.

Le sourire de Matt s'envola.

— Tu aurais dû entendre le sermon de ma mère. Comme si je lui avais caché ma paternité toutes ces années dans le seul but de lui faire de la peine.

Alex connaissait assez Patricia pour imaginer le tableau.

— Donc, en dehors du bureau du JAG et des enquêteurs d'habilitation, personne n'avait connaissance de l'existence de Caleb ou de la pension alimentaire que tu versais à Bethany ?

— Personne.

Il repensa au commentaire de Bethany lorsqu'ils étaient sortis de la salle de conférences du Pentagone.

— D'après Bethany, la personne qui a contacté Caleb voulait me pousser à me mettre à découvert ou peut-être nous attirer, Caleb et moi, au même endroit.

Matt posa les mains sur ses hanches. Il portait sa chemise d'uniforme dont il avait retroussé les manches.

— Je suis sûr que quelqu'un nous a suivis, Caleb et moi, depuis Union Station, mardi, poursuivit-il.

— Tu l'as signalé aux autorités, non ?

— Bien sûr, mais je n'avais rien pour le prouver.

— Nous devons visionner les images enregistrées par les caméras de surveillance de la gare.

Matt n'en voyait pas l'intérêt.

— La sécurité du Pentagone m'a promis de le faire aussi. Mais à quoi bon perdre du temps à regarder des milliers de gens, en espérant remarquer quelqu'un en train d'épier Caleb ou moi ?

— Si quelqu'un avait voulu te tuer, il en aurait eu cent fois la possibilité. C'est le plus étrange.

— Je me demande pourquoi je suis encore en vie. Et

sans mobile, j'ignore quoi faire. En tout cas, je ne veux prendre aucun risque avec Bethany et Caleb.

— Tu peux les garder en résidence surveillée ici.

Matt lui lança un regard noir.

— Bethany n'acceptera pas longtemps ces contraintes.

Il n'allait pas renoncer. Il espérait toujours la convaincre de leur donner une deuxième chance, de vivre ensemble, de fonder une vraie famille. Pour la vie.

Il s'obligea à revenir à ses préoccupations immédiates.

— En plus, Caleb devra bientôt retourner au collège, retrouver son équipe de football et à sa routine habituelle.

— Admettons que Bethany ait raison et que quelqu'un souhaite vous réunir, Caleb et toi, pour vous prendre pour cibles. Qui seraient les suspects ?

— C'est la question à dix millions de dollars.

Matt baissa les yeux, espérant presque voir le point rouge d'un viseur laser sur sa poitrine. Après avoir configuré les ordinateurs, ils avaient contacté l'équipe d'enquêteurs et obtenu les rapports complets sur l'incident du parc. Ils avaient parcouru les images des caméras de surveillance des environs à la recherche de berlines sombres, de visages familiers et de tout ce qui ressemblait à un pointeur laser. En vain.

Cessant d'observer les alentours, Matt reporta son attention sur Bethany et Caleb qu'il voyait à travers les baies vitrées. Comme autrefois, Bethany se déplaçait d'un pas décidé et énergique, mais elle semblait à la fois plus douce et plus forte, à présent. La maternité l'avait embellie. Pourquoi ne pouvait-elle pas reconnaître qu'ils allaient bien ensemble et qu'ils seraient heureux tous les trois ?

Il la désirait plus que jamais. Il voulait tout d'elle, corps, cœur et âme. Il n'avait pas envie d'une aventure.

— Il nous faut une piste. Quelqu'un a filmé cette

attaque, l'a envoyée aux réseaux sociaux, dit-il, réfléchissant à voix haute.

— Et à ton père, lui rappela Alex.

— Pour moi, c'est le plus surprenant de l'histoire. Pourquoi l'impliquer ?

— Pour nuire à tes relations familiales ?

— Peut-être. Rien de cette affaire ne correspond aux schémas classiques et pourtant je n'ai pas l'impression d'une improvisation. Au contraire, tout semble avoir été minutieusement pesé, réfléchi, organisé.

— Celui qui est derrière cette histoire finira par commettre une erreur, dit Alex. Mes gars enquêtent là-bas maintenant, en plus de l'équipe envoyée par le général Knudson.

— Cela n'est pas suffisant, dit Matt. Je ne laisserai pas un fou furieux s'en prendre à Caleb et à Bethany alors qu'ils sont sous ma protection.

— Raison de plus pour rester à l'intérieur, dit Alex en observant les environs à la tombée de la nuit. Laisse mon équipe terminer ses investigations et les enquêteurs travailler sur ce qu'ils ont. Nous ferons le point, demain.

— Rentre, dit Matt qui ne se sentait pas prêt à l'imiter.

— Pas sans toi. Si tu te fais descendre, ça va casser l'ambiance. Et en plus, tu raterais quelque chose. Cela sent super bon dans la cuisine.

— Ne reste pas pour dîner, décida soudain Matt.

Égoïstement, il voulait Bethany et Caleb pour lui tout seul.

Alex prit une expression horrifiée.

— Tu rigoles ! Elle m'a acheté du pain à l'ail.

— Je m'en moque. Va plutôt rejoindre ton équipe pour te mettre à la recherche d'une piste.

Alex secoua la tête.

— Il n'en est pas question.

Matt hésita à insister pour qu'il les laisse en famille, mais Alex était déjà à l'intérieur, complimentant Bethany et proposant de mettre le couvert.

Idiot, pensa Matt.

Le dîner fut fantastique et, grâce à Alex, la conversation animée et joyeuse. Pour amuser Caleb, il raconta leurs prouesses quand ils étaient à l'école de parachutisme et sur divers champs de bataille. Personne ne fut dupe lorsque Alex s'arrangea pour tirer la couverture à lui en narrant leurs exploits et pour rendre Matt seul responsable de leurs erreurs et échecs. Caleb était aux anges.

Matt doutait que les vrais oncles et tantes de Caleb réagissent aussi bien qu'Alex en apprenant son secret. Il était en fait surpris que ses frères et sœurs ne l'aient pas encore appelé pour l'incendier. Pourtant, sa mère avait certainement déjà informé tout le clan.

Il se frotta les tempes.

Alex débarrassa la table et fit la vaisselle avec l'aide de Caleb qui tenait à entendre plus d'histoires à propos de Matt.

Bethany resta assise en face de lui. De multiples questions non formulées planaient entre eux. Elles méritaient des réponses. Malheureusement, il était lui-même en plein brouillard.

— Un café ? proposa-t-elle. Autrefois, tu prenais du café pour soulager tes migraines liées aux stress.

Quand elle disait ce genre de choses, lui prouvant à quel point elle se souvenait de leur brève relation, il se reprenait à espérer.

— Seules des réponses ou des arrestations y parviendront, cette fois-ci. Désolé, ajouta-t-il en la voyant se renfermer.

D'une phrase, il avait brisé l'ambiance détendue installée par Alex, se reprocha-t-il.

Elle contourna soudain la table pour s'asseoir à côté de lui.

— Je te dois des excuses, Matt.

— Pas du tout.

Le doux parfum de son shampooing lui chatouillait les narines, ravivant une autre faim.

Elle posa la main sur son bras.

— Matt, s'il te plaît, regarde-moi. Crois-moi, je te fais entièrement confiance avec Caleb. Ce que j'ai dit ce matin était injuste. J'avais peur, je disais n'importe quoi. Tu l'as protégé, tu as su le rassurer et le remettre sur les rails. Je t'en remercie.

Il aurait voulu savourer ce moment, sa gratitude, mais le souvenir des viseurs de laser le hantait.

— Bethany, quand j'ai vu…

— Cesse de te torturer, l'interrompit-elle. Tu as été… incroyable. Héroïque. Merveilleux. Tu l'as sauvé, Matt.

Touché, il n'en oubliait pourtant pas la sinistre vérité.

— Il était dehors à cause de moi. Tout est ma faute. Je t'avais dit que je ne l'exposerais pas au danger, mais il l'était.

— Tu n'y es pour rien. Seul le tireur est coupable.

Peu convaincu, Matt regarda Alex et Caleb revenir avec une autre assiette de cookies.

Sans un mot, Bethany se détourna de lui et leur sourit. Il se remémora soudain un dîner en groupe dans une pizza alors qu'ils étaient étudiants. À un moment, il avait réussi à s'isoler avec elle, quelques instants. Quand ils étaient revenus à table, leurs amis les avaient taquinés parce qu'elle avait les cheveux en bataille et elle avait rougi comme une pivoine.

Pourquoi avait-il cru alors que ses sentiments pour elle n'étaient pas assez forts pour durer ?

Il l'observa à la dérobée pendant qu'elle parlait avec

Alex et Caleb. Si elle avait toujours été jolie, son visage avait à présent une profondeur et une richesse, comme si chaque expérience de la vie n'avait fait qu'intensifier sa beauté.

La chaleur de ses yeux et l'expression de sa bouche pulpeuse lui prouvaient qu'elle avait connu beaucoup de joies au cours des quinze dernières années. Elle avait eu une belle vie et elle avait réussi à donner assez de stabilité à leur fils pour lui permettre de s'épanouir.

Matt ne pouvait pas revenir en arrière ou rattraper le temps perdu, mais à partir de maintenant il ne voulait plus rater un instant avec Caleb ou Bethany. Trop tôt, Caleb partirait à l'université. Et puis, il vivrait sa vie.

Il avait dit à Matt qu'il aimait l'histoire et la science. Il était aussi un sportif talentueux. Caleb avait-il déjà pensé à West Point, à une carrière militaire ?

Peu importait qu'il n'ait pas vu grandir son fils. Désormais, ils seraient tous les trois impliqués dans chaque décision.

Matt souhaitait que son fils ait le choix. À l'âge de Caleb, Matt avait opté pour l'Académie militaire de West Point, bien décidé à suivre les traces de son père. Ses parents l'avaient soutenu, bien entendu, mais ils lui avaient dit qu'il fallait s'investir corps et âme pour devenir un cadet et plus tard, un militaire accompli.

Manifestement, Bethany avait inculqué le même sens de l'effort et des responsabilités à Caleb. Certes, il était encore un enfant, mais l'homme qu'il deviendrait se devinait déjà. Depuis quinze ans, ils s'étaient bien débrouillés pour être heureux tous les deux. Avaient-ils besoin de lui ?

Alex fit claquer ses doigts devant le visage de Matt.

— Tu es là ? Je m'en vais.

Surpris de voir Alex boutonner son uniforme, Matt se leva.

— Je vais marcher avec toi, dit-il en attrapant son manteau.

Dès qu'ils furent à l'extérieur, Alex lui lança :

— Tu n'étais pas obligé de m'accompagner.

— Penses-tu qu'ils sont plus heureux sans moi ? laissa échapper Matt quand ils furent seuls dans l'ascenseur.

Alex en resta un instant bouche bée.

— Tu dis n'importe quoi, vieux.

Dans le hall d'entrée, il tendit le bras pour arrêter Matt qui tentait de le suivre.

— Remonte chez toi, profite de ta famille et oublie le reste. Nous assurons tes arrières.

— D'accord. Merci.

— Je ne veux pas avoir de tes nouvelles avant demain à moins que ton appartement ne soit pris pour cible.

Matt leva les mains en signe de reddition.

— C'est noté.

— Tu m'as dit que ton objectif était de fonder une famille. Alors, il est grand temps de passer à l'action, major Riley.

En repensant au conseil de son ami, Matt avait presque envie de rire quand il remonta chez lui.

Presque.

8

Après le départ d'Alex, la soirée prit un tournant résolument familial. Matt troqua son uniforme pour un jean et un T-shirt à manches longues, orné du logo des rangers.

Comme il proposait à Caleb un défi sur l'un de ses jeux vidéo, Bethany hésita à leur rappeler que Caleb était puni, mais finalement elle renonça à jouer les rabat-joie. Elle les avait tenus éloignés l'un de l'autre assez longtemps. Elle s'installa dans un fauteuil pour lire un roman.

Il était plus de 22 heures quand elle envoya Caleb au lit. L'adolescent renâcla à obéir, cherchant à obtenir un sursis, mais elle resta ferme. Matt la soutint, ce qu'elle apprécia. Si elle ne l'aurait avoué pour rien au monde, elle avait envie, besoin, de passer du temps avec lui entre adultes. Et pas pour discuter de problèmes pratiques ou logistiques.

Tout au long de la soirée, chaque fois que le regard de Matt s'était posé sur elle, elle avait eu l'impression d'une caresse. Chaque fois, son cœur s'était affolé dans sa poitrine.

Dîner avec lui, lui parler de choses et d'autres, lui avait semblé naturel, facile. Vivre ce quotidien avec Matt l'avait ramenée aux premiers jours de leur relation et à la manière dont Matt lui faisait sentir alors qu'elle était la seule personne à compter pour lui. Voir Caleb s'émerveiller des histoires d'Alex à propos de Matt l'avait attendrie.

Elle avait été heureuse d'élever un fils aussi brillant et aussi bien dans ses baskets. Année après année, elle avait prouvé qu'elle n'avait pas besoin de Matt pour l'épauler dans cette aventure. Pourtant, si elle était fière de son indépendance, le plaisir de sa compagnie lui avait manqué. Terriblement.

Et maintenant qu'ils étaient plus âgés, plus sages et plus confiants, leurs relations seraient sans doute beaucoup plus satisfaisantes. Sur tous les plans. Et ils étaient assez matures à présent pour partager un bon moment au lit sans éprouver le besoin automatique d'unir leurs vies.

Elle avait envie de sexe, d'un exutoire sain qui leur permettrait de relâcher les tensions. Elle se servit un verre dans la cuisine, éteignit les lumières, ne laissant qu'une lampe allumée près du canapé. Hésitant sur la façon de s'y prendre pour lui suggérer de passer une nuit sans lendemain avec elle, elle sirotait son vin quand son smartphone sonna.

Lorsqu'elle vit le numéro de portable de son père s'afficher sur l'écran, elle réprima un gémissement mais elle prit l'appel.

— Bonsoir, papa.

— Caleb et toi allez bien ? demanda-t-il. J'ai voulu venir vous rendre visite, mais un policier en faction devant ta porte m'a interdit d'approcher.

— Désolée de t'avoir fait subir ce genre de contrariété.

Elle avait appelé ses parents mercredi matin pour s'assurer qu'ils n'avaient pas été bouleversés par les images de la fusillade. Par chance, ils n'avaient pas vu les informations. Et par la suite elle n'avait pas eu le courage de leur dire qu'ils étaient à Washington avec Matt.

— Nous allons bien papa, ne t'inquiète pas. Nous profitons des vacances de la Toussaint de Caleb.

— Combien de temps ce policier va-t-il rester devant chez toi ? reprit son père.

Comme elle croisait le regard de Matt, il lui sourit et son cœur s'accéléra dans sa poitrine.

Elle s'efforça de retrouver le fil de la conversation.

— Je ne sais pas. C'est une simple précaution, papa.

Un sourire aux lèvres, Matt se dirigea vers sa chambre à coucher. Sans doute voulait-il être discret, mais elle espéra qu'il allait revenir. Le désir dont elle était la proie était si fort qu'elle était décidée à frapper à sa porte s'il ne le faisait pas.

— Après ce qui s'est passé, hier soir, Caleb et moi avons décidé de nous rendre à Washington pendant ses vacances.

Un silence tendu suivit sa déclaration.

— Ta mère et moi espérions que vous viendrez à la maison pour quelques jours, la semaine prochaine.

— Bonne idée. Je vous rappellerai dès que nous serons rentrés. Et n'oubliez pas que Caleb participe à un match important le mois prochain. Il aimerait que vous y assistiez.

— Bien sûr, nous avons hâte d'y être.

Ses parents étaient de fervents supporters de Caleb.

Matt sortit de sa chambre et alla à son tour se servir un verre de vin à la cuisine avant de reprendre sa place sur le canapé. Chacun de ses gestes la faisait frissonner.

Une seule nuit ne lui suffirait peut-être pas, finalement.

— Washington, la ville ou l'État ? demanda soudain son père.

— La ville, répondit-elle avec prudence.

La traquait-il via une application sur son smartphone ?

— Bethany, ne me dis pas que tu es avec Riley !

— Nous devions rencontrer les enquêteurs, papa. Et ils se trouvent à Washington.

— Si jamais je croise ce type…, commença son père avec colère.

— Tu l'embrasseras et tu le remercieras d'avoir sauvé Caleb, j'en suis sûre, le coupa-t-elle.

— Certainement pas ! Je n'oublie pas qu'il a bousillé ta vie.

Bethany avait déçu ses parents en abandonnant sa scolarité en cours de route, en renonçant à la brillante carrière militaire à laquelle elle se destinait, en ayant un enfant toute seule, en les privant d'un beau mariage romantique dont ils rêvaient pour elle. Ils ne lui pardonnaient pas ses choix, et sentir les yeux de Matt sur elle pendant cet échange rendait ces reproches paternels presque insupportables.

— Ne dramatise pas, papa. Tout va bien.

— Matt t'a fait du mal. Un père n'oublie pas facilement ce genre de choses.

Elle jeta un coup d'œil à Matt. Garderait-il, lui aussi, en mémoire les blessures qu'elle lui avait infligées ?

Cela dit, Bethany refusait de qualifier d'erreurs les décisions qu'elle avait prises à l'époque pour se protéger et protéger son bébé. Depuis sa naissance, Caleb était un cadeau de la vie. Certes, elle avait dû sacrifier ses rêves et sa carrière, mais elle ne regrettait rien. Son fils en valait la peine.

— Merci de ton coup de fil, papa. Je te rappellerai dès que nous serons rentrés à la maison. En attendant, ne t'inquiète pas. Nous allons bien et nous sommes en sécurité. Je t'embrasse, embrasse maman de notre part.

Elle raccrocha et avala une gorgée de vin.

— Des problèmes ? demanda Matt.

Incapable de le regarder en face, elle fit tourner son verre entre ses paumes.

— Mon père est passé à la maison et un policier lui a interdit d'approcher. Il était inquiet.

— Bien sûr, mais une enquête est en cours. L'affaire est prise au sérieux. Caleb a été le premier à être contacté par l'agresseur. Tu as été la première à recevoir des menaces.

Bethany haussa les épaules. Dans son esprit, la façon dont il présentait les événements n'était pas pertinente. Elle était certaine que Matt était la cible.

Elle osa enfin poser les yeux sur lui.

Son regard brûlant, sa bouche sensuelle, son sourire… tout la tentait. Sans le dire ouvertement, il l'invitait à se rapprocher, à le toucher.

Elle en mourait d'envie. Ils n'étaient plus des cadets, des élèves soumis au règlement strict d'une école militaire et contraints de se cacher pour s'aimer. Ils étaient désormais libres de partager une nuit de plaisir.

Bethany lui sourit.

— Et si nous allions fermer la chambre d'amis à clé ?

— Elle n'a pas de clé. J'aurais dû envoyer Caleb dormir chez Alex.

— Il nous a bien fait rire avec ses histoires pendant le dîner.

— Te souviens-tu de notre premier baiser ? lança-t-il, les yeux sur ses lèvres.

— J'y pensais justement tout à l'heure.

— Pendant que tu préparais les cookies ?

À l'intensité de son regard, elle devina que sa réponse était importante pour lui. Elle aurait mille fois préféré que Matt fasse le premier pas, mais elle savait pourquoi il ne le faisait pas. C'était elle qui s'était éloignée de lui, qui l'avait froidement sorti de sa vie. À l'époque, elle n'avait pas eu d'autres moyens de supporter sa frustration et ses regrets.

— Oui. Caleb me demandait comment nous étions tombés amoureux à West Point. J'ai eu l'impression qu'il avait envie de sortir avec une fille et qu'il se renseignait sur la façon de s'y prendre.

— J'en serais ravi pour lui, dit Matt avec un sourire sexy.

Pour sa part, elle trouvait leur fils encore un peu jeune pour commencer une vie amoureuse.

— Qu'allais-tu ajouter ? demanda Matt.

— Rien.

— Bethany ! protesta-t-il en riant. Dis-moi.

Après avoir si longtemps exercé seule ce métier de parent, dépasser ses vieilles habitudes se révélait plus difficile que prévu.

— Tu n'as aucune raison de me croire, mais quand Caleb avait trois ou quatre ans, je ressentais souvent le besoin de t'appeler pour te raconter de petites choses de sa vie.

À en juger à la façon dont il se raidit brusquement, il s'attendait à une autre réponse.

— Je t'aurais répondu, dit-il. Tu peux me parler maintenant. De tout.

— D'accord. Eh bien, ma réaction en l'imaginant avec une amoureuse m'a montré à quel point j'étais une mère surprotectrice…

— À tes yeux, aucune fille n'est assez bien pour ton fils ?

— C'est un peu ça, je l'avoue. Cela dit, je ne la connais pas et je ne sais pas non plus s'il est vraiment mordu.

— Il l'est assez pour t'interroger sur le sujet.

— C'est ce qui a déclenché ma réaction, je crois.

Elle mesura soudain combien il serait agréable de

partager plus de soirées comme celle-ci, de se confier à Matt, de discuter avec lui, de lui demander conseil à propos de Caleb…

Il prenait au sérieux son rôle de père et elle s'en félicitait. Caleb avait besoin de lui. En revanche, elle ne pouvait se permettre, elle, de s'y habituer. Elle ne devait s'accorder qu'une seule nuit de plaisir, se rappela-t-elle. Matt n'avait aucune envie d'une vie de famille, et encore moins avec elle. Sa carrière militaire était devant lui, beaucoup d'aventures l'attendaient, et le voir en uniforme, en action, lui avait rappelé que leurs routes s'étaient séparées pour de bonnes raisons.

— Comme tous les adolescents, Caleb est déchiré entre le désir de devenir adulte et le fait d'être encore un enfant, dit Matt. C'est une période difficile, mais elle ne durera pas.

Son verre de vin à la main, elle s'efforça de sourire.

— Tu as manqué beaucoup trop d'étapes de la vie de Caleb. Mais désormais je m'arrangerai pour que tu y joues un rôle central, décisif, Matt. Je te le promets. Dorénavant, je te donnerai tout ce que tu espères de moi.

— Tout ? Vraiment tout ?

À peine eut-elle hoché la tête qu'il la prit dans ses bras et captura ses lèvres.

Elle posa une main sur sa nuque pour l'attirer à elle et approfondir leur baiser. Tandis que leurs langues entamaient une danse sensuelle, Matt la serra contre lui.

Après un long et délicieux moment, il releva la tête pour planter les yeux dans les siens.

— Toi, Bethany. C'est toi que je…

Elle n'avait pas envie d'en discuter, de parler. Quelque chose dans son regard, une émotion qu'elle préférait ne pas analyser, ni même nommer, la fit frissonner. Elle picora son visage de baisers brûlants.

Comme elle l'étreignait contre elle, elle sentit son érection et réprima un gémissement. Ses mains redécouvraient avec émerveillement son corps d'homme, musclé et chaud. Elle avait si faim de lui qu'elle aurait aimé qu'il la prenne vite. Mais Matt semblait vouloir prendre le temps de la caresser, de la savourer.

S'enivrant de l'odeur de sa peau, elle passa les doigts dans ses cheveux, épais et doux.

Il glissa les mains sous son corsage, pétrit ses seins avec douceur avant d'en exciter la pointe. Emportée par le plaisir, elle ferma les paupières.

Matt lui ôta son chemisier. Ses mains se promenèrent sur sa peau nue, son ventre, sa poitrine. La rallongeant sur le dos, il reprit sa bouche pour un baiser fougueux.

Emportée, elle murmura son nom en se frottant contre lui.

Elle devina son sourire contre sa peau.

— Pas si vite, mon amour. Pas si vite.

Mon amour.

Le cœur de Bethany s'accéléra. Quinze ans plus tôt, il l'appelait déjà ainsi et elle aurait voulu que cet amour soit véritable et éternel. Mais elle s'était fourvoyée. Ils avaient grandi maintenant et tout était différent. Le temps de l'Amour avec un A était passé.

Il ouvrit son jean mais, quand il voulut le lui retirer, elle posa la main sur la sienne pour l'en empêcher.

Depuis sa grossesse, son corps avait pris quelques rondeurs et s'était orné de disgracieuses vergetures. Alors que Matt, lui, était toujours svelte, musclé, sexy…

Rouge d'embarras, elle balbutia :

— Éteins la lumière, s'il te plaît.

— Il n'en est pas question. Je tiens à te regarder.

— Et si Caleb survenait en plein milieu de nos ébats ?

Voilà ! Elle avait trouvé l'excuse parfaite.

— Tu ne pensais pas à lui, il y a un instant.

— J'aurais dû, répliqua-t-elle.

Caleb les avait déjà vus en train de s'embrasser. S'il les surprenait en train de faire l'amour, ce serait terrible.

— Laisse-moi, ajouta-t-elle en tentant de le repousser.

— J'aimerais au moins comprendre ce qui se passe.

— Nous étions sur le point de commettre une erreur, voilà.

Matt lui prit les mains et les retint contre son cœur.

— Parle-moi, Beth.

Au bord des larmes, elle sentait la culpabilité et la peur menacer le désir qu'elle éprouvait pour lui. Elle ignorait comment traduire en mots ses émotions contradictoires.

— Je suis désolée. J'avais envie de toi, dit-elle précipitamment. Mais je…

Il s'immobilisa. Son visage parut se figer. Il regardait ses lèvres, attendant qu'elle s'explique, qu'elle clarifie sa pensée.

Comme Bethany n'y parvenait pas, il se redressa soudain, s'écarta d'elle, se leva et s'éloigna.

Catastrophée, elle gémit.

— Matt, attends !

Elle courut dans le couloir pour le rattraper, mais il lui claqua la porte au nez.

Anéantie, elle frappa le bois.

— Ouvre-moi, je t'en prie.

— Pas maintenant. Va te coucher. Nous parlerons demain.

— Matt. Je suis désolée d'avoir tout gâché.

En larmes, elle retourna dans le salon, se demandant ce qu'elle devait faire. Elle ne s'est jamais sentie aussi seule.

Elle se dirigea vers les baies vitrées pour considérer la nuit. Les caresses de Matt lui avaient paru familières, pleines de promesses, et pourtant elle avait encore réussi à le blesser.

Parce qu'elle ne pouvait pas cesser d'avoir peur.

Caleb avait été un cadeau de la vie pour un milliard de raisons mais, entre autres, il l'avait empêchée de poursuivre sa scolarité à West Point et d'embrasser une carrière militaire. Elle avait eu de bonnes notes à l'époque, mais elle n'était pas faite pour l'armée. Les militaires faisaient preuve de courage au sein des difficultés. Et elle, elle n'avait jamais su que fuir.

Il est plus facile d'être seule, de feindre la force et de se débrouiller sans l'aide de personne que de prendre le risque d'aimer Matt. Ou n'importe quel homme.

Se sentant malheureuse, elle tira les rideaux et revint s'asseoir sur le canapé.

Elle était idiote, pensa-t-elle. Pourquoi se reprocher les décisions qu'elle avait prises sous pression à vingt ans en découvrant sa grossesse ? Quitter West Point était alors le seul moyen de laisser Matt en dehors de cette histoire et de lui éviter de subir des mesures disciplinaires inutiles.

Si elle l'avait désigné comme le père de son enfant, il aurait été expulsé de l'école. Son avenir était trop prometteur et l'un d'entre eux méritait de voir ses rêves se réaliser.

Matt menait une carrière remarquable en tant qu'officier. Il était aimé de ses hommes. Il n'avait sans doute pas été facile pour lui de se faire une place au sein de l'armée tant la réputation de son père était forte. Mais il était parvenu à surmonter le favoritisme et les préjugés que tout le monde semblait nourrir pour ou contre le fils aîné du général Riley.

Ces préjugés s'étaient manifestés chez certains instructeurs dès leur première année. Beaucoup de leurs camarades de classe avaient tendance à le réduire à son état de « fils de ».

Matt avait toujours voulu être jugé sur son seul mérite.

Elle aussi avait été influencée par ce qu'elle savait de son père, de sa famille. Convaincue qu'elle ne leur arrivait pas à la cheville, elle avait vite acquis la certitude qu'elle n'avait pas sa place dans le clan Riley, qu'elle y serait méprisée, rejetée.

Elle ne leur avait jamais donné la moindre chance de la connaître, de l'apprécier. Et maintenant elle était toujours la fille apeurée qui tenait Matt à distance pour se protéger.

Ses larmes finirent par se tarir, et elle se dirigea vers la salle de bains pour s'asperger le visage d'eau froide. Avoir besoin de sommeil ne voulait pas dire qu'il viendrait. Plutôt que de risquer de réveiller Caleb, elle retourna dans le salon.

Son regard se posa sur la boîte de photos de Caleb sur la table basse. Parallèlement à ses études, elle avait appris le scrapbooking.

Au fur et à mesure que l'idée se dessinait dans sa tête, son cœur endolori s'apaisa un peu. Elle avait la possibilité de faire quelque chose de bien pour Matt et pour ses parents, de leur confectionner des petits albums. Comme elle n'avait pas tout le matériel à portée de main, ils ne seraient pas très sophistiqués mais peut-être apprécieraient-ils le geste.

Quelques heures plus tard, elle rangea en bâillant les fournitures, les photos qu'elle n'avait pas utilisées dans la boîte et elle plaça les albums dessus.

Puis elle se blottit dans le fauteuil et laissa l'épuisement l'emporter.

9

Matt entendit sonner son smartphone, posé sur la table de chevet. Il n'avait pratiquement pas fermé l'œil de la nuit. Chaque fois qu'il s'était assoupi, il était retombé dans le même cauchemar. Il voyait Bethany sortir de sa vie avec Caleb, en sachant qu'il ne les reverrait jamais.

Comme il prenait l'appel, il reconnut la voix d'Alex.

— Nous avons un problème.

Le ton froid et dur de son ami était inhabituel et, immédiatement en alerte, Matt s'assit sur son lit.

— Je t'écoute.

— L'affaire a connu un rebondissement pendant la nuit. Le général Knudson veut nous parler. Il nous attend dans son bureau à 7 heures, dans une demi-heure. Je passe te chercher dans dix minutes

— Nous serons prêts.

Caleb et Bethany ne seraient pas heureux d'être réveillés en catastrophe et bousculés, mais il comptait sur eux pour comprendre la situation.

— Non, pas *nous*. Seulement *toi*, vieux

— Alex. Il n'est pas question de les laisser seuls. En plus, ils sont concernés, non ?

— Mes hommes sont déjà en train de prendre position sur le toit de ton immeuble, dans les cages d'escalier et les bâtiments voisins. Les accès sont sécurisés. Il ne leur arrivera rien en ton absence, je m'y engage.

En la matière, Alex avait une expertise et une expérience inégalables

— Bon. Alors dans dix minutes, en bas de chez moi.

— J'y serai, major Riley.

Déstabilisé par cet échange, Matt se précipita dans la cuisine pour se préparer un café. Pendant qu'il infusait, il se doucha en vitesse et il le but tout en se rasant et s'habillant. Quand il sortit de sa chambre, son manteau sous le bras et son béret à la main, il remarqua Bethany recroquevillée dans un fauteuil du salon.

Elle avait l'air si fragile, si délicate, qu'il en fut ému. Tendrement, il remonta la couverture sur ses épaules. Il avait terriblement envie de l'embrasser mais, non sans mal, il parvint à se l'interdire. Elle avait besoin de se reposer.

Il se dirigea vers la chambre d'amis et frappa. N'obtenant aucune réponse, il entrebâilla la porte. À la vue de Caleb étendu sur le lit, vêtu d'un T-shirt et d'un boxer, les draps emmêlés autour des jambes, une vague d'amour le souleva.

Il s'efforça de refouler son émotion et secoua doucement son fils.

— Hé ! réveille-toi.

L'adolescent se retourna, emportant ses couvertures avec lui.

— Encore cinq minutes, grommela-t-il.

— Non, vieux. J'ai besoin de ton attention, *maintenant*.

Le garçon se redressa enfin et se frotta le visage.

— Pourquoi ? Et quelle heure est-il ?

— Tôt. Je dois me rendre au Pentagone. Ta mère et toi restez ici.

— Où est-elle passée ? Qu'est-il arrivé ?

— Rien de grave. Elle s'est endormie dans le fauteuil du salon, hier soir. Laisse-la dormir, mais quand elle se réveillera tu lui diras que je l'appellerai dès que possible.

Caleb s'étira en bâillant.

— D'accord.

— Une réunion m'attend, mais vous serez en sécurité. Alex a mis une équipe en place dans l'immeuble pour assurer votre protection.

— D'accord. Cool.

— Laisse ta mère dormir, répéta Matt. Je compte sur toi. Elle a besoin de se reposer. En cas de problème, vous suivrez les ordres des hommes d'Alex.

Matt jeta un coup d'œil à sa montre et décida qu'il avait le temps de s'octroyer un second café. Il entendit Caleb entrer dans la salle de bains. Lorsqu'il en sortit, l'adolescent alla, l'air de rien, prendre un soda dans le réfrigérateur.

Matt se contenta d'arquer un sourcil. Il ne voulait pas risquer de réveiller Bethany en réprimandant son fils à voix haute. Caleb comprit le message et troqua son soda pour un jus d'orange.

— Merci, dit Matt.

Le garçon s'assit sur l'un des canapés, posa les pieds sur la table basse et s'absorba dans la contemplation de son smartphone.

Quand Matt ouvrit la porte, Alex était là.

— Au revoir, Caleb, murmura Matt.

— Matt, attends !

L'adolescent s'élança à toute vitesse vers lui, dérapant sur le parquet comme un joueur de hockey sur la glace.

— Bonjour, Alex.

— Salut, Caleb. En l'absence de ton père, c'est toi le responsable, tu le sais.

Caleb hocha la tête avec gravité.

— Remerciez vos hommes de veiller sur nous.

— Je le ferai. Nous devons y aller, maintenant.

Caleb tendit alors un petit paquet à Matt.

— Tiens, c'est pour toi. Ton nom est écrit dessus. Maman a dû le fabriquer pendant la nuit.

Matt l'ouvrit et découvrit la première photo de Caleb bébé, prise à l'hôpital quelques heures après sa naissance.

Alex se pencha.

— Tu avais peur que ton père oublie à quoi tu ressembles ?

— Matt n'a jamais porté ma photo sur lui, dit-il à Alex. Maintenant, il le peut.

— Merci.

Ému plus qu'il ne savait le dire, Matt glissa le petit album dans la poche intérieure de son manteau afin que Caleb comprenne qu'il le gardait contre son cœur. Après avoir encore serré son fils dans ses bras, il partit avec Alex.

Dès que Caleb eut refermé la porte, Alex repassa en mode guerrier. Matt fut presque déçu quand ils prirent l'ascenseur. Il s'attendait à grimper sur le toit pour monter dans un hélicoptère.

— Que s'est-il passé ?

— Le général préfère l'expliquer à toutes les personnes concernées en même temps. Tes parents seront là.

Matt comprit qu'Alex ne lui dirait rien. À cette heure matinale, les rues étaient désertes et ils parcoururent en un temps record le trajet en voiture jusqu'au Pentagone.

Loin de Bethany et de Caleb, Matt se sentait de plus en plus nerveux. Qu'ils soient protégés par l'élite de l'armée de terre n'y changeait rien.

Ils passèrent les contrôles de sécurité et se dirigèrent rapidement vers les bureaux du général Knudson.

Ni l'un ni l'autre ne parlèrent tandis qu'ils remontaient les couloirs, traversaient des salles étrangement silencieuses. Seul le claquement de leurs pas résonnait sur le sol marbré. Finalement, Alex ouvrit une porte et invita Matt à entrer.

Le général Knudson n'était pas seul. Surpris, Matt constata que ses parents étaient déjà là.

— Comment avez-vous fait pour arriver si vite ? demanda-t-il après avoir salué son supérieur hiérarchique.

Tandis que Patricia l'étreignait avec chaleur, Ben lui sourit.

— Avoir des amis haut placés est souvent utile, dit-il. J'aurais aimé que notre visite soit provoquée par d'autres raisons.

Matt ne fut pas dupe de son air détendu. Son père était capable de garder un visage impassible en toutes circonstances.

Son regard passa de son père à Knudson.

— Que se passe-t-il, monsieur ?

Le général lui montra une cafetière posée sur un guéridon.

— Servez-vous et asseyez-vous. Je vous laisse un instant pour vérifier quelque chose avec le major Alex Gadsden dans la pièce voisine.

Comme Knudson quittait le bureau, Patricia se tourna vers Matt :

— Caleb et Bethany ne sont pas avec toi ? s'enquit-elle.

— Non, mais vous les verrez bientôt, promis.

Elle l'observa d'un regard pénétrant.

— J'ai été furieuse contre toi en apprenant que tu m'avais caché l'existence de ton fils.

— Oui, tu me l'as dit et j'ai bien compris.

Matt se prépara à un autre sermon. Mais sa mère le surprit en le reprenant dans ses bras pour le serrer contre elle.

— Je suis désolée, chéri, dit-elle. J'ai eu tort de t'accabler de reproches quand j'ai découvert toute l'histoire.

Dès que j'ai eu un peu de temps pour réfléchir, j'ai pris conscience que tu n'avais jamais eu la possibilité de m'en parler.

Matt fut étonné qu'elle ne lui fasse pas une scène. Une telle magnanimité ressemblait si peu à sa mère qu'il s'en inquiétait.

— Je mesure maintenant à quel point tu as dû souffrir d'être séparé de ton fils, toutes ces années, poursuivait-elle. Tu aurais voulu être un père pour lui dès sa naissance, j'en suis sûre.

— Évidemment.

— Comment est-il ? As-tu une photo de lui ?

Matt se souvint du paquet que Caleb lui avait donné au moment où il quittait l'appartement.

— Je t'ai apporté un petit album, confectionné par Bethany.

Il se demandait encore comment elle était parvenue à créer quelque chose d'aussi beau avec si peu d'outils à sa disposition.

Les larmes montèrent aux yeux de Patricia.

— Donne-le-moi vite, je t'en prie, dit-elle avec un rire ému.

Matt le sortit de son manteau et le lui tendit.

— Les moments forts de sa vie en images, dit-il.

Elle l'ouvrit et à la vue de la première photo de l'enfant, prise à l'hôpital, elle poussa un petit cri de ravissement. Bethany avait écrit son nom complet : Caleb Matthew Trent.

Ben surgit aussitôt à ses côtés et lui enlaça les épaules.

— Qu'y a-t-il, chérie ?

— Regarde, Benny. Notre premier petit-fils.

Ben se pencha vers l'album.

— C'est ton portrait tout craché, Matt, dit-il, la voix rauque d'émotion.

Patricia tourna les pages, émue aux larmes. Chacun des portraits de Caleb les bouleversa.

Alex frappa à la porte.

— Général, madame Riley, pardonnez-moi de vous déranger, mais le général Knudson vous attend dans la pièce voisine.

Patricia referma l'album et le serra contre son cœur.

— Merci, Matt.

Ils s'installèrent dans une petite salle de conférences pour s'entendre expliquer la raison de leur présence.

Knudson ferma la porte, et ils s'assirent sur des chaises disposées de manière à leur permettre de voir l'écran installé dans un coin.

— Je laisse le général Riley commencer, déclara Alex.

Le ventre de Matt se noua, mais il retint les questions qui lui brûlaient les lèvres.

Son père mêla ses doigts à ceux de sa femme et quelque chose de grave passa entre eux.

— Après la série de problèmes que tu as affrontés ces derniers jours, Matt, et celui qui a visé Grace Ann hier soir, le général Knudson, le major Gadsden et moi-même avons compris qu'il était temps que je m'implique, commença Ben.

— Grace Ann ? Qu'est-il arrivé à Grace Ann ?

Un frisson parcourut l'échine de Matt. Comme leur mère autrefois, l'aînée de ses deux sœurs cadettes avait rejoint l'armée en tant qu'infirmière. Elle était actuellement en poste à l'hôpital Walter Reed dans le Maryland. Elle aidait les soldats à se rétablir de blessures graves, qui mettaient souvent un terme à leur carrière militaire. Très dévouée, elle avait la réputation d'être une professionnelle hors pair.

— Tout comme toi, Grace Ann a reçu une lettre

officielle l'informant de la cyberattaque, répondit Ben. Et hier soir sa voiture a été vandalisée.

Matt craignait de savoir déjà comment.

— Quelqu'un avait peint sur la carrosserie : « Vous allez payer », déclara Patricia, confirmant son intuition.

D'un mouvement de tête, elle montra l'écran où Alex projetait une photo de la voiture de Grace Ann, garée devant chez elle, sur un parking.

— Nous n'avons encore aucune image prise par les caméras de surveillance, dit Alex. Nous commençons à peine à travailler.

— Ces menaces ne visent donc pas seulement Bethany, Caleb et moi, conclut Matt. En effet, cela change la donne.

— Quelqu'un essaye manifestement de m'atteindre en s'attaquant à mes enfants dit Ben. Il a commencé avec toi et maintenant il s'en prend à Grace Ann.

— Cette hypothèse est confortée par la vidéo de la fusillade dont tu as été victime dans le New Jersey, poursuivit Alex. Elle a été envoyée aux médias par un témoin anonyme et elle a bénéficié d'une large couverture médiatique. Sans parler des autres photos adressées au général Riley.

En constatant que ses parents n'avaient pas l'air de s'inquiéter outre mesure pour sa sœur, Matt se calma un peu. Maintenant, son angoisse se déplaçait vers son père. En effet, il était de plus en plus probable qu'un désir de vengeance expliquait les derniers événements.

— Mais pourquoi quelqu'un t'en voudrait-il à ce point ?

Knudson prit la parole.

— Les officiers de carrière doivent souvent faire des choix difficiles, des choix dont leurs hommes supportent parfois les conséquences. Certains de ces derniers ne le leur pardonnent pas et deviennent alors des ennemis.

Matt le savait. Il avait vu son père et ses supérieurs à l'œuvre, et lui-même avait dirigé des soldats.

— C'est vrai, monsieur, mais peu de gens ont la possibilité d'exercer des représailles en se servant des moyens déployés dans cette histoire, remarqua Matt. Le simple fait d'envoyer la menace à Bethany sur du papier à en-tête officiel demande une sacrée organisation et bon nombre de pattes graissées.

— Votre père et moi allons travailler avec les enquêteurs pour dresser au plus vite une liste de suspects, déclara Knudson.

Matt se tourna brusquement vers Alex.

— J'ai besoin de plus d'informations.

Alex devina ce qu'il voulait savoir et répondit :

— Mon équipe a maintenant la preuve que tu fais l'objet d'une filature depuis un moment. Dans le New Jersey mais pas seulement. Voilà au moins quinze jours que quelqu'un te suit.

Diverses images défilèrent sur l'écran.

— Le général Knudson nous a transmis tes destinations et itinéraires au cours des deux dernières semaines, ce qui nous a permis d'examiner les images enregistrées par les caméras de surveillance le long de tes parcours.

Matt en était malade. Son manque de vigilance avait failli coûter la vie à son fils.

— Ne te reproche rien, Matt, murmura Patricia qui devinait ses tourments. Tu n'étais pas sur une zone de guerre ni en mission de combat mais sur le sol américain.

À sa grande surprise, Alex et le général l'approuvèrent.

— De plus, poursuivit Alex, tu as été victime d'une petite équipe. Deux ou trois hommes, pas plus. Visiblement, ils sont bien entraînés et se fondent à la perfection dans le paysage. Pour les repérer, il fallait des experts sachant où les chercher. Deux types étaient également à proximité du parc lors de l'épisode avec les armes équipées de viseurs au laser.

— Il y avait trois armes équipées de viseurs laser, dit Matt.

Et il serait très difficile de les traquer dans une ville comme Washington. Visionner toutes ces vidéos demanderait du temps. Sa priorité était de mettre Bethany et Caleb à l'abri des menaces et de leur permettre de reprendre leur vie habituelle. Sans lui, à en croire ce qu'il s'était passé la veille au soir avec Beth.

Alex poursuivit :

— La reconnaissance faciale n'a encore rien donné. Le général Riley n'a reconnu aucun des hommes que nous avions repérés, mais nous gardons espoir.

— Avez-vous une chance d'aboutir ? demanda Knudson.

— Oui, et elle était même importante jusqu'au moment où la voiture de Grace Ann a été vandalisée, déclara Alex. L'équipe d'enquêteurs travaillait alors à plein temps pour identifier ces hommes. Mais manifestement les tireurs se sont désintéressés de Matt pour s'en prendre à Grace Ann.

— Tu veux dire que nous n'avons pas eu d'autres problèmes hier parce qu'ils se rendaient chez Grace Ann ?

— C'est une vraie possibilité, répondit Alex.

Matt se remémora Alex, la veille au soir, lui reprochant de rester sur son balcon au risque de se faire tirer dessus.

— Il ne leur a pas fallu longtemps pour la localiser. Ta sœur et toi êtes tous deux très exposés, en ce moment, dit Patricia.

Ben lui pressa la main.

— Nous travaillons à les rendre moins vulnérables, chérie.

Leur échange, la façon dont sa mère se détendait

visiblement au contact de son père et le soulagement avec laquelle elle accueillit ses paroles firent mal à Matt. Il avait toujours voulu partager avec Bethany ce genre de relations, basées sur la confiance, l'affection, la complicité. Il aurait aimé construire un amour de cette force avec Bethany.

Lorsqu'elle lui avait appris sa grossesse, la joie qui avait succédé à sa surprise n'avait pas duré. Bethany avait balayé ses rêves, affirmant qu'elle n'avait pas besoin de lui. Et que l'armée tendait les bras à Matt. Il avait essayé de la convaincre qu'ils pouvaient concilier amour, famille et carrière. En vain.

Depuis la naissance de Caleb, Matt trouvait presque pénible de côtoyer ses parents. Leur couple si soudé et si heureux lui rappelait en permanence qu'il n'avait pas suffi à Bethany comme son père avait suffi à Patricia.

Que faudrait-il pour lui prouver que le laisser entrer dans sa vie ne mettrait pas en péril sa précieuse indépendance ?

— Il n'est pas question de rester les bras croisés en attendant la prochaine attaque, dit Matt. Il faut mettre au point un plan.

Ils étaient pris à la gorge, l'étau se resserrait sur eux. Voir le major Riley se précipiter au Pentagone avec son ami, l'inquiétude peinte sur son visage, lui avait fait plaisir. Riley ressemblait à son père, il marchait du même pas décidé, arrogant. Il était une version plus jeune de l'homme qui avait trop exigé de lui avant de l'écarter.

Ses observateurs l'avaient informé de l'arrivée du général Riley au Pentagone et, même s'il ne pouvait évidemment rien faire contre eux à l'intérieur de l'édifice, il se sentait comme un enfant la veille de Noël.

Une seule raison expliquait la venue du général à la

retraite : ils allaient enfin enquêter sur le mystérieux agresseur des Riley, chercher des mobiles et des suspects.

Bien.

Qu'ils cherchent, pensa-t-il joyeusement. Qu'ils décortiquent du coup la vie du général comme ce dernier avait décortiqué celles des hommes et des femmes de valeur sous son commandement. Ils finiraient par déterrer ses secrets, ses erreurs coupables, par révéler les ordres débiles qu'il avait donnés en exposant la vie de ses soldats. Qu'ils projettent la lumière de la vérité sur les zones d'ombre, sur les fautes du général Riley.

Au cours du processus, peut-être parviendraient-ils à l'identifier. Et peut-être même à localiser sa retraite ici dans le désert. Cela ne changerait rien.

Lorsqu'il était sous les ordres du général Riley, il avait beaucoup appris sur la planification. En mettant ses plans au point, il avait intégré les aléas, les impondérables, les événements inattendus. Si nécessaire, ses équipes, organisées et compartimentées pour assurer la protection de tous, seraient capables de fonctionner de manière autonome.

Il n'était pas question de modifier son calendrier ni la phase finale. Chaque jour qui passait lui donnait plus d'énergie. Dans deux mois, plus rien ne pourrait l'empêcher d'aller au bout.

— Quoi que vous fassiez, où que vous soyez, vous êtes maintenant à ma merci, dit-il.

Le téléphone de son bureau sonna, interrompant ses pensées. Un sourire aux lèvres, il décrocha le combiné. Ce ne pouvait être que de bonnes nouvelles.

— Oui ?

— L'endroit est prêt, annonça son correspondant.

Il se tourna vers l'écran mural et sélectionna les caméras

appropriées parmi les différentes options présentées. En effet, le flux d'images passait en direct.

— Parfait, dit-il. Assurez-vous que nos invités arrivent en toute sécurité et, surtout, veillez à ce qu'ils soient à l'aise.

Il replaça le récepteur et se versa un verre.

Le spectacle allait commencer.

Bethany avait été réveillée par Caleb qui se préparait avec bruit un petit déjeuner dans la cuisine. À son grand soulagement, l'adolescent n'avait posé aucune question difficile, se contentant d'expliquer qu'Alex était venu chercher Matt pour une réunion au Pentagone.

Elle se précipita dans la salle de bains pour prendre une douche, espérant éliminer du même coup le brouillard dans sa tête. Avec un peu de chance, au retour de Matt, elle se sentirait suffisamment assurée pour être capable de le regarder en face. Elle n'avait aucune idée de la façon de remédier à son comportement puéril de la veille au soir.

Trop nerveuse pour se poser quelque part, elle arpenta l'appartement, se torturant l'esprit pour chercher une raison à cette réunion inattendue.

Enfin, un téléphone sonna. Le smartphone de Caleb.

— C'est Matt, annonça l'adolescent en prenant l'appel. Hé, Matt, tu es sur haut-parleur.

— Ta mère est là ?

— Oui. Elle s'est réveillée toute seule, il y a une heure.

— Parfait.

— Tout va bien, Matt ? demanda-t-elle. Que se passe-t-il ?

— J'y viens, répondit-il. Allez faire vos valises. Nous partons au bord de la mer pour les vacances de la Toussaint.

Caleb laissa échapper un cri de joie, mais Bethany se rembrunit. Matt avait appelé Caleb. Pas elle. Voulait-il l'exclure pour se venger d'avoir été si longtemps privé de son fils ?

— Matt ?

— Nous partons tous les trois. Je serai là dans une heure ou deux.

Après avoir empaqueté leurs affaires, elle rangea et nettoya l'appartement pour s'occuper. Quand Matt franchit la porte, vêtu de son uniforme, l'air un peu fatigué et préoccupé, elle se sentit égoïste. Quelques jours au bord de la mer lui feraient du bien.

Ils chargèrent la voiture, mais elle ne comprit qu'ils ne se rendaient pas sur l'une des plages du New Jersey, où elle emmenait d'habitude Caleb pendant les vacances, qu'au moment où ils s'engagèrent sur l'autoroute.

À sa demande, Matt expliqua avec calme qu'ils se rendaient en Caroline du Nord. Ses parents les attendaient dans leur maison qui donnait sur la plage. Bethany devinait qu'il ne lui disait pas tout. La manière dont il serrait les mâchoires, agrippait le volant, consultait sans cesse ses rétroviseurs, lui prouvait qu'il était inquiet.

Bethany aurait aimé l'interroger, mais Caleb bombardait son père de questions, l'empêchant de parler. L'adolescent voulait tout savoir sur les grands-parents qu'il était sur le point de rencontrer.

Elle fut presque soulagée quand ils arrivèrent quelques heures plus tard. Pourtant, elle se demandait avec angoisse quel accueil lui réserveraient les Riley et si elle survivrait à ce séjour.

Caleb se pencha en avant, les yeux ronds comme des soucoupes, en découvrant la magnifique demeure de deux étages, bâtie sur pilotis. Bethany avait, elle aussi, envie de se pincer. Quand Matt avait parlé de la maison de ses parents en précisant qu'elle donnait sur la plage, elle avait imaginé un petit cottage. En réalité, elle ne s'était pas beaucoup interrogée sur cette propriété, tant elle était préoccupée par la façon dont les parents de Matt se comporteraient avec elle. Elle se préparait à affronter l'hostilité du clan Riley. Sans doute la jugeraient-ils sévèrement et exigeraient-ils de savoir pourquoi elle avait gardé Caleb pour elle, toutes ces années.

Matt remonta l'allée et s'arrêta derrière la belle bâtisse.

Avant même d'avoir ouvert sa portière, elle entendit la mer.

Dès que Matt sortit de la voiture, Caleb courut vers les dunes pour admirer les vagues qui déferlaient sur la plage.

— C'est géant ! Cela doit être génial de surfer ici !

— Il se comporte comme s'il n'avait encore jamais vu l'océan, remarqua Bethany.

Caleb revint pour les aider à décharger.

— Est-ce qu'il y a des planches de surf ici ?

— Certainement. Je suis sûr que Grace Ann en a laissé.

— Qui est Grace Ann ? demanda Caleb.

— La plus âgée de mes deux sœurs, répondit Matt. Elle m'a dit qu'elle essayerait de venir pendant notre séjour pour te voir.

La nouvelle déstabilisa Bethany. Elle n'aurait donc pas que deux personnes à affronter mais toute sa famille.

— Je pensais que seuls tes parents seraient là.

Comme Matt serrait les mâchoires, elle ajouta précipitamment :

— C'est très bien. Je voulais seulement dire…

— Je comprends, répondit-il. Les Riley peuvent être envahissants, même à petites doses.

— Ce n'était pas…

— Bienvenus ! Soyez les bienvenus !

Bethany se retourna pour voir les parents de Matt leur faire signe de la main de la terrasse. Quand elle les avait rencontrés à West Point au cours de sa première année, elle était déjà amoureuse de Matt. Elle était tombée sous le charme du général et de sa femme, tous deux chaleureux et gentils avec tout le monde.

Elle se demanda s'ils le seraient encore avec elle ou si elle devait se préparer à un peloton d'exécution.

Voir Patricia s'appuyer sur son mari comme si elle avait besoin de son soutien l'émut. Bethany avait gâché ses chances de partager ce genre d'intimité avec Matt.

Matt, qui sortait leurs sacs du coffre, s'interrompit pour embrasser son père qui arrivait le premier à leur hauteur. Il lui présenta Bethany et Caleb.

— Je me souviens très bien de Bethany, dit Ben en souriant chaleureusement.

Déterminée à donner le bon exemple à Caleb, elle lui tendit la main.

— Général Riley, c'est un plaisir de vous revoir.

Il la serra dans ses bras.

— Vous êtes toujours aussi charmante.

Il se tourna alors vers Caleb.

— Et je ne serais donc pas étonné que ce beau jeune homme soit votre fils.

Bethany apprécia qu'il ne s'approprie pas immédiatement Caleb en le désignant comme un Riley et qu'il ne la considère pas, elle, comme quantité négligeable.

Caleb laissa tomber son sac à dos et s'avança.

— Heureux de faire votre connaissance, monsieur.

Le général Riley accepta sa poignée de main et lui envoya une petite bourrade à l'épaule.

— Appelle-moi Ben. Ou papy, si tu préfères. « Monsieur » est réservé aux étrangers et tu es de la famille.

Ben entraîna Caleb vers Patricia qui arrivait à son rythme.

Il aurait aussi bien pu peindre un R sur la poitrine de Caleb, pensa Bethany d'un air sombre tandis que Matt et elle suivaient le mouvement. Elle aurait de la chance si Matt ne la traînait pas dès lundi devant un juge pour réclamer sa garde. Non qu'elle ait nourri beaucoup d'illusions à ce sujet. Désormais, les vacances seraient partagées comme les week-ends…

Certes, elle devait des explications à ses parents. Malgré tout, son cœur se serra en mesurant tout ce qu'ils lui prendraient.

— Ils te le rendront, murmura Matt.

— Bien sûr.

Elle continua d'avancer, sachant qu'elle ferait bientôt face à Patricia. Mais Matt la désarçonna en lui chuchotant à l'oreille :

— Crois-tu que si je leur demande gentiment, ils accepteront de jouer les baby-sitters, ce soir, pour nous permettre de sortir en amoureux ?

Sortir en amoureux ?

La situation était déjà assez difficile sans avoir besoin de complications supplémentaires, pensa-t-elle. En route, Matt leur avait annoncé qu'Alex se chargeait de gérer les menaces qui pesaient sur eux et qu'il avait demandé à Matt de les éloigner. Ses parents avaient alors insisté pour les accueillir afin de pouvoir ainsi faire enfin la connaissance de Caleb.

Mais il ne s'agissait pas de vacances en famille typiques !

Elle salua Patricia avec autant de dignité que possible, compte tenu des circonstances.

Patricia la surprit en la prenant dans ses bras pour l'embrasser avec chaleur.

— Nous sommes si heureux que vous ayez accepté de venir ici tous les deux. Enfin, tous les trois, devrais-je dire.

— Merci de te souvenir de mon existence, maman.

Elle lui glissa un regard de mère que Bethany comprit parfaitement et qui atténua un peu son angoisse.

L'intérieur de la maison était à couper le souffle. D'immenses baies vitrées offraient une vue imprenable sur l'océan. Ben et Caleb étaient déjà sur la terrasse qui surplombait la plage.

Patricia pria Matt d'emporter leurs sacs à l'étage.

— Le vrai général en chef, c'est ma mère, dit-il, taquin.

— Nous allons vous faire visiter la maison, dit Patricia. Mais, avant de monter, voulez-vous un verre de vin ou autre chose ?

— De l'eau, s'il vous plaît, répondit Bethany qui préférait garder les idées claires.

Patricia remplit d'eau un pichet en céramique.

— Avez-vous apprécié la route à bord du coupé de Matt ?

Bethany sourit.

— Cette voiture de sport est à la fois très bruyante et extraordinaire, dit-elle. Caleb était aux anges. Il est encore plus motivé pour passer son permis.

Patricia jeta un coup d'œil irrité vers Ben.

— Mon mari s'est débrouillé pour être à l'étranger quand les jumeaux passaient le leur et j'ai dû me charger de leur apprendre à conduire. Je lui en veux encore.

— J'espère que vous avez trouvé le moyen de vous venger.

— Naturellement.

Les yeux de Patricia brillaient de la même façon que ceux de Matt quand il était en colère. Le cœur de Bethany se serra. Elle leur avait volé les quinze premières années de Caleb. Soudain, ses raisons lui semblaient ridicules.

Elle fit quelques pas dans le salon.

— Vous avez une maison magnifique.

— Merci, dit Patricia, rayonnante. Nous sommes ravis de la partager. Lorsque Ben a pris sa retraite, il avait envie de vivre sur un bateau, mais je tenais à un endroit où les enfants puissent se détendre, nous rendre visite avec leur propre famille.

À chaque mot, Bethany sentait les murs qui l'entouraient s'effondrer un peu plus. À vingt ans, elle avait cru qu'élever un enfant avec Matt les conduirait à des disputes permanentes et à du ressentiment. Mieux valait garder de bons souvenirs de l'affection, la tendresse et l'amour qui les avaient unis au lieu de tout détruire en voulant les faire perdurer, avait-elle pensé.

Et maintenant ? Eh bien, à présent, elle ne savait plus quoi penser.

— Patricia, je suis désolée. Je n'ai jamais eu l'intention de vous priver de… Je souhaitais que Matt ait la carrière dont il rêvait.

Patricia l'étudia avec attention. Il y avait de la gentillesse dans son regard et, heureusement, aucune once de pitié.

— Matt m'a donné le petit album photo que vous avez fait, ce matin. Vous ne pouvez pas savoir à quel point il m'a fait plaisir.

— Vraiment ?

— Nous sommes émerveillés. Matt nous a dit que Caleb était un excellent joueur de football et que l'histoire et les sciences étaient ses matières préférées, en classe.

— Oui, répondit Bethany, essayant de suivre. Il travaille très bien. Il obtiendra sans doute une bourse universitaire s'il persiste dans cette voie.

Tandis qu'elle répondait aux nombreuses questions de

Patricia, elle se rendit compte que Ben gardait Caleb à l'extérieur selon un plan bien orchestré. Au moment où elle se persuadait que Matt était avec eux, il descendit l'escalier. Il alla droit au réfrigérateur pour prendre une bière.

— Papa et toi avez-vous prévu quelque chose pour le dîner ?

Il s'interrompit, regarda tour à tour sa mère et Bethany, avant de secouer la tête.

— Maman ! Tu lui fais passer un interrogatoire en règle, là ?

— Pas du tout, riposta Patricia.

— Caleb aimerait faire du surf. Grace Ann garde-t-elle du matériel ici ? demanda-t-il, mettant définitivement fin à la conversation.

— Oui, mais je préfère qu'il attende Grace Ann.

— Pourquoi ? répliqua Matt. Je sais me tenir sur une planche.

Patricia secoua la tête.

— Mark lui apprendra. Il espère être ici lundi ou mardi.

— Mark est peut-être un SEAL hors du commun, mais moi, je suis son père. C'est à moi de lui apprendre à surfer.

— Caleb a un peu d'expérience, déclara Bethany. Nous passons la plupart des étés sur la côte.

— C'est formidable, déclara Patricia. Cela dit, mieux vaut qu'il ne prenne pas de mauvaises habitudes. Grace Ann et Mark sont meilleurs planchistes que Matt.

— Pas du tout, protesta Matt, d'un ton faussement indigné. Je ne comprends pas, ajouta-t-il, amusé. Je suis ton premier-né, ton préféré et je suis plus doué que les autres. Tu l'as toujours dit.

— Tu *étais* mon préféré, rétorqua-t-elle, moqueuse.

Pour garder ta place, tu dois convaincre cette femme merveilleuse et son fils de passer plus de temps avec nous.

Bethany aurait voulu disparaître dans un trou de souris. Malheureusement, Patricia le remarqua.

— Pour nous donner la possibilité de mieux vous connaître, tous les deux, ajouta-t-elle.

— Maman, arrête d'insister.

La voix de Matt était devenue sévère.

— Si Bethany est d'accord, je me demandais si vous accepteriez, papa et toi, de laisser notre fils vous divertir pour nous permettre de sortir, tous les deux.

— Une sortie en amoureux ? Ce soir ?

— Si cela te fait plaisir, alors oui, appelle cela une sortie en amoureux.

Bethany étouffa un petit rire. Elle ne s'attendait pas à ce que le général et Mme Riley lui réservent un accueil aussi détendu et chaleureux.

Patricia jeta un coup d'œil vers la terrasse où son mari et son petit-fils étaient en grande discussion.

— Bien sûr. Allez-y ! Amusez-vous, dit-elle en les poussant vers la porte. Nous nous occuperons de lui. Soyez prudents, murmura-t-elle.

— Vous aussi, dit Matt.

— Pas de soucis. Nous allons l'abreuver de boissons énergisantes et lui montrer le chiot que nous lui avons acheté.

Bethany s'arrêta net.

— Un chiot ?

— Elle plaisante, assura Matt en la poussant dehors avant de fermer la porte derrière eux.

— Et si je ne voulais pas sortir avec toi ?

Il s'immobilisa et fourra les mains dans ses poches.

— Tu préfères rester ici et discuter avec ma mère ?

Eh bien, non.

— Je ne m'attendais pas à ce qu'elle soit aussi gentille. Cela me touche, reconnut-elle.

— T'inquiètes-tu plus à cause de Caleb ou de moi ?

De toi, définitivement de toi. Son fils avait Ben et Patricia pour veiller sur lui. Matt n'avait qu'elle, et elle avait prouvé à moult reprises qu'elle était capable de le blesser.

— Comme je n'ai pas tous les éléments, je suppose que la situation dans son ensemble est potentiellement angoissante.

Il la rattrapa avant qu'elle atteigne la voiture et lui ouvrit la portière. Ses bonnes manières l'avaient toujours charmée. Elle était également touchée qu'il souhaite sortir en amoureux avec elle. Pourtant, Matt préférerait sûrement garder ses distances après le fiasco de la veille.

— Bon, dit-il en s'installant au volant. Je pense que tu apprécies ma décision de ne pas parler de la réunion de ce matin devant Caleb.

Voilà qui expliquait de façon plus crédible son désir de sortir en tête à tête avec elle. Elle n'avait jamais cru à cette prétendue sortie en amoureux.

— Merci.

Tout en roulant vers la petite station balnéaire, située à quelques kilomètres, il lui résuma les derniers événements et les avancées de l'enquête menée par Alex. Il lui exposa aussi le plan qu'ils avaient mis au point. Toutes les menaces et les ennuis qu'ils avaient affrontés avaient sans doute pour origine le désir de quelqu'un de nuire au général Riley.

— Je comprends, dit-elle. Mais la personne à la manœuvre doit avoir le bras long pour avoir réussi tout ce qu'elle est parvenue à faire.

— C'est sûr, répondit Matt. Mon père s'est fait des ennemis au cours de sa carrière. C'est inévitable, mais les tactiques employées jusqu'à présent par notre agresseur devraient jouer en notre faveur en réduisant la liste des suspects.

Elle devina que cette « sortie en amoureux » pourrait être un autre moyen de tester la portée de l'assaillant. Cela dit, passer du temps avec Matt n'était pas une épreuve, loin de là.

— Tu m'as vraiment manqué quand j'ai quitté West Point, déclara-t-elle, soudain.

— Tu m'as manqué aussi, dit-il avec une telle tendresse que son cœur se serra.

Il prit sa main et mêla leurs doigts.

Le toucher lui rappela qu'ils avaient vraiment besoin de fixer des limites claires. Ce qu'ils avaient vécu quand ils étaient jeunes et stupides appartenait au passé. Et, si elle ne regretterait jamais d'être devenue la mère de Caleb, elle devait accepter que Matt et elle ne forment jamais un couple comme Ben et Patricia.

Il sourit.

— À quoi penses-tu ? demanda-t-il alors qu'il garait la voiture et coupait le moteur.

— À rien de particulier.

Si elle ne faisait pas très attention, elle allait retomber amoureuse de lui, pensa-t-elle.

De qui se moquait-elle ? Elle n'avait jamais cessé de l'aimer.

Elle devait le lui dire. Il méritait cette honnêteté de sa part. Alors pourquoi avait-elle l'impression que lui avouer son amour la mettrait plus que jamais en danger ?

10

Matt n'avait jamais vu Bethany aussi perturbée. Bien sûr, il comprenait qu'elle le soit. Elle voyait sa vie bouleversée par quelqu'un qui voulait se venger du général Benjamin Ryder. Et, comme si cela ne suffisait pas, les personnes qu'elle avait tenues à distance de son fils depuis sa naissance allaient désormais faire partie de son monde. Matt craignait que ces événements ne compromettent leurs retrouvailles, lui interdisent de retrouver l'amour de Beth et de fonder une famille avec elle.

Néanmoins, Alex serait furieux qu'il renonce à son rêve, maintenant. Son ami pensait que Matt avait intérêt à se battre pour la reconquérir au lieu de jeter l'éponge à la première difficulté. L'un d'entre eux devait faire le premier pas, oser déclarer ses sentiments, se mettre à nu, et franchir ainsi l'étape décisive vers un changement positif.

Même si Bethany avait la capacité de le blesser d'une phrase assassine, le courant passait toujours entre eux. La petite flamme était toujours là, comme le respect et l'affection qui les avaient rapprochés, autrefois. À lui de s'arranger pour que cette petite flamme devienne un feu, un brasier…

Pour commencer, il lui fallait la convaincre qu'il ne cherchait ni à prendre sa place ni à l'écarter. Il ne souhaitait que l'aider. L'idée était sans doute plus facile à admettre pour lui. En effet, sa carrière militaire avait été centrée sur le travail en équipe. Alors que Bethany, elle, avait dû affronter toute seule les épreuves de la vie.

Il débloqua sa ceinture de sécurité.

— Allons boire un verre et faire semblant d'être fous amoureux l'un de l'autre, d'accord ? proposa-t-il d'un ton taquin.

Elle lui jeta un bref coup d'œil de biais mais n'esquissa pas un mouvement.

Il sortit lui ouvrir sa portière.

— Ne t'en fais pas, dit-il en se penchant à l'intérieur. Mes parents ne feront rien de stupide ou de dangereux avec Caleb. Ma mère plaisantait à propos du chiot.

— Je sais. Ils ont élevé cinq enfants et je suis certaine que, comme toi, chacun d'eux est persuadé d'être le préféré.

Il lui tendit la main en riant. Les doigts enlacés, ils se dirigèrent vers un petit bar situé loin du port. Bethany n'avait sans doute pas très envie d'une atmosphère bruyante, ce soir.

Depuis qu'il lui avait parlé des dernières avancées de l'enquête, elle semblait s'être recroquevillée dans sa coquille. C'était leur première sortie en amoureux depuis quinze ans, depuis West Point, depuis cette fameuse soirée de la Saint-Valentin. Caleb avait sans doute été conçu, ce soir-là.

Ils devaient trouver le moyen de rétablir leurs liens. Matt ne se contenterait pas de relations platoniques.

— À quoi penses-tu ? demanda-t-il alors qu'ils s'attablaient au fond de la salle.

— La perspective de servir d'appât m'inquiète un peu, répondit-elle enfin.

— Nous ne serions pas ici si je croyais que Caleb ou toi étiez en danger, Beth.

— Danger ou pas, j'ai l'impression que nous marchons sur des œufs en attendant la prochaine attaque.

— Je te promets que beaucoup de gens travaillent en coulisses pour identifier et arrêter ce type avant qu'il crée davantage de problèmes.

Il poussa vers elle le bol de chips.

— Et puis, quelques jours au bord de la mer nous feront du bien à tous. Est-ce si terrible de passer du temps avec moi ?

Bien qu'il lui ait posé la question sur le ton de la plaisanterie, il retint son souffle en attendant sa réponse. Cette virée en Caroline du Nord était officiellement destinée à sonder l'ennemi, à mesurer sa capacité de réaction, mais Matt était déterminé à profiter de leur séjour pour avancer sur un plan plus personnel.

— Non, répondit-elle en secouant la tête.

Elle semblait absorbée dans la contemplation de son verre de vin blanc, mais elle l'observait à travers ses cils.

— Passer du temps avec toi a toujours été facile, ajouta-t-elle.

À ces mots, un flot de bonheur envahit Matt tandis que des dizaines de questions lui traversaient l'esprit. Le laisserait-elle l'embrasser ? Y compris devant Caleb ou quelqu'un d'autre ? L'inviterait-elle chez elle ? Lui ouvrirait-elle son lit ? Conduirait-elle parfois Caleb à Washington pour leur permettre de se voir entre hommes ? Par miracle, il réussit à ne pas les formuler à haute voix.

Bethany planta les yeux dans les siens.

— J'ai tout gâché, hier soir, dit-elle. Peux-tu me pardonner ?

— Il n'y a rien à pardonner.

Bien sûr, elle lui avait parlé durement. Parce qu'elle avait eu peur, il l'avait compris.

— En te tenant à distance de Caleb, toutes ces

années, je pensais faire le bon choix, poursuivit-elle. Mais maintenant, en le voyant avec toi, avec tes parents, je mesure à quel point j'avais tort.

Comment la convaincre qu'elle n'avait rien à craindre en les laissant faire partie de leur univers ? Le mieux était d'être sincère et de ne laisser aucune place au doute.

— Cela te rassurerait-il d'apprendre que personne n'a l'intention de demander un droit de visite ou de garde ?

Elle releva brusquement la tête, une lueur paniquée dans les yeux.

— En avez-vous parlé, ce matin ?

— J'ai clairement indiqué que rien ne se ferait sans ton accord. Ce matin, nous avons surtout discuté de l'enquête. Et de l'importance de ne pas bouleverser la vie de Caleb. Ni la tienne. Tu as fait un excellent travail avec lui sans aucun de nous dans le paysage. Nous avons envie de le connaître, de l'aimer, de lui prouver qu'il a une famille qui l'aime et sur qui il pourra toujours compter, c'est vrai. Mais personne ne veut créer de problèmes pour toi.

Elle joua avec son verre, évitant son regard.

— Combien de temps allons-nous rester ici ?

— Quelques jours. Cela dépendra de l'enquête et de l'arrestation ou non du type qui tire les ficelles.

Matt n'avait pas l'intention de s'attarder ce soir sur l'organisation à prévoir par la suite concernant Caleb ni sur d'autres questions pratiques. Mais, dans tous les cas de figure, il n'était pas question de séparer Bethany de Caleb. Il l'avait dit à ses parents qui l'avaient parfaitement compris.

— Tu n'auras pas d'ennuis au bureau si ton absence se prolonge ? poursuivit-il.

— J'ai beaucoup de jours de vacances à prendre,

dit-elle, les yeux toujours rivés sur son vin. Mes supérieurs ne se plaindront pas.

— Aimes-tu ton travail ? demanda-t-il avec précaution.

Après tout, en entrant à West Point, elle ne rêvait pas de devenir responsable des achats pour le compte de l'État…

Un sourire passa sur les lèvres de Bethany.

— Oui, vraiment. Certes, j'avais prévu une autre carrière au départ, mais je ne regrette rien. Mon métier est intéressant et m'a donné les moyens et du temps pour élever Caleb.

L'encourageait-elle ainsi à parler d'autre chose ?

Matt relança la conversation sur un sujet plus neutre.

— Y a-t-il des activités de bord de mer qui te plaisent particulièrement ?

— Que de questions ! S'agit-il d'un interrogatoire ?

— Peut-être, répondit-il. Les premiers rendez-vous ressemblent souvent à des interrogatoires. C'est inévitable, non ?

— Les premiers rendez-vous ? répéta-t-elle, incrédule. Nous nous connaissons depuis quinze ans. Nous étions amis, et plus encore, autrefois.

Ne comprenait-elle donc pas ce dont il rêvait ? Il se sentait prêt à le lui répéter jusqu'à ce qu'elle finisse par le croire, par croire en lui, en eux.

— Tu m'as beaucoup manqué, Beth. Quand tu m'as appris que tu étais enceinte, j'ai deviné que les choses changeraient entre nous. Mais je n'imaginais pas perdre ma meilleure amie.

Visiblement abasourdie, elle secoua la tête.

— Depuis sa naissance, je t'ai envoyé des nouvelles plusieurs fois par an.

— Cela ne suffisait pas à satisfaire ma curiosité à propos de Caleb et tu ne me disais rien sur toi.

Non sans mal, il réussit à ne pas lui avouer qu'il l'aimait toujours. Elle n'était sans doute pas encore prête à l'entendre. Mais lui n'était pas prêt à renoncer à fonder avec elle une vraie famille. Et elle non plus. Il n'avait pas inventé le désir qu'elle avait de lui, la veille au soir.

— Vois-tu quelqu'un ? demanda-t-il.

— Je n'ai pas menti aux enquêteurs, répondit-elle d'un ton pincé. Je ne vois personne.

— Aimerais-tu renouer avec moi ?

— En tout cas, nous devons à tout prix renouer des liens amicaux. Pour Caleb.

Des liens amicaux ? Il aspirait à bien davantage.

— Et pas pour toi ? insista-t-il

— Si, évidemment. Tout sera plus facile si nous parvenons à entretenir des relations amicales et à nous parler.

Matt eut l'impression que tous ses efforts pour se rapprocher d'elle n'aboutissaient qu'à faire surgir de nouveaux obstacles.

— Bethany, je ne veux que le meilleur, le bonheur, pour nous tous. Pour toi, pour Caleb, pour moi et pour mes parents. Et pour y arriver, pour que ça marche, tout repose sur nous.

Avec une profonde inspiration, elle planta les yeux dans les siens.

— Ta définition de « nous » semble avoir plusieurs facettes.

— Ensemble, nous allons trouver l'équilibre, je te le promets, Beth. Tu constateras que je suis constant, fiable.

Ne le lui avait-il pas prouvé en lui versant sa pension alimentaire depuis quinze ans et en respectant ses décisions à elle, les limites qu'elle lui avait imposées ?

Elle posa la main sur la sienne.

— Je le sais, Matt, et je t'en remercie.

Il devinait qu'elle n'avait jamais dit du mal de lui à

leur fils. La monoparentalité n'avait pas dû être facile tous les jours, et avec un adolescent il était à craindre que les années à venir soient plus compliquées encore. Voilà pourquoi elle avait besoin de lui.

— Quel est le dernier film qui t'a plu ? demanda-t-il.

Elle battit des paupières, déstabilisée par le brusque changement de sujet.

— Caleb et moi sommes allés voir le dernier *James Bond* et nous l'avons beaucoup aimé. Mais en général j'apprécie les films étrangers qui passent dans une salle d'art et d'essai près de chez moi. Je m'y rends souvent avec des copines.

— Des films étrangers ?

C'était nouveau.

— Il n'y a pas que le cinéma américain qui mérite le détour.

— Pour ma part, je préfère bouquiner, dit-il.

— Caleb va t'en guérir, assura-t-elle en riant. Quel est le dernier livre que tu aies lu ?

Il sourit, heureux de guérir de sa passion pour la littérature si cela signifiait passer du temps avec son fils.

— Je suis actuellement plongé dans un thriller dont l'intrigue se déroule au début des années 1900, répondit-il.

Elle lui donna le titre du roman et le nom de l'auteur, toute contente de l'entendre confirmer qu'elle avait raison.

— Moi aussi, j'adore ses livres. Je les ai tous dévorés.

— Vraiment ?

Elle lui expliqua pourquoi cet écrivain lui plaisait, et bientôt ils se retrouvèrent à discuter avec feu de leurs polars préférés. Sur le sujet, Bethany était intarissable et son visage irradiait de bonheur tandis qu'elle défendait ses convictions.

Matt paya l'addition et lui proposa de marcher sur

la plage, au clair de lune. Il comptait profiter de cette ambiance romantique pour se rapprocher encore d'elle.

Main dans la main, ils longèrent l'océan, contemplant les vagues qui se fracassaient contre les rochers, les jeux de lumières à la surface de l'eau. Le chant du ressac les apaisait.

Pour la première fois depuis plusieurs jours, Matt n'avait plus l'impression d'être suivi, épié. Cette soirée avec Bethany était un avant-goût de ce qu'ils pourraient vivre tous les deux.

Il les imagina tous deux installés sur un canapé, chacun absorbé dans un roman. Puis il poserait le sien et il l'attirerait à lui pour l'embrasser et la caresser.

À West Point, ils avaient passé de nombreuses soirées à travailler ensemble. Par la suite, elle avait quitté la prestigieuse école militaire pour protéger la carrière de Matt. Dégrisé, il prit conscience que quoi qu'il fasse, il ne serait jamais à la hauteur du sacrifice auquel elle avait consenti pour lui.

Tandis que la conversation sur les livres se muait en silence confortable, il s'arrêta pour ramasser une poignée de sable.

— Si je pouvais revenir quinze ans en arrière, il n'y a qu'une chose que je ferais différemment, dit-il.

— Tu mettrais deux préservatifs ? demanda-t-elle.

— Non, répondit-il en souriant. Comme tu l'as dit, Caleb est un cadeau. Je t'aurais donné une meilleure raison de me faire confiance.

Elle fronça les sourcils.

— Qu'est-ce que tu racontes ? Je t'ai toujours fait confiance.

Les vagues venaient mourir à leurs pieds, la lune caressait sa joue.

— Tu ne m'as pas fait confiance pour subvenir à tes besoins.

— Ne fais pas ça, Matt, dit-elle en s'écartant de lui. Nous étions si bien, là. Ne gâche pas ce moment.

— Qu'est-ce que j'ai fait ?

— Pourquoi rouvrir en permanence les vieilles blessures ? J'aurais pu quitter West Point, sortir de ta vie, sans un mot, mais j'ai préféré te dire la vérité, t'expliquer ce qui m'arrivait. Si je n'avais pas eu confiance en toi, je ne l'aurais pas fait. Pourquoi cela ne te suffit-il pas ?

— Tu ne m'as jamais laissé prendre mes responsabilités vis-à-vis de Caleb.

— Parce que tu avais d'autres engagements. Mieux valait qu'au moins l'un de nous deux aille au bout de ses rêves et atteigne les objectifs que nous avions en intégrant West Point. Tu étais destiné à une carrière militaire. T'obliger à y renoncer n'aurait fait du bien à personne.

— Nous aurions pu tout concilier, amour, famille, métier, mais tu ne le souhaitais pas et j'ai respecté tes décisions à chaque étape du processus. Alors que depuis quinze ans j'aurais aimé te donner plus que de l'argent pour élever Caleb.

— Tu es en colère, chuchota-t-elle.

— Pas contre toi, Bethany, dit-il. Tu es l'une des personnes les plus fortes et les plus obstinées que je connaisse. À quoi bon ergoter, revenir sur le passé ? Pendant tout ce temps, je me suis tenu à l'écart, t'offrant ce que tu réclamais, me pliant à tous tes désirs. Maintenant, je veux davantage. Hier soir, tu as dit que tu me donnerais désormais ce que je voulais…

— Et regarde comment ça a fini, murmura-t-elle. Je continue à te faire mal, Matt.

— Pas intentionnellement.

Il l'embrassa dans le cou, à l'endroit où sa peau était particulièrement douce et délicate.

— Bethany, n'aie pas peur. Fais-moi confiance. Crois en nous.

Il prit son visage entre ses mains. Dès que leurs lèvres se touchèrent, il comprit que rien n'avait changé. Malgré les mots blessants, les malentendus et les incompréhensions, son cœur battait toujours à l'unisson du sien. Pour l'éternité. Ce qu'ils avaient partagé, il y a quinze ans, n'avait pas été dû au hasard. Ils étaient destinés l'un à l'autre.

Matt la voulait pour amante, pour femme, pour mère de leur fils, pour toujours. Depuis quinze ans, il considérait Bethany et Caleb comme sa famille de cœur.

Il glissa une main dans ses cheveux pour approfondir leur baiser. Lorsqu'elle s'agrippa à ses épaules pour se presser contre lui, il eut l'impression de prendre feu.

Son amour pour Beth était une évidence. Il n'avait connu ce sentiment avec aucune autre. Jamais. Elle était tout. La Lune et le Soleil, l'Alpha et l'Omega. La Femme avec un grand F.

Tout en l'embrassant, il lui caressa les seins à travers son pull. Elle se cambra au contact de ses doigts quand il en excita la pointe. Ses gémissements lui donnaient envie de la coucher sur le sable et de la prendre là sous la lune.

Bethany tira sur sa chemise pour la sortir de son jean et, quand il sentit ses mains sur sa peau, il grogna de plaisir. Lorsqu'elles s'aventurèrent sous sa ceinture, il retint son souffle.

Il voulait aller plus loin, beaucoup plus loin. Il devinait que, au-delà de ses peurs, de ses regrets et de ses atermoiements, Bethany était aussi amoureuse de lui qu'il l'était d'elle. Mais il la respectait trop pour lui faire l'amour sur une plage publique, au risque de se faire surprendre par des promeneurs.

Il lui saisit les mains et mêla ses doigts aux siens.

— Rentrons à la maison, dit-il. Je préfère un lit au sable.

— Attends, embrasse-moi encore.

Pendue à son cou, elle colla sa bouche à la sienne. Quand leurs langues entamèrent une danse sensuelle, un tel bonheur l'enivra que Matt se demanda s'il était en état de conduire.

Dans la partie de son cerveau encore capable de pensées rationnelles, Bethany reconnut que des draps seraient plus confortables, mais elle n'était pas prête à rentrer.

Et encore moins à faire l'amour dans la chambre d'amis des parents de Matt. Le simple fait d'imaginer la scène la fit rougir.

Cela dit, ils devaient retourner chez eux. En prenant conscience qu'elle n'avait pas pensé une seule fois à Caleb depuis près d'une heure, elle se mit à culpabiliser.

Et s'il avait eu besoin d'elle ?

Elle mesura aussitôt à quel point elle était ridicule et faillit éclater de rire. Caleb était très heureux de faire la connaissance de la famille de Matt. Et son fils était poli, confiant et sociable. Il n'aurait aucun mal à s'adapter.

Des années durant, elle lui avait refusé sa place légitime au sein des Riley à cause de ses peurs, des peurs qui lui semblaient de plus en plus puériles. Des peurs liées en grande partie à l'homme qui l'embrassait maintenant.

L'esprit en déroute, elle s'écarta de lui. Même si Matt lui avait vraiment pardonné de l'avoir tenu éloigné de son fils pendant quinze ans, comment pourrait-il croire en son amour ? Certes, elle le désirait, mais elle avait aussi besoin de sa protection face à des attaques angoissantes.

Matt repoussa en arrière les cheveux de Bethany que le vent plaquait sur ses joues.

— Qu'y a-t-il, Bethany ? À quoi penses-tu ?

— Je m'imaginais affronter le regard de tes parents et de Caleb après avoir fait l'amour avec toi.

— Et alors ? répliqua-t-il en souriant. Caleb est la preuve vivante que nous nous sommes aimés dans le passé, non ? Mes parents savent comment on fait les bébés. Nous ne sommes plus des enfants. Si nous avons envie de passer du temps sur le sable ou de partager le même lit, libre à nous.

— Nous devons donner le bon exemple à Caleb, non ?

Il brisa sa logique avec un argument sans appel : la parentalité.

— Comment pourrait-il être choqué ou déçu que ses parents aient envie d'être ensemble ?

Il avait raison. Exaspérée, elle s'éloigna de lui. L'espace et la brise fraîche de l'eau l'aidèrent à retrouver son calme.

— Le vrai problème est ailleurs, conclut Matt en lui emboîtant le pas. Quel est-il, Beth ? demanda-t-il. Je ne peux pas t'aider si tu ne me le dis pas.

Elle n'osait pas lui déclarer qu'elle l'aimait. Elle le devrait pourtant, mais un tel aveu la terrifiait. Elle devinait que son cœur craignait de prendre un tel risque.

— Pourquoi ne t'es-tu jamais marié ?

Elle lui avait déjà posé cette question, mais ces derniers jours elle avait compris qu'il ne lui avait pas dit toute la vérité.

Le visage fermé, Matt se tourna vers les flots sombres.

— Si je te le dis, répondras-tu à la même question ?

— Oui.

Après avoir entendu sa réponse, elle saurait comment formuler la sienne.

Il retira sa veste et la posa comme une couverture

sur le sable pour elle, un autre exemple de ses manières chevaleresques. Bethany s'était efforcée d'inculquer ces mêmes valeurs à Caleb, ne serait-ce que pour rendre son père fier de lui s'ils se rencontraient un jour.

Et ils s'étaient rencontrés. Elle se rendit compte qu'elle en était plus qu'heureuse. Elle était vraiment soulagée qu'ils se connaissent et s'apprécient.

Matt la fit s'asseoir à côté de lui et la prit dans ses bras.

Elle regarda leurs mains jointes. Combien de fois avait-elle rêvé de moments comme celui-ci ?

— Ne me fais pas languir, Matt ! dit-elle en riant. Ce suspense devient insoutenable.

Il lui embrassa les cheveux

— Je ne me suis jamais marié parce qu'aucune autre n'était toi.

À ces mots, un tel bonheur souleva sa poitrine qu'elle eut du mal à ne pas lui sauter au cou.

Mais il poursuivait :

— Ne te méprends pas, j'ai connu d'autres femmes.

— Bien sûr, dit-elle. Je m'en doute.

— Chaque fois que les choses commençaient à devenir sérieuses, j'imaginais ce qui arriverait si tu revenais et si tu me donnais une chance de connaître Caleb, ajouta-t-il.

Seigneur. Je me suis trompée sur toute la ligne.

— Nous sommes tous les deux responsables de la situation, Bethany. Je regrette que tu n'aies pas voulu que je partage ta vie il y a quinze ans, mais je ne te reproche rien.

— Tu es si généreux, Matt, alors que j'ai été tellement nulle…

— Je suis sûr que tu n'en crois pas un mot et que tu cherches seulement à me fourrer dans ton lit.

Avec un éclat de rire, elle se blottit dans ses bras,

s'imprégnant de sa chaleur tandis qu'une brise caressait sa peau, la faisant frissonner.

Matt la prit par les épaules.

— Tu es ma meilleure amie, mon amour, dit-il. Tu connais mes défauts, ainsi que mes forces.

— Je n'en suis pas si sûre.

— Mais à ton tour, maintenant. Pourquoi ne t'es-tu pas mariée ?

Elle regarda l'océan. Les lumières du port brillaient dans la nuit. Au loin, des maisons longeaient le rivage. Dans l'une d'elles, les parents de Matt apprivoisaient leur petit-fils.

— J'ai failli, un jour.

Elle sentit Matt se tendre. Elle n'avait pas eu l'intention de lui dire. Raconter cet épisode semblait violent d'autant qu'ils avaient hésité à faire l'amour sur la plage, un moment plus tôt, sans se soucier de ce qui les entourait.

— J'ai renoncé à sauter le pas pour une raison assez proche de la tienne. Lorsque le temps est venu d'expliquer à Caleb pourquoi son père n'était pas là, j'ai été incapable de le faire.

— Pourquoi ?

Par où commencer ? Elle était tombée amoureuse de Matt quand elle avait dix-neuf ans. Par la suite, s'occuper de Caleb n'avait fait qu'intensifier cet amour. Depuis sa naissance, son fils était le portrait craché de son père : la fossette sur sa joue, la couleur de ses cheveux. Et plus tard, il était devenu aussi athlétique que Matt. Et aussi brillant. En grandissant, il ressemblait de plus en plus à son père. Et finalement elle avait eu l'impression que Matt était toujours là, comme s'ils ne s'étaient jamais quittés.

— À quoi penses-tu ?

Elle secoua la tête.

— À rien. C'était un homme adorable et je suis certaine qu'il aurait été un gentil beau-père pour Caleb.

— Mais ?

— Mais il n'était pas le bon et ce n'était pas le bon moment.

Seul Matt avait été le bon, et malheureusement ils s'étaient rencontrés au mauvais moment.

— Penses-tu que l'homme qui te conviendrait, le « bon » comme tu dis, existe ?

Elle lui caressa le bras, appréciant sa chance de pouvoir le toucher à nouveau.

— Si oui, il se présentera quand le moment sera le bon.

— J'aimerais être cet homme-là, dit-il.

Elle se tourna vers lui, stupéfaite de sa sincérité. Il lui avouait sa flamme sans savoir ce que serait sa réaction. Il prenait des risques

— Suis-je trop direct ? Trop sincère ?

— Tu as été le bon, répondit-elle. Tu n'as jamais cessé de l'être depuis quinze ans et, même si je t'interdisais de rencontrer notre fils, tu as subvenu à nos besoins.

Elle avait cru que le tenir à l'écart leur donnerait à tous trois plus de chances d'être heureux. Si elle l'avait laissé les prendre en charge, Matt aurait très vite décidé de leur vie. Elle n'avait pas voulu passer son existence dans l'ombre de cet homme hors du commun, de sa carrière et de son charisme. Si elle avait accepté de sacrifier sa vie, tout aurait mal fini pour eux deux. Mais à présent elle ignorait comment le lui expliquer sans le blesser.

— Tu m'as aidée financièrement et tu as respecté mes desiderata, alors que tu aurais pu réagir comme un pauvre type.

— Si tu veux tout savoir, j'ai souvent été tenté de me comporter comme un pauvre type.

Elle sourit.

— J'en suis sûre. Tu as fait preuve d'une retenue admirable.

Il l'embrassa encore.

— C'est vrai, murmura-t-il.

Elle lui sourit avant de se lever.

— Allons-y. Tes parents attendent sans doute notre retour avec impatience.

— Sûrement pas.

Malgré tout, il se mit sur pied à son tour.

— Estime-toi chanceuse si tu parviens à passer une heure seule avec Caleb pendant notre séjour. Attention, j'ai mis ta valise dans ma chambre.

Elle avait cru qu'elle dormirait avec Caleb.

— C'était bien présomptueux de ta part…

Mais son cœur s'accéléra dans sa poitrine à l'idée de partager son lit.

Il se pencha et caressa ses lèvres des siennes. Le baiser la fit frissonner.

— Ce n'était pas présomptueux. Je me sais irrésistible, dit-il, un sourire en coin. Et en affichant la couleur, je t'ai évité de te faire surprendre, le rouge au front, par un membre de ma famille en train d'entrer ou de sortir en catimini de ma chambre. Tu devrais donc me remercier.

Elle éclata de rire et, incapable d'y résister, il la reprit dans ses bras pour l'embrasser à nouveau.

Le souffle court, il se recula, alors qu'il touchait son front du sien.

— Je n'ai jamais ressenti cela avec qui que ce soit d'autre, Bethany, dit-il en l'entraînant dans les dunes. Tu me rends fou.

— Toi, pareil, admit-elle.

Il s'arrêta quand ils atteignirent la voiture. Il la plaqua contre la portière.

— Tu ne devrais vraiment pas me dire ce genre de choses. Cela me rend encore plus dingue de toi.

Ils savaient tous les deux à quel point elle le désirait, mais elle ne pouvait pas oublier où ils étaient.

— J'ai envie de faire l'amour avec toi, avoua-t-elle un peu plus tard tandis qu'ils roulaient en direction de la maison. Mais je n'ai pas l'intention d'offenser tes parents.

Sans quitter la route des yeux, il lui prit la main.

— Le seul moyen de remédier à cette situation est de cesser de t'inquiéter pour eux et de ne te préoccuper que de moi.

— Ce conseil me semble un peu égoïste.

— Reste avec moi cette nuit, je t'en prie. J'ai besoin de toi.

Il la sentit hésiter et ajouta :

— Je dormirai par terre jusqu'à ce que tu m'invites à te rejoindre dans le lit.

Elle leva les yeux au ciel en riant, mais elle le laissa lui tenir la main alors qu'ils entraient dans la maison. Celle-ci semblait déserte.

— Où sont-ils tous passés ?

La peur qu'ils aient été suivis et que le type qui les menaçait ait de nouveau frappé l'envahit et, paniquée, elle s'accrocha à Matt.

Il pressa sa main.

— Détends-toi. Ils ne sont pas loin. Écoute.

Se guidant aux bruits de voix, il l'entraîna vers les baies vitrées qui menaient à la terrasse. De là, ils aperçurent quatre personnes assises autour d'un petit feu sur la plage. À la lumière des flammes, elle vit qu'ils avaient tous l'air heureux.

— Grace Ann est arrivée, dit Matt. Manifestement, personne n'a besoin de nous là-bas. À moins que tu ne tiennes à prendre un bain de minuit, il ne paraît pas indispensable de descendre les rejoindre.

Avec un rire étouffé, elle se détourna de la plage.

— Peux-tu me montrer ta chambre ? Si tu es sûr que tes parents ne seront pas choqués que nous la partagions.

Il lui fit signe de monter les marches.

— Allons-y, dit-il. Et détends-toi à propos de mes parents. Ils te trouvent formidable.

Elle ne comprenait pas pourquoi, vu les circonstances.

— Comment le sais-tu ?

— Je le sais, c'est tout. Je suis le préféré, tu t'en souviens.

Au fond du couloir, il ouvrit une porte et alluma la lumière. Un lit pour deux personnes trônait au centre de la pièce. D'immenses baies vitrées donnaient sans doute sur la mer, mais les rideaux étaient tirés.

— La salle de bains est par là.

Il tapota le dossier d'un canapé poussé contre le mur.

— Et en plus du lit, il y a un canapé-lit. Nous pouvons donc passer la nuit tous les deux dans cette chambre en tout bien, tout honneur.

— Je croyais que tu voulais dormir par terre ?

— J'espérais t'attendrir ainsi et te pousser à m'inviter dans le lit, dit-il.

Il sourit, la fossette se creusant sur la joue.

Et ça a presque marché, pensa-t-elle, attendrie.

— Tu devrais avoir honte.

Il mit les mains dans ses poches.

— J'ai honte.

Elle jeta un coup d'œil à sa valise, posée à côté de la sienne devant le placard. Après toutes ces années, Matt était toujours l'homme de ses rêves. Caleb était dehors, heureux de faire la connaissance du clan Riley. Il était entouré de personnes qui l'aimaient et qui étaient aussi déterminées qu'elle à le protéger, même si elles n'avaient appris son existence que récemment.

Elle devina qu'il s'agissait d'un moment hors du temps et elle décida d'en profiter. S'agissait-il de clore un chapitre de sa vie ou de leur donner une nouvelle chance, un nouveau départ, elle n'en était pas encore sûre. Cela n'avait pas d'importance. Elle traversa la pièce pour aller fermer la porte. Elle tourna deux fois la clé dans la serrure afin qu'il comprenne le message.

Ce soir, il lui avait offert bien plus qu'une agréable balade au clair de lune et quelques verres de vin. Il lui avait redonné confiance. Quelle que soit la relation qu'ils établiraient dans les heures, les jours ou les mois à venir, il lui avait insufflé de la force, de l'envie, de l'élan. Elle le désirait de tout son cœur. Plutôt que de se lancer dans une conversation qui risquait de nouveau de tout compliquer et de le blesser, elle décida de laisser son corps, ses actes, parler pour elle. Elle retira son pull et déboutonna son jean avant de le faire glisser le long de ses jambes.

Si ses vergetures posaient un problème, mieux valait le savoir maintenant.

Le regard de Matt était brûlant lorsqu'elle s'approcha de lui, vêtue d'un soutien-gorge en dentelle noire et d'une culotte assortie. D'autres couleurs seyaient mieux à sa peau mais, quand elle s'était habillée ce matin, elle n'avait pas prévu de faire l'amour, ce soir.

Avec audace, elle déboutonna la chemise de Matt, découvrant son torse musclé. Il ne portait plus de pansement et sa blessure semblait bien cicatriser.

Elle promena les mains plus bas, sur ses abdominaux, sur ses hanches, avant de les remonter jusqu'à ses épaules.

Soudain, il la souleva pour la porter jusqu'au lit. Elle s'attendait à ce qu'il se jette sur elle pour la dévorer comme un affamé, mais il se montra doux, patient, la traitant comme si elle était un trésor à savourer et à explorer.

Il taquina de la langue et des dents le tissu de son soutien-gorge. Quand il en dégrafa le fermoir, elle retint un cri.

Tout en la picorant de baisers brûlants, il murmurait des mots contre sa peau, des mots qu'elle ne parvenait pas à décrypter. Cela n'avait pas d'importance. Elle se sentait précieuse. Aimée. L'amour était là, dans ses mains, dans son souffle, dans la façon dont il la menait à l'orgasme.

Lorsqu'il se déshabilla à son tour et s'étendit à côté d'elle, elle sentit son cœur battre dans sa poitrine.

Et soudain elle décida de prendre l'initiative. Le faisant rouler sur le dos, elle entreprit de redécouvrir cet homme qu'elle avait tant aimé autrefois. Elle retrouva avec émotion les creux et les plis de son corps viril, à la fois familiers et nouveaux. En quinze ans, il avait un peu changé. Il s'était musclé. Elle remarqua une cicatrice ici et là, des blessures qu'il s'était peut-être faites au combat ou à l'entraînement, elle ne le savait pas.

Elle le caressa de ses mains, de la langue, un long et délicieux moment, retrouvant le plaisir de lui en donner, avant de l'embrasser à pleine bouche.

Décidé à reprendre la direction des opérations, Matt l'allongea pour promener à son tour ses lèvres sur son corps de femme. Quand il glissa la tête entre ses cuisses, elle se mit à crier.

Soulevée par un orgasme puissant, elle perdit le contrôle et s'abandonna à son étreinte, corps, cœur et âme.

Il la pénétra et se mit à aller et venir entre ses reins, pour les conduire vers le ciel jusqu'au moment où, foudroyé à son tour, il s'abattit sur elle avec un cri étranglé.

Il roula sur le côté et l'attira contre lui pour lui caresser le dos avec tendresse. Plongée dans un bien-être pur, elle se rappela qu'elle n'avait connu cette intensité qu'avec Matt.

Je t'aime.

Ces trois petits mots brûlaient ses lèvres. Elle aurait voulu les lui donner, mais elle n'osait pas. Tout était encore si fragile. Elle préférait les garder pour elle. Encore un peu.

Matt lui avait dit vouloir gagner sa confiance, mais elle lui avait toujours fait confiance. En revanche, elle n'avait pas assez confiance *en elle*. Si elle avait accepté sa première demande en mariage avant la naissance de Caleb ou même les deux suivantes, elle n'aurait peut-être jamais terminé ses études ni trouvé un emploi qui la mettrait au défi de réussir.

Le sexe fantastique mis à part, une fois la menace actuelle supprimée, ils reviendraient probablement à une situation bancale.

Oh ! bien sûr, Caleb verrait les Riley plus souvent et elle devrait partager désormais vacances et week-ends avec eux. Cela ne changerait rien en profondeur, elle serait toujours une mère célibataire qui avait laissé passer sa chance de vivre un amour authentique.

Elle regarda la poitrine de Matt se soulever et s'abaisser tandis qu'il s'assoupissait. Lorsqu'elle fut sûre qu'il dormait, elle murmura les trois mots qu'elle retenait depuis longtemps mais qu'elle avait tant besoin de dire :

— Je t'aime.

11

« Je t'aime. »

Ces trois mots habitèrent Matt toute la matinée, enchantant sa mémoire tandis qu'il s'efforçait d'arborer une apparence neutre pour suivre les conversations avec sa famille et avec son fils.

Bethany pensait qu'il dormait quand elle avait chuchoté cette déclaration dans la nuit. Il avait dû faire appel à toute sa volonté pour ne pas lui crier qu'il l'aimait, lui aussi, pour ne pas le lui répéter encore et encore jusqu'à ce qu'elle le croie.

Tant qu'il n'aurait pas réussi à apaiser ses peurs, elle ne partagerait pas l'essentiel avec lui et ils ne pourraient pas devenir une vraie famille.

Lorsqu'il était descendu prendre un café, sa mère n'avait pas émis de commentaires sur le fait que Bethany avait passé la nuit dans sa chambre.

Et quand un peu plus tard Bethany entra à son tour dans la cuisine, les cheveux encore humides de sa douche, une joie profonde le submergea.

— Bonjour, dit-il. Bien dormi ? Une tasse de thé ?

— D'accord, merci, dit-elle. Où sont-ils tous passés ?

— Ils sont descendus sur la plage, répondit-il.

Caleb fit soudain irruption, en maillot de bain et en T-shirt.

— Maman ! Tante Gracie m'apprend à surfer. Viens voir.

— J'arrive, dit-elle.

Lorsque l'adolescent ressortit en courant, elle se tourna vers Matt.

— Il semble découvrir ce sport alors qu'il en a déjà fait.

— Pas avec sa tante Gracie, dit Matt avec un haussement d'épaules.

Le gamin semblait heureux, et Matt était surpris qu'il ait adopté si facilement sa tante Gracie. Était-il en droit d'espérer que Caleb les considère tous à présent comme sa famille ?

Il escorta Bethany jusqu'à la plage. Ils y trouvèrent ses parents sur des transats, regardant avec attention Caleb et Gracie évoluer sur leurs planches.

— Ce garçon a un excellent équilibre, disait Ben, penché en avant pour mieux le suivre des yeux.

— Il est plus doué que Grace au même âge, renchérit Patricia.

— Nous étions en Allemagne quand Grace avait quinze ans, lui rappela Matt. Il n'y avait aucune mer à proximité.

— Nous avions passé des vacances à Hawaï, répliqua-t-elle. Caleb a pris la place d'Ann Grace sur le podium. Haut la main.

Ben tapota la chaise longue à côté de lui.

— Venez vous asseoir, Bethany.

Matt se demandait de quoi son père voulait lui parler. Il sirota son café en faisant semblant de ne pas écouter leur échange.

— Hier soir, Caleb nous a longuement parlé du coupé de Matt, commença Ben. Votre fils semble passionné par les voitures. Avez-vous déjà réfléchi à celle que vous aimeriez pour lui ?

Matt devina où son père souhaitait en venir et hésita à intervenir. Il aurait dû s'attendre à ce que ses parents fassent un cadeau à Caleb pour fêter son arrivée dans leur vie, marquer le coup.

— Général… Euh… monsieur… euh, Ben, balbutia Bethany. Caleb n'aura pas son permis avant plusieurs mois. Et avant de le laisser prendre soin d'un véhicule, il faudra rajouter un an ou deux.

— Au contraire, répondit Ben avec un sourire. Il a le bon âge pour apprendre à garder une voiture en état de marche.

— Que proposez-vous ? s'enquit Bethany en regardant Caleb assis sur sa planche de surf pour écouter les conseils de Grace Ann.

— Caleb ne m'a pas donné l'impression que votre père s'intéressait particulièrement aux moteurs, dit Ben.

— Non, en effet. Lorsqu'ils sont ensemble, ils vont généralement à la pêche ou faire de la randonnée.

Matt se raidit en remarquant son ton d'excuse. Il avait rencontré les parents de Bethany à une ou deux reprises au cours de leur première année à West Point. Ils lui avaient paru gentils, honnêtes, pleins d'amour et de fierté pour Bethany. Elle lui avait toujours dit qu'ils la soutenaient dans ses choix universitaires, maternels et professionnels.

— Avant d'aborder le sujet avec lui, je tenais à m'assurer que je ne marchais pas sur les plates-bandes de votre père ou des vôtres, poursuivait Ben.

— Pour vous répondre, j'ai besoin de savoir ce que vous avez en tête, monsieur.

— Ben, appelez-moi Ben. Nous sommes une famille maintenant, ma chère.

Bethany hocha la tête, les lèvres pincées et les mains

agrippées à sa tasse de thé. Ce n'était vraiment pas le bon moment. Elle venait de se réveiller.

— Je pensais emmener Caleb acheter une voiture, cet après-midi, poursuivit Ben.

— Quoi ?

Sous le choc, elle resta un instant bouche bée avant de jeter un regard accusateur à Matt.

Comme il s'apprêtait à lui expliquer qu'il n'avait rien à voir avec cette histoire, son père ajouta :

— Bien sûr, je n'en ai pas encore parlé à Caleb. Au cas où vous n'approuveriez pas ce projet.

— En effet. Offrir une voiture à un gamin de quinze ans ne me paraît pas une bonne idée.

— Pour être juste, je ne pensais la lui « offrir », mais plutôt l'acheter pour lui permettre de la bricoler et de la conduire chaque fois qu'il viendra nous rendre visite.

Bethany ne répondit rien.

— Pourquoi papa et moi n'irions-nous pas faire un tour avec lui afin de jauger son intérêt pour les moteurs ? suggéra Matt. Nous ne le pousserons à rien.

— Excellente idée, intervint sa mère. Cela nous permettra de profiter d'un moment entre filles, Bethany, Grace Ann et moi.

Bethany donna son accord avec un sourire crispé avant de laisser la conversation se poursuivre sans elle. Matt comprit que, sans le vouloir, ses parents l'avaient anéantie. Il devina que cette histoire se retournerait contre lui et qu'elle lui reprocherait le comportement de Ben. Il en fut ennuyé.

Matt était certainement le seul à avoir remarqué la lueur de tristesse dans ses jolis yeux. Il voulait la rassurer, mais il préférait ne pas le faire devant ses parents.

Il reporta son attention vers la plage.

— Regardez !

Il désignait Caleb qui glissait sur une vague, la laissant le porter jusqu'au rivage. Il était très à l'aise comme s'il était né sur une planche.

Ben, Patricia et Bethany se levèrent pour applaudir à tout rompre. Lorsque la vague mourut sur la plage, Caleb leva le poing, un grand sourire aux lèvres, avant de les saluer.

Le gamin se comportait comme un Riley. Matt aurait voulu être fier de ses exploits, fier de le voir si bien s'intégrer au clan. Au lieu de quoi, il continuait de s'inquiéter de la femme qu'il aimait. Il mit sa tasse de café de côté et descendit vers l'eau, heureux d'entendre dans son dos Bethany s'excuser auprès de ses parents pour le rejoindre.

Caleb, la planche de surf sous le bras, s'approcha d'eux en riant. Il secoua ses cheveux trempés et les repoussa en arrière.

Matt lui tapa dans la main en signe de victoire.

— Bravo, champion.

— Tu surfes comme un pro, renchérit Bethany.

— Tante Gracie est géniale, dit Caleb en leur expliquant ce qu'elle lui avait appris.

Lorsque Grace Ann vint à leur rencontre, Matt passa un bras sur les épaules de Bethany et se chargea des présentations.

Malgré sa surprise devant la possessivité du geste, sa sœur se contenta de sourire sans faire de commentaires.

— Enchantée de faire votre connaissance, Bethany, dit-elle. Votre fils est très doué et apprend vite.

— Maman a décidé que vous alliez vous amuser entre filles, dit Matt. Pendant que papa et moi emmenons Caleb.

— Où irons-nous ? demanda Caleb.

— Ton grand-père veut te faire une surprise. En

attendant, je vais marcher un peu sur la plage avec ta mère. À plus tard.

Pendant un moment, ils cheminèrent sans un mot et sans se toucher. Finalement, Matt ne put supporter plus longtemps ce silence.

— Tout va bien ?

— Oui, oui, répondit-elle, les lèvres pincées.

Il lui prit la main et la balança alors qu'ils marchaient.

— Dis-moi.

— L'idée de ton père d'offrir une voiture à Caleb m'a énervée, expliqua-t-elle en s'efforçant de rire. Mais comprendre qu'il cherchait plus à partager une activité avec lui qu'à lui faire un cadeau disproportionné m'a un peu rassurée.

— D'accord.

— As-tu du nouveau concernant l'enquête ?

— Tu n'as pas envie de disserter trop longtemps sur le clan Riley, si je comprends bien ?

Elle lui sourit avant de se hisser sur la pointe des pieds pour déposer un petit baiser sur sa joue.

— Non. En tout cas, cette plage est très agréable.

D'accord avec elle, il décida de profiter du moment sans s'appesantir sur les sujets difficiles. Après un moment, ils revinrent sur leurs pas pour regarder Grace Ann et Caleb faire du surf.

— Caleb est un Riley jusqu'au bout des ongles, dit Bethany en s'appuyant contre lui. Je t'ai toujours su, mais cela me frappe encore plus en le voyant au milieu de vous tous. Il bouge comme Grace Ann. Et il a ton énergie, ton feu intérieur.

Matt n'avait jamais bercé son fils dans ses bras, il n'avait jamais joué au ballon avec lui, il ne lui avait pas appris à manier une batte de base-ball. Mais il découvrait que l'important était ce que tous deux allaient partager, à présent. Et rien de leur douloureux passé n'altérait son amour pour Caleb ou pour Bethany.

Lorsqu'ils arrivèrent devant la maison, sa mère les appelait tous pour le petit déjeuner. Il embrassa rapidement Bethany avant que quiconque n'ait la possibilité de s'en rendre compte.

— Essaye de te détendre et de t'amuser, dit-il. Ma mère et ma sœur ne te veulent que du bien. Toute ma famille t'aime déjà, tu sais.

Le petit déjeuner fut délicieux et animé. Caleb était manifestement heureux d'être là comme tous ceux qui l'entouraient.

À la fin du repas, les trois femmes se mirent à débarrasser pendant que Ben et Matt partaient avec Caleb à la recherche de la voiture idéale. Caleb s'interrogeait sur le but de leur sortie. Quand son grand-père refusa de répondre mais lui jura qu'il ne regretterait pas de les avoir accompagnés, l'adolescent sourit, confiant.

À présent que le soleil se couchait, Matt se tenait dans le garage de son père devant la vieille guimbarde que son fils avait choisie comme première voiture. Il leur faudrait une bonne année pour la réparer.

Et, lorsque le véhicule serait prêt à rouler, Caleb ferait preuve de prudence au volant. Il se comporterait en conducteur consciencieux, ce qui était le véritable objectif. Ses parents avaient traité tous leurs enfants au même âge de la même manière.

Matt avait de nombreuses raisons d'être heureux et pourtant il ne parvenait pas à oublier le prédateur qui les menaçait dans l'ombre. Ils n'avaient pas eu de problème depuis leur arrivée chez ses parents, ses frères et sœurs non plus. Mais l'équipe d'Alex était loin d'avoir identifié l'homme qui voulait « les faire payer ». Il avait passé quelques instants en tête à tête avec son père, pour évoquer diverses missions passées et plusieurs soldats à problèmes qu'il avait eu sous ses ordres au cours de sa carrière. Mais il faudrait du temps pour vérifier s'ils étaient ou non impliqués dans cette histoire.

Matt aurait voulu que Caleb et Bethany restent ici avec ses parents, loin du danger. Ils pourraient naviguer pendant que lui-même retournerait à Washington pour retrouver ce type.

Il se doutait que Bethany n'accepterait jamais.

La porte du garage s'ouvrit, et Bethany entra. Comme si elle avait lu dans ses pensées, elle lui lança :

— Tes parents m'ont parlé d'une croisière qu'ils aimeraient faire à bord de leur bateau avec Caleb et moi, mais sans toi qui retournerais au Pentagone. Je suis totalement opposée à cette idée. Il n'est pas question de partir naviguer pendant que tu gères les problèmes. Nous ferions mieux de rester ensemble.

— Beth, écoute-moi.

— Non, Matt. C'est toi qui vas m'écouter. Un front divisé ne gagne jamais, tu pourras le vérifier facilement. Tu as peut-être décroché le diplôme de l'Académie militaire de West Point, mais en matière d'histoire militaire je ne crains personne.

— Tu plaisantes, répondit-il en riant. Les enfants de Ben Riley connaissent l'histoire, militaire ou pas, à fond. Et c'est visiblement héréditaire.

— En tout cas, il n'est pas question pour moi de partir en croisière en te laissant rentrer seul à Washington.

Il la rejoignit et se détendit un peu lorsqu'elle noua les bras autour de sa taille.

— J'essaye de vous protéger tous les deux, Bethany.

— Bien sûr, je le comprends. Mais toi, comprends

que je ne te laisserai pas y aller seul. Ce type est un fou furieux. Il a tiré sur Caleb.

Et sur moi aussi, pensa Matt.

— As-tu soif de vengeance ?

— Plus qu'un peu, reconnut-elle. Je sais que tu es la vraie cible, que Caleb est une façon de t'atteindre, mais je ne te laisserai pas gérer cette histoire à ma place.

— Beth, tu as toujours tout fait à ma place, répliqua-t-il. Ne peux-tu pas me laisser, une fois dans la vie, la possibilité de faire quelque chose pour toi ? Pour changer ?

Ses beaux yeux s'écarquillèrent puis elle se mit à rire en laissant tomber sa tête contre sa poitrine.

— C'est ainsi que tu vois la situation ?

— Il ne s'agit pas d'une vue de l'esprit, Bethany. Tu as quitté West Point et renoncé à une carrière militaire. Tu m'as laissé mener mes études et entrer dans l'armée en t'arrangeant pour que le bébé et toi ne me dérangiez pas.

— J'aurais dû me douter que tu interpréterais mon égoïsme comme un sacrifice.

Il la serra fort dans ses bras.

— Bethany Trent, tu n'as jamais été égoïste un seul jour de ta vie.

— Je cherchais à me protéger, alors, dit-elle. Matt, j'ai refusé de t'épouser parce que j'en avais désespérément envie.

— Cela n'a aucun sens.

Il l'aimait, il ne l'avait jamais oubliée. Et elle lui avait dit hier soir qu'elle l'aimait, même s'il n'était pas censé l'avoir entendu.

— Tu prétendais qu'un enfant avait besoin de stabilité.

Et, en le lui répétant, elle avait condamné la façon dont lui-même avait été élevé. Matt avait eu besoin de temps pour le digérer.

Elle lui caressa la joue. Depuis leur arrivée, il ne s'était pas encore rasé.

— Je suis désolée de t'avoir blessé en m'efforçant de… survivre.

Elle s'ouvrait enfin, et il était avide de l'entendre pour comprendre ce qui n'allait pas à l'époque… afin de pouvoir arranger les choses maintenant.

— Peux-tu m'expliquer ? S'il te plaît ?

— Je t'aimais plus que tout, plus que mes plans de carrière. Et cet amour fou me terrifiait, Matt.

— Alors tu t'es dit qu'il valait mieux rester seule pour élever notre fils, jouer les mères célibataires, plutôt que d'essayer de former une famille avec moi ? demanda-t-il, les mâchoires serrées.

Son regard se posa sur le sien.

— Oui. J'avais à peine vingt ans et toi vingt et un. Et tu étais le fils aîné du général Riley, destiné à reprendre le flambeau.

— Et tu ne m'en as jamais voulu d'avoir pu aller au bout de mes rêves pendant que toi, tu étais contrainte d'y renoncer ?

— Non, je berçais Caleb, j'étais heureuse. Je ne voulais pas que tu te sentes pris au piège ou limité par des obligations que je t'aurais imposées si nous nous étions mariés. Et j'étais fière de ta réussite. D'ailleurs, Caleb et moi sommes venus assister incognito à ta remise des diplômes.

— Quoi ?

Ce n'était pas possible. Il l'aurait vue.

— Nous étions là, même si je ne me suis, bien sûr, pas montrée. J'étais si contente pour toi. La cérémonie m'a rendue plus déterminée que jamais à continuer seule. Quand tu m'as demandé ma main, je voulais dire oui, mais…

— Tu as dit non.

Elle haussa les épaules.

— Je m'en sortais bien avec Caleb.

— Et tu estimais que je n'avais pas besoin d'une femme et d'un enfant dans les jambes, dit-il. Que vous m'auriez gêné.

— J'avais aussi des ambitions personnelles, répliqua-t-elle, hérissée. Je ne voulais pas qu'être ta femme.

— Arrête. S'il te plaît.

Il ne supporterait pas de l'entendre répéter une fois de plus que leurs objectifs étaient divergents. Il remercia le ciel de lui donner la possibilité de leur offrir une deuxième chance.

— Je t'aime.

Il vit ses yeux s'écarquiller. Tout ce qu'il voulait dire, qui habitait son cœur, découlait de ces trois mots. Si elle ne l'acceptait pas, le reste était inutile

— Oh ! Matt.

Elle ne répondit pas tout de suite. Elle sembla hésiter. Longtemps. Elle ne ressemblait pas à une femme sur le point de se jeter dans ses bras en explosant de joie.

— Une partie de mon cœur t'aimera toujours, en tant que père de Caleb, dit-elle enfin. Lui il t'aime déjà. Il a hâte de passer du temps avec toi.

Elle le rejetait, le repoussait. Comme chaque fois.

Il se rappela qu'il avait vécu avec cette déception et loin de fils pendant quinze ans. Mais désormais il nouait une véritable relation avec le gamin. Il n'avait pas tout perdu.

— Je vais organiser le rapatriement de la voiture dans un garage près de chez vous, dit Matt. Nous louerons un atelier en fonction des besoins. Je serai là pour l'aider aussi souvent que possible.

— Caleb sera ravi.

— Moi aussi, dit Matt.

— Je t'ai mis en colère. J'aimerais pouvoir te donner ce que tu veux.

— Non. Je ne suis pas en colère.

Il était la proie d'émotions trop fortes pour que la colère s'en mêle. Se sentait-il triste ? Oui. Malheureux ? Absolument.

— Comment pourrais-je être en colère contre toi ? demanda-t-il. Tu as toujours été claire sur tes intentions, dès le début.

Il s'éloigna vers la porte.

L'espoir qui avait resurgi, la nuit dernière, s'envolait. Ne cesserait-il jamais d'être un imbécile avec Bethany ? Quand comprendrait-il qu'il devait renoncer à cette femme ?

Il passa devant elle pour rejoindre la plage, le cœur brisé.

Bethany aurait voulu se gifler. Elle s'attarda dans le garage, regrettant de ne pas avoir le courage d'offrir à Matt ce dont il avait besoin.

Il méritait plus que ce qu'elle ne lui avait jamais donné. Même après la nuit dernière, après toutes leurs discussions, elle ignorait toujours ce qu'elle souhaitait vraiment au plus profond d'elle-même. Dissimuler ses sentiments lui permettrait sans doute de faire face aux défis à venir. Comme chaque fois, elle avait essayé d'être honnête, sincère – elle aimait Matt –, et elle n'avait réussi qu'à le blesser. Quand il s'éloigna, il lui sembla qu'elle venait de laisser tomber un trésor inestimable sur le sol.

Comme toujours.

Elle était entrée à West Point, sûre d'elle-même, de ses objectifs et de son courage. Il ne lui était pas facile d'accepter qu'elle était en réalité une lâche, trop effrayée par l'amour pour lui donner sa chance.

Avoir peur de ses réactions vis-à-vis de Matt était insensé. Depuis le départ, il avait fait preuve à son égard d'un soutien sans faille et de loyauté. Il avait toujours respecté ses limites et ses exigences.

Caleb ne cachait pas sa joie d'avoir un père et d'être accueilli à bras ouverts par la famille Riley. Ils lui avaient réservé un accueil plus chaleureux qu'elle ne l'espérait, plus positif qu'elle ne le méritait vu toutes ses erreurs passées.

Du coup, comment Matt pouvait-il envisager de l'envoyer en croisière pendant qu'il affrontait seul tous les dangers ?

Parce qu'il l'aimait.

Tout ce qu'il faisait, il le faisait par amour. Elle le voyait maintenant, dans les petites choses et les plus grandes. Il les protégerait, Caleb et elle, aussi longtemps que nécessaire.

12

Ils partirent à l'aube, le dimanche matin. Matt s'était servi de l'enquête comme prétexte pour prendre ses distances. Sa mère aurait voulu lui parler en tête à tête, mais il s'était débrouillé pour lui échapper. Bien qu'il ait essayé de le cacher, tout le monde devinait que quelque chose n'allait pas.

Pendant la première moitié du trajet du retour à Washington, Caleb avait parlé voitures sans arrêt. Matt savourait l'enthousiasme de son fils, tout en se demandant à quoi pensait Bethany. Cela n'avait sans doute plus d'importance. Une fois la menace écartée, tous trois reprendraient le cours de leurs vies. En tout cas, qu'il parvienne ou non à renouer avec elle, il ne quitterait pas celle de Caleb.

— Combien de temps resterons-nous à Washington, maman ?

— Jusqu'à la fin des vacances de la Toussaint, répondit-elle. J'ai réservé un hôtel dans le centre-ville. Il nous sera ainsi plus facile de nous rendre à pied aux monuments et aux musées.

C'était la première fois que Matt entendait parler de cette réservation à l'hôtel. Caleb étant présent, il dissimula sa surprise et sa contrariété. Il lui faudrait parler de ce changement de programme avec Alex dès que possible.

Deux équipes étaient chargées de leur sécurité, l'une pour protéger Bethany et Caleb, et l'autre pour veiller sur lui.

— Nous ne restons pas chez Matt ? s'exclama Caleb, surpris.

— Matt doit travailler, répondit Bethany. Nous nous sentirons plus libres d'aller et venir sans craindre de le déranger.

En effet, la mission de Matt cette semaine consisterait à attirer le type qui les menaçait. À en croire le dernier rapport, Matt était toujours sa cible principale.

— Ta professeur d'histoire attend avec impatience un exposé sur Washington avec des photos, dit Bethany.

— Pourquoi lui as-tu dit où nous étions ?

— C'est une amie. Où est le problème ? Tu es capable de rédiger ce genre de reportage, les yeux fermés.

— Pourrons-nous visiter le musée national de l'Espace ?

— Bien sûr.

— Quel est ton endroit préféré à Washington, Matt ?

— Je me souviens avoir été très impressionné par la vue depuis le haut du mémorial de Washington lorsque j'étais enfant.

— Ce serait génial d'y aller.

Matt jeta un coup d'œil à Bethany avant de lancer :

— Et que dirais-tu d'une visite complète du Pentagone ?

Caleb se redressa.

— Sérieux ? Trop bien !

— La fille du général Knudson est étudiante en photographie. Elle connaît la ville comme sa poche. Si elle a un peu de temps, elle serait certainement ravie de t'aider dans l'illustration de ton rapport.

Contrariée, Bethany pinça les lèvres et fit mine de s'intéresser au paysage. Bientôt, le silence tomba dans l'habitacle. Au fur et à mesure qu'ils se rapprochaient de Washington, Matt s'efforçait d'être plus vigilant, de surveiller les alentours.

La circulation se densifiait et, quand ils s'arrêtèrent pour faire le plein, ils décidèrent à l'unanimité d'en profiter pour déjeuner à la cafétéria de la station-service.

Matt les laissa entrer mais, avant de les rejoindre, il s'isola dans un coin pour appeler Alex et faire le point.

— J'ai appris que Bethany avait réservé une chambre d'hôtel, dit celui-ci. Pourquoi Caleb et elle ne restent-ils pas chez toi ?

— C'est son choix, elle ne m'a pas demandé mon avis.

Matt eut du mal à cacher son exaspération.

— Je n'ai pas réussi non plus à la convaincre de prolonger son séjour chez mes parents.

— Que se passe-t-il ?

Le regard de Matt se posa sur Bethany et Caleb qu'il voyait par la baie vitrée attablés à l'intérieur du restaurant.

— Laisse tomber, répondit Matt avec lassitude. Je n'y crois plus. Dis-moi plutôt à quoi nous devons nous attendre en débarquant ?

— Rien de pire que les embouteillages habituels, déclara Alex. Autour de son hôtel, la zone est calme. Les gars chargés de la surveillance de ton immeuble ont repéré deux individus suspects mais rien de sérieux, à ce stade. Bref, RAS.

— Espérons que ça va durer. Pour tout le monde. Tes équipes n'ont donc pas encore identifié ce type, n'est-ce pas ?

— Pas à ma connaissance. Mais rien ne vous arrivera, promit Alex. Vais-je avoir une chance de revoir mon neveu ?

— J'en parlerai à Bethany.

— Es-tu toujours heureux d'être père ?

— Plus qu'heureux. Caleb surfe aussi bien que Grace

Ann. Mon père et moi avons découvert qu'il s'intéressait aux voitures et nous lui en avons trouvé une à réparer ensemble.

— Ce programme me semble prometteur.

— Oui, dit Matt en se détournant de l'établissement. Reste à espérer que le type qui veut nos peaux n'arrivera pas à ses fins.

— Pas de soucis. Je suis sur le coup avec mes gars. Alors continue de frimer devant ton fils et laisse-nous faire le boulot.

— Tu es à mourir de rire.

— C'est la raison pour laquelle tout le monde m'adore.

Matt mit fin à l'appel. Mais, lorsqu'il rentra dans le petit restaurant pour retrouver Bethany et Caleb, ils n'étaient plus là. Le ventre noué, il parvint à la table où ils étaient assis, quelques instants auparavant. Une assiette de frites était posée au milieu, à peine entamée. Le sac de Bethany gisait par terre, son téléphone portable traînait sur la banquette, l'écran brisé.

Des crissements de pneus lui firent tourner la tête à temps pour voir une berline gris métallisé quitter le parking sur les chapeaux de roues. Immatriculée dans le Delaware, nota-t-il avant de reconnaître Caleb, le visage collé à la vitre arrière.

— Non !

Matt attrapa le sac à main de Bethany et cria à la serveuse de prévenir la police avant de courir vers son coupé.

Tout en fonçant à la poursuite des ravisseurs, il rappela Alex.

— Caleb et Beth ont été kidnappés.

Il lui donna les détails, les lieux du drame, la marque de la voiture du ravisseur et la direction qu'elle avait prise. Dès qu'il eut regagné l'autoroute, il accéléra, se félicitant, une fois de plus, de la puissance du moteur de sa Chevrolet.

Personne ne lui enlèverait sa famille.

— Reste en arrière, ordonna Alex. Attends les renforts.

— Pas question de les laisser disparaître dans la nature, murmura Matt. Il me faut leur plaque d'immatriculation.

— Matt, arrête ! Écoute-moi.

— Non. Caleb est dans cette bagnole. Je ne le lâche pas.

Alex communiquait déjà les renseignements à ses hommes.

— As-tu Bethany en visuel ?

— Négatif. J'ai son sac à main. Ils ont cassé son téléphone.

— Qu'en est-il du smartphone de Caleb ?

— Je ne sais pas.

— Attends un instant… Nous avons localisé l'appareil de Caleb. L'équipe est en route.

— Bien.

Matt suivait de près la berline argentée et transmit bientôt à Alex son numéro d'immatriculation.

— Maintenant, laisse-nous nous en occuper, vieux. Nous leur filons le train grâce au téléphone de Caleb.

Matt secoua la tête. Il était hors de question de laisser son fils imaginer que son père l'avait abandonné.

— Matt…

Mais il ne l'écoutait plus. Rien ne l'arrêterait. Tant qu'il n'aurait pas retrouvé sa famille, il continuerait. Et à ce moment-là, le salaud qui avait mis les siens en danger le payerait cher.

Terrifiée, Bethany tremblait sur la banquette arrière, à côté de Caleb. Elle craignait que l'homme qui l'avait surprise en train d'appeler Matt lui ait cassé le poignet en même temps que son smartphone.

— Maman, ça va ? dit Caleb avec inquiétude.

— Ferme-la, gamin, ordonna le chauffeur.

Bethany avait été jetée sans ménagement à l'arrière, et sa lèvre avait explosé lorsque son visage avait heurté l'accoudoir.

— Oui, oui et toi ? demanda-t-elle à Caleb dans un murmure.

Il hocha la tête, luttant manifestement contre les larmes.

— Je vais bien.

Sous la menace d'une arme, ils avaient été sortis du restaurant par deux inconnus. L'un d'eux avait enfoncé son calibre dans le dos de Caleb, tandis que l'autre les poussait dans la voiture. L'un des types n'était pas monté avec eux. Où était-il passé ?

Cela dit, Bethany ne s'en plaignait pas Avec un peu de chance, à eux deux, ils parviendraient à neutraliser le conducteur.

— Papa est derrière nous, chuchota l'adolescent.

Elle sourit, se demandant s'il avait conscience qu'il avait nommé Matt « papa ». Dans son cœur, elle se jura que Matt entendrait Caleb l'appeler ainsi.

À l'avant, une radio crépita.

— Prends la prochaine sortie et tourne à gauche.

Bethany se retourna à temps pour voir le coupé de Matt derrière eux.

— Il ne vous lâchera pas, dit-elle au conducteur. Vous feriez mieux de vous rendre.

— Fermez-la !

Distrait par cet échange, il rata la sortie qu'il était censé emprunter. Une voix furieuse rugit dans la radio et lui donna de nouvelles instructions.

— Ne manque pas la suivante, cette fois !

— Débarrassez-moi de lui et ce ne sera pas un problème.

La peur glaça Bethany qui se tordit sur son siège pour tenter de prévenir Matt du danger.

Une grosse cylindrée surgit alors de nulle part et fonça derrière eux. Quand Bethany vit le motard brandir une arme vers Matt, elle hurla. L'homme fit feu deux fois, visant les pneus du coupé. À la vitesse à laquelle il roulait, elle devina que Matt ne parviendrait pas à conserver la maîtrise de son véhicule avec des pneus crevés.

Caleb cria, mais déjà leur ravisseur accélérait et bientôt ils perdirent la Chevrolet de vue. L'homme quitta alors l'autoroute.

Bethany serra son fils dans ses bras, priant avec ferveur pour que Matt s'en sorte.

— Ton père est un coriace, murmura-t-elle dans les cheveux de Caleb. Il t'aime. Garde espoir. Il s'en sortira.

Et s'il n'y arrivait pas ? insistait une petite voix dans sa tête. S'il n'y survivait pas, il ne saurait jamais qu'elle l'aimait, qu'elle l'aimait vraiment. Elle ne se le pardonnerait jamais.

Il était temps d'agir. Elle ne laisserait pas le fils de Matt Riley être utilisé comme un pion sur l'échiquier qu'avait mis en place un ancien soldat de Ben, avide de vengeance.

Le conducteur ralentit pour s'engager sur un chemin de terre, au cœur de la forêt de Virginie.

— Vous allez mourir, dit-elle au conducteur avec calme. Si le major Riley ne vous tue pas, je le ferai.

L'homme se contenta de ricaner.

Les oreilles de Matt bourdonnaient. Il n'entendait plus rien. Une épaisse fumée gênait sa respiration et brouillait sa vision. Son volant était enfoncé dans ses côtes. Il avait un goût de sang dans la bouche.

Il finit par distinguer des voix. Les secours, sans doute.

Il fallait les prévenir.

— Quelqu'un a tiré sur mes pneus.

— Oui, monsieur. Restez avec moi, major Riley.

— Une moto. Je suivais… une berline gris métallisé.

— Nous le savons, monsieur. Cessez de vous agiter.

Des images remontaient à sa mémoire. Il revivait le moment terrible où il avait perdu le contrôle de son véhicule et où il avait vu la berline prendre le large.

— Mon fils et sa mère… ont été enlevés.

Quand les pompiers réussirent enfin à l'extraire de la carcasse de son coupé, ils l'aidèrent à se lever. Respirer lui fit du bien et lui permit de recouvrer ses esprits.

— Ma famille a été kidnappée, répéta-t-il d'une voix plus ferme.

Comme un ambulancier posait un masque à oxygène sur son visage, Matt tenta de le repousser.

— Je vais bien. Deux personnes sont en danger.

Lentement, il commençait à analyser la scène. Il était entouré de véhicules d'urgence. La berline et le motard armé avaient réussi à s'échapper.

— Où est mon téléphone ?

— Aucune idée, monsieur.

L'ambulancier commença à nettoyer ses plaies.

— Je vais bien.

Matt grimaça de douleur. Peut-être était-il gravement blessé. Il s'en foutait. Seuls Caleb et Bethany importaient.

Il saisit un policier par le bras.

— Je suis Matt Riley. Ma famille a été enlevée…

— Oui, monsieur. J'en ai été informé. Deux unités se sont lancées à la poursuite des ravisseurs. J'ai reçu l'ordre de vous conduire à l'hôpital.

— Avez-vous une femme ? demanda Matt. Des enfants ?

— Oui. Les deux.

— À ma place, laisseriez-vous quelqu'un d'autre se charger de les retrouver alors que vous êtes en vie et en forme ?

— Non. Mais vous n'êtes pas très en forme, major.

— Une équipe traçait le smartphone de mon fils, tout à l'heure.

— Et c'est toujours le cas.

Un bruit de rotors se rapprochait au-dessus de leurs têtes. Le policier pointa un doigt vers le ciel. Matt s'aperçut que la circulation sur l'autoroute avait été coupée pour laisser un hélicoptère se poser.

Un homme en bondit et, en le reconnaissant, Matt reprit espoir.

— Alex.

Son ami l'écouta décrire l'embuscade pendant que les ambulanciers s'activaient.

— D'accord, dit-il. Les renforts sont là. Monte avec moi.

Matt se retourna pour remercier l'ambulancier avant de se diriger vers l'hélicoptère avec Alex.

Alors que l'engin s'élevait en l'air, Matt distingua mieux la scène de l'accident. Son coupé semblait avoir été écrasé par un géant. Qu'il ait réussi à s'en tirer vivant était un miracle.

— Très gentil de ta part de t'être débrouillé pour éviter de percuter les autres véhicules en fonçant dans le décor, dit Alex.

— Quelqu'un a dû voir le motard qui a tiré sur mes pneus.

— Les militaires s'en occupent. Nous avons mieux à faire.

— Le téléphone de Caleb continue-t-il d'émettre ? demanda Matt.

— Oui. Apparemment, les ravisseurs n'ont pas pris le

temps de le fouiller. Mes hommes listent les itinéraires et les destinations possibles. Pendant ce temps-là nous allons mettre au point le sauvetage.

Matt voulait discuter, insister pour qu'ils utilisent l'hélicoptère pour obtenir un visuel de Caleb et de Bethany, mais Alex resta intraitable.

— Elle est dans la voiture. Dans la berline.

Il voulait croire qu'il les reverrait tous les deux. Puis quelque chose de pire lui traversa l'esprit.

— Et si Bethany me croit mort ?

— Une telle hypothèse jouerait en notre faveur, répondit Alex.

— Pourquoi ?

— Parce qu'elle serait encore plus en colère et qu'elle aurait envie de les tuer.

L'hélicoptère se posa dans un petit aérodrome. Matt n'avait aucune idée de l'endroit où ils se trouvaient. Il suivit Alex et deux autres hommes vers le bâtiment qui abritait des bureaux.

— Grâce à Knudson et à ton père, dit Alex, nous pouvons accéder à tout ce dont nous avons besoin sur un simple appel téléphonique.

Ce dont il avait besoin était un plan pour sauver Bethany et Caleb.

— Est-ce que quelqu'un a obtenu des renseignements susceptibles de nous faire avancer ?

— D'après les échanges des ravisseurs entre eux, tu es toujours la cible, dit Alex. Ton père a déjà reçu une vidéo de ton accident.

Matt poussa un juron. Perdre Caleb et Beth le tuerait et tuerait ses parents. Ils étaient si heureux d'avoir enfin fait sa connaissance…

— Le téléphone de Caleb nous prouve qu'ils se

trouvent à moins de trente kilomètres de l'autoroute, poursuivit Alex. Dans un coin reculé d'un parc national.

— Combien de temps nous faut-il pour arriver sur place ?

— Les rangers sont sur le coup et prêts à intervenir à tout moment, dit Alex. Dans l'immédiat, je leur demande d'établir des barrages routiers autour de cette zone.

— Je tiens à faire partie de l'équipe, dit Matt.

En tant que père, Matt refusait d'imaginer qu'il puisse être une complication lors de l'opération de sauvetage de son fils. En tant que militaire, il comprenait qu'il constituait un risque.

Alex prit Matt à part alors que l'équipe se préparait.

— Si nous ne retrouvons que son téléphone, est-ce que tu garderas ton calme ?

— Je suis un rock, prétendit Matt.

— Je te tirerai dans les jambes, si tu tentes de faire n'importe quoi, je te préviens.

— Tu regardes trop la télévision, répondit Matt. Garde tes balles pour les ravisseurs.

13

Bethany et Caleb étaient sortis de la voiture et poussés dans une petite cabane en rondins, bâtie au fin fond de la forêt. À l'intérieur, deux chaises, une table et une cheminée vide. À part la porte, la seule ouverture était une lucarne située dans la salle de douche par laquelle même Caleb n'aurait pu passer. Dans un coin de la pièce se trouvait une caméra. Quelqu'un les surveillait.

Bethany avait une petite idée de l'endroit où ils se trouvaient. Elle avait déduit leur point d'arrivée en se basant sur la sortie de l'autoroute qu'ils avaient empruntée et sur le temps qu'ils avaient mis pour arriver à destination.

Le conducteur se tenait à l'extérieur et faisait souvent le point avec quelqu'un par radio. Avant de les enfermer dans le chalet, il les avait fouillés et avait découvert le téléphone de Caleb. Il l'avait détruit mais, curieusement, il ne semblait pas s'inquiéter outre mesure de la possibilité d'avoir été pisté via cet appareil. De même, il les enferma dans le petit chalet, mais il ne les ligota pas. Manifestement, il estimait qu'il n'avait pas grand-chose à craindre d'une faible femme et d'un adolescent. Bethany s'en félicita. Il serait peut-être surpris.

Caleb n'avait pas prononcé trois mots depuis qu'il avait vu la voiture de Matt quitter la route. Si Bethany aurait aimé le réconforter, elle préférait ne pas trop en dire, craignant qu'on ne les écoute.

Deux fois, elle cria par la porte pour réclamer à boire et à manger et, deux fois, ses requêtes lui furent refusées.

— Essaye de dormir, chuchota-t-elle à Caleb alors qu'ils se blottissaient l'un contre l'autre pour se réchauffer.

Ils s'étaient installés sous l'œil de la caméra afin de limiter la vision de ceux qui les surveillaient.

— Vont-ils nous tuer ? demanda l'adolescent, l'air sombre.

— Non, répondit-elle avec force. Nous sortirons d'ici vivants.

— Ils ont tué papa.

— Je suis sûre qu'il s'en est tiré.

Si elle se laissait aller à imaginer un monde dans lequel Matt était mort, elle serait paralysée.

— Ton père est un grand soldat. Un guerrier. Il a fait ses classes dans la plus prestigieuse école militaire du pays, il a été formé par les meilleurs officiers, il en est devenu un. Depuis dix ans, il a été déployé aux quatre coins du monde pour régler toutes sortes de problèmes. Il a affronté de nombreux dangers, beaucoup d'ennemis. Il est donc très expérimenté. Et jusqu'ici, les balles ne l'ont jamais arrêté.

Elle aurait pu continuer en lui parlant de l'intelligence de Matt, de sa bravoure et de sa ténacité, mais elle résuma le portrait en trois mots : il est vivant.

— D'accord, dit Caleb, la tête contre son épaule.

Bethany guettait le bon moment pour passer à l'action. Elle tenta de se faire une idée de la fréquence des rondes du gardien. Comme elle ignorait tout des mobiles de leur ravisseur, il lui était difficile de deviner ce qu'il comptait faire d'eux par la suite.

Le temps passait lentement et, au fil des heures, elle finissait par se demander si la personne qui orchestrait ces attaques dans l'ombre avait décidé de les abandonner dans cette cabane. En réalité, les projets de ce sale type n'avaient pas d'importance. Elle comptait sur ses propres capacités pour se libérer. À la première occasion, elle assommerait le garde et s'enfuirait avec Caleb à bord de la voiture. C'était la meilleure solution.

Caleb ne dormant pas, elle lui exposa à mi-voix son plan en s'efforçant d'y intégrer toutes les éventualités auxquelles elle pouvait penser.

— Quoi qu'il arrive, ton seul objectif sera de fuir, dit-elle.

— D'accord.

— Nous passerons à l'action la prochaine fois qu'il communiquera avec son chef par radio.

Voilà plus de deux heures que le smartphone de Caleb n'avait pas bougé, et Matt commençait à se demander si les ravisseurs avaient découvert et détruit le téléphone de son fils. Ils pourraient être n'importe où, maintenant. Mais il refusait d'imaginer le pire. Ils allaient les retrouver. Il le fallait.

Il sangla son équipement militaire, vérifia ses armes et ses munitions. Il rêvait de massacrer le salopard qui avait organisé cet enlèvement.

— Crois-tu qu'elle t'épousera quand tout sera fini ? s'enquit Alex.

Matt n'en avait aucune idée.

Pour se lancer à la rescousse de Caleb et de sa mère, ils allaient s'appuyer sur une petite équipe déterminée à aller jusqu'au bout. Ils enfreindraient probablement plusieurs lois dans le processus, mais Matt n'en avait cure. Alex avait coordonné l'opération, et Matt lui en serait éternellement reconnaissant. Il avait hâte de retrouver Bethany et Caleb, de les serrer dans ses bras.

Qu'elle accepte ou non de devenir sa femme par la

suite, son cœur était à elle. S'ils survivaient, il serait probablement assez bête pour lui demander une nouvelle fois sa main. Si elle disait oui, il serait l'homme le plus heureux du monde. Si elle disait non, il aurait au moins essayé.

L'équipe se déploya dans la forêt jusqu'à la petite cabane en rondins. Grâce à un matériel de pointe, ils savaient qu'un véhicule refroidissait devant le chalet, que deux personnes se trouvaient à l'intérieur et une troisième à l'extérieur.

Les hommes avançaient avec prudence. Comme ils se rapprochaient, Matt s'interrogeait sur les mobiles du type qui tirait les ficelles.

Alex leur fit soudain signe de s'arrêter.

— Signal de diffusion reçu, annonça une voix dans le casque de Matt. La sentinelle a établi un contact. Traçage de l'appel en cours.

Matt se glissa à côté d'Alex.

— Qu'est-ce que cela signifie ?

— Tout ce qui se passe dans cette cabane est diffusé à l'extérieur en temps réel. Par wi-fi, probablement.

— C'est un instrument de torture, dit Matt. Les images vont être transmises à mon père. Ou à moi.

Le visage couvert de peinture de camouflage d'Alex se durcit.

— Pas si je peux l'empêcher.

La gorge serrée, Matt hocha la tête, trop ému pour parler. Il ressentait le besoin impératif de passer à l'action de façon rapide, décisive et de préférence mortelle.

Ils se dirigeaient vers le chalet quand un moteur gronda sur la route. Le cœur de Matt s'accéléra dans sa poitrine. Dissimulés dans le bois, ils attendirent que le véhicule poursuivre son chemin. Mais ils l'entendirent s'arrêter devant la cabane en rondins.

Un homme en sortit et salua celui qui montait la garde. Ils échangèrent quelques mots, mais ils étaient trop loin pour comprendre ce qu'ils se disaient.

Après un moment, Alex fit signe à ses militaires de s'élancer. Ils maîtrisèrent et menottèrent rapidement les deux gardes. Ils étaient si professionnels qu'ils n'eurent pas besoin de tirer un coup de feu ou de frapper.

Matt se demanderait plus tard si les enquêteurs parviendraient à les faire parler. Dans l'immédiat, il n'avait qu'une idée en tête : s'assurer que les deux personnes à l'intérieur du chalet étaient bien Caleb et Bethany.

— Vas-y, dit Alex.

Matt n'avait pas besoin d'encouragement supplémentaire. Il se rua à l'intérieur en criant leurs noms. Quand tous deux se jetèrent dans ses bras, un intense soulagement le souleva. Ils s'embrassèrent sans se soucier des larmes qui coulaient sur leurs visages.

— Tout va bien ? Personne ne vous a fait de mal ?

— Nous allons bien, dit Bethany. Nous étions sur le point de nous échapper…

Soudain, la porte se referma violemment et la lumière s'éteignit. Lorsque Matt et Caleb se précipitèrent pour la rouvrir, ils s'aperçurent qu'elle était verrouillée.

— Bienvenue à ma fête ! lança une voix masculine via un haut-parleur.

Bethany poussa un cri effrayé.

La voix se mit à rire.

— Il n'y a nulle part où fuir, major Riley. La porte du chalet est chargée d'explosifs. Si vous la forcez, tout sautera.

Une flamme s'alluma dans la cheminée, déclenchant un terrible dispositif. Une épaisse fumée commença à se former et à monter vers le plafond.

— Vous allez tous trois mourir à petit feu sauf si

vous faites preuve de compassion, major, et que vous tuez vous-même votre fils et sa mère pour leur éviter d'inutiles souffrances. Personnellement, je suis sûr que votre père appréciera un comportement héroïque

— Que voulez-vous ? demanda Matt. Qui êtes-vous ?

— J'ai tout ce que je veux, merci. Dîner et spectacle. Maintenant, à vous et, je vous en prie, ne décevez pas votre père.

Avec un juron, Matt promena les yeux autour de lui. Il tenta d'établir le contact avec Alex, mais il n'obtint que des grésillements. Quelqu'un brouillait la communication. Il ordonna à Bethany et Caleb de s'allonger pour ne pas respirer la fumée.

— Nous allons sortir d'ici, promit-il, en saisissant son arme.

— Que fais-tu ? s'enquit Bethany.

— Je crée des ouvertures, dit-il.

Il tira en l'air. La fumée les étoufferait s'il ne le faisait pas.

Ils entendirent soudain Alex les appeler tout en martelant la porte.

Matt se précipita pour le prévenir du danger.

— Arrête ! La porte est chargée d'explosifs.

Matt colla son T-shirt sur le nez et encouragea son fils et Bethany à l'imiter. La température grimpait alors que les flammes s'infiltraient le long des murs en rondins.

— Y a-t-il des fenêtres ou une porte à l'arrière ? demanda Matt.

Caleb secoua la tête.

— Juste une lucarne dans la salle de bains.

Une salle de bains lui donna l'espoir d'avoir de l'eau, mais, dès qu'ils furent entassés dans la minuscule pièce, il s'aperçut qu'elle avait été coupée.

À l'aide de la crosse de son pistolet, il brisa la vitre.

Alex le rejoignit de l'autre côté avec d'autres mauvaises nouvelles.

— Ce chalet est piégé de partout. Il y a des explosifs tout le long des murs. Si nous essayons d'ouvrir une brèche, tout sautera.

— Et si nous ne faisons rien ?

— Le feu détruira la cabane en une heure ou moins. Espérons que les pompiers arriveront à temps pour maîtriser l'incendie. Un de mes hommes est en train de sonder le puits.

Matt refusait de céder au désespoir. Il ne laisserait pas un fou furieux assoiffé de vengeance l'arrêter. Ils sortiraient tous les trois vivants de cet enfer, se promit-il.

— Nous allons passer par cette lucarne après en avoir élargi l'ouverture, déclara-t-il. En veillant à ce que les explosifs ne nous sautent pas à la figure.

Un petit sourire traversa le visage maigre d'Alex.

— J'en suis.

Alex courut chercher quelque chose pour détruire le mur extérieur tandis que Matt retirait le cadre de la lucarne.

Il avait peu de place pour manœuvrer, mais il ne voulait pas envoyer Caleb ou Bethany dans la salle principale, au milieu de la fumée et sous l'œil de cette caméra.

Tous deux s'étaient réfugiés dans la cabine de douche tandis qu'il s'acharnait sur la petite ouverture, alternant coups de pied et coups d'épaule. Le mur commençait à montrer des signes de faiblesse, mais dans la pièce voisine le feu s'intensifiait.

Avec un rugissement de frustration, Matt redoubla d'efforts et enfin une grosse partie de la cloison céda.

— Dehors !

Il attrapa Bethany, l'embrassa sur le front et l'aida à

se faufiler par l'ouverture. Puis il fit signe à Caleb de sortir par là à son tour.

Au moment où l'adolescent se hissait vers la lucarne, une série d'explosifs se déclencha au-dessus de leurs têtes. Le plafond de la salle de bains prit feu et des débris enflammés tombèrent en pluie.

Matt poussa à la hâte Caleb par l'étroit passage. Lorsque son fils parvint à sauter dans les bras de sa mère, Matt respira mieux.

— Viens, Matt ! cria Bethany. Maintenant !

— Mets-les à l'abri, Alex ! cria-t-il. Écarte-les, tout va sauter !

Son ami éloigna à grands pas Bethany et Caleb tandis qu'il se glissait à travers le trou. Une déflagration se fit alors entendre, et ce qui restait de la cabane de rondins explosa.

Matt fut propulsé en l'air. Il fut projeté vers un arbre qui mit un terme à son élan. Il retomba alors lourdement sur le sol.

Bethany se précipita vers lui.

— Matt ? Matt !

— Je vais bien, grommela-t-il. Laisse-moi juste un instant.

Comme Alex entrait dans son champ de vision, il comprit qu'il avait réussi, que sa famille était sauvée. Il laissa l'obscurité l'engloutir.

— Matt ! gémit Bethany quand les paupières de Matt se fermèrent. Réveille-toi, Matt. Nous avons besoin de toi.

Caleb sanglotait à côté d'elle, serrant la main de son père.

— On se calme, intervint Alex. Il n'est pas mort.

Bethany le vit presser les doigts contre le cou de Matt.

— Le pouls est fort, dit-il. Il est juste épuisé. Ça va aller.

Déjà, une ambulance arrivait et, très vite, l'équipe médicale s'affaira sur Matt et confirma à Bethany qu'il s'en sortirait.

Accrochée à Caleb, elle monta dans un véhicule et tous deux quittèrent la forêt. Des militaires en uniforme et des enquêteurs les accueillirent à l'hôpital. Ils attendirent des nouvelles de Matt en compagnie de ses parents, venus les rejoindre à bord d'un avion affrété par Alex.

— Papy, commença Caleb. Le type que nous entendions, celui qui nous avait enlevés, disait que tu aurais droit au spectacle. As-tu reçu des images du chalet ?

Ben hocha la tête, le visage pâle et le regard menaçant.

— Toute la scène est apparue sur l'écran de mon smartphone à partir du moment où tous deux avez été jetés à l'intérieur.

— Je n'ai rien su faire pour nous sortir de là, balbutia Caleb.

Ben changea de siège pour s'asseoir à côté de lui et le réconforter.

— C'est faux. Au contraire, tu as été formidable, dit-il. Tu as gardé ton calme, tu as caché ton smartphone ce qui a permis à l'équipe de vous localiser. Ton aide a été énorme, décisive. Tu as écouté ta mère, secondé ton père et fais la différence. Je suis très fier de toi.

— Et vous, Bethany, renchérit Patricia, vous avez fait preuve de force et d'intelligence, et vous avez élevé votre fils pour en faire ce garçon exceptionnel.

— Merci.

Elle la laissa la prendre dans ses bras.

— J'ai toujours rêvé d'épouser Matt, avoua-t-elle. Mais j'avais peur qu'il me reproche de l'avoir piégé.

— Le mariage fait peur, chérie, dit Patricia. Il faut

de la force à une femme pour s'engager pour la vie aux côtés d'un homme. Et rien n'est jamais garanti dans la vie. Mais, quand vous trouvez quelqu'un qui vous aime vraiment, alors il faut tenter votre chance avec lui.

Bethany hocha la tête.

— S'il me redemande ma main, je dirai oui.

— Nous le lui demanderons, maman, dit Caleb en les serrant tous trois dans ses bras.

L'idée semblait absurde mais, quand Ben et Patricia éclatèrent de rire, Bethany sut qu'elle était pourtant parfaite.

Regarder la vidéo de la scène dans le chalet le mettait tellement en colère qu'il finit par la mettre de côté. Il l'étudierait plus tard.

Dans l'immédiat, il avait une décision plus urgente à prendre. Il relut le rapport concernant l'arrestation de ses deux gars et soupesa ses options. Ses hommes connaissaient le prix de l'échec et les sanctions encourues s'ils se faisaient prendre. D'après ses sources, les sbires arrêtés au chalet n'avaient aucun nom à donner aux enquêteurs ni d'informations susceptibles de les mettre sur sa piste. Mais il n'était pas question de courir des risques inutiles.

S'emparant de son téléphone, il donna l'ordre de les exécuter. Personne n'était irremplaçable. À sa place, le général Riley aurait pris la même décision. Ils se ressemblaient bien plus que personne ne le suspecterait jamais.

Certes, il était contrarié d'avoir perdu cette bataille, mais l'important était de gagner la guerre. Matt était peut-être le rejeton préféré, mais il n'était pas la seule personne dont se souciait le général Riley.

Tuer son fils aîné et son premier petit-fils aurait envoyé un message clair. Dommage que le plan n'ait pas abouti.

Tant pis. Il avait appris de ses erreurs et il serait plus efficace la prochaine fois.

Il se déplaça jusqu'à la fenêtre et caressa sa barbe. Tout en regardant l'étendue bleue du ciel, il anticipait la suite.

Oui, il y aurait une autre opportunité, une autre ouverture. Il avait déjà des hommes sur place, venus en éclaireurs pour organiser la prochaine attaque.

Le temps passé sous le commandement de Riley lui avait appris la ténacité et la nécessité de chercher au-delà de l'évidence pour trouver une solution viable.

La partie était loin d'être terminée.

14

Vêtu de son uniforme, Matt traversait la ville à pied. Il admirait Washington comme le ferait un touriste afin de la voir avec les yeux de son fils. Loin du New Jersey, tout était nouveau, dépaysant, pour Caleb. Désormais, l'adolescent pourrait faire la navette pour venir lui rendre visite, au moins pendant l'année scolaire en cours. Pour la suite, rien n'était sûr.

Dans quelques mois, une fois sa mission au Pentagone terminée, Matt serait envoyé ailleurs pour prendre le commandement d'un bataillon. Où qu'il soit nommé, il serait en poste assez longtemps pour permettre à Caleb de fréquenter le lycée local. Dans l'hypothèse où tout se passait comme il l'espérait. La vie aux côtés d'un officier de carrière ne garantissait pas la stabilité familiale typique que Bethany avait toujours souhaitée pour son fils.

Il caressa du bout des doigts l'écrin qu'il avait glissé dans sa poche. Toute la nuit, il y avait réfléchi et n'avait trouvé aucune raison rationnelle suffisante pour la convaincre de lier sa vie à la sienne, de l'épouser. Pourtant, au petit matin, il avait décidé de tenter sa chance, de sauter dans le vide. Advienne que pourra.

Il l'aimait. Elle lui avait dit qu'elle l'aimait aussi, même si elle pensait qu'il dormait lorsqu'elle lui avait fait cette déclaration. L'amour n'avait pas suffi quand ils étaient jeunes. Cette grossesse surprise les avait désarçonnés à l'époque. Mais maintenant Matt serait incapable de vivre sans eux. Si Bethany l'exigeait, il se sentait prêt à quitter l'armée, à embrasser une autre carrière.

En quête de courage, il prit une profonde inspiration et entra dans leur hôtel. Il n'avait pas revu Bethany depuis leur sortie de l'hôpital. Il aurait voulu lui laisser le temps de souffler, mais tous trois avaient dû affronter de nombreux interrogatoires et débriefings pour aider les enquêteurs à tenter d'identifier le cerveau de ces attaques. Quelques jours après leur incarcération, les deux gardes qu'ils avaient arrêtés avaient été tués en prison. En revanche, la façon dont le chalet avait été piégé leur avait donné beaucoup d'informations. La menace n'émanait pas d'un amateur mais d'un militaire ou d'un ancien militaire, ils en étaient à présent certains. Une liste de suspects avait été dressée. Ils espéraient aboutir et identifier bientôt le coupable.

Matt avait échangé tous les jours avec Bethany et Caleb par téléphone. Hier soir, ils avaient convenu de se retrouver pour le petit déjeuner à l'hôtel avant que tous deux repartent dans le New Jersey.

En entrant dans la salle de restaurant, il les vit attablés dans un coin près d'une fenêtre. Le soleil mettait des pépites d'or dans la chevelure dorée de Bethany. Caleb lui fit signe mais, quand Bethany se retourna, son sourire n'atteignait pas tout à fait ses yeux.

S'agissait-il d'un bon ou d'un mauvais signe ? S'il avait appris à identifier au premier regard ses alliés et ses ennemis en mission, Matt était incapable de cerner cette expression particulière.

La serveuse lui apporta du café, et tous trois allèrent se servir au buffet. Deux fois, profitant que Caleb y retournait pour réclamer d'autres pancakes, Matt avait voulu demander Bethany en mariage. Deux fois, il s'était dégonflé au dernier moment. Surtout, il se rendait compte qu'il devrait leur poser la question à tous les deux. Bethany et Caleb formaient une équipe.

Comme Caleb se levait pour se resservir, la serveuse débarrassa l'assiette de Bethany et proposa du café à Matt. D'un air résigné, Bethany lui demanda une autre tasse de thé.

Elle s'éclaircit la gorge.

— Je suis contente que ta famille soit au courant pour… nous.

Matt sentit son ventre nouer, devinant que « nous » ne l'incluait pas lui. Pas encore.

— Vraiment ?

— Ta mère nous a invités à passer Noël avec la tribu Riley, dit-elle alors que Caleb revenait à la table.

— On ira, alors ? s'exclama l'adolescent avec enthousiasme. Ils m'ont promis de m'apprendre à naviguer.

Bethany jeta un coup d'œil impuissant à Matt.

— Je sais que tu as ta vie, commença-t-elle.

— J'ai une carrière, rectifia-t-il. Caleb et toi êtes ma vie.

Caleb, qui s'apprêtait à mettre un énorme morceau de pancake dans sa bouche, interrompit son geste et jeta un coup d'œil à sa mère.

Matt se pencha vers lui.

— Ce n'est pas parce que je n'étais pas là, auprès de toi, que je ne pensais pas à toi tous les jours, assura-t-il à son fils.

Il posa l'écrin devant Bethany.

— Je vais vous poser une question à tous les deux, et vous pourrez prendre tout le temps dont vous avez besoin pour y réfléchir avant de répondre. Je vous laisserai en discuter entre vous.

Quand il ouvrit l'écrin, dévoilant un diamant qui brillait de mille feux, il vit les yeux éberlués de la mère et du fils.

— Matt…

— Non, attends. Laisse-moi vous expliquer.

Il ne la laisserait pas le repousser, une fois de plus, avant de l'avoir écouté.

— Je vous aime tous les deux. Je vous ai toujours aimés. Bethany, veux-tu m'épouser ? As-tu envie que je sois ton mari et toi, Caleb, ajouta-t-il en se tournant vers l'adolescent, souhaites-tu que je sois ton père au quotidien ?

Il repoussa sa chaise de la table.

— Parlez-en entre vous. Quoi que vous décidiez, je ne cesserai jamais de vous aimer.

— Matt, tu n'es pas obligé de partir. Caleb et moi pouvons déjà te donner notre réponse, n'est-ce pas, chéri ?

Caleb hocha la tête, les yeux brillants.

— Lorsque tu étais à l'hôpital, j'ai dit à maman que nous devrions te demander ta main.

Une bouffée d'espoir souleva la poitrine de Matt.

Bethany sortit une petite boîte de son sac.

— Ta mère m'a aidée, dit-elle.

Matt ouvrit l'écrin. À l'intérieur se trouvaient deux anneaux, l'un en or, l'autre en titane poli.

— Caleb et moi les avons choisis ensemble. Ta mère m'avait donné ta taille de ton doigt, mais bien sûr il nous sera facile de les échanger si tu préfères quelque chose de différent.

— Vous les avez choisis pour moi. Rien ne pourrait

me faire plus plaisir. Je ne veux rien d'autre. Et toi, Bethany, que penses-tu de cette bague ? Te plaît-elle ?

Elle glissa le diamant sur son annulaire gauche.

— Elle est magnifique.

La lumière du soleil jouait sur la pierre tandis qu'elle tendait la main devant elle pour l'admirer.

Matt lui sourit.

— Je sais qu'il y aura des détails à régler, des ajustements à trouver, dit-il. Mais nous y arriverions.

— Maman a dit que faire partie de ta famille signifiait qu'il nous faudrait déménager, nous installer à Washington ? dit Caleb. Cela m'ennuie un peu de m'éloigner de mes copains mais, si c'est pour vivre avec toi, ça en vaut la peine.

Matt ferma les paupières un bref instant pour savourer ce moment. Il n'aurait pu être plus heureux.

— S'il s'avère trop compliqué de concilier l'armée et ma vie de famille, je donnerai la priorité à vous deux. Toujours. S'il le faut, je suis prêt à renoncer à ma carrière militaire. L'important est que vous soyez heureux, que nous soyons heureux tous les trois.

— Il n'est pas question que tu quittes l'armée, murmura Bethany. Aucun de nous ne le veut.

— En tout cas, je suis en poste à Washington pour encore un an. Ensuite, je prendrai le commandement d'un bataillon pendant quelques années. Je ne sais pas encore où je serai muté, mais j'espère que vous me suivrez. Nous déciderons à chaque étape ce que nous voulons, de ce dont nous avons besoin.

— Tous ensemble, comme une famille, dit Caleb avec détermination.

Matt n'avait jamais entendu de mots plus doux à ses oreilles jusqu'à ce que Bethany ne prononce ceux qu'il n'espérait plus.

— Je t'aime, dit-elle d'une voix forte et claire.

Submergé par l'émotion, il se pencha vers elle pour l'embrasser profondément.

— Vas-tu m'adopter ? demanda Caleb.

Matt posa une main sur son épaule.

— Ce ne sera pas nécessaire. Tu as toujours été mon fils, légalement.

Il attendit que l'adolescent le regarde en face.

— J'aimerais toutefois que le reste du monde le sache et donc que tu changes de nom de famille pour prendre le mien, si cela te convient.

— J'en serais heureux, papa. Caleb Riley, ça sonne bien.

Il sourit lorsque Matt frappa sa main pour conclure ce pacte.

Matt s'aperçut soudain à quel point Caleb ressemblait à ses petits frères dans ses expressions. Le gamin était un vrai Riley, et ses oncles et tantes feraient de leur mieux pour lui donner des racines.

— Papa, viendras-tu assister à mon prochain match ?

— La date est déjà marquée d'une grande croix dans mon agenda, répondit Matt.

Il couvrit la main de Bethany avec la sienne.

— Pas de regrets ? Pas d'inquiétudes cachées ?

— Ni regrets ni inquiétudes. Tu es le seul avec qui je me sens capable de tout affronter, affirma-t-elle. Tu as toujours été là pour me soutenir. Il m'a fallu beaucoup de temps pour le reconnaître et cesser de fuir la vérité. Mais maintenant plus rien ne nous séparera.

Cet aveu le surprit et le rendit plus heureux encore.

— Nous sommes ensemble, mon amour. Comme j'en rêve depuis plus de quinze ans.

— Je t'aime, Matt, dit-elle en pressant ses lèvres contre les siennes. Pour toujours.

— Je t'aime depuis et pour toujours. Il est temps de vivre ensemble.

— Rentrons à la maison.

Une main dans la sienne, l'autre posée sur les épaules de son fils, il les entraîna dehors. Ils sortirent du restaurant pour vivre leur première journée en famille.

Retrouvez prochainement,
dans votre collection

BLACK ROSE

La vérité malmenée, de Janie Crouch - N°596

SÉRIE DEUX FACE AU RISQUE 2/4

En rentrant chez elle, Bree découvre devant sa porte le corps d'un violeur en série que Tanner, appelé à la rescousse, reconnaît aussitôt. Menace cachée ? Piège parfait ? Manifestement, ceux qui ont laissé ce cadavre devant chez Bree veulent les impliquer, Tanner et elle. Une crainte qui se précise lorsque Tanner, soupçonné de meurtre, est contraint de prendre la fuite. Désormais c'est à Bree de prouver qu'il est innocent…

Un indéchiffrable secret, de Carol Ericson

« Je suis votre nouveau meilleur ami »… Interloquée, Lana fixe l'homme qui vient de l'aborder ainsi et s'interroge. Cet inconnu si sûr de lui prétend-il l'aider à percer le secret de son frère, mort au combat dans des circonstances mystérieuses ? Et, surtout, sera-t-il capable de la protéger contre ceux qui veulent l'empêcher de découvrir une vérité apparemment bien trop dérangeante ?

Protection cachée, de Jane Godman - N°597

Lettres anonymes, attaques contre sa galerie d'art… Manifestement – et bien qu'elle refuse les services d'un garde du corps –, Bree Colton a besoin d'aide. C'est donc sous une fausse identité que Rylan Bennet, engagé par les parents de la riche héritière, accepte de la protéger. Une mission qui se transforme bientôt en cauchemar car Rylan, séduit par Bree, n'a qu'une crainte : qu'elle découvre la vérité et le raye de sa vie…

Le refuge de la nuit, de Nicole Helm

Le visage fermé, Jen écoute Ty Carson tandis qu'il la supplie de le prévenir si des inconnus louches s'introduisent dans son épicerie. D'abord elle ne voit pas pourquoi elle serait en danger à cause de lui, alors qu'il a quitté la ville dix ans plus tôt en lui brisant le cœur. Ensuite, quels que soient les risques qu'elle court, elle n'a pas besoin de sa sollicitude et elle est assez grande pour prendre soin d'elle-même…

Retrouvez prochainement,
dans votre collection

BLACK ROSE

On a enlevé Christina, de Lara Lacombe - N°598

Christina a disparu ! En découvrant que son bébé a été enlevé, Emma est d'abord paniquée. Puis elle devine que c'est son propre frère, auquel elle a refusé de prêter de l'argent, qui est à l'origine de ce méfait. Persuadée qu'il s'est caché avec l'enfant dans le parc national de Big Bend où ils allaient camper autrefois, elle se lance à sa recherche avec l'aide de Matt, un ranger aussi séduisant que secret…

La vengeance en embuscade, de B.J. Daniels

Une nuit ! Chase Steele n'a partagé qu'une nuit d'amour avec Fiona à la suite d'une soirée trop arrosée. Pourtant, le jour où il décide de repartir dans le Montana pour retrouver Mary, son ex-fiancée qu'il aime encore, il est loin de se douter que Fiona l'a précédé. Une Fiona minée par la haine d'avoir été abandonnée, et prête à tout pour assouvir sa vengeance…

Le voile du danger, d'Elle James - N°599

Après le meurtre de sa sœur jumelle, Julia, qui détient des preuves compromettantes pour les assassins, n'a d'autre choix que de trouver refuge chez Tuck. Tuck, le brillant policier avec qui elle a partagé une nuit de passion un an plus tôt. Tuck, qui va devoir les protéger, elle et la petite Lily, cet adorable bébé dont, sans le savoir, il est le père…

Une femme prise au piège, de Linda Turner

En acceptant de remplacer son frère à Broken Arrow, Elizabeth Wyatt n'imaginait pas qu'elle devrait passer deux semaines en tête à tête avec John Williams, le nouveau contremaître. Moqueur, arrogant, il ne voit en elle qu'une citadine frivole, incapable de gérer un domaine d'une telle importance. Pourtant, quand elle se met à recevoir d'inquiétantes menaces, elle n'a d'autre choix que de compter sur sa protection…

Retrouvez prochainement,
dans votre collection

BLACK ROSE

Un mystérieux garde du corps, de Rebecca York - N°600

Carrie doit bien le reconnaître : Wyatt Hawk, l'homme que son père a engagé pour assurer sa sécurité, a toutes les qualités du parfait garde du corps. Pourtant, pas question qu'elle passe ses journées – et ses nuits – sous sa surveillance. Elle préfère encore affronter les criminels qui veulent sa peau que de devoir supporter les sarcasmes de cet homme si séduisant qui la considère comme une pauvre petite fille riche…

La menace inconnue, de Lauren Giordano

Tandis qu'elle observe l'homme assis à côté d'elle, Jillian s'interroge. Que lui veut cet inconnu qui est monté dans sa voiture en pointant un revolver sur elle ? Il est blessé et semble désespéré. Inexplicablement, elle sent qu'il a besoin de son aide. Mais elle refuse de se laisser attendrir. Car ses trois neveux sont endormis à l'arrière, et si elle veut assurer leur sécurité, elle doit garder la tête froide…

Composé et édité par HarperCollins France.

Achevé d'imprimer en mai 2020.

CPI
BLACK PRINT

Barcelone

Dépôt légal : juin 2020.

MIXTE
Papier issu de sources responsables
FSC® C108412

Pour limiter l'empreinte environnementale de ses livres, HarperCollins France s'engage à n'utiliser que du papier fabriqué à partir de bois provenant de forêts gérées durablement et de manière responsable.

Imprimé en Espagne.